Raphaël Confiant

La Vierge
du Grand Retour

Gallimard

À ma sœur Chantal

Je reviendrai et vous prendrai avec moi
afin que là où je suis vous y soyez aussi.
Et vous connaissez le chemin où je vais.

Évangile selon saint Jean, 14.3.

Sache que dans les derniers jours, il y
aura des temps difficiles. Car les hommes
seront égoïstes, amis de l'argent, fanfa-
rons, hautains, blasphémateurs, rebelles à
leurs parents, ingrats, irréligieux, insensi-
bles, déloyaux, calomniateurs, intempé-
rants, cruels, ennemis des gens de bien,
traîtres, emportés, enflés d'orgueil, aimant
le plaisir plus que Dieu.

11 Tim., 3, 1-4.

ANCIEN TESTAMENT

LA GENÈSE

Au commencement, Yahvé Dieu créa le Morne Pichevin et la Cour Fruit-à-Pain au beau mitan de Fort-de-France. Or une chaleur sans pareille régnait sur la terre, des échardes de feu tournoyaient au-dessus des eaux glauques de la Ravine Bouillé.

Yahvé Dieu dit : « Que la fraîcheur soit ! » et la fraîcheur fut. Le boulevard de La Levée et la place de La Savane s'ornementèrent de tamariniers géants. Des halliers poussèrent à la venvole au flanc de tous les quartiers qui ceinturaient la ville. Dieu vit que la fraîcheur était bonne et Dieu sépara la lumière et les ténèbres. Dieu appela la lumière « devant-jour » et les ténèbres « brune du soir ».

Puis Dieu ajouta : « Faisons la négresse Philomène à notre image, comme notre ressemblance et qu'elle domine les quarante-quatre marches, la Cour des Trente-Deux Couteaux et le Pont Démosthène. Qu'elle commande aux hommes de peine, aux marins en dérade, aux joueurs de serbi et de dominos, aux djobeurs du Grand Marché, aux dockers et à l'ensemble des femelles de céans ! »

Dieu créa Philomène à son image et elle devint une mamzelle féerique, toujours drapée dans une robe-fourreau couleur de firmament. Dieu la bénit et lui dit : « Sois bréhaigne à jamais, plus bréhaigne que le papayer mâle car tes entrailles ne sont point faites pour connaître les mille douleurs de l'enfantement. Tu devras t'ouvrir à l'homme, à tout homme, riche ou dénanti, noir ou blanc, vert ou à maturité, et lui bailler du plaisir afin de l'aider à supporter sa condition. »

Dieu créa aussi Rigobert mais ne le bénit point. Dieu dit : « Qu'étcétéra de millions d'années de maudition pèsent sur l'écale de ta race ! Je ne t'offre ni herbes rares ni semences mirifiques qui sont sur la surface de la terre. Rien ne t'appartiendra hormis la seule peau de tes fesses, rien ne te sera concédé. »

Dieu vit tout ce qu'il avait fait : cela était très bon.

Considérant alors son ouvrage, Dieu accorda aux nègres la bamboche du septième jour.

Dès que l'on sut à travers l'En-Ville que la câpresse Adelise ne parvenait pas à accoucher, bien qu'elle fût en son onzième mois de grossesse, des grappes de pères présumés se mirent à faire le siège de la case de sa tante Philomène, au quartier Morne Pichevin, endroit où la négraille croupissait, sourire aux lèvres, dans une misère plus noire qu'un péché mortel. Aux premières heures du jour, ils n'hésitaient pas à escalader les quarante-quatre marches qui y conduisaient, vêtus de hardes hâtivement repassées, une offrande quelconque à la main, enveloppée dans du papier journal, et les bougres de s'amasser sous la fenêtre de la parturiente, protestant de leur bonne foi. Philomène, qui avait toujours connu la jeune fille fort secrète et cousue sur le chapitre de ses amours, n'avait plus songe que d'une chose : découvrir au mitan de tout ce lot de gandins et de dépravés l'auteur de ce qu'elle feignait de réprouver en public mais considérait en son for intérieur comme un véritable miracle. En tout cas un présage des temps nouveaux. L'annonce que désormais le nègre ne mangerait plus son âme en salade dans ce pays qui venait à peine de sortir de la dictature de l'Amiral Robert, cousin du sinistre maréchal Pétain et admirateur de ce monsieur Hitler dont nul n'avait vu la figure par ici mais qui avait mis tout le monde à genoux. Présage renforcé par le fait que Carmélise, cette gourgandine qui tombait enceinte chaque année depuis une décennie et mettait au monde un enfant de père différent à chaque fois (et qui s'en vantait, accoutumée qu'elle était à jouer de la croupière à tout venant, foutre !), eh ben cette mère-poussinière avait gardé le ventre plat. D'ailleurs, elle ne débâillonnait pas les dents, de colère rentrée ou alors de jalousie à l'encontre d'Adelise.

Bien que Philomène trouvât qu'il y avait trop grand concours d'individus à la mine peu recommandable autour de sa case, elle scrutait chacun d'eux avec une détermination qui en disait long sur son désir de découvrir le géniteur de l'enfant qui tardait à venir. Mais c'était peine perdue tant ils démontraient tous une égale ardeur à plaider leur cause. Il y avait ceux qui se roulaient dans la poussière de la Cour des Trente-Deux Couteaux afin de prouver en quels sentiments passionnés Adelise les avait jetés. Ils bramaient sur un ton si désespéré qu'ils parvenaient à arracher des larmes à Man Richard, la plus proche voisine de Philomène, une négresse-matador qui pourtant n'exubérait jamais le moindre sentiment de crainte qu'on devinât qu'elle encornaillait son docker de mari aussitôt qu'il se rendait au port de la Transat. Cognant à la porte de Philomène, que cette dernière tenait fermement amarrée bien que la chaleur du carême n'accordât aucune chance aux humains, Man Richard s'écriait :

« Ma commère, ouvre donc à ce bougre-là, je t'en prie ! Il se dessèche sur son corps depuis ce matin, oui. Pauvre diable ! Je suis sûre que parmi tous ces bailleurs de menteries, il est le seul à dire vrai. Philomène, ouvre ! Tu peux me faire confiance, doudou-chérie, je connais les hommes comme B-A BA. »

Mais la péripatéticienne, qui, à la nuit close, se vêtait d'une robe-fourreau bleue décorée de paillettes et se chaussait d'extravagants escarpins rouge sang à talons aiguilles, pour s'en aller tenir boutique de ses charmes au Pont Démosthène, la Philomène dont la belleté et la prestance, en dépit de la quarantaine approchante, avaient le don d'ensaliver le gosier de l'homme le plus intègre, cela au premier regard, se murait dans une intransigeance farouche que seul Rigobert, le fier-à-bras du Morne Pichevin, parvenait à entamer. Lui aussi coquillait le grain de ses yeux devant le phénomène : jamais si grande foison de gens si différents les uns des autres ne s'étaient aventurés dans son quartier dont il se faisait fort de maintenir la réputation de coupe-gorge. N'était-ce pas ici que se réfugiaient les assassineurs de vieilles rombières, les dérobeurs d'argenterie et de bijoux, les maris jaloux qui avaient estropié leurs épouses et tous les malandrins que la maréchaussée, peu encline à franchir l'invisible frontière des quarante-quatre marches, pourchassait à grand renfort d'avis de recherches déclamés journellement sur Radio-Martinique. L'honneur de Rigobert, en tout cas, était d'avoir toujours interdit l'entrée du Morne Pichevin à la race des violeurs de petite marmaille. Alors, présentement, le bougre qui, au sortir de la guerre, avait abandonné tout net son emploi de crieur de magasins de Syriens, pour vivre de menus jobs, se trouvait pour le moins désemparé. Que pouvait-il opposer à cette invasion incoutumière mais pacifique ? Il avait beau rouler de gros yeux, manier d'un air négligent sa jambette à la lame brillante entre ses doigts, cracher par terre en injuriant la mère et la marraine du Bondieu, bousculer volontairement ceux qui passaient trop près de lui, rien n'y faisait. Tous les jours, les ruelles fétides du Morne Pichevin étaient encombrées de cohortes de nègres endimanchés qui tous se prétendaient le père du bébé qui tardait à venir.

À côté des passionnés se présentaient les prestancieux qui humectaient le derrière de leurs oreilles de sentir-bon, se taillaient les ongles de propre ou se fabriquaient des cravates en fausse flanelle à l'aide de toiles récupérées dans les poubelles de l'Amirauté. Ils coudoyaient des béjaunes, gringalets à la barbe naissante et au cœur désarroyé, qui trimballaient d'improbables bouquets où se mêlaient bougainvillées mauves, coquelicots, allamandas et simples fleurs du bord des chemins au jaune si franc, si innocent, qu'à lui seul il exhalait toute la tendresse qui se dégageait de ces prétendants-là. Ces derniers, Philomène n'hésitait point à les houspiller, voire à leur lancer le contenu écumant de ses pots de chambre à la figure :

« Foutez-moi le camp de la devanture de ma case, bande de petits godelureaux ! s'encolérait-elle. Ma nièce Adelise n'a pas pu avoir compagnie charnelle avec des insignifiants de votre espèce. Allez, ouste ! »

Final de compte, les grandiseurs étaient ceux qui se pressaient en plus grand nombre aux abords du vénérable quénettier qui ombrageait cette partie de la Cour des Trente-Deux Couteaux. Dans leurs yeux ou leurs gestes ne se lisaient ni passion ni suavité, simplement une froide détermination qu'ils appuyaient de longuissimes démonstrations dont il ressortait qu'au plus fort de la guerre, quand ce chien-fer d'Hitler interbolisait le monde entier, en particulier la Martinique dont il avait cerné les côtes à l'aide de sous-marins, et que pas un produit étranger, pas une caisse de morue séchée, pas une barrique de viande de cochon salé, pas un sac de farine-France ne pouvait pénétrer dans notre île, bref quand tout un chacun crevait de malefaim et de dénantissement, cela dans la plus parfaite indifférence divine, c'étaient eux et eux seuls qui avaient porté secours à la câpresse Adelise. Celui-ci l'avait ravitaillée en corned-beef américain de contrebande, celui-là en médicaments contre le mal de tête, tel autre en chaussures-plastique brocantées contre des ignames avec les marins européens du « Barfleur » ou de « L'Estérel ». Le bougre qui grandiloquait le plus s'appelait, s'il fallait l'en croire, Florentin Deshauteurs, natif-natal du quartier bourgeois de Redoute. Il prétendait s'en revenir de durs combats à Monte-Cassino où il avait glané l'impressionnante batterie de médailles qui décoraient le devant de son paletot.

« Moi, j'ai été un dissident ! proclamait-il urbi et orbi sous le regard ahuri de ses rivaux en paternité. Pendant que vous autres vous vous cachiez dans les jupons-cancan de vos mères, il n'était pas question pour moi de couarder. Sachez que j'ai traversé nuitamment le canal de la Dominique sur le plus frêle des esquifs, nonobstant la fureur des flots, et que j'ai été aussitôt engagé dans les Forces Françaises Libres. Là-bas, en Europe, je me suis gourmé comme un démon. Cinq fois j'ai vu la mort, deux fois de près, trois fois de loin. Qui dit mieux ? Ah ! Vous vous prétendez les géniteurs de cet enfant qui tarde à naître mais alors là, expliquez-moi quelque chose, vous voulez bien ? Vous avez eu toute la durée de la guerre, vous avez eu cinq ans pour minauder avec Adelise pendant que j'affrontais les balles ennemies, cinq ans pour la circonvenir et pour forcer les murailles de sa pudeur et nonobstant tout cela, elle n'a mis aucun enfant au monde. Elle n'a même pas été enceinte une seule fois ! Ha-Ha-Ha ! Expliquez-moi donc ce mystère ! Messieurs, je le dis sans forfanterie ni hautaineté aucune, il a fallu que je revienne auréolé de gloire après avoir vaincu ces salopards d'Allemands qui avaient mis à genoux notre mère la France, pour que le ventre d'Adelise s'arrondisse. Ha-Ha-Ha ! Cela, messieurs, nul ici ne saurait le nier, nonobstant vos vantardises... La preuve, cette petite mamzelle en est à son onzième mois de grossesse ! »

Beaucoup mouraient d'envie de lui rabattre sa caquetoire à ce nègre enmédaillé jusqu'au jabot mais il avait trop fière allure et surtout la qualité de son français était si impressionnante, les mots qu'il employait avec une facilité dérisoire si émotionnants — surtout ce « nonobstant » énigmatique — que l'on vit certains prétendants abandonner tout net la partie. Ce n'était pas leur pauvre petit créole qui suintait la crasse et la vilainerie qui pourrait jamais rivaliser avec le français cravaté et laineté de ce monsieur ! En fait, cette dernière catégorie de prétendants n'était composée que de baliverneurs qui, toute la sainte journée, lançaient des blagues couillonnes à la face de leurs rivaux :

« *Hon ! Adliz anfom kon an pè soulié lakay Bata !* »

(Hon ! Adelise est aussi belle qu'une paire de souliers de chez Bata !) s'exclamait l'un.

« *Ou fou an tet, boug ! I bel pasé an pè mokasen lakay Mansour !* » (T'es dingue, mon vieux, elle est plus belle qu'une paire de mocassins de chez le Syrien Mansour !)

À l'intérieur de la case de Philomène, allongée sur un grabat fait de feuilles sèches de bananier enfournées dans un sac en guano moult fois rapièceté, Adelise, pourtant fort affaiblie, goguenardait chacun de ceux qui prétendaient lui avoir écarté les cuisses et déposé leur semence magique dans les entrailles. Elle ne pouvait pas voir leur figure mais la devinait à la couleur de leurs paroles, au timbre de leur voix, aux trémolos qui souventes fois les secouaient et alors on l'entendait péter d'un rire sarcastique qui embuait d'une sueur frette le dos ou le plat des mains de ceux-ci. Déplaçant la bassine qui recueillait le sang et les matières qui suintaient de son sexe boursouflé, repoussant avec fermeté Philomène, aidée de Man Richard, qui s'acharnait à lui tamponner le front avec du rhum camphré, l'obligeant à ingurgiter en même temps du thé-pays, elle lançait à la meute de ses prétendants :

« Le premier qui court m'acheter un cachet d'Aspro à la boutique de Man Cinna, je lui ouvre mon cœur, oui ! »

Et les énamourés de foncer, se bousculant sans ménagements dans les ruelles boueuses, afin de lui ramener ce remède-miracle qu'hélas, on ne trouvait plus qu'avec parcimonie dans le pays. D'ailleurs, les étalages de la boutiquière, dont les deux jambes étaient affligées d'éléphantiasis, faisaient peine à voir : quelques boîtes de conserve rouillées, une caisse de morue séchée, deux ou trois sacs de pois rouges et de lentilles rabougris. Seules les bouteilles de rhum, vendues à la musse ou à la roquille (jamais à la chopine, à cause du désargentement généralisé), étalaient la profusion de leurs étiquettes colorées dans ce lieu qui fut, avant-guerre, la principale animation du quartier.

« Au jour d'aujourd'hui, messieurs et dames de la compagnie, voilà que le nègre se bat pour réclamer la paternité d'un enfant ? se gaussait Adelise. Seigneur Dieu, qu'est-ce qui leur arrive soudainement ? Des siècles de temps qu'ils sèment de la marmaille à tous vents sans jamais se préoccuper d'elle, qu'ils s'enjuponnent avec la première ribaude venue, s'encanaillent dans les cabarets, gaspillant les deux francs et quatre sous qu'ils ont péniblement gagnés dans la semaine, hein ? Des siècles de temps que cette macaquerie-là dure et puis flap ! Tout le monde est papa ! Ha-Ha-Ha ! Tout le monde se veut papa. Ouaille, Seigneur Jésus, la Vierge Marie, tous les saints du ciel, préservez-moi des assauts de cette gueusaille, oui ! »

Ces propos empreints d'une cruelle dérision étaient accueillis dans un parfait silence. Il y avait gros à parier que d'aucuns étaient sous l'emprise de sa parole, nullement moins inéloquente que celle du monsieur médaillé. C'est qu'on la savait serveuse « Aux Marguerites des marins » ce qui veut dire obligée toute la sainte journée de faire la conversation à des marins blancs en goguette, de s'esbaudir en leur compagnie et donc de perfectionner son français sans le vouloir. Philomène profitait de ces brefs instants de déroute pour s'exclamer :

« *Zot tann, bann makoumè ki zot yé ? Chapé kô zot bô lakay mwen an, fout ! Pa ni yonn isiya ki sé pé papa yich Adliz la.* » (Vous avez entendu, bande de freluquets ! Dégagez de ma porte car y'en a pas un seul parmi vous qui peut se prétendre le papa de l'enfant d'Adelise.)

Pourtant l'inquiétude rongeait sournoisement la péripatéticienne. Et si sa nièce et l'enfant allaient mourir tous les deux, là, dans sa case ! C'était trop injuste et les temps nouveaux qu'on s'apprêtait à vivre, l'abondance qui s'annonçait peu à peu à Fort-de-France où les voitures avaient cessé de rouler à l'alcool de canne à sucre dont l'odeur empestait, les magasins de Syriens qui commençaient à regorger de ballots de linge rutilant, les écoles qui avaient rouvert leurs portes aux fils de la négraille, tout cela n'était-il pas un gage d'heureuseté future ? Adelise, qui l'avait tant aidée à supporter le chagrin qui l'avait assaillie à l'annonce du décès de son amant Amédée Mauville, au beau mitan de la guerre, se laisserait-elle enfermer dans les bras funestes de Basile ? Ça non, elle ne pouvait l'admettre ! Ainsi à force de conciliabuler avec Rigobert, à la brune du soir, lorsque, un à un, les prétendants avaient redescendu, la queue basse, les quarante-quatre marches qui reliaient le petit plateau du Morne Pichevin au restant de l'En-Ville, Philomène se résolut à forcer le destin. Ou plutôt la nature.

« Quand j'étais petite, à la campagne du Gros-Morne, assura-t-elle, j'ai vu travailler des accoucheuses. Je connais chacun de leurs gestes, les plantes qu'elles utilisent, les prières qu'elles marmonnent. Cet enfant rétif, je m'en vais l'obliger à descendre, tu vas voir, Rigobert !

— Ce n'est pas ce que tu crois, voisine...

— Qu'est-ce que tu me chansonnes là, mon nègre ? Tu n'es pas une femme ! Certes, je n'ai jamais enfanté et je crois que ma matrice est bréhaigne, Dieu seul sait pourquoi, mais je connais le corps d'une femme. Il a besoin d'être bien nourri pendant la grossesse, or dans ce pays-là, rares sont ceux qui mangent deux fois par jour, tu le sais bien... Pourtant, dès qu'Adelise m'avait annoncé la nouvelle, je lui ai baillé tous mes bons d'alimentation. Elle faisait la queue à la mairie le matin pour obtenir du lait en poudre et du pain. Bon-bon, je sais... Tu as raison, ce n'était pas suffisant. Cette mamzelle est plus maigre qu'un tasseau mais on est tous dans le même cas... »

Elle avait eu maintes fois la tentation de faire appel à celui que, par dérision, elle nommait « mon ex-futur-beau-frère », à savoir le docteur Bertrand Mauville, frère d'Amédée, mais elle y avait renoncé car elle le considérait comme le dernier des capons. Comme la pleutrerie personnifiée. Elle n'avait pas oublié qu'au temps pas si éloigné de l'Amiral Robert, il avait vivement déploré la belle amour qui s'était développée entre Amédée et elle. N'avait-il pas poussé la mesquinerie jusqu'à solliciter les sbires pétainistes pour qu'ils le recherchent dans tous les quartiers plébéiens ?

Rigobert sortit une fiole de la poche arrière de son short en kaki qui arborait deux larges trous au niveau des fesses, jeta quelques gouttes sur le sol en l'honneur des trépassés avant de s'offrir une bonne rasade de rhum. Il la tendit à Philomène qui fit un signe de dénégation du menton et se mit à triturer l'ébouriffure de ses cheveux qu'elle avait tenté de papilloter avec du papier de fortune.

« Tu veux savoir quelle est mon idée ? fit-il.

— Si tu ne t'apprêtes pas à sortir une de tes couillonnades habituelles, d'accord ! »

Se dressant avec brusquerie sur ses jambes, le fier-à-bras déglutit longuement pour faire passer la chaleur de l'alcool dans son gosier. Philomène découvrit qu'il était assis sur une pile de journaux à moitié froissés.

« Quoi ? Tu vends *Justice* ? sourcilla-t-elle. Tu es devenu communiste pour de vrai alors ? C'est pas de la rigolade, si je comprends bien... »

Le fier-à-bras se contenta de ricaner. Il se gratta le bas de la jambe, puis la fente des orteils que lui rongeaient de vilaines échauffures. Une sorte de corne purulente les entourait, masquant par endroits ce qui lui restait d'ongles. Il avait dû renoncer à s'acheter ces souliers américains bicolores en faux cuir qui faisaient fureur depuis la fin des privations, se contentant de ces lamelles en pneu de camion retenues par du fil de fer que tout un chacun avait utilisées pendant la guerre.

« Philomène, ma chère, murmura-t-il comme s'il révélait quelque secret qu'il avait conservé trop longtemps par-devers lui, on a tout bonnement amarré l'enfant dans le ventre de ta nièce ! »

Devant l'incrédulité qui éclaira soudain les pommes de la figure de la péripatéticienne et la tremblade qui s'empara de son corps pulpeux à souhait, le bougre parut hésiter, puis il répéta d'une voix plus assurée, presque définitive :

« Je te dis que quelqu'un, un nègre de mauvaise nation, a amarré l'enfant dans le ventre d'Adelise. Oui, c'est bien ça ! »...

Le serpent était le plus rusé de tous les animaux des champs que Yahvé Dieu avait faits. Il savait s'enrouler autour de tiges de bambou et se laisser glisser dans les dalots de l'En-Ville à la faveur des pluies-avalasses de l'hivernage. Ou il se cachait dans le panier d'une marchande de légumes descendue des hauts bois et, dans le charivari du marché, en profitait pour se faufiler à l'en-bas d'une feuille de tôle ou dans une jarre désaffectée. Il entreprit Philomène en ces termes : « Alors Dieu a dit : vous ne toucherez pas aux hommes de grand savoir et de haut parage. » La femme répondit à la bête-longue : « Nous pouvons toucher à tous les hommes de la terre quelle que soit leur engeance mais Dieu a dit que les grands-grecs nous sont interdits sous peine de perdition. » Le serpent répliqua : « Pas du tout ! Vous ne tomberez en aucune sorte de perdition. Mais Dieu sait que le jour où vos lèvres tâteront des leurs, les grains de vos yeux s'ouvriront de dix-sept largeurs et vous serez à l'égal de ceux qui connaissent le poids du mal et le poids du bien. »

Philomène vit qu'Amédée Mauville était bel homme et le séduisit et aussi qu'il était, ce mulâtre, désirable pour acquérir le discernement. Elle lui ouvrit son devant et le fourra dans sa chair couleur de caïmite. Alors ses yeux s'écarquillèrent et elle connut l'insolence des lettres de l'alphabet, la déraison des mots qui n'ont pas d'équivalent tangible, tout un enfollement de pensées qui jetaient le monde cul par-dessus tête et qui avaient pouvoir de modifier le décours du destin.

Alors elle entendit le pas de Yahvé Dieu qui se promenait sur La Levée au devant-jour et elle se cacha devant Yahvé Dieu, parmi les tamariniers sans âge. Yahvé Dieu appela la femme : « Où es-tu ? » dit-il. « J'ai entendu ton pas sur le boulevard », répondit la femme. « J'ai peur parce que maintenant je comprends l'ordre du monde et je me suis cachée. » Il reprit : « Et qui t'a enseigné l'ordre du monde ? Tu as donc goûté aux hommes de grand savoir et de haut parage ! » La femme répondit : « C'est cet Amédée Mauville que tu m'as envoyé, cet être dont l'espoir chavirait à qui tu as indiqué le chemin des quarante-quatre marches, qui m'a tout révélé. » Alors Yahvé Dieu dit à Philomène : « Qu'as-tu fait là ? » et la femme répondit : « C'est Amédée qui a mouvementé mon cœur et j'ai bu le sel de ses paroles. »

Alors Yahvé Dieu se tourna vers elle et déclara : « Parce que tu as fait cela, je briserai cet amour naissant et ton amant finira ses jours dans une terre étrangère d'où jamais son corps ne reviendra. » À

Philomène il dit encore : « Je multiplierai tes désirs
d'enfantement et tu te rongeras les sangs sur ta cou-
che, plus vide qu'un coco sec à la dérive sur le Mi-
quelon de la mer. Ta convoitise te poussera à
t'emparer d'Amédée, à ne faire plus qu'une seule et
même chair avec lui mais à sa mort, tu sentiras t'ar-
racher une partie de toi-même et tu charrieras en ton
cœur un chagrin éternel. »

Et Yahvé Dieu la renvoya sur le trottoir de la Cour
Fruit-à-Pain pour vendre sa croupière au plus of-
frant. Puis, il posta Rigobert à l'en-haut des qua-
rante-quatre marches, en grand arroi de guerre, pour
veiller à ce que les nègres croupissent en paix au
Morne Pichevin.

Plus que la douleur de l'absence à laquelle j'ai fini
par m'accoutumer, il m'a fallu toute une charge de
temps pour réarranger ma vie. Réajuster mon regard sur les choses les plus simples, replacer chacun des sentiments qui m'assaillaient dans un ordre
contrôlable. Autour de moi, chacun s'empressait :
  « Philomène, oublie ! Mets un baume sur ton
cœur et regarde droit devant toi ! »
  C'est qu'ils ignoraient tous que la disparition de
l'être aimé ne vous creuse pas seulement de l'intérieur, elle n'installe pas simplement son poison
dans la moindre de vos veines, elle vous impose de
retrouver votre place dans votre monde quotidien.
Les parois de ma case m'étaient devenues soudain
étrangères. Je ne reconnaissais plus les étagères où
s'alignaient les bouteilles vides de bière Lorraine,
pas plus que la table branlante où nous partagions
nos maigres repas et où Amédée écrivait ses mémoires. Dehors, tout me paraissait à la fois neuf et
horriblement figé : je ne savais plus m'orienter dans

les ruelles du Morne Pichevin, j'oubliais qui d'ordinaire je saluais d'un hochement de tête et qui j'embrassais sur les deux joues. Aimer, cela je ne l'ai compris que bien plus tard, ce n'est pas uniquement nourrir un sentiment commun, c'est partager un espace aussi mesquin soit-il et Dieu sait si ma case l'était du temps de l'Amiral Robert. La tôle du toit accueillait à plaisir les gouttes de pluie qui se faufilaient dans ses trous si nombreux que j'avais renoncé à les colmater. Parfois, Amédée se tenait tout exprès juste sous une perle de pluie, ouvrait largement la bouche et l'avalait d'un geste comique. À ces moments-là, je me pressais contre sa poitrine et tentais de déchiffrer la page du livre qu'il feuilletait de main nocturne et journelle.

J'ai dû tout remettre en place. Chaque objet. Chaque sentiment. Chaque désir. Ceci est mille fois plus difficile et plus douloureux que d'effacer un souvenir. La nuit, il me venait une taraudée de rêves insensés qui me dressaient, roide, sur ma couche, ruisselant mon corps de sueur, faisant chamader mon cœur et il me fallait refaire des gestes sans importance pour retrouver ma tranquillité. Comme de nettoyer du doigt le rebord de la carafe en terre. Ou de repriser le bouton du col de ma chemise de nuit, tâche que j'avais dix fois, vingt fois remise à plus tard. Rigobert, qui ne parvenait pas à trouver le sommeil et ruminait une très ancienne douleur dont il n'a jamais voulu me révéler la nature, n'oubliait jamais, lorsqu'il passait aux abords de ma case, de me lancer :

« Hé, ma fille, tu dors ? Si jamais tes yeux sont grands ouverts, à quoi penses-tu ? »

Je m'accoudais alors au rebord de la fenêtre, malgré le petit vent froidureux qui montait du bassin de radoub, et fouillais la noirceur du regard. J'interprétais les ombres qui rôdaient par-delà l'amoncellement des cahutes en tôle et en fibro-ciment, les bruits et les soupirs de la terre, sans doute lasse de supporter le fardeau de la misère humaine.

« Je sais ce que tu ressens... » commençait Rigobert en allumant un bout de cigare qu'il faisait durer depuis un bon mois après qu'il l'eut obtenu d'un marin d'Amérique du Sud en quête d'une femme. (Il l'avait conduit tout droit chez Carmélise, cette jeunesse dont la joie indescriptible, qu'il fît cyclone ou bel-beau temps, m'a toujours sidérée.)

« Tu as changé, reprenait Rigobert. Depuis que tu as concubiné avec Amédée et qu'il t'a appris à lire dans ses livres d'En-France, tu ne respires plus comme nous. Je ne reconnais pas la couleur de tes mots, je ne te comprends plus comme avant.

— Ne reviens pas sur ce qui est mort et enterré, protestais-je. Je suis toujours la même Philomène que vous connaissez depuis le temps de l'antan. Ce n'est pas moi qui suis devenue différente, c'est l'air autour de moi qui n'est plus le même. Le Morne Pichevin d'après-guerre est devenu un autre quartier. »

Cela, Rigobert le savait bien même s'il voulait se le cacher. Des grappes de gens de toutes origines et de toutes accointances commençaient à s'y installer, donnant librement carrière à leurs fantaisies, et ni lui ni moi ne pouvions plus nous y opposer, ni même choisir les nègres de bien et chasser les mauvais vivants. L'anarchie se mettait peu à peu en place. Ma nièce Adelise, qui m'avait rejointe l'année même où éclata la guerre, ne trouvait rien d'anormal aux course-courir des galope-chopines à n'importe quelle heure du jour ou de la nuit, à leurs échanges de cochoncetés ou à leurs subites attentions envers elle. Comme celui qui se mettait à vomir comme qui dirait le contenu de son fiel, de sa rate, de son estomac et de ses intestins, non loin du quénettier, puis s'agenouillait dans son grouillis verdâtre et déclarait d'un geste théâtral en sa direction :

« Mamzelle Adelise, je requiers de vous voir. »

Ce à quoi elle répondait tout aussi précieuse :

« Je ne puis du tout vous réciproquer, cher monsieur ! »

Il faut avouer qu'une folie de bel français et de manières-France s'était emparée du nègre depuis quelque temps. Et c'est pourquoi il y en avait un autre qui venait barytoniser sa soi-disant passion pour Adelise le dimanche après-midi, seul moment de la semaine où nous avions loisir de grappiller un petit brin de sieste. L'impudent chantait de l'Édith Piaf, du Charles Trenet, du Tino Rossi et lorsqu'il jugeait que son effet n'était pas suffisamment puissant, il adoptait la voix caverneuse des chanteurs de negro spirituals pour nous casser les oreilles. Plusieurs fois, Rigobert l'avait jeté hors du Morne Pichevin en lui flanquant roustance et raclée mémorables mais rien n'y faisait : l'importun revenait à la charge tous les dimanches que Dieu faisait, imperturbable, sifflant des mirontons-mirontaines. Et c'est ainsi que peu à peu, j'ai appris que le rire franc, celui qui n'est pas prémédité ou qui ne suit pas une bonne blague que l'on vous raconte, celui qui jaillit en vous comme un torrent, eh ben, ce rire-là a pouvoir d'apaiser les intempéries de l'âme. Je riais à la seule vue du chansonneur et ce faisant, je sentais comme un apaisement dans ma souffrance. Le temps semblait s'arrêter, se figer sur place et dans ces instants-là n'existaient ni lancinement ni sensation de vide vertigineux. Seulement une plage de sérénité absolue trop vite recouverte, hélas, par les vagues de la désespérance.

Puis, un jour, sans m'en rendre compte au premier abord, je me mis à converser en tête à tête avec Dieu. Je n'avais plus personne à qui confier toute la charge d'amour que je portais en moi et je me mis à penser à lui. D'abord aux images pieuses de mon missel, à l'effigie de son fils qui s'était sacrifié pour nous. Ensuite aux versets de la Bible que l'abbé de Sainte-Thérèse nous tonnait en chaire afin de nous faire peur du feu de l'enfer qui, à l'entendre, menaçait l'ensemble des nègres quel que fût leur degré de piété. Je demeurais ainsi des après-midi entières, dans la pénombre de mon arrière-cour, à l'insu du voisinage, à faire ce commerce d'amicalité avec Dieu. Au bout d'un moment, je n'ai plus eu besoin ni de Bible ni d'images divines. Mon âme allait tout droit vers lui en le cherchant avec amour et en s'oubliant peu à peu.

Au temps où Yahvé Dieu fit le Morne Pichevin, il n'y avait encore ni case en tôle ni ruelle empierrée, ni pieds de mangues ou de quénettes, seulement une échancrure de mauvaise terre ravinée, à l'en-haut d'une petite éminence, où l'herbe-à-marie-honte avait établi son royaume d'épines et de grattelles.

Car Yahvé Dieu n'y avait pas encore conduit les coupeurs de canne et les muletiers, désormais désœuvrés, de l'intérieur du pays, les ouvriers de distillerie en désarroi, les négresses lavandières ou cuisinières munies de leur dérisoire billet-ce-n'est-plus-la-peine.

Toutefois Yahvé Dieu favorisa l'installation — quasiment le même jour à la même heure — de Philomène et de Rigobert bien qu'ils ne fussent point mari et femme et qu'ils ne furent plus tard jamais en chemin de le devenir. Dieu modela l'homme avec la glaise du sol et ce dernier devint raide, si raide que, lorsqu'il se mit à accueillir les nouveaux venus, il leur imposait d'emblée sa loi à l'aide du seul airain de son regard.

« *Honneur et respect sur ta tête, Rigobert !* » *lui murmurait-on en guise d'allégeance. Alors Rigobert déboisa le plateau au coutelas, presque seul, et dégagea une place en terre battue qui allait devenir la Cour des Trente-Deux Couteaux. Aux nègres manieurs de houe, il confia la tâche de planter de minuscules jardins créoles ; à ceux qui préféraient la pioche, le creusement de tout un entrelacement de caniveaux. Puis il planta un quénettier à l'aide d'une graine magique puisque l'arbre mit à peine trois jours pour atteindre une taille séculaire et il déclara :* « *Vous enterrerez les cordes du nombril de vos enfants nouveau-nés à l'en-bas de ses racines ! Cet arbre leur sera protection d'Afrique-Guinée toute leur vie durant.* »

Et tout un chacun de lui obéir et pas un seul qui eût osé se permettre d'y couper une branche pour fabriquer du charbon de bois. « *Ce que Rigobert proclame, c'est parole d'En haut !* » *renchérissait Philomène à ceux qui, fraîchement débarqués du fin fond de quelque campagne, faisaient mine de douter de l'autorité divine de ce nègre dépenaillé dont la joue gauche portait l'entaille d'un méchant coup de rasoir.*

Final de compte, Yahvé Dieu dit : « *Il n'est pas bon que l'homme soit seul. Il faut que je lui fasse une aide qui lui soit assortie.* » *Si bien que des garennes à lapins, des calloges à poules et à canards, des parcs à cochons-planches se mirent à pulluler au Morne Pichevin de même qu'une quantité inumérable d'animaux sans raison : mangoustes, araignées-matoutou-falaise et parfois bêtes-longues qui se lovaient au creux des vieilles planches dans l'attente de quelques gout-*

tes d'eau virginale du début de la nuit. Et chacun ici-là se mit à son aise, se gaussant même des nègres qui avaient occupé les basses terres de l'En-Ville et qui donc pataugeaient dans la fétidité des mangroves.

Lassée d'attendre cet enfant qui se refusait à affronter la lumière du jour, Philomène se résolut à consulter l'abbé de la paroisse de Sainte-Thérèse, la plus proche du quartier Morne Pichevin, bien qu'ils fussent tous deux en fort petite amicalité depuis le jour où le Charentais (il n'avait cesse de vanter sa contrée natale à laquelle il ne trouvait que des qualités au contraire de la Martinique qui n'était qu'une terre de stupre et de débauche) lui avait refusé l'hostie alors même qu'elle s'était confessée la veille, avouant tout ce qu'il voulait. Dans son sermon, l'abbé avait ensuite dénoncé celles qui tenaient ouvertement boutique et marchandise de garces, qui se lotionnaient à l'aide de mixtures diaboliques censées faire tomber les préventions des hommes les plus honnêtes. Et à ce moment-là, tel un ange exterminateur, il s'était dressé de tout son long du haut de sa chaire et avait hurlé, devant la centaine de fidèles présents, le doigt pointé sur Philomène :

« Et que les Marie-Madeleine qui se reconnaissent sortent sur-le-champ de mon église ! »

Philomène, qui portait une mantille, la rabattit d'un geste vif sur son visage mais ne bougea point, clouée sur place qu'elle était par la vergogne. Alors l'abbé repartit à la charge :

« C'est comme elle ! Comme cette pécheresse-là que vous voyez faussement agenouillée au premier banc de notre sainte église ! »

Vaincue, la câpresse féerique se fraya un chemin entre les fidèles qui s'étaient massés comme à l'or-

dinaire dans l'allée centrale et se rua à l'air libre. Et
là, face au port de la Transat, face à la mer tranquille et au ciel qui semblait sommeiller, elle sentit
ses pieds l'emporter dans une danse-calenda, ses
reins tournoyer de chavirades en déchavirades, effrayant quelques chiens errants maigres-jusqu'à-
l'os. Elle dansa, dansa, dansa jusqu'à être prise de
haut-mal et sa bouche fardée se mit à déparler :

« Hypocrites qui m'accusez de jouer de la croupière à tout venant, faux jetons qui m'en voulez de
m'adonner aux plaisirs vénériens contre deux
francs et quatre sous, sachez que je n'ai cure de vos
jaseries ! Moi, Philomène, je n'ai aimé qu'un seul
homme en tout et pour tout dans ma vie et cet
homme-là avait pour nom Amédée Mauville et il
professait le latin au lycée Schœlcher. La mort,
cette chienne, nous a séparés mais dans chaque
repli de ma chair survit l'odeur de ses aisselles, le
souffle de sa poitrine. J'entends encore ses mots ir-
ruptionner en moi et me soulever d'aise… »

Lorsqu'elle reprit ses esprits, au bout d'une heure
et quelque de dérive et de déparlage à travers le
quartier, le monde entier avait pris son parti. Certains s'étaient même mis à la plaindre et d'un commun accord, les nègres du Morne Pichevin
décidèrent de déserter l'église de Sainte-Thérèse au
profit de celle des Terres-Sainvilles, même s'il leur
fallait marcher vingt bonnes minutes de plus pour
l'atteindre. Le curé charentais avait tenu Philomène
pour responsable de ce qu'il considérait comme une
cabale et quand, ce jour-là, il la vit approcher du
presbytère, la mine contrite, il se mit à jubiler. Nul
doute que cette bougresse venait quémander son
pardon. Le nègre n'est-il pas un être fondamentale-
ment primesautier ? Un jour, féroce et prêt à tout détruire sur son passage ; le lendemain, servile et doux
comme un petit mouton. Hélas, il dut déchanter.

« Je suis venue payer trois messes d'actions de grâce, s'écria d'un ton abrupt la câpresse. Ça coûte combien, s'il vous plaît ?

— Dieu n'est pas à vendre !

— Ce n'est pas pour moi, rassurez-vous. Ma nièce Adelise a dépassé le terme de sa grossesse. Je crains pour sa vie et celle de son bébé.

— Ce bébé a-t-il un père ? Quelqu'un connaît-il le nom de son géniteur ? aboya l'abbé. Non ? Ah voilà ! On patauge dans la débauche et l'immodération, on ne respecte pas les préceptes de Jésus, on abandonne la fréquentation de son temple et puis lorsqu'un embarras vous tombe dessus, vite !, on recommence à dévotionner. Trop facile, ma chère dame ! »

À l'annonce de ce refus, Rigobert et d'autres nègres du Morne Pichevin, hors d'eux, se proposèrent de bastonner l'abbé de Sainte-Thérèse et il fallut que Philomène déploie des trésors de diplomatie pour les en dissuader. Une idée bien plus intelligente lui était venue : elle accourut au chevet de sa nièce, la saisit par le collet et exigea qu'elle lui révèle le nom de celui qui l'avait engrossée. Adelise avait suffisamment joué, elle avait assez tourné autour du pot. L'heure n'était plus aux atermoiements ni aux circonlocutions. Une fois dévoilée l'identité du père de l'enfant, Philomène lui ferait rendre gorge, l'obligerait à défaire le « mal » qu'il avait envoyé sur sa nièce.

« Qui ? insista Philomène ameutant du même coup ses plus proches voisins, les cloisons des cahutes du Morne Pichevin n'ayant guère plus d'épaisseur qu'un doigt.

Sa ou ka tizonnen'y kon sa, pò djab ? (Pourquoi tu la tisonnes comme ça, pauvre diable ?) intervint Man Richard.

— Adelise, si vous ne dévoilez pas le nom du père de votre enfant, continuait Philomène avec la même hargne, vous allez pourrir de l'intérieur, vous et le fruit de vos entrailles... Tu m'entends ? Vous aurez une agonie comme on n'en a jamais connu depuis que le monde est monde. »

La jeune fille, qui souffrait dans tout le corps sans se plaindre, cela depuis des mois, se dressa sur ses coudes et regarda, interloquée, sa tante en qui elle avait toujours vu sa plus fidèle alliée. Un voile ennuagea soudain son regard et elle sentit sa tête partir. Ses lèvres battirent pour tenter de prononcer quelques mots mais seule une rousinée de bave en décora les commissures.

« Tu ne te rends pas compte que tu vas passer ? éructa la péripatéticienne. Allons, Adelise, mets ton orgueil sous le plat de tes pieds, je t'en prie. Dis-moi qui t'a mise enceinte ? Si c'est ce flagorneur de Florentin Deshauteurs, nous lui ferons payer cela jusqu'à ce qu'il n'ait plus que sa chemise sur le dos. »

Puis, se figeant, comme prise d'une inspiration subite :

« C'est Fils-du-Diable-en-Personne qui t'a fait ça, hein ? Dis-moi que c'est lui, ce bandit de grand chemin ! »

Adelise retomba comme un sac de sel sur sa couche et ne bougea plus. Man Richard se dépêcha de lui faire respirer du rhum camphré tandis que Philomène l'obligeait à boire une cuillerée d'huile de ricin, en lui soutenant la nuque d'une main tremblotante.

« Ma petite fille ! Ma fifille chérie ! marmonnait la péripatéticienne en étouffant un sanglot.

— Tante... tante, écoute-moi », fit Adelise.

Les deux femmes s'écartèrent de ce corps brisé qui semblait avoir repris des forces et se figèrent devant la resplendissance du regard de la parturiente. Était-ce le sourire de la mort ? L'ultime allégresse d'un être qui s'apprêtait à quitter la vie ?

« Le... le père de mon enfant, c'est Papa de Gaulle... » finit-elle par lâcher avant de reposer sa tête sur les vieilles hardes roulées en boule qui lui servaient d'oreiller et de se laisser emparer par ce qui avait toute l'apparence du sommeil du juste.

L'EXODE

Un nouveau maître vint au pouvoir sur l'Habitation Lajus, au Carbet, et il dit à ses pairs : « Voici que le peuple des Nègres est devenu plus nombreux que nous et menace notre règne. Allons, prenons de sages mesures pour l'empêcher de s'unir, sinon en cas de rébellion, il risque de mettre en danger nos possessions et de les détruire jusqu'aux cendres. »

On imposa donc aux coupeurs de canne, aux amarreuses, aux muletiers et aux ouvriers des distilleries, des commandeurs d'une férocité sans égale pour leur rendre la vie dure. Ces derniers exigeaient plus de piles de canne, plus de cabrouets pleins à ras bord, une cadence d'enfer aux charges de montage. C'est ainsi que les coffres des maîtres engrangèrent des mille et des cent mais plus on lui rendait la vie dure, plus le peuple des nègres croissait en nombre et surabondait, plus sa détermination à s'organiser et à réclamer ses droits se faisait puissante. Alors les planteurs en vinrent à le redouter, surtout le maître de l'Habitation Lajus, le Blanc créole de Parny et celui de l'Habitation Grande Savane, le Blanc créole Mélion de Saint-Aurel. Le premier exerçait son empire sur une large bande escarpée du nord-ouest du pays tandis que le second paradait au beau mitan des terres plates du centre.

Alors, la Caste blanche contraignit les nègres à goûter la vie amère de la récolte depuis les premières lueurs de l'aurore jusqu'à tard dans la nuit, sans une once de repos, sans une parole d'encouragement. Sans augmenter leurs gages du moindre sou. Des grèves et des révoltes étaient sévèrement réprimées et les hommes d'armes, les spadassins et les tueurs à gages sillonnaient les campagnes, malmenant les femmes qui lavaient au bord des rivières, effrayant les enfants, jetant les vieux-corps dans la poussière.

Le peuple des nègres, gémissant dans sa servitude, cria et son appel à l'aide monta vers Dieu du fond de sa servitude. Dieu entendit leurs gémissements et leur apparut. Il déclara : « J'ai vu, j'ai vu la misère du peuple nègre qui croupit dans les plantations. J'ai entendu son cri devant ses oppresseurs ; oui, je connais ses angoisses. Je suis descendu pour le délivrer de la main des békés et le faire descendre de cette terre vers une contrée plus accueillante, vers une contrée qui ruisselle de lait et de miel, vers la demeure des nègres du Morne Pichevin, de la Cour Fruit-à-Pain, de Bord de Canal, des Terres-Sainvilles, du Calvaire, de Kerlys et de Marigot-Bellevue. Maintenant le cri des fils d'esclaves est monté jusqu'à moi et j'ai vu l'oppression que font peser sur eux les Blancs. Allez sortez au-delà de la géhenne des champs de canne à sucre et des distilleries ! Prenez la route droit devant vous jusqu'à l'En-Ville... »

Parmi les hordes de nègres d'habitation qui envahissaient Fort-de-France depuis quelques mois, nègres aux mains chiquetaillées d'avoir trop coupé la canne à sucre, nègres aux yeux mangés par la forcènerie, se trouvait un fringant jeune homme que l'on eut vite fait de surnommer Dictionneur parce qu'il trimballait toujours un imposant Littré sous le bras. Dormant à même les trottoirs (il n'avait pas encore jugé bon de construire comme tout un chacun un semblant de case sur ces empans de terre nauséa-bonds qui ceinturaient l'En-Ville), on se rendit compte qu'il s'en servait comme d'un oreiller. Sa sa-vantise en matière de mots était si-tellement vaste qu'on s'arrêtait pour l'écouter bouche bée lorsqu'il se mettait à déclamer des définitions en rafale, sans doute pour épater le monde. En fait, le bougre avait appris son dictionnaire par cœur et partageait son temps entre l'Allée des Soupirs où il aidait les ly-céens à faire leurs devoirs contre de la clinquaille et la vitrine du « Palais d'Orient » du Syrien Wadi-Ab-dallah où il tentait d'exercer le métier de crieur. Ri-gobert, le fier-à-bras du Morne Pichevin, le découvrit ainsi un jour, à sa propre place, gesticu-lant et battant de la gueule avec une énergie stupé-fiante afin d'attirer le chaland.

« C'est qui ce macaque-là ? demanda Rigobert, mi-vexé mi-ironique, au propriétaire des lieux.

— Ton remplaçant, mon frère ! Depuis que cette fichue guerre est finie, tu ne penses plus qu'à fai-néanter. Combien de fois ne t'ai-je pas proposé de reprendre ton poste, hein ? »

Rigobert se planta droit devant l'impudent et l'ob-serva pendant un bon bout de temps avant d'éclater de rire. Ce bougre-là était sûrement beau, plein de gamme et de dièse dans ses manières mais il ne sa-vait point crier la marchandise. Monsieur tympani-sait voilà tout ! Il vous cassait les oreilles de sa voix légèrement aiguë et trébuchait sur les prix et les noms des tissus, s'y reprenant à trois fois, chose qui amusait d'abord les passants puis les faisait hausser les épaules ou carrément fuir. Lorsque leurs quatre yeux tombèrent les uns dans les autres, Dictionneur comprit que n'ayant aucune vocation pour rafaler les mots et donc éblouir le chaland, il devait trouver une autre tactique s'il voulait garder sa place. Alors, il brandit son Littré, l'ouvrit au hasard et le tendit au premier passant venu en s'écriant :

« Monsieur-monsieur, on fait un pari ! Si tu trouves là-dedans un mot dont j'ignore la définition, eh ben, tu auras droit à une chemise-kaki à moitié prix. »

Hélas pour Dictionneur, peu de gens savaient lire ! Et ceux-ci qui avaient eu la chance de traîner leur pantalon sur les bancs de l'école étaient bien trop impressionnés par la taille de son livre pour s'aventurer à y chercher quoi que ce soit. Tressautant comme un merle qui aurait bu de l'eau frette, l'apprenti crieur insistait, attrapait les vieilles femmes par le bras, sermonnait les messieurs à l'allure distinguée, vouait aux gémonies les nègres-vagabonds qui entreprenaient de le dérisionner. En plus, la fixité du regard de ce bougre au visage couturé d'une vilaine balafre, qui l'espionnait depuis le trottoir d'en-face, commençait à l'importuner.

« Tu es qui toi ? finit par lancer Dictionneur.

— Hon ! Je suis un nègre d'En-Ville. Toi par contre, tu pues la campagne.

— Mesdames et messieurs, une petite définition, je vous en prie ! Celui qui prendra Dictionneur en défaut gagnera de quoi se vêtir pendant tout l'hivernage ! Allons, approchez !... au temps de l'Amiral Robert, c'est nous, les nègres-campagne, qui vous avons nourris, c'est grâce à nous si vous êtes vivants aujourd'hui, alors paix à ta bouche !... Une chemise-kaki pour trois fois rien si vous trouvez un mot que j'ignore ! »

La chance finit par sourire au jeune homme : une créature fessue et mamelue, au maintien roide et un brin arrogant, finit par s'arrêter à sa hauteur.

Elle l'entrevisagea d'un air méprisant, ôta l'un de ses gants et se saisit du Littré en lâchant :

« Voyons voir, si tu ne couillonnes pas le monde, toi ! »

Dictionneur, nullement impressionné, la regarda de haut en bas et de bas en haut et vit qu'elle était splendide bien qu'elle eût déjà probablement atteint, voire dépassé la cinquantaine. Sa peau, d'un noir profond et brillant, dégageait comme des effluves de sensualité que la femme s'efforçait de dompter en arborant une mine renfrognée.

« Vous… vous êtes un beau morceau de femme, oui ! fit le jeune homme.

— Cessez de bêtiser, je vous prie ! Alors, voyons ça, heu… la définition d'"Acquiescence" s'il vous plaît ?

— Acquiescence : Action d'acquiescer, se soumettre ; donner son assentiment ; acquiescer à un jugement.

— Celle de "magnanimité" ?

— Magnanimité : vertu de celui qui est magnanime… qui soutient avec cœur et magnanimité. Magnanime : qui a l'âme grande. »

Rigobert, qui n'avait pas cru une seule minute aux connaissances livresques de son rival, y voyant simplement une rouerie plus originale que celles que lui-même employait pour attirer l'attention des passants, demeura tout bonnement le bec coué. Une grappe de gens ébaubis avait commencé à entourer Dictionneur et certains se mirent à applaudir chaque fois qu'il répondait aux mots de plus en plus difficiles que lui proposait la dame. Le Syrien Wadi-Abdallah jubilait : jamais une telle foison de chalands ne s'était rassemblée devant son magasin, même à l'époque, celle d'avant-guerre, où Rigobert était, avec Lapin Échaudé, le crieur le plus émérite de Fort-de-France.

« Tu vois, mon bougre, lança le Levantin à Rigobert, les temps ont changé ! Ha-Ha-Ha ! »

Alors une folle enrageaison traversa les boyaux du fier-à-bras du Morne Pichevin, lui laboura l'estomac et monta avec un ballant monstrueux dans sa gorge. Il tâta sa poche pour sentir la froidure rassurante de la lame de sa jambette et fondit sur Dictionneur auquel il flanqua un méchant coup de tête en plein front. Du sang tigea sur les mains de l'institutrice (car la questionneuse ne pouvait à l'évidence qu'exercer une telle profession), peintura le trottoir et les caniveaux. Celle-ci s'escampa sans demander son reste tandis que des nègres qui badaudaient dans les parages se mirent à encourager Dictionneur pour qu'il rende le coup. Un bougre, plus long que le Mississippi, très excité, s'exclamait à l'endroit de Rigobert :

« Tu es le major du Morne Pichevin, ça c'est vrai, mais ici on est au mitan de Fort-de-France et tu n'as pas le droit d'y mener la vie dure aux honnêtes gens.

— Monte chier ici, si tu en as la force ! » beugla Rigobert en se frappant violemment l'estomac.

L'excité se calma tout net, ce que voyant Wadi-Abdallah qui avait le don très oriental de savoir profiter des situations les plus délicates, annonça à la cantonade qu'il faisait une réduction de trente pour cent à tous ceux qui pénétreraient sur-le-champ dans son magasin. Inutile de dire que le trottoir se vida en cinq-sept et que Dictionneur et Rigobert se retrouvèrent face à face sous le méchant soleil de onze heures du matin. Le plus étonnant dans l'affaire c'est qu'aucun cri ne s'était échappé de la gorge du jeune homme, pas la moindre larme n'était venue briller au coin de ses yeux. Au contraire, un sourire qui se voulait charmeur s'es-

44

quissa sur ses lèvres, contrastant avec les giclées de sang qui continuaient à barbouiller sa figure.

« Je ne me bats pas avec un nègre comme moi », finit-il par lâcher.

Rigobert ne sut quoi répondre. Lui qui passait sa vie à se gourmer contre d'autres fiers-à-bras, à imposer ses vues, à se servir quand et où il le voulait, il ne comprenait pas ce que ce nègre savant-là venait lui raconter. D'abord, il crut que ce dernier crevait d'une peur-caccarelle et qu'il cherchait une échappatoire.

« D'où tu sors toi ? lui demanda-t-il.

— Ah ! De loin, de très loin. Du nord…

— Tu fais quoi ici ?

— Je vis. Ha-Ha-Ha ! Ça t'étonne mais c'est la franche vérité. Avant je tuais mon corps dans les champs de canne pour le compte d'un béké scélérat mais à présent, je suis aussi libre qu'un merle. »

Rigobert le conduisit à la fontaine du Grand Marché où le jeune homme put se débarbouiller le visage. Il tenait fermement son Littré sous le bras comme si c'était là le bien le plus précieux de la terre et aussitôt que les marchandes l'aperçurent, elles s'esclaffèrent :

« Voici le petit monsieur qui connaît le dictionnaire par cœur ! Ne dirait-on pas qu'il est plus fort qu'Aimé Césaire ? »

Mais il n'y avait que de la gentillesse dans leurs paroles et c'était à qui offrirait à Dictionneur une patte de bananes-macandias ou un bâton de cacao. Il acceptait volontiers ces offrandes mais protestait qu'il ne saurait qu'en faire n'ayant ni domicile ni épouse ni rien.

« Alors comme ça, tu dors à la lune claire, mon bougre ? s'enquit Rigobert incrédule.

— C'est ça même !

— Mais un nègre instruit comme toi, tu peux trouver un job à l'aise dans un bureau. Pourquoi tu ne cherches pas ? »

Dictionneur haussa les épaules et lui proposa d'aller boire un punch dans un caboulot du Bord de Canal où il avait ses habitudes. Le jeune homme était si proprement vêtu, si élégant que Rigobert avait le plus grand mal à croire qu'il disait vrai.

« Tu as voulu insinuer quoi tout à l'heure ? fit le fier-à-bras lorsqu'ils furent attablés.

— Cette année-là est sacrée. Il va nécessairement se passer quelque chose dans nos vies.

— Je n'arrive pas à suivre ta parabole.

— Nous sommes en 1948, dit Dictionneur, les yeux dans le vague, comme s'il soliloquait. Cela signifie qu'il y a très exactement un siècle que l'esclavage a été aboli. Un siècle pile !

— Et alors ?

— Comment, ça ne te fait ni chaud ni froid ? Tu ne ressens rien au plus profond de toi ? »

Rigobert, honteux, fit un effort extraordinaire pour apprécier les sentiments ou les émotions qui montaient en lui mais n'en trouva aucun. Il commanda un deuxième verre de rhum et déclara :

« Hé, c'est toi qui payes. Tu m'as invité, n'oublie pas !

— D'accord ! Mais dis-moi, l'esclavage, ça n'éveille rien chez toi. Tu as oublié que ton grand-père avait les chaînes aux pieds et que ton père a connu les dernières années de ces temps féroces. »

Le fier-à-bras du Morne Pichevin calcula longuement dans sa tête, caressa sa balafre d'un geste machinal et finit par déclarer qu'il connaissait un bougre très vieux — il avait cent huit ans sur sa tête — qui s'appelait Mathieu Salem et qui jacotait sans arrêt des choses étranges à propos de l'esclavage. Des histoires de jarres d'or enterrées au pied d'un fromager.

« Mais il parle tout seul...

— Emmène-moi vers lui, fit Dictionneur très excité. Il avait huit ans au moment de l'abolition et je suis sûr que cet événement a dû rester gravé dans sa mémoire.

— Tu causes un français trop compliqué pour moi là, mon vieux ! Écoute, j'ai une proposition à te faire. On devient bons zigues tous les deux et je t'autorise à occuper une case du Morne Pichevin dont on m'a confié la garde. Ça te va ? »

Dictionneur caressa son Littré qu'il tenait sur ses genoux tel un enfant et regarda son interlocuteur, les yeux fixes, comme s'il n'avait rien compris à ce qu'il venait de lui dire. Au bout d'un temps interminable, Rigobert finit par se lever et lâcha :

« Grand bien te fasse puisque tu préfères dormir dans la poussière des trottoirs ! Si jamais tu changes d'idée, tu n'as qu'à monter au Morne Pichevin et demander pour moi. Attention à la septième et à la trente-troisième marche de l'escalier qui conduit à mon quartier ! »

Dictionneur attendit que la nuit soit complètement par terre pour regagner le centre-ville. Songeur, il tapotait son Littré qu'il tenait serré contre son ventre. Une citation de l'Ecclésiaste, lancée à son visage par cette femelle implacable vêtue en carmélite, qui vendait des missels et des chapelets dans un tray sur le trottoir du magasin de Wadi-Abdallah, avait commencé à le hanter. Sa prodigieuse mémoire en avait retenu chacun des mots :

« Voici que j'ai amassé et accumulé la sagesse plus que quiconque avant moi à Jérusalem, et, en moi-même, j'ai pénétré toute sorte de sagesse et de savoir. J'ai mis tout mon cœur à comprendre la sagesse et le savoir, la sottise et la folie, et j'ai compris que tout cela aussi est recherche de vent. Beaucoup de sagesse, beaucoup de chagrin. »

Yahvé Dieu s'adressa à Dictionneur en ces termes : « Va dans le désert des rues de l'En-Ville à la rescousse de ton peuple et dis-lui qu'il me serve. S'il refuse, voici que ma main frappera ses cases en tôle, fracassera ses rêves, éparpillera sa marmaille sur toute la surface de la terre, déchirera le plat de ses pieds. »

Yahvé Dieu surprit Dictionneur en son sommeil, à même le trottoir de la rue François-Arago, et lui parla à nouveau : « Bientôt, la terre grouillera de bêtes immondes et de maladies innommables, va et rassemble ton peuple ! Qu'il se lève et marche dans mon sillage car là se trouve la félicité éternelle ! »

Yahvé Dieu ajouta : « Au commencement, vous ne serez qu'une poignée mais à mesure-à mesure, le plus grand nombre viendra s'abreuver à la source de vos prophéties… »

Or donc, la vie était devenue raide, plus raide qu'un coup de rhum sec avalé à jeun. Pourtant la guerre était terminée depuis trois belles années. On chignait, se lamentait un peu partout :

« S'il existe un Bondieu, faudra bien qu'un de ces jours, il mette une terminaison à tout ça, oui. »

On vivait, guettant l'arrivée au port des bateaux de marchandises. De quelque quartier de l'En-Ville que l'on fût, chacun avait toujours le visage dirigé vers la ligne d'horizon. Visages de mangoustes affamées, visages de pauvres hères en attente d'une embellie quelconque. Bien entendu, les gens du Morne

Pichevin, puisque haut perchés, se trouvaient aux premières loges et Richard, le contremaître-docker, voisin de Philomène, faisait régner sa loi à l'embauche des occasionnels chaque beau matin, favorisant de manière éhontée ses congénères. La nuit venue, Rigobert, sur ses instructions, dévalisait avec quatre bougres gros-gras-épais, sans foi ni loi, les caisses de pommes de terre ou de morue séchée, les sacs de riz et de pois rouges, les bouteilles de vin mousseux, les barriques de beurre ou de salaisons entreposés dans un hangar dont la porte d'entrée était pourtant enchaînée et cadenassée. Richard prenait toujours soin d'aménager une ouverture dans le bois pourri de la façade arrière, ôtant ici une planche, élargissant là un trou dû aux poux-de-bois ou à l'humidité. Au matin, face aux importateurs békés, le contremaître-docker jouait à l'ahuri, jurait ses grands dieux qu'il ferait cher payer aux malandrins de telles vagabondageries, avant de proposer — sachant fort bien que c'était chose impossible — que la maréchaussée postât deux hommes en armes aux abords du hangar durant la nuit. Mais une fois ces beaux messieurs repartis à leurs magasins de La Jetée, il filait au Morne Pichevin pour rigoler de leurs têtes avec Rigobert et ses compères.

« Ce qu'on prend aux riches, c'est justice et rien d'autre ! » proclamait le fier-à-bras pour éteindre les quelques étincelles de remords qu'il devinait chez les femmes.

En ce temps-là, trois ans après la fin de la deuxième guerre mondiale, le nègre d'En-Ville n'était guère partageux. Chaque quartier roulait pour son propre corps et si le Morne Pichevin ne manquait pas de produits venus de l'étranger, il avait difficilement accès au poisson frais, contrôlé par le Bord de Canal et son très redouté major, le sieur Bec-en-Or.

Quant aux légumes et aux fruits, les nègres des Terres-Sainvilles où habitaient la plupart des djobeurs en avaient fait leur domaine réservé. Dès les premières heures du jour, Fils-du-Diable-en-Personne et sa bande se postaient à la gare d'autobus de la Croix-Mission pour surveiller l'arrivée des marchandes venues des quatre coins du pays. En échange de leur tranquillité, celles-ci leur offraient des pattes de bananes-ti-nains, des avocats, des christophines, des ignames, des choux de Chine et parfois quelque volaille déjà plumée. Malgré cette répartition, somme toute équitable, entre les trois plus gros quartiers plébéiens de l'En-Ville et l'entente relative qui régnait entre leurs fiers-à-bras respectifs, le Morne Pichevin, alors même qu'il jouissait d'une réputation de coupe-gorge, faisait bien des envieux. C'est que la marchandise d'En-France avait plus de prestige que la marchandise-pays. En particulier ces cigarettes à bout filtre que les hommes du Morne Pichevin arboraient au coin des lèvres même quand ils n'étaient pas fumeurs, juste pour narguer le restant de l'En-Ville. Le fin du fin était la cigarette mentholée à bout filtre qui embaumait l'haleine et attirait les faveurs des jeunes femmes. Alors qu'on brocantait sans flaflas pommes de terre contre grappes de mandarines ou bouteilles de vin contre livres de thon frais, sous le contrôle des trois majors, Rigobert, Bec-en-Or et Fils-du-Diable-en-Personne, il était hors de question que ces cigarettes-là fassent l'objet d'une quelconque transaction. Rigobert voulait qu'elles fussent l'apanage du seul Morne Pichevin et nul n'aurait osé décontrôler ses ordres. Philomène en grillait une quantité respectable chaque soir, tandis qu'elle attendait le client sur le trottoir du Pont Démosthène.

Cette situation provoquait jalousie et irritation. Bec-en-Or était de plus en plus agacé par les fumeurs de cigarettes mentholées à bout filtre. Il rêvait de se présenter au « Select-Tango » muni d'un paquet entier pour impressionner les donzelles que sa dizaine de dents en or tenait déjà sous le charme. Si bien qu'il déclara la guerre à Rigobert un samedi soir au moment où l'on ouvrait les portes du casino. Une guerre brutale, scélérate qui opposa tout ce que le Bord de Canal comptait de bougres valides contre leurs alter ego du Morne Pichevin.

« Bande de ma-commères ! lança le fier-à-bras. Personne ne dansera le tango ce soir ! Ni la rumba ni le cha-cha-cha ni rien, foutre ! »

Les nègres du Morne Pichevin avaient revêtu leurs plus beaux atours. Même Rigobert avait troqué son short en kaki élimé contre un pantalon décent et des sandalettes en plastique flambant neuves. Richard avait attaché un nœud de cravate savant autour de son cou et adoptait la démarche féline du mari à qui son épouse avait accordé quartier libre pour la nuit. L'agression de Bec-en-Or les surprit. Insulter de si vilaine manière leur virilité exigeait une réponse immédiate. Sinon ils passeraient pour de petits bonshommes qui chiaient dans leur culotte dès qu'un chien se mettait à aboyer.

« Pédérastes vous-mêmes ! » riposta Rigobert.

Les alentours du « Select-Tango » étaient envahis par des amateurs de danser-collé-serré et des femmes de mauvaise vie ou des filles à la recherche d'une aventure facile. Des servantes soudain sublimes dans leurs robes colorées et les madras arrogants qui leur enserraient les cheveux. Des amoureuses abandonnées, trahies, des négresses-matadors qui n'avaient peur de rien, même pas de se gourmer à mains nues contre un homme, des péronnelles timides qui ne tarderaient pas à se faire basculer dans un coin sombre pour une petite parole sucrée susurrée dans le creux de l'oreille. Des quinquagénaires désabusées qui cherchaient à plumer quelque jeunot bourgeois égaré dans ce qui était devenu un antre de la débauche aux yeux du beau monde. Avant-guerre, ce dernier en avait fait son fief jusqu'à ce que les événements, depuis le temps de l'Amiral Robert, abolissent ce privilège. Désormais, la plèbe y avait accès et ne se gênait pas pour occuper les lieux. La maréchaussée était en outre réticente à y intervenir en cas de trafalgar.

« Vous les nègres du Bord de Canal, reprit Rigobert, vous vous lavez avec la même eau dans laquelle vous lâchez votre caca. Vous vous couchez et vous vous levez dans la merde !

— Tiens bon, mon bougre ! fit Bec-en-Or. Vous les nègres du Morne Pichevin, tout le monde connaît vos mœurs de voleurs et d'assassins. Il y a dix ans qu'aucun abbé n'a entendu quelqu'un de chez vous en confession. »

Les partisans des deux camps s'échauffaient. Des injuriées fusaient ici et là. Des coups de coude étaient échangés à la faveur de la demi-obscurité qui régnait à l'entrée du « Select-Tango ». Une négresse splendide, tout de rouge vêtue, se planta au mitan des belligérants et s'écria :

« Qui est ma-commère, hein ? Qui ? Moi, seule, je peux le dire, messieurs. J'ai mesuré vos bandes les unes après les autres, eh ben, voici mon verdict : à Morne Pichevin, c'est mol ! Oui, c'est plus mol qu'à Bord de Canal ! »

Ce qui n'était qu'une provocation, diligentée par Bec-en-Or, faillit tourner en rixe générale lorsqu'un jeune homme dont nul n'avait jamais vu la figure par ici s'interposa de manière théâtrale. Se hissant sur le rebord du canal Levassor, il se mit à haranguer les belligérants, un gros dictionnaire haut brandi :

« Messieurs, du calme, je vous prie ! Écoutez donc ce qu'écrivait le grand Montesquieu ! Écoutez ! »

Son intervention insolite fit aussitôt cesser coups de poing et passements de jambes. La négresse tout de rouge vêtue poussa un sifflement d'admiration. Rigobert, qui s'apprêtait à manier sa jambette, recula de trois pas, entraînant ses partenaires sans que cela eût l'air le moins du monde d'une reculade. Quant au fier-à-bras du Bord de Canal, Becen-Or, sa dentition aurifère illumina la nuit, une brusque hilarité s'étant emparée de lui.

« Montesquieu est l'un des plus grands philosophes français, messieurs, et bien qu'il n'ait jamais mis les pieds chez nous, voilà ce qu'il disait de l'esclavage. Écoutez, je vous prie ! "Si j'avais à soutenir le droit que nous avons eu de rendre les nègres esclaves, voici ce que je dirais : les peuples d'Europe ayant exterminé ceux de l'Amérique, ils ont dû mettre en esclavage ceux de l'Afrique, pour s'en servir à défricher tant de terre. Le sucre serait trop cher, si l'on ne faisait travailler la plante qui le produit par des esclaves. Ceux dont il s'agit sont noirs depuis les pieds jusqu'à la tête ; et ils ont le nez si écrasé qu'il est presque impossible de les plaindre. On ne peut se mettre dans l'esprit que Dieu, qui est un être très sage, ait mis une âme, surtout une âme bonne, dans un corps tout noir…" »

Les premiers accents de l'orchestre se firent entendre à l'intérieur du « Select-Tango ». Un rythme de biguine-piquée se faufila au-dehors, chaloupant les reins des bambocheurs qui observaient le bougre au dictionnaire avec stupéfaction. Il n'avait point l'air fou ni ne semblait plaisanter. Au contraire ses traits dégageaient calme et sériosité, ses mots étaient clairs et sonores. Bec-en-Or s'avança vers lui et planta son regard dans le sien.

« Tu veux dire quoi là ? demanda-t-il.

— Ne lui fais rien ! supplia la négresse vêtue de rouge. Peut-être qu'il a trop étudié, peut-être qu'il a trop de savantise dans sa tête et… »

Elle pressentait que le fier-à-bras ne ferait qu'une bouchée du discoureur. Qu'il voltigerait même son gros dictionnaire dans les eaux nauséabondes du canal. Et pourquoi pas l'individu lui-même ! Un grand malheur était en préparation et elle voulait l'arrêter pendant qu'il était encore temps. Pourquoi batailler comme des sauvages alors qu'on était simplement venu se remuer la croupière, ce qui veut dire arracher deux francs-quatre sous de plaisir à cette vie de déveine qui accablait le nègre depuis que le monde était monde ?

« Mes chers amis, reprit le jeune homme, je voudrais vous rappeler qu'il y a exactement un siècle, un certain jour de l'an 1848, l'esclavage a été aboli en ce pays. »

Et de prendre la femme par le bras, d'entrer avec elle dans la salle de bal, encore déserte bien qu'il fût plus de dix heures du soir, pour entamer avec elle une mazurka créole à la sucre-saucé-dans-du-miel. La belleté de leur pas radoucit l'humeur des plus vindicatifs, incita les plus timorés à pénétrer sur la piste de danse et à esquisser deux-trois pas avec une cavalière imaginaire. Peu à peu, les deux majors, Bec-en-Or et Fils-du-Diable-en-Personne, se retrouvèrent seuls à cuver leur rancune, maudissant ce jeunot prétentieux et son dictionnaire, ses phrases alambiquées et son histoire d'abolition de l'esclavage. L'orchestre enchaîna valses créoles et rumbas avec une telle maestria que certains se mirent à applaudir ou à trinquer en l'honneur du violoneur qui avait entrepris de faire une démonstration de son art. Le musicien s'accroupissait, virevoltait parmi ses compagnons, tout en continuant à jouer, le sourire le plus éclatant aux lèvres. Et ce fut comme si les notes magnifiques qu'il arrachait à son instrument étaient dirigées exclusivement vers le couple que formaient Dictionneur et Dame Josépha Victoire car ceci n'est que l'une des multiples versions de leur rencontre. L'institutrice, le samedi venu, oubliait en effet son maintien de bourgeoise, son quant-à-soi de chrétienne assidue aux offices et s'encanaillait au « Select-Tango » déguisée en courtisane, persuadée, à tort, que nul ne la reconnaissait derrière son maquillage provocant, sa robe rouge sang et son mouchoir de tête artistement noué. D'ordinaire, elle dénichait en six-quatre-deux un garde-cocotte qui jouait à frotti-frotta avec elle toute la soirée et qu'elle larguait, le visage et le bas-ventre congestionnés, aux premières lueurs de l'aurore. À ce moment précis, elle filait se changer chez une amie de la rue Victor-Hugo, revêtait une robe empesée, un fichu de communiante et se dirigeait d'un pas mesuré vers la cathédrale de Fort-de-France où elle avalait l'hostie sans confession. À vrai dire, il n'y avait là rien de répréhensible dans la mesure où, contrairement aux gourgandines qui fréquentaient d'habitude le casino de la rive gauche du canal Levassor, Dame Victoire avait la triste réputation de ne jamais céder aux avances de ses prétendants. Une vraie poupée-jambes-fermées, oui ! Même Bec-en-Or n'avait jamais réussi à la circonvenir. Or, ce soir-là, le bougre enrageait de n'avoir pas pu affronter Rigobert et sa bande de malfrats du Morne Pichevin. Sa bouche écumait, ses mains tremblaient, ses yeux voltigeaient des éclairs sombres. Pendant ce temps, ses adversaires faisaient l'intéressant, des cigarettes mentholées à bout filtre au bec, messieurs et dames ! Ils avaient occupé les meilleures tables du dancing, commandaient bière sur bière tout en pichonnant les fesses des filles. N'écoutant que son instinct, Bec-en-Or se planta juste devant l'orchestre et cria :

« Le bal est cassé ! J'ai dit que ce soir personne ne danse. Personne ! »

Impressionnée, la majorité des bambocheurs se figea sur place avant de déserter les lieux au plus vite. Seuls Dictionneur (on l'avait dès le premier instant affublé de ce sobriquet) et Dame Josépha semblaient ne point avoir entendu l'admonestation du fier-à-bras aux trente-quatre dents en or. Ils continuaient, comme dans un rêve, à balancer avec grâce, les yeux chavirés alors même que l'orchestre, épouvanté, avait ralenti sa cadence et que, prudent, le violoneur avait cessé tout net ses cabrioles. Même lorsque toute musique finit par s'arrêter, les deux énamourés continuèrent un long moment à emplir la piste de danse de leurs pas irréels. Puis le silence de mort qui les entourait finit par les statufier à leur tour. Bec-en-Or s'approcha d'eux et allongea le poing sous le menton du jeune homme, ricanant en long, en large et en travers. Juste pour que le public puisse admirer sa dentition. Enfin il consentit à prononcer une parole qui se voulait définitive :

« Petit bougre, lâche cette dame là-même, tu m'entends ? Ce soir, c'est moi seul qui la ferai danser. »

Quelques âmes charitables se mirent aussitôt à prier pour les os de Dictionneur, sachant que d'un instant à l'autre il serait réduit en bouillie, le pauvre diable. Yeux pétés, nez crachant du sang, gueule enflée et peut-être même bras cassé, tel était le sort funeste qui l'attendait. Rigobert s'apprêtait à intervenir pour arrêter ce massacre lorsqu'un événement imprévisible se produisit, événement qui serait commenté de longs mois durant dans toutes les cases plébéiennes de Fort-de-France. Voici quoi : le jeune homme ne s'effraya pas le moins du monde des menaces de Bec-en-Or ni ne chercha à lui demander pardon-s'il-te-plaît comme c'était l'usage. Au contraire, il opposa sa dentition parfaitement blanche à celle, dorée et rayonnante, du major du Bord de Canal et mit également son poing sous le menton de ce dernier bien qu'il ne fît pas le poids. Dame Josépha, sur la pointe des pieds, recula jusqu'aux tables où les gens s'étaient tous levés afin de ne rien perdre du spectacle.

« Barbon ! » lança Dictionneur à la face du bougre dont les veines du cou pétaient de colère.

Ce mot inconnu, étrange, pétrifia net le ballant de ses muscles, interrompit l'uppercut qu'il s'apprêtait à bailler ainsi que le coup de genou en pleine cuisse qui l'accompagnait en général. Bec-en-Or tituba, ne sachant si le jeune homme avait prononcé une insulte ou au contraire quelque conjuration maléfique. Dans ce second cas, foin d'uppercut et de coup de genou car le bougre était sûrement muni d'un protègement. Quelque manieur de sorcellerie devait lui avoir fourni un talisman, caché dans ses vêtements, qui pouvait le rendre invincible ou en tout cas difficile à battre. Tellement de gens avaient les mains sales aujourd'hui ! Plus personne n'hésitait à aller quérir toutes qualités de diableries auprès des sorciers et quimboiseurs de l'En-Ville, à commencer par ce Grand Z'Ongles dont la tanière des Terres-Sainvilles ne désemplissait pas qu'il fasse grand jour ou pleine nuit. Pendant que le fier-à-bras se perdait en cogitations, Dictionneur profita de son avantage en ajoutant :

« Maroufle ! »

Ce nouveau terme estomaqua encore plus le fier-à-bras. De petits ricanements discrets se firent entendre au fond de la salle. Un farceur cogna deux coups sur la batterie et puis un nouveau silence total-capital se fit. Bec-en-Or crut enfin saisir de quoi il retournait. Il aurait dû y avoir pensé plus tôt, bon sang ! C'était l'évidence même : ce nègre-là n'était pas français. Voilà tout ! Ce qu'il éructait là, c'était n'importe quoi, de l'haïtien, de l'espagnol ou, pourquoi pas, de l'africain. Parfaitement de l'africain, cette langue aux sonorités rauques qu'il avait eu l'occasion d'entendre de la bouche des tirailleurs sénégalais qui, du temps de l'Amiral Robert, étaient parfois chargés de maintenir l'ordre dans les queues interminables qui se formaient devant les boulangeries ou les magasins d'alimentation lorsque les Américains avaient décidé de desserrer un peu leur étau autour de la Martinique pétainiste.

« Bozambo ! » répliqua-t-il donc, usant de l'insulte favorite des nègres créoles à l'endroit de leurs lointains cousins d'Afrique.

Un éclat de rire torrentiel se déchaîna au fond de la salle, une immense rigoladerie qui, de proche en proche, gagna tous les bambocheurs. En une miette de temps, le « Select-Tango » se mua en une sorte de temple de l'hilarité dont l'objet n'était autre, mesdames et messieurs, que le sieur Bec-en-Or en personne, le bougre si fier de s'être fait arracher les trente-deux dents par un dentiste québécois qui, avant-guerre, l'avait utilisé comme portefaix au cours de fouilles archéologiques qu'il avait accomplies à l'embouchure de la rivière Madame. Le savant venu du grand froid tentait de prouver que la dentition des Amérindiens qui avaient peuplé la Martinique avant l'arrivée de Christophe Colomb était identique à celle des naturels de son Canada natal. En échange de ses bons et loyaux services, Bec-en-Or, qui ne portait pas encore ce titre envié, avait demandé que le dentiste lui mette une dentition entièrement aurifère, exercice auquel le Québécois se livra de bonne grâce chez un confrère de la place pour le moins ahuri et du désir du portefaix et de la conscience professionnelle du dentiste-archéologue.

« *Ou pa sa palé fwansé, Bèkannò !* (Tu sais pas parler français !) fit le bougre qui le premier avait éclaté de rire. Barbon et Maroufle, c'est du pur français, oui ! »

L'impudent n'était autre que Cicéron, un petit nègre qui avait fait plusieurs années d'études de docteur avant que la folie ne s'empare de son esprit, ce qui le rendait intouchable. Bec-en-Or en demeura le bec coué. Estébécoué comme l'on disait à l'époque ! Livide, le front dégoulinant de sueur, il relâcha son poing et se dandina devant Dictionneur, toujours sous la risée des danseurs, ne sachant quelle posture adopter.

« Mon bon monsieur, sachez que selon le littré "Barbon" signifie : 1. Vieillard, avec une idée de dénigrement. 2. En botanique, nom vulgaire de l'androgon muriqué. 3. Nom donné en Normandie au mulot. Et pour votre gouverne, apprenez que "Maroufle" veut dire : 1. Se dit d'un homme grossier. 2. Se dit aussi d'un homme qu'on n'estime pas, l'assomma Dictionneur.

— Ouille manman ! s'exclamèrent des femmes de mauvaise vie qui avaient eu l'occasion d'être humiliées par le fier-à-bras.

— Ouille papa ! » surenchérit Rigobert, plus rigolard que jamais.

Vaincu, Bec-en-Or se résolut à abandonner la partie tandis que l'orchestre entamait une mazurka endiablée et que, bousculant chaises et tables, les bambocheurs réoccupaient la piste de danse. Le plus grand combattant de damier de Fort-de-France venait d'être vaincu par un coup de français, messieurs et dames ! Un simple coup de français. Lui qui connaissait les lancements de jambe, les coups de poing, les feintes et le lever-fesser-par-terre les plus redoutables. Lui qui avait vaincu le champion de Fonds-Saint-Denis en 1935, au cours de la fête du Tricentenaire du rattachement de la Martinique à la France. Lui qui avait terrassé Féfé Marolany, le maître du damier de Morne-des-Esses en 1940, parce que celui-ci avait crié « Vive la Prusse ! » sur la place publique. Lui qui avait fracassé l'écale de Théodore Bourdonet de la commune du Saint-Esprit parce qu'il paradait, bras levé, en clamant « Amiral, nous voilà ! », cela en 1942. Lui qui avait démantibulé Cincinnatus Morel l'année suivante parce que ce dernier s'agaçait chaque fois que Bec-en-Or gueulait « Vive de Gaulle ! » et avait fini par lui chercher noise au cours d'une fête patronale. Car Bec-en-Or avait été gaulliste dès le départ, il avait maudit les Allemands et s'était opposé aux sbires de l'Amiral Robert par ses propres moyens sans jamais s'en vanter. Ainsi avait-il arraché, sur les douze coups de minuit, les affiches que les pétainistes avaient placardées à travers tout l'En-Ville pour demander au peuple de soutenir la Révolution Nationale. Il avait perturbé une cérémonie de remise de la Francisque à l'Amirauté en allumant un incendie dans une maison en bois toute proche. Et quand de Gaulle avait lancé l'appel du 18 Juin, il l'avait écouté dix fois, vingt fois, en dépit de l'interdiction de capter les stations de radio anglaises, l'avait appris par cœur et le déclamait chaque fois qu'une joute au damier rassemblait les nègres des bas-quartiers. Et s'il n'était pas parti en dissidence et n'était pas mort pour la France dans les champs enneigés des Ardennes comme des centaines d'autres Martiniquais, assurait-il, c'était pour la bonne et simple raison qu'il avait à charge une vieille mère impotente, sourde et muette tout à la fois.

La queue basse, Bec-en-Or regagna son fief de Rive Droite et lorsque la comédie du « Select-Tango » s'acheva, le lendemain dimanche, autour des quatre heures trente du matin, il lança aux bambocheurs, par-delà le canal Levassor :

« Riez votre compte de rire, mes amis, car cette année 1948 vous réserve une sacrée belle surprise, vous allez voir, hon ! »

LE LÉVITIQUE

Voici les maîtres qui régnèrent sur la plantation
Grande Savane, au pays de Martinique, depuis l'an
de grâce 1635 après la naissance de notre Seigneur
Jésus-Christ :

Régna Paul-Joseph Mélion de Saint-Aurel, fils de
Théophile lui-même natif de la Vendée, et la contrée
qu'il conquit au détriment des Sauvages et Sauvages-
ses caraïbes s'appela Le Lamentin.

Paul-Joseph mourut et à sa place régna Pierre-
François qui expédia du café, du tabac et de l'indigo
à la cour du Roi-Soleil où ses produits firent fureur.

Pierre-François mourut, couvert d'écrouelles à
cause de son existence empreinte de paillardise et à
sa place régna Aubin-Marie.

Aubin-Marie partit combattre dans l'armée du
grand Napoléon Bonaparte et ramena ici-là des chan-
deliers en argent de Pologne, des icônes de Russie, des
violons tsiganes avec lesquels il décora toutes les pièces de sa demeure. Aubin-Marie mourut deux ans
avant l'abolition de l'esclavage et à sa place régna Gérald, grand amateur de combats de coqs et de petites
négresses nubiles.

Gérald mourut et à sa place régna Jean-Jacques qui mata la grande révolte des nègres du sud au détour de l'an 1870.

Jean-Jacques mourut et à sa place régna Jules-Baudouin qui échappa de justesse à l'explosion du volcan de la montagne Pelée en mai 1902, alors qu'il s'était transporté en la ville de Saint-Pierre pour présenter ses lettres de créance à celui qui deviendrait son futur beau-père.

Jules-Baudouin mourut et enfanta Honorien Mélion de Saint-Aurel, maître redouté de sa valetaille, grand pourfendeur des mécréants, des socialistes, des bolcheviques, des francs-maçons du temps de l'Amiral Robert.

Quand le Grand Blanc Honorien Mélion de Saint-Aurel était visité par la colère, chose qui se produisait plus souvent que rarement, il se mettait à arpenter l'endroit où il se trouvait, fouettant l'air à grands coups de badine et hurlant :

« Si la terre est ronde, c'est pour que le nègre ne chie pas dans tous les coins, foutre ! »

Ses proches et ses domestiques baissaient les yeux car ils savaient tous que le maître de Grande Savane ne décolérait pas depuis le finissement de la guerre, là-bas, en Europe. Certes, la réouverture des liaisons maritimes entre les Antilles et la métropole ne pouvait que l'enchanter. Il espérait même que les échanges commerciaux qui s'étaient tissés avec l'Afrique du Nord au cours du conflit mondial permettraient à la Martinique de conquérir de nouveaux marchés au sein de l'Empire français mais la déconfiture de la Caste lui était restée au travers de la gorge et il n'avait cesse de pester contre « ce vainglorieux » d'Henri Salin du Bercy, contestant du même coup son titre de patriarche. En effet, ce dernier n'avait point réagi lorsque le préfet (le tout premier à succéder à un gouverneur) avait destitué tous les maires, le plus souvent blancs créoles, nommés par l'Amiral Robert. Du Bercy avait bien convoqué tous ses féaux mulâtres dans son château de Croix-Rivail mais cela n'avait eu apparemment aucun effet, certains n'ayant même pas daigné se déplacer. La classe de couleur était devenue d'une insolenceté effrayante ! Mélion de Saint-Aurel en avait des preuves quasiment chaque jour. Son meilleur géreur ne l'avait-il pas défié cette année, en pleine récolte, devant bon nombre de coupeurs de canne et d'amarreuses stupéfaits et secrètement ravis ? D'abord et pour un, ce géreur n'était pas descendu de cheval quand ils se rencontrèrent à Bois-Rouge. Il avait attendu patiemment que Mélion ouvre la bouche en le regardant dans le blanc des yeux. Sans défi ni servilité. Simplement d'égal à égal.

« Il me faut huit wagons de canne avant que le soir ne tombe, avait aboyé le planteur à son endroit.

— Non, six... on ne peut en faire que six aujourd'hui, rétorqua le géreur d'un ton exagérément sérieux quoique sans arrogance aucune.

— J'ai dit huit, tonnerre de Brest ! Huit, tu m'entends ? Ce n'est pas parce que ce salopard de De Gaulle vous protège, vous les nègres, que vous devez vous croire tout permis dans ce pays.

— Nous allons faire six wagons de canne, monsieur, pas un de plus ! répéta le géreur.

— HUIT, TONNERRE DU SORT ! »

Des muletiers, des arrimeurs et des coupeurs de canne avaient peu à peu abandonné leur besogne pour faire cercle autour des deux hommes à cheval, avides d'observer ce tonnerre-de-dieu pour le moins insolite. Quelqu'un déclara que le géreur avait sans doute perdu la raison ; un autre prétendit qu'un de ses ennemis avait dû lui quimboiser l'esprit et que ce n'était point lui qui s'exprimait présentement. Mélion de Saint-Aurel ressentit une irrépressible envie de cravacher le géreur mais sa main demeura, de manière incompréhensible, crispée sur le pommeau de sa selle. Le chuintement d'une locomotive chargée de cannes détourna quelques secondes l'attention de chacun puis on vit le géreur descendre posément de sa monture, lui ôter son harnachement, son licou et même sa paillasse, puis se tourner vers le planteur en lâchant :

« *Sel-la sé ta mwen. Chouval-la konnet chimen létjiri'y. Pa konté anlè mwen ankò !* » (La selle m'appartient. Quant au cheval, il connaît le chemin de l'écurie. Ne comptez plus sur moi !)

Puis il bailla une chiquenaude à la croupe du cheval qui, surpris, hésita avant de s'engager sur la trace menant à l'habitation. Quelques coupeurs de canne repartirent à la tâche en bougonnant et en maudissant le géreur, sachant que Mélion leur rendrait la vie encore plus raide. Un Blanc-pays humilié par un homme de couleur ne tardait jamais à prendre sa revanche et, en général, celle-ci était démesurée. Mais, ô miracle, le monde avait bel et bien changé ! Le planteur blêmit sous son chapeau-bakoua, le bleu de ses yeux sembla lancer des flammes mais il fut obligé de céder :

« *Fè sis, si ou lé !* » (Fais donc six puisque c'est ce que tu veux !)

Le géreur rattrapa son cheval et partit au trot à travers les cannaies sans même daigner saluer Mélion de Saint-Aurel. C'est à dater de ce jour-là que le planteur prit en son for intérieur la ferme résolution de remettre les nègres au pas dans ce pays-là.

Il repartit donc à la charge du patriarche Salin du Bercy lequel convoqua les de Laguarrande de Cherville, les Jouan de Malmaison, les Cassien de Linveau et quelques autres d'entre les principaux grands propriétaires. Aucun ne put émettre la moindre idée qui pût satisfaire sa soif de revanche. La crème de la noblesse coloniale semblait prostrée et incapable de faire autre chose que d'avaler chopine sur chopine de rhum en éructant des « Hon ! » fatalistes. De guerre lasse, Mélion de Saint-Aurel se mit à marcher en long et en large comme à son habitude et déclara :

« Il faut voir du côté de l'Archevêché...

— Invoquer le Seigneur Jésus, c'est tout ce que tu proposes, ricana Salin du Bercy.

— Il ne s'agit pas de nous... mais des nègres ! Monseigneur a d'ailleurs sa petite idée là-dessus. Il m'en a touché deux mots dimanche dernier.

— Quoi ! s'exclama le patriarche de la Caste. Ce gros ma-commère de Varin de la Brunelière ? Vous avez vu sa bedondaine, mes amis, on jurerait qu'il passe son temps à se goinfrer de fruit-à-pain. »

Mais trois mois s'écoulèrent sans que Salin ou aucun autre Grand Blanc dénichât une solution au problème que constituait la nouvelle arrogance de la classe de couleur. On fut alors contraint de s'en remettre à l'idée de Mélion lequel avait toujours fait preuve d'une foi démonstrative bien que son comportement avec la valetaille féminine ne fût jamais empreint d'indifférence dès qu'il savait que sa digne épouse, Cynthie, n'était pas dans les environs. Salin lui confia donc l'entière responsabilité de monter l'affaire et pour tout dire s'en lava les mains. Il avait bien d'autres préoccupations et songeait à acquérir de nouvelles propriétés à Puerto-Rico et à Bénézuèle. Mélion se décida donc à convier Monseigneur à déjeuner pour tâter le terrain. L'ecclésiastique s'empiffra, zieuta les négrillons qui balayaient l'interminable allée, bordée de filaos, de Grande Savane et lui demanda quand les Blancs créoles comptaient recommencer à fréquenter la Sainte Église Catholique, Apostolique et Romaine. Il se permit même d'ironiser sur le trente-quatrième rejeton mulâtre que l'on prêtait à de Bercy et n'évoqua à aucun moment la proposition de remise au pas de la négraille formulée par Mélion. Ce dernier ne comprit que bien plus tard ce que l'évêque attendait de lui : qu'il lui fournisse de la chair fraîche.

« Sacrée bande d'hypocrites ! ronchonnait le maître de Grande Savane en attendant une nouvelle visite du prélat en ce jour grisâtre de novembre 1947.

— Honorien, je ne veux pas que vous parliez en des termes semblables du chef de notre sainte mère l'Église, avait tenté de protester son épouse.

— *Wou, fèmen djel — ou si ou pa lé man fouté'w an palaviré !* » (Toi, la ferme, sinon je te flanque une claque !)

Cynthie baissa la tête, confondue à la fois par la grossièreté, pourtant coutumière, de son époux et le sourire moqueur de la nounou, Da Sissine. Cette plantureuse négresse sans âge avait élevé trois générations de Mélion de Saint-Aurel comme une mère et ne tolérait pas qu'on fît la moindre remarque à Honorien. Elle plastronnait, avec son plein accord, à travers les dix-sept pièces de la Grand Case et faisait elle-même le lit dans la chambre nuptiale désertée depuis un siècle de temps par le maître des lieux. À quatre heures et demie du matin, Da Sissine y pénétrait de son pas pesant, ouvrait tout grand les fenêtres et posait un bol d'eau de café sur la table de nuit. Puis elle secouait Cynthie si la mamzelle tardait à se lever en lui annonçant que l'eau chaude de son bain était fin prête. La békée haïssait la nounou en secret mais n'avait pas encore pu se résoudre à la faire renvoyer tellement ses plus jeunes enfants, deux blondinets insupportables, lui étaient attachés. Il est vrai qu'en plus, elle n'avait pas réclamé ses gages depuis des années et se nourrissait fort peu. Une ou deux bananes-macandias à midi, un peu de chocolat à la vanille avant de se mettre au lit. Da Sissine n'était aucunement une charge et avait de l'emprise sur le maître de Grande Savane. C'est pourquoi la vieille nounou jubila lorsqu'elle vit arriver une nouvelle fois monseigneur l'évêque. Son « fils » comme elle se plaisait à dire aurait-il retrouvé la voie du Seigneur ? Elle lui avait enseigné dans son enfance toutes les prières chrétiennes et souffrait que, de temps à autre, l'homme s'écartât de la foi. Ainsi avait-elle désapprouvé l'embauche comme repasseuse de cette capistrelle d'Adelise, une négresse d'En-Ville qui ne savait rien faire de ses dix doigts et qui venait remuer son croupion sur la plantation deux aprèsmidi par semaine.

Lorsque la Traction-Avant bleu pétrole de l'évêque se gara dans la cour et que le vieil homme barbichu, véritable sosie de Méphistophélès, richement vêtu de ses atours ecclésiastiques, en descendit, Mélion de Saint-Aurel ne put réprimer un soudain respect qui lui figea les membres. Il n'alla pas audevant du prélat et le regarda monter d'un pas pesant les marches du perron aidé par son chauffeur et un petit acolyte de couleur.

« *Dominus sancti spiritus, amen !* marmonna l'évêque en mimant le signe de la croix sur la porte d'entrée.

— Merci d'être venu ! »

Sans autre forme de procès le planteur devança son hôte dans la douce pénombre du salon et le conduisit à son bureau. Il sentait peser sur ses épaules le regard inquisiteur du chef de l'Église et tentait de garder l'air le plus dégagé possible, chose qui était plus malaisée qu'il ne l'avait imaginé.

« Il vient tout droit de Santiago de Cuba... dit-il en tendant à Varin de la Brunelière un énorme cigare que ce dernier refusa d'un geste sec.

— Venons-en au fait, monsieur Mélion... On m'apprend que vous seriez fort intéressé par mon projet. Est-ce bien vrai ?

— On vous a bien renseigné...

— Vous m'en voyez réjoui... La Vierge de Boulogne a fait le plus grand bien au bon peuple de France comme vous le savez peut-être. Elle a porté ses grâces et ses bienfaits à travers les campagnes les plus reculées comme les Cévennes ou la Basse-Bretagne. Je me suis dit que la faire venir en Martinique serait une chose particulièrement judicieuse. »

Mélion essaya d'allumer son cigare pour se bailler une contenance mais n'y parvint pas. Cette foutue humidité qui régnait en cette période d'hivernage avait eu raison du tabac. Par bonheur, Da Sissine eut la présence d'esprit de leur servir une liqueur que Monseigneur savoura en fermant à demi les yeux.

« Je sais que vous autres, les Grands Blancs, vous n'êtes, comment dirais-je... vous n'êtes guère assidus aux célébrations de l'Église, sauf vous bien entendu, monsieur de Saint-Aurel. Sauf vous ! Mais vos pairs ne devraient point ignorer qu'en métropole, un vaste mouvement de récupération des âmes égarées s'est mis en place depuis plusieurs mois avec un succès grandissant et j'ai pensé qu'il serait bon d'en faire profiter notre colonie... »

Mélion de Saint-Aurel se leva, assez énervé.

« Département qu'on dit à présent ! fit-il. Eh oui, faudra nous y habituer, Monseigneur ! Plus le temps passe, plus le nègre de la Martinique se sent pousser des ailes. Ici, ce qu'il nous faudrait, davantage que des bondieuseries — pardonnez ma franchise —, c'est le rétablissement du fouet. Oui, du fouet ! Mais enfin, en tant que chrétien, je suis prêt à tout essayer. J'ai l'esprit ouvert, vous savez. Que puis-je faire pour faciliter votre entreprise, monsieur le Comte ? »

Il se souvint de l'arrivée du tout premier préfet de la Martinique en août 1947, à bord du Latécoère, accompagné du ministre des colonies, Jules Moch, et de l'épouse de ce dernier. Des coups de canon de bienvenue qui avaient été tirés depuis le fort Saint-Louis, de la foule et du conseil municipal de la capitale au grand complet qui les avaient acclamés. Les paroles de Moch résonnaient encore de manière douloureuse dans son crâne :

« Je viens compléter et parachever l'œuvre d'assimilation de la Martinique à la nation française. L'ère du régime colonial est close et remplacée par le régime préfectoral. »

« Je suis prêt à tout essayer... » répéta le planteur.

Honorien Mélion de Saint-Aurel voulait masquer le fait qu'il était prodigieusement intéressé par la venue de la Vierge du Grand Retour. Il s'efforçait de garder un ton dégagé, voire sceptique, car il craignait que le rusé prélat ne parvînt à lire dans ses pensées. Si cette opération devait avoir lieu, il faudrait éviter à tout prix qu'elle apparaisse comme une manigance de la Caste békée, elle dont l'image avait été, il devait bien se l'avouer, passablement ternie par ses acoquinements avec les pétainistes coloniaux et contre laquelle les communistes, depuis l'armistice, ferraillaient sans merci.

« Vous savez... nous sommes devenus bien peu influents ces temps-ci, continua Mgr Varin de la

Brunelière avec une feinte humilité. L'Église a été déchirée elle aussi au cours de la dernière guerre et nous sommes contraints de faire montre de la plus extrême prudence.

— Allons donc ! s'exclama Mélion, sûr à présent des pouvoirs divinatoires de son interlocuteur. Vos églises sont toujours pleines à craquer. Vos pèlerinages rassemblent des nuées de gens. Si les nègres fréquentaient mes champs de canne à sucre avec autant d'assiduité que les bancs de vos églises, sachez que je pourrais me retirer en Floride d'ici deux à trois ans ! »

L'évêque sourit et se mit à égrener son chapelet. Il regardait par la fenêtre du bureau de son hôte comme s'il disposait de tout son temps, sachant parfaitement que cela agaçait celui-ci.

« Parlons peu mais parlons bien... fit Mélion.

— Justement ! Mon cher monsieur, il faudrait commencer par mettre au pas tous ces agnostiques qui ne cessent de détourner les Blancs créoles de notre sainte mère l'Église. Vous devez revenir à votre piété des premiers temps, celle qui faisait l'admiration des nègres.

— Quoi ! hurla presque le planteur en se levant de son siège une nouvelle fois. Ah ! Je vois où vous voulez en venir. Je le vois, monsieur le comte de la Brunelière ! Mais jamais je ne le ferai, vous m'entendez : jamais Honorien Mélion de Saint-Aurel ici présent, propriétaire de trois cents hectares plantés en canne à Grande Savane, ne se confessera. JAMAIS ! »

Puis, prenant conscience du ridicule de son attitude, il chassa le chauffeur et l'acolyte que ses éclats de voix avaient attirés sous la fenêtre de son bureau et se rassit lourdement. Monseigneur égrenait son chapelet sans se départir de sa sérénité. Mélion alluma son cigare et tira trois bouffées d'affilée, ce qui eut pour effet de lui rougir aussitôt le blanc des yeux.

« Me confesser moi ? Du tout-du tout ! ronchonna-t-il en regardant d'un air obstiné le parquet.

— Il le faudra bien », fit l'évêque d'une voix doucereuse mais ferme.

Yahvé Dieu parla au maître de Grande Savane et dit : « Parle à ta servante Adelise dont tu as ravi la virginité et dis-lui : si elle est enceinte et accouche d'un garçon, elle sera impure pendant sept jours comme au temps de la souillure de ses règles. Au huitième jour, tu feras venir une matrone qui ensevelira la corde du nombril du nouveau-né à l'ombre de l'arbre le plus imposant et le plus vénérable de la plantation. Ainsi sera scellée l'alliance de ton sang avec celui de tes serviteurs car dans les générations et les générations à venir, il n'y aura plus ni droit d'aînesse, ni droit de préséance, ni entière latitude d'abuser des femmes de basse extraction. Puis Adelise restera allongée pendant encore quatre jours afin de purifier son sang et tu convoqueras tout ce temps à son chevet le meilleur docteur-feuilles de la région. Elle ne touchera à rien de consacré et n'ira pas au sanctuaire jusqu'à ce que soit achevé le temps de sa purification.

Si elle enfante d'une fille, elle sera impure pendant deux semaines, comme pendant ses règles, et restera plus de soixante-six jours à purifier son sang. Pendant tout ce temps, nul ne pourra contempler sa figure, pas même toi, ni lui parler, sauf toi mais de derrière la porte de sa chambre. Tu devras la laisser nommer l'enfant et tu éviteras de l'embrasser autrement que sur le front, sauf s'il naît coiffé. Aucune alliance ne sera scellée par une telle naissance.

*Quand sera achevée la période de purification
d'Adelise, que ce soit pour un garçon ou pour une
fille, elle apportera au prêtre en guise de sacrifice
pour le péché tous les bijoux en or que tu lui as offerts, les lettres enflammées que tu lui as fait porter,
le brin de tes cheveux qu'elle arbore dans l'épingle
tremblante qui décore son madras jaune safran de
femme juvénile. Elle ira se confesser au prêtre de sa
paroisse et lui dévoilera par le menu l'entièreté de vos
paillardises. Le prêtre l'offrira devant Yahvé, accom-
plira sur elle le rite d'expiation et elle sera purifiée de
son flux de sang.*

Florentin Deshauteurs, le nègre moult fois médaillé pendant la deuxième guerre mondiale qui se
prétendait le seul et vrai père de l'enfant d'Adelise,
exerçait la profession de contremaître à la distillerie Lajus, au Carbet, depuis le jour où le propriétaire de la plantation du même nom l'avait vu se
gourmer dans un combat de damier, lever-fesser
par terre le champion de la commune puis imposer
sa prestance aux nègres de l'endroit. Pourtant, rien
dans son déhanchement un peu raide lorsque le
tambour convoqua les combattants ni dans sa cor-
pulence déjà flasque de quinquagénaire avancé ne
permettait d'imaginer que Florentin enverrait son
adversaire — un bel nègre dans la fleur de l'âge au
regard introublé — embrasser les fesses de la poussière.

« *Ay ! Ti afè ! Ti afè ki la !* » (Bof ! C'est rien ! Rien
du tout !) vantardisait le jeune bougre, défiant du
regard celui qui aurait pu être son père.

Le béké de Parny avait assisté à la scène, lui qui
ne s'accointait avec la négraille qu'à l'occasion des
joutes de damier de la fête patronale du Carbet et
plus rarement lorsque des coqs espagnols étaient

mis en jeu au gallodrome de Bois-Repos. Entièrement vêtu de kaki, chaussé de bottes flambant neuves qui soulevaient des « haa ! » d'admiration sur
son passage, il souriait aux saluts obséquieux de
ceux qui travaillaient dans son usine ou sur ses terres, ne serrant la main qu'aux nègres et aux mulâtres de bien ce qui veut dire aux instituteurs, aux
petits commerçants ou au géomètre. À l'évidence, il
étalait sa blancheur au mitan des gens de couleur,
cela avec une satisfaction non dissimulée, presque
indécente. En tout cas aux yeux de son ennemi intime, le muletier Audibert qui avait tourné communiste au débouché de la guerre et lui empoisonnait
l'existence depuis lors. De Parny lui avait baillé vite-
ment-pressé un billet-ce-n'est-plus-la-peine mais le
syndicat C.G.T. avait fomenté une grève si féroce à
travers la région que les pairs du maître de l'Habitation Lajus l'avaient contraint, la mort dans l'âme,
de réintégrer celui qu'il traitait à tout propos de
gredin. Les Grands Blancs de la côte caraïbe ne savaient plus à quel saint se vouer pour endiguer le
danger communiste, « la vague moscoutaire »,
comme le disait avec grandiloquence de Parny, et
alternaient paternalisme et répression. L'arrivée
inopinée du nègre médaillé parut une aubaine au
béké, d'autant qu'il se proclamait gaulliste à tout
bout de champ, chose dont il fallait se méfier mais
qui était moins pire que communiste. Le planteur
de l'Habitation Lajus avait bien besoin d'un commandeur à poigne, d'un nègre honnête qui ne se
laissât pas attendrir par les coupeurs de canne et
les ouvriers de la distillerie. Un bougre que tout un
chacun respecterait tout en le craignant. C'est pourquoi lorsque Florentin Deshauteurs voltigea le beau
nègre les quatre fers en l'air et bomba le torse face
à la foule quelque peu désemparée des supporteurs

du vaincu, de Parny s'approcha discrètement de lui et lui glissa à l'oreille :

« *Man bizwen wè'w, vié frè. Dèmen, opipiri-chantan, vini an distilri-a.* » (Hé, mon vieux, j'ai à te causer. Demain, au plus tôt, viens me voir à la distillerie.)

L'ancien combattant fit celui qui n'avait point entendu. Il n'accorda même pas une miette de regard à son interlocuteur et parada à travers les tables de jeu de serbi toute l'après-midi. Une manière de grâce flottait autour de sa personne. Sinon comment expliquer le fait qu'à chaque fois qu'il se saisissait d'une paire de grains de dés, les emprisonnait entre ses mains jointes, soufflait sur elles et les voltigeait sur le plateau de jeu, le « Onze » magique s'exhibait sans que le bougre eût besoin de l'invoquer ? L'homme empoignait les billets usagés qu'il gagnait, les roulait comme des cigarettes avant de les fourrer dans le creux de son oreille, un sourire goguenard sur les lèvres. À la tombée de la nuit, il était entouré d'une grappe de flatteurs qui l'interrogeait sur chacune de ses médailles, s'empressant de lui apporter des verres de tafia dès qu'il se raclait la gorge. Des négresses hardies trémoussaient la cargaison de leurs fesses sous son nez ou tentaient de l'enguillebauder avec des mines avenantes. Florentin Deshauteurs, en un battement d'yeux, était devenu le major de la commune du Carbet, ce qui veut dire un homme que tout un chacun respecterait désormais et qui disposerait de tous les droits. Celui de châtier comme celui de bravacher, celui de coquer la donzelle qu'il voulait et celui de se servir à sa guise dans les biens d'autrui.

Pourtant, l'ancien combattant avait mené jusque-là une existence somme toute singulière. À son retour de la guerre, il s'était réfugié chez une vieille tante à moitié sourde, qui vivait au bord d'une anse isolée, et ne fréquentait guère le bourg du Carbet. On ne l'apercevait que le dimanche matin lorsqu'il se rendait à la messe de sa démarche claudicante, le paletot décoré d'un nombre respectable de médailles. N'adressant ni salut ni parole à qui que ce soit, il s'asseyait au premier rang et suivait l'office avec une raideur qui pouvait passer pour de la foi. On murmurait qu'un obus allemand avait déchiré Deshauteurs quelque part d'où son habitude de s'embarrasser de ce lourd paletot par-dessus sa chemise en dépit de la fournaise qui, plus souvent que rarement, emprisonnait la côte caraïbe. Était-ce au ventre ? À la hanche ? Cela, nul n'aurait su le dire car le bougre ne fréquentait aucune des drôlesses de la commune bien que la plupart d'entre elles lorgnassent avec envie sa pension d'ancien combattant. Deshauteurs n'avait d'yeux ni pour Émeline Lapierre, la négresse bleue, si belle qu'on tremblait devant elle, ni pour cette Catherine-piquant, cette chabine aux yeux verts d'Idoménée Suivant, ni pour la mulâtresse lascive Justina, ni pour l'échappée-Coulie Laetitia Manassamy dont un seul regard pouvait chavirer les résolutions les plus fermes de l'homme le plus prude. Indifférent aux beaux morceaux de femme du Carbet, Florentin Deshauteurs ne s'attardait guère non plus dans les cases-à-rhum. Certes, il pouvait accepter un punch ou deux mais demeurait taciturne et ne s'intéressait jamais aux démêlés de ses concitoyens. C'est pourquoi le monde fut grandement étonné de le voir débouler au mitan de la fête patronale et entrer sans crier gare dans le combat de damier, art pour lequel Deshauteurs n'avait jusque-là démontré aucun intérêt particulier. Et, plus tard, lorsqu'on apprit qu'il avait accepté le poste de commandeur sur la plantation du béké de Parny, on comprit peu à peu que le bougre voulait s'imposer à la négraille laquelle, à entendre les gens de bien, se livrait à la dissipation et à la fainéantise depuis la fin de la guerre.

Florentin Deshauteurs ne s'était cependant pas rendu au rendez-vous que lui avait baillé le propriétaire de la distillerie Lajus. Il avait combattu en Europe pour protéger ces Blancs créoles et leurs richesses tandis qu'eux-mêmes soutenaient la traîtrise du maréchal Pétain par Amiral Robert interposé. Cela, il l'avait sur le cœur ! Il n'avait pas oublié une seule minute des souffrances que son corps avait endurées après que son bataillon eut été encerclé et soumis à une intense canonnade. Son transfert d'Italie en France, les multiples opérations qu'il avait subies dans ce dernier pays pour recouvrer l'usage de ses jambes, sa solitude sur son lit d'hôpital et final de compte son rapatriement en Martinique avec une pension à vie plutôt dérisoire au regard des dangers qu'il avait encourus et des souffrances qu'il avait supportées. Deshauteurs ne faisait aucun reproche à la France ni au général de Gaulle qu'il vénérait mais à tous les Martiniquais, noirs ou blancs, qui, pendant la guerre, étaient restés douillettement sur place et qui aujourd'hui vivaient leur vie sans la moindre cicatrice. Si bien que lorsque l'émissaire de De Parny était venu le relancer, il avait exigé une somme tellement exagérée qu'il était sûr que le Blanc-pays refuserait. Or, ce dernier accepta !

« Cent cinquante francs la semaine, plus une prime lorsque la récolte avance plus vite que prévu », avait insisté l'émissaire.

C'est ainsi que pour l'amour d'Adelise (il comptait l'ôter à cette crasse du Morne Pichevin et lui construire une belle villa au quartier Redoute, à Fort-de-France), l'ancien combattant Florentin Deshauteurs accepta de mater les coupeurs de canne et les ouvriers de la distillerie Lajus. Il devint le bras droit de De Parny, son ombre, son confident. Et désormais, au Carbet, on ne prononçait plus son titre de « Commandeur Florentin » qu'à voix feutrée car il disposait de nègres-maquereaux un peu partout dans la commune…

LES NOMBRES

Yahvé Dieu parla à Philomène dans le désert nocturne de la Cour Fruit-à-Pain où elle tenait boutique
de son devant avec un stoïcisme qui forçait l'admiration des étoiles. Il dit : « Faites le recensement de
toute la communauté des nègres emmuraillés dans
une misère sans nom, des nègres ladres plus ladres
que les crapauds, des nègres décaduits, des nègres à
chiques et à échauffures, des drôlesses et des maries-
souillons, en un mot de toute la chienaille des bas-
quartiers de l'En-Ville, depuis le Morne Pichevin
jusqu'au Bord de Canal, de Trénelle à Volga-Plage
mais ne comptez que tous les mâles et cela tête par
tête. Tous ceux qui ont vingt ans et au-dessus, aptes
à faire campagne, vous les enregistrerez, Rigobert et
toi, selon leurs aptitudes au combat. Ne négligez ni
les lutteurs au damier, ni les manieurs de bâton, ni
les grands maîtres en jambette, fleuret, rasoir et bec
de mère-espadon.

Voici les noms de ceux qui vous assisteront :
Fils-du-Diable-en-Personne en dépit de son nom
qui n'est que pure forfanterie.
Bec-en-Or même s'il a ôté toutes les dents que je lui
avais baillées à la naissance pour les remplacer par
du faux or.

Djiguidji le djobeur et Richard le docker.

Dictionneur, le petit nègre forfantier qui s'imagine qu'il y a plus de sapience dans son Littré que dans la Sainte Bible car il possède une âme pure.

Manoutchy, l'Indien-Couli, bien qu'il idolâtre des déesses à cinq bras et vénère de hideuses effigies avides de sang fraîchement versé.

Solibo Magnifique, le conteur, car c'est un être de mémoire.

Mathieu Salem, ce vieux nègre qui a dépassé les bornes de l'extrême-vieillesse et qui prétend avoir passé un pacte avec la Mort.

Ce sont des hommes bien considérés dans leur entourage ; ils sont fiers du souvenir de leurs ancêtres. Ils seront à la tête de milliers de désespérés qui cherchent depuis trois siècles une lueur dans le tunnel de la servitude. »

Quelques semaines après l'inouïe révélation d'Adelise qui projeta tout un chacun dans un perplexité mêlée de joie, et parfois d'orgueil — car ici-là, après Jésus, c'était de Gaulle, oui ! —, sa tante Philomène ne s'habilla plus qu'en religieuse pour sortir en ville. Les nègres du Morne Pichevin écarquillèrent le grain des yeux devant une si formidable métamorphose et prirent d'abord le parti d'en ricaner. D'aucuns en conclurent que sa pauvre tête était partie et bien partie dans des contrées où la raison n'avait plus cours, cela sans doute à cause du chagrin d'Amédée Mauville qu'elle charroyait en elle à-quoi-dire un fardeau. D'autres y virent le présage d'un nouveau désastre, trois ans à peine après cette chienne de guerre mondiale qui avait ravagé tant de vies. Car comment expliquer que cette négresse-là avait évacué le sommeil ? À la nuit close, elle continuait à arpenter les trottoirs du Pont Démosthène, affriolant les passants avec sa robe-fourreau qui mettait si magnifiquement en valeur ses formes plantureuses. Mélancolique, elle chantonnait :

« Qui veut de moi, tra-la-la-la ? Je suis l'alter ego à peau sombre de Gina Lollobrigida, oui. »

Pendant la journée, elle installait un tray à l'angle des rues Lamartine et François-Arago, un véritable étal où s'offraient à la vente missels à tranche dorée, chapelets en argent, recueils de cantiques, lotions du Père Foucauld, « Enchiridion » du Pape Léon, pommades contre les assauts des incubes, fioles d'alcali pour renvoyer le mal à son instigateur et tout un lot d'objets de provenance inconnue dont elle recommandait les vertus d'une voix sentencieuse. Rigobert, qui avait repris sans conviction son job de crieur chez le Syrien Doumit, le plus cossu de l'endroit, lui faisait face, de l'autre côté de la rue, au mitan des rouleaux de tissu chatoyant et des robes soi-disant à la mode de Paris. Le bougre débitait ses plaidoiries à la vitesse d'une mèche, sans toutefois retrouver le brio qui lui avait permis de rivaliser avec Lapin Échaudé, le crieur le plus émérite d'avant-guerre. Il semblait hypnotisé par la personne de Philomène d'autant qu'au début, presque personne ne fit cas de l'étrange commerce de cette dernière. Après tant d'années de privations, on se ruait sur les vestes en alpaga, les chemises de nuit en mousseline ou les caleçons en flanelle. Le nègre se voulait désormais pavaneur. Le nègre se voulait beau. Il n'y avait même pas besoin de l'aguicher pour faire fondre sa bourse et au fond, Rigobert ne servait pas à grand-chose. Il ruminait l'effrayante vacuité de son destin jusqu'au moment où cette drôle de qualité de bougre de Dictionneur se mettait à hanter les rues qui bordaient le quadrilatère du marché aux légumes. Le jeune homme arrivait tout fringant et s'adossait, une jambe repliée, au mur contre lequel Philomène posait son étal.

« La société, bien le bonjour ! » lançait-il avec une jovialité communicative.

Les revendeuses, qui disposaient leurs légumes à même le sol sur d'infects morceaux de sacs en guano, l'entouraient aussitôt, le suppliant rituellement de ne pas leur « donner le coup de français trop fort ce matin-là » car elles s'étaient levées avec une odeur de déveine. Aucune d'elles, à les en croire, n'avait encore vendu la moindre livre de patates douces ni la plus petite patte de bananes. Philomène, hiératique sur son escabeau, était la seule à ne pas participer à ces congratulations. Dictionneur faisait mine de s'adresser au monde entier en ces termes :

« À l'époque pas si lointaine où nous fûmes colonie, le nègre n'avait pas le droit de s'instruire mais grâce à la magnificence, à la magnanimité et à la magnitude du général de Gaulle, nous voilà désormais, mes amis, les égaux absolus des fils de Vercingétorix et de Jeanne d'Arc. Nous voilà capables d'étudier le cours des astres et de déchiffrer la parole de Dieu lui-même. »

Puis le philosophe des rues extirpait une bouteille de rhum Courville du cartable où il tenait précieusement son Littré et en avalait une triple rasade, en lançant un clin d'œil à Rigobert. S'éclaircissant la voix, il entreprenait Philomène d'un ton doctissime qui impressionnait les chalands.

« Chère dame, comment se fait-il qu'habituée au Jardin d'Éden où tout désir est absent, notre vénérée mère Ève ait pu se laisser tenter par le serpent ? Et à l'aide de quoi, hein ? D'une vulgaire pomme ! C'est illogique, vous ne trouvez pas ? »

Sans lui accorder une miette de regard, la carmélite réajustait les pans de sa tunique crasseuse et mettait un peu d'ordre dans le fouillis de son étal. Rigobert, décontenancé, s'excitait en face :

« Accourez-accourez, mesdames et messieurs de la compagnie ! Mousseline plus douce que la rosée du matin à sept francs le mètre, pantalon en coton de l'Alabama à cent quatre-vingts francs pour ceux qui veulent briller aux bals du "Select-Tango" ! Accourez chez Doum-Doum-Doumit ! Oui, Doumit, le plus beau, le plus vaste, le plus grandiose magasin de vêtements de toutes les Antilles françaises et même des Antilles anglaises, espagnoles et hollandaises ! »

Philomène, qui semblait ne plus connaître son vieil ami dès l'instant où elle se fanfreluchait en religieuse, fermait les yeux et prononçait une prière, les mains jointes, le visage dégoulinant de sueur à cause du soleil qu'elle recevait de face et ne cherchait nullement à éviter.

« Adam et Ève, commençait-elle alors, toujours sans considérer son voisin de trottoir, Adam et Ève n'étaient pas parfaits que je sache. Ils étaient seulement innocents.

— Ah, ça, c'est juste ! "Perfection" : 1. Achèvement. 2. Par extension, état de ce qui est parfait dans son genre. 3. Thème de spiritualité, la perfection chrétienne, la perfection de la vie religieuse. 4. Qualité excellente de l'âme et du corps. "Innocence" : 1. Qualité qui ne nuit point, douceur inoffensive. 2. État de ce qui est innocent, non coupable. 3. État de pureté qui appartient à l'ignorance du mal. 4. Innocence, se dit des choses qui n'ont rien de blâmable. 5. Simplicité d'une personne qui ne connaît ni les choses ni les personnes. Bon, eh ben ce matin, chère dame, vous avez marqué un point. Attendons la suite des événements. Je n'ai pas dit mon dernier mot, saperlipopette ! »

Sur les sept heures, il devenait tout à faitement vain d'essayer de s'entendre car les djobeurs envahissaient les lieux à grands coups de corne et d'éclats de voix, manœuvrant leurs charrettes à bras surchargées de légumes, avec une dextérité époustouflante en dépit de l'étroitesse de croupion de poule des rues du centre-ville. Ni Philomène ni Dictionneur ni même Rigobert ne prenaient la hauteur de ces nègres hirsutes qui formaient une sorte de cercle fermé, davantage en tout cas que les crieurs. Un modèle d'hostilité silencieuse s'établissait entre les trois occupants habituels de cet arpent de trottoir et les djobeurs jusqu'à ce que la cathédrale sonne huit heures et demie et que ces derniers migrent jusqu'aux débits de la Régie du Canal Levassor pour s'envoyer un décollage au tafia bien mérité.

« Si Dieu a créé le Blanc en premier, soliloquait Rigobert, je ne vois vraiment pas pourquoi il aurait perdu son temps à mettre le Nègre au monde tout de suite après. Quand on a accompli un si beau travail, on ne se hasarde pas à faire n'importe quoi. Qu'en penses-tu, Philomène ?

— Qui t'a dit qu'Adam et Ève étaient blancs, mon ami ?

— Tiens ! Ouvre donc tes missels, va à l'église ou alors calcule dans ta tête et tu verras qu'ils n'ont pu qu'être blancs et bien blancs. TOUS ! Depuis Abraham, depuis Moïse, depuis saint Michel, depuis Joseph jusqu'à saint Paul, ils ont tous des peaux roses de bébés. »

Dictionneur changea de pied d'appui contre le mur du magasin du Syrien et esquissa un sourire énigmatique.

« Hon ! finit-il par lâcher au bout d'un moment. C'est à savoir si Dieu le père lui-même n'est pas un aryen.

— C'est quoi ça ? demandèrent d'une seule voix la carmélite et le fier-à-bras.

— Aryen : nom donné à l'ensemble des peuples qui parlent sanskrit, persan, grec, latin, allemand, slave et celtique. Les langues aryennes dites aussi papétiques. Langue indo-européenne. »

Lorsque l'ingéniosité catéchistique de Philomène se trouvait prise en défaut, elle retrouvait d'instinct les poses lascives de la péripatéticienne qu'elle n'avait jamais cessé d'être, celles qui avaient fait la renommée de la plus célèbre des reines nocturnes du Pont Démosthène. Elle retroussait sa robe de religieuse sur ses cuisses dont le galbe mordoré faisait perdre la salive non seulement aux deux compères mais à la plupart des passants. Ôtant sa cornette, elle secouait ses cheveux en tous sens. Jamais elle n'écoulait autant de missels et de médailles pieuses qu'en ces moments-là. Une soudaine ferveur semblait s'emparer de la gent masculine et celle-ci de s'attarder à compulser interminablement les ouvrages de son étal, mêlant à souhait compliments doucereux et discrets à ses formes et interrogations pseudo-métaphysiques. Philomène la carmélite recruta ainsi un bon petit brin de clients pour le compte de Philomène la péripatéticienne. Parfois, elle s'écartait de son étal, ouvrait largement les bras et se lançait dans des homélies prophétiques qui terrorisaient les incroyants et jusqu'aux commerçants levantins qui s'empressaient de baisser le son de leurs énormes postes de radio d'où s'échappaient de gutturales mélopées arabes.

Dictionneur, qui n'était pas seulement un savant ès définitions mais aussi un sacré modèle de businesseur, en profitait pour proposer à certains ses talents d'écrivain public. Il acquit ainsi une telle réputation qu'on prétendait qu'une lettre rédigée de sa main vous obtenait sans coup férir la bourse d'entrée en classe de sixième de votre garçon ou bien vous raccommodait en cinq-sept avec votre dulcinée en cas de trafalgar méchant entre vous. Dans une muette complicité, Philomène et lui se refilaient leurs bons clients dont les poches devenaient pleines de courants d'air en moins de temps qu'un battement d'yeux. Juste avant l'Angélus, la carmélite courait déposer quelques piécettes dans un tronc de la cathédrale en guise de merci-Seigneur tandis que Dictionneur, de son vrai nom Roland Frémontier, regagnait le quartier petit-bourgeois de Petit-Paradis où il vivait en concubinage épisodique et secret avec la dame Josépha Victoire, institutrice depuis quatre générations selon ses propres affirmations. Avec sa cinquantaine dépassée, un début de double menton et des poches sous les yeux, elle pouvait être la mère de son bon à rien et, dans le quartier, pour étouffer dans l'œuf les rumeurs malveillantes de Radio-bois-patate, elle avait annoncé à la cantonade que son filleul, originaire de Grand-Anse, viendrait habiter chez elle pour passer son deuxième bachot qu'il avait raté à cause d'un quimbois. Les petits fonctionnaires de couleur qui peuplaient l'endroit firent mine de la croire mais affublèrent Roland du surnom de « Filleul du côté cuisse » dès son débarquement, soit F.C.C. en langage poli. La soi-disant marraine, qui n'avait que le jeudi, jour de vacances des écoliers, pour lécher les vitrines de l'En-Ville, ne sut jamais à quel genre d'activités drolatiques se livrait le jeune homme. Ce dernier affirmait donner des leçons de piano au rejeton d'un gros commerçant du Bord de Mer et elle s'étonnait régulièrement, quoique sans trop insister, qu'on le payât en menue monnaie. Il est vrai que la rareté relative des billets de banque en cette période d'après-guerre servit longtemps d'alibi à Dictionneur. Tel était donc l'envers de l'existence du bougre que Philomène, sans rancune contre lui, et Rigobert, toujours méfiant, rencontraient chaque beau matin (sauf le jeudi, oui !) aux abords du marché aux légumes, envers absolument inimaginable pour eux.

Alors Philomène parla à Yahvé et dit : « Que Yahvé, Dieu des esprits qui animent toute chair, établisse sur cette communauté un homme qui sorte et rentre à leur tête pour que la communauté de Yahvé ne soit pas comme un troupeau sans pasteur. »

Yahvé répondit à Philomène : « Prends Dictionneur, fils de Léonora, homme en qui demeure l'esprit. Tu lui imposeras la main et lui transmettras une part de ta dignité. »

Le temps de l'Amiral Robert n'avait cesse d'occuper les pensées du docteur Bertrand Mauville, cela à toute heure du jour ou de la nuit mais particulièrement entre une heure et deux heures de l'après-midi, lorsqu'il s'assoupissait sur son fauteuil, à son cabinet de la rue Gallieni. Épuisé d'avoir consulté sans répit des malades pour lesquels il ne pouvait pas grand-chose faute de médicaments et qui revenaient l'assiéger, munis de leurs cartes d'indigent ou de bons d'aide médicale gratuite distribués avec libéralité par la mairie, il augmentait la vitesse de son grand ventilateur à pales, ôtait ses lunettes qu'il repliait avec soin et replaçait dans leur étui avant de fermer les yeux et de sombrer dans un demi-sommeil peuplé des souvenirs de la période de la guerre...

Depuis qu'il avait été nommé conseiller auprès du Service de la Moralité Publique, il cherchait une idée qui pût le faire définitivement entrer dans les bonnes grâces de l'Amirauté où la gent blanche créole commençait à bravacher plus que de raison. Il écoutait, fébrile, les sonnailles de onze heures du matin à la cathédrale de Fort-de-France, espérant quelque invitation à dîner de la part du chef de la colonie ou plus prosaïquement quelque convocation à un défilé patriotique dans une commune proche de la capitale. Le facteur, hélas, ne s'arrêtait jamais à hauteur de son immeuble, sauf une fois par semaine pour y déposer cet insipide « Bulletin hebdomadaire » dans lequel une brochette d'officiers de marine métropolitains, dénués de tact, distillait des menaces aux gaullistes et aux apprentis dissidents ainsi que des exhortations ampoulées à poursuivre l'effort national réclamé par « notre vénéré Maréchal Pétain ».

« Depuis la guerre de Napoléon III au Mexique, nos conscrits antillais paient notre dette de sang à la mère-patrie », avait-il bougonné un jour que le lieutenant de vaisseau Bayle, rédacteur en chef du bulletin, s'était permis d'ironiser sur l'indiscipline des soldats créoles fraîchement enrôlés au fort Desaix.

L'année 1942 s'annonçait incertaine. Les nouvelles de la guerre en Europe, diffusées avec parcimonie, n'offraient qu'une vision contradictoire de la situation et Bertrand Mauville croyait de plus en plus que le monde allait s'installer pour un bon paquet de temps dans le désarroi. Pour apaiser ses doutes, il relisait de temps à autre les « Mémoires de céans et d'ailleurs » de son frère Amédée, feuillets gribouillés et inachevés qui lui avaient été rapportés sans la moindre explication par celle qui l'avait entraîné dans la déchéance. Cette putaine du nom de Philomène qui lui expédiait tout ce que son quartier, le Morne Pichevin, comptait de malportants, lesquels estimaient qu'ils ne devaient régler leur consultation autrement qu'en pattes de bananes jaunes, giraumons et parfois volaille aux pattes liées avec de la liane séchée. Tel ne fut pourtant pas le cas de Carmélise, une jeunesse qu'il eut la stupéfaction de découvrir enceinte alors que son ventre ne présentait aucune bosse. En effet, Jojo, un coiffeur des Terres-Sainvilles chez qui le docteur Mauville se rendait deux fois par mois, lui avait demandé un petit-service-s'il-te-plaît. Monsieur avait une bougresse qui était sur le point de le rendre père pour la énième fois de sa vie (puisqu'il possédait des enfants-dehors dans quasiment tous les quartiers de l'En-Ville) et voulait qu'elle bénéficie de la meilleure assistance médicale possible. Je ne suis ni un salopard ni un chien-fer, insista-t-il. Bertrand Mauville ne pouvait rien refuser à Jojo qui croyait en son destin et l'exhortait à entrer en politique d'une manière plus franche, chose qu'il crevait d'envie de faire mais pour laquelle l'audace lui avait toujours fait défaut. Pour une fois donc, Bertrand Mauville avait dû se rendre au chevet de la jeune femme, en plein dans ce quartier qu'il s'efforçait de rayer de son esprit. À son arrivée, Carmélise, qui était en train de hisser une boquitte d'eau sur sa tête, déclara :

« Ah oui, vous êtes docteur ! Mais il est trop tard, j'ai accouché à dix heures ce matin. Hé ben Bondieu, qui est-ce qui s'imagine que j'ai besoin d'un ma-commère à mes côtés pour faire ce que j'ai fait chaque année sans problème depuis neuf ans ? Hé, Rigobert, viens voir ! Y a un docteur ici. »

Un nègre mal rasé, à l'aspect famélique, se dressa derrière un assemblage de vieux fûts d'huile vides et, brandissant une bouteille de tafia, s'écria :

« *Landjet patat koukoun manman Bondié, sakré isalôp ki i yé !* » (Bordel de merde de couillon de salope de Bondieu !)

Attendrie par l'air désemparé de Bertrand Mauville, Carmélise redéposa sa boquitte d'eau et l'invita à fêter l'événement chez elle avec un petit verre de vermouth. Sans lui laisser le temps de répondre, Rigobert l'avait attrapé par le bras et entraîné près de la croix qui surplombait le Morne Pichevin. Le docteur distingua une cahute bancale autour de laquelle une quantité inumérable de petites marmailles jouaient à pousser des écales de cocos secs sur une flaque d'eau, flaque que leur disputait de temps à autre un énorme cochon-planche. Le plus petit des négrillons se suspendait aux oreilles du mastodonte tandis qu'un autre lui chatouillait les mamelles qui pendaient jusqu'au ras du sol.

« Quel que soit le nègre qui t'a envoyé, monsieur le docteur, fit Carmélise en ouvrant la porte de sa case d'un coup de pied, sache que tu es le bienvenu ! Je ne sais même pas qui est le papa du bébé. Tellement de fourmis m'ont piquée ces derniers mois qu'il faudra que j'attende qu'il grandisse pour voir auquel de mes amants il ressemble. Ha-Ha-Ha ! »

Bertrand Mauville sentit une panique incontrôlable s'emparer de lui. Il n'entendait plus les jacasseries de Carmélise pas plus que les criaillements du bébé qu'elle avait laissé seul dans une barrique ou les blasphèmes de Rigobert en qui il venait seulement de reconnaître — grâce à la balafre qui zigzaguait sur tout un pan de sa figure — le très renommé fier-à-bras de ce quartier où son frère

Amédée avait trouvé refuge dès le début de la guerre.

« C'est Hector Bonnaventure qui t'envoie, hein ? demanda Carmélise en lui offrant l'unique chaise de la case. Non, hon ! Si c'est pas lui, c'est Romuald Saint-André alors, le chabin qui travaille à la Margarinerie Martiniquaise. Un sacré coco celui-là ! Ah, je vois-je vois… c'est sûrement Ti Féfène. Monsieur a peur de moi comme le Diable craint l'eau bénite. »

Bertrand Mauville, serrant la poignée de son sac pour fortifier son courage, fit volte-face et courut à toutes jambes en direction des quarante-quatre marches, aussitôt dérisionné par les quolibets de ses deux hôtes et le charivari qui se produisit dans les cases qui ceinturaient la Cour des Trente-Deux Couteaux. Dans l'escalier, qui descendait à pic sur le Pont Démosthène, il faillit buter contre un tafiateur lequel braillait, fâle grand ouvert :

« *Linion fè lafos men tout moun sav lonyon fè lasos* » (L'union fait la force mais tout le monde sait que l'oignon fait la sauce)…

Il se demandait aujourd'hui encore quelle était la signification exacte de cette phrase qui l'avait poursuivi sans raison des années durant et qu'il s'était même surpris à murmurer un jour qu'il s'ennuyait ferme au Cercle Martiniquais, obligé qu'il était de subir les billevesées d'Auguste Saint-Amand, négociant mulâtre du Bord de Mer en pleine ascension.

Cet après-guerre était donc terrible pour le docteur Bertrand Mauville. Les gaullistes le montraient du doigt et les communistes, qui avaient raflé les communes les plus importantes de l'île, bouchaient son horizon politique. Combien de temps continuerait-il à payer sa faute, celle d'avoir brandi le bras dans les défilés patriotiques au cri d'« Amiral, nous voilà ! » » ? Ces remémorations moroses occupaient l'essentiel de ses pensées en cette année 1948 lorsqu'une lueur inespérée vint éclaircir sa vie : Mgr Varin de la Brunelière lui téléphona pour l'inviter à faire partie du « Comité d'accueil de la Vierge du Grand Retour ».

D'entendre la sonnerie qui s'élevait du gros poste noir trônant sur son bureau lui parut si étrange, qu'il hésita de longues secondes avant d'en soulever le cornet. Des années que le téléphone ne fonctionnait plus guère que par à-coups !

« Il ne m'a point échappé que vous êtes un chrétien fort assidu à la plupart des offices importants, lui avait déclaré l'ecclésiastique. Je vous sais aussi un homme intègre et de grand savoir. Venez nous apporter votre concours, je vous prie ! Notre Père Éternel vous le revaudra. »

Retrouvant le sourire, Bertrand Mauville rangea son bureau avec soin. Un recueil de poèmes, intitulé « Naïma, fille du Maghreb », que venait de lui envoyer son ami André Thomarel, y traînait depuis plusieurs jours. Mauville n'avait pas rédigé la première ligne de l'article qu'il lui avait promis. Les sarcasmes des zélateurs de cette Négritude qu'il abhorrait commenceraient-ils à avoir de l'effet sur lui bien qu'il s'en défendît ? Il haïssait leurs vers libres et obscurs, leur amour de l'Afrique noire barbare, toutes choses qui, à son avis, ne pouvaient que faire régresser la Martinique. Mais, à son grand plaisir, sa plume se fit soudain légère, aérienne presque :

« Cet ouvrage, en prose rythmée, commença-t-il, est la transposition sur une portée musicale arabe de chants d'amours antillais, qu'a ressuscités l'ombre évocatrice des parasols diaphanes des "faux poivriers", l'ombre dense des eucalyptus, des palmiers du Maroc où a vécu notre compatriote.

L'auteur de "Parfums et Saveurs des Antilles", de "Regrets et Tendresses", a su tirer de son cœur des accents nouveaux pour encenser et charmer Naïma, fleur d'islam au regard noyé de langueur, aux yeux en amande, à la taille souple comme une branche de saule musqué... »

Homélie prophétique de Philomène

Dominus Vobiscum Bondieu qui êtes aux cieux c'est la misère du nègre qui tache le monde *Ora pro nobis* pauvres pécheurs damnés depuis la fuite de Cham dans le désert de Nubie *Kyrie Eleïson* la poussière de Guinée colle à nos talons, nous battons tambour aller-pour-virer et un héler sauvage grimpe dans notre tête *Credo in unum deum* les chaînes ont affiné nos chevilles, notre danser-en-voyer-monter en l'air est plus chaud alors ils proclament « Nègre, danse ! Danse et danse encore ! » *Ave Maria gratia plena* enceinte sans coquer de Joseph et accouchée sans matrice ni douleur d'enfantement de Jésus mais il n'y a pas pire que de naître au fond de la cale d'un bateau négrier *Sursum corda !* Notre cœur en est devenu plus vaste qu'une mer d'huile, plus calme que celle des Sargasses, plus déborné que les quarantièmes rugissants *Hosanna ! Hosanna !* Le cul de vos mères, sacrée bande de mâles verrats ! La main du nègre est vierge de lignes de vie et de lignes de chance : suis la trace, tu trouveras la caisse remplie de fourches, houes-madjoumbés, truelles et coutelas, ce qui veut dire travail-travail-travail *Perseverare diabolicum est* donc ils affirment, très doctes, « Le nègre peut charroyer ça sur son dos, il est plus fort qu'un

mulet bâté, foutre ! » *In nomine nominem* je te
sacre souffre-douleur de l'univers entier car la nuit
est noire, la caverne est noire, la mort est noire. Le
fin fond du cosmos est ténèbres. Que mille millions
d'années de maudition courbent tes membres et *hic
et nunc* qu'on me baille tafia, qu'on m'apporte là
même du vin-France, qu'on peinture poudre rose
sur ma figure et le tour sera joué. Ha-Ha-Ha !
Quand volcan a pété, là-bas, en la ville de Saint-
Pierre ils ont décrété « C'est la faute du nègre qui a
trop paillardé ! » *Amen* Quand cyclone a rasé la
barbe des savanes, ils ont conclu « Punition pour
ceux qui s'acoquinent dans le faire-noir de minuit
avec les esprits africains ! » et même cette christophine mûrie à l'en-bas de son feuillage d'Amiral
Robert qui a prétendu que la guerre et la dissidence
serviraient à améliorer nègres et juifs *Homo homini
lupus* car seul le couteau sait la souffrance qui pal-
pite au cœur du giraumon et la douleur de la roche
au soleil est inconnue de celle de la rivière *Secula
seculorum* que nous purgeons une peine que nous
n'avons pas commise *secula seculorum* que le regard du Blanc-pays brûle de son feu bleu celui du
nègre de céans et notre marmaille couve des chiques entre les orteils, des eczémas sur la peau, des
vers solitaires dans les boyaux, des toussotements
sans fin dans la poitrine *Et filii sancti* Allez coquer
vos mères ! Si notre sueur ne possède pas le même
goût que la leur c'est que nous nous sommes plantés trop longtemps au soleil *Homo habilis Homo
faber Homo sexus* sacré tonnerre de Brest ! Viendra
une Vierge plus pure que le premier jour de la
Création et vous vous agenouillerez tous, pauvres
et riches, nègres et Blancs, pour quémander son
pardon, le nez dans la rocaille des chemins *Hosanna ! Hosanna !* Débarquera de l'au-delà des
océans, la Mère de Dieu en personne, venue châtier

les malfeinteurs, arracher les racines du mal chez les méchants et celles de la vagabondagerie chez les bandits et les criminels *Kyrie Eleïson !* Préparez vos corps à recevoir mille lacérations, préparez vos âmes à souffrir mille morts ! Dieu s'est adressé à vous à travers moi et m'a dit :

« Faites bon accueil à la Vierge du Grand Retour ! »

LE DEUTÉRONOME

Voici les paroles que Dieu tout-puissant adressa à l'ensemble du peuple des Indiens-Coulis par l'entremise de la déesse Mariémen laquelle chevaucha l'esprit du jeune prêtre André Manoutchy au cours d'une cérémonie secrète, dans une savane reculée de l'habitation Gradys, à Basse-Pointe :

« Il y a trois jours de marche jusqu'à la ville de Fort-de-France, par le chemin de la Trace, au ras des Pitons du Carbet. Rassemblez-vous et partez à la faveur de la nuit car la destruction des objets de culte et des temples ne cessera point. La fureur des Blancs, la morgue des mulâtres et l'ironie des nègres finiront par avoir raison de votre attachement au Pays d'Avant. Sachez que désormais, l'Inde n'existera plus pour vous. Elle ne pourra être visitée qu'en rêve par les plus purs d'entre vos poussaris, ceux qui ont su conserver quelques bribes de langue tamoule ainsi que quelques gestes de piété.

Abandonnez les maigres possessions que vous avez acquises dans les plantations car en ces lieux, il n'existe nul avenir pour votre progéniture, seulement l'éternelle plantée de la canne à sucre au beau mitan *de l'hivernage et la rude récolte lorsque la mi-janvier ouvre la saison du carême.*

Allez donc prendre possession du pays que je vous ai promis par serments à vos pères et à leur postérité après eux. Je ne puis à moi seul me charger de vous. Je vous ai multipliés en dépit de la faim, de la fièvre jaune, du pian, de la tuberculose et de l'asservissement et vous voici nombreux comme les étoiles du ciel. »

« Hé couli ! Couli mangeur de chien, qu'est-ce que tu as à traîner tes fesses qui puent parmi nous autres ? »

L'homme ne broncha pas sous l'injuriée qui l'avait atteint de dos. Il ne se retourna même pas. On aurait juré à sa démarche qu'il comptait chacun de ses pas au mitan des détritus et des flaques d'eau boueuse qui parsemaient l'avenue Jean-Jaurès, l'artère principale du redoutable quartier des Terres-Sainvilles. Ses longs cheveux d'huile, plus noirs et brillants que du plumage de merle, masquaient son regard. Ses mains semblaient agrippées au baluchon en toile de jute qu'il portait sur le dos, légèrement voûté sous sa charge.

« Couli ! Tes oreilles sont bouchées ou quoi ? Ha-Ha-Ha ! Quelle race de malpropres ! Je vous avais bien dit qu'elle ne se lave ni les oreilles ni les dents ni la fente des cuisses ni le trou du caca », reprit la voix, plus égrillarde que menaçante.

André Manoutchy, qui sortait pour la première fois de sa campagne, avait pris la ferme résolution de ne pas s'accouardir. Il ne prendrait pas ses jambes à son cou. Il ne tenterait pas de parlementer avec l'ennemi. Il n'essaierait pas non plus de l'amadouer à l'aide d'un petit sourire à dix francs. Le chauffeur d'autobus, à la Croix-Mission, lui avait dit et répété :

« Tu ne peux pas t'égarer, mon bougre. Va tout droit jusqu'à l'église et là, prends sur ta main gauche et continue encore tout droit. Au fond, près du canal Levassor, tu trouveras le quartier d'Au Béraud. »

Déjà, il apercevait les bancs en marbre de la place parfaitement circulaire qui faisait face à l'église et les tamariniers altiers qui l'ombrageaient, chargés de grappes de fruits marron. Mais, derrière lui, les pas se pressèrent. Presque une galopée. Il pouvait entendre le souffle court de son poursuivant, entrecoupé de sifflements de haine. Alors Manoutchy ralentit son allure et empoigna le manche du coutelas douze pouces qu'il serrait dans son baluchon.

« Hé, Couli de la campagne, n'aie pas peur ! » fit son adversaire en lui tapotant l'épaule avec une singulière amicalité.

Le nègre qui faisait face à Manoutchy devait bien avoir deux mètres de haut, à moins que sa maigreur n'augmentât l'impression de cocotier qui se dégageait de sa personne. Malgré sa figure balafrée et ses dents jaunies par le tabac, il n'était pourtant aucunement la créature effrayante que l'Indien avait imaginée de prime abord.

« Tu vas où, toi ? s'enquit le nègre géant.

— Chez… chez mon beau-père, oui…

— Ah ! Voici donc un jeune marié, mesdames et messieurs ! Alors explique-moi comment tu fais pour supporter une femme dans tes pieds vingt-quatre heures sur vingt-quatre. Moi, Fils-du-Diable-en-Personne, j'ai jamais pu, foutre ! J'ai cinq mamzelles que j'honore à tour de rôle mais pas question pour moi de me mettre en case avec l'une d'elles. Pas question ! »

Les gens, qui prenaient un brin de fraîcheur sous les tamariniers, observaient le géant avec un respect qui surprit Manoutchy. Ils semblaient très attentifs à ses propos et certains lui lançaient des « bonjour » obséquieux. Forçant l'Indien à s'asseoir sur un banc, Fils-du-Diable-en-Personne, sans jamais demander la permission, s'empara du sandwich à la morue frite d'un vieillard tassé sur lui-même et le dévora en six-quatre-deux. Puis il grogna de satisfaction en s'écriant :

« *Goj mwen swef, tonnan di sò !* » (J'ai soif, tonnerre du sort !)

Aussitôt un jeunot se leva, tâta chacune de ses poches, en retira quelques pièces, fit la quête auprès de ceux qui l'entouraient et traversa la rue jusqu'à une boutique dont les sacs de lentilles et de pois rouges débordaient sur le trottoir. Un Chinois s'empressa de lui servir une bière « Lorraine » que le jeunot ramena, triomphal, à Fils-du-Diable-en-Personne. La réaction de ce dernier émotionna au plus profond de lui-même Manoutchy qui laissa tomber son baluchon sur le banc. La lame de son coutelas y fit un bruit sec.

« *Sakré isalop ! An sel labiè ou ka pòté vini ba mwen ? Ou pa wè misié-taa sé konpè-mwen ? Ou konpwann man kay bwè épi man ké kité'y doubout la kon an pen rasi ?* » (Espèce de salopard ! Tu m'apportes une seule bière ? Tu ne vois pas que ce monsieur est mon ami ? Tu t'imagines que je boirai tranquillement en le laissant planté là comme un pain rassis ?)

Le jeunot se précipita une nouvelle fois chez Chine et en ramena une autre bière qu'il tendit d'un geste plein de dégoût à l'Indien. Fils-du-Diable-en-Personne, considérant alors son entourage, lui enjoignit de déguerpir de sa vue sinon, il réglerait son compte à chacun d'eux. Les bougres ne se le firent pas dire deux fois : la place de l'Abbé-Grégoire, face à l'église des Terres-Sainvilles, se retrouva nette et propre. Manoutchy sentit la terreur réapparaître en lui, celle qu'il avait ressentie lorsqu'il avait entendu le bandit de grand chemin courir à ses trousses. Il hésita à boire la bière puis la vida presque d'un seul coup, se salissant le haut de sa chemise.

« Mer... merci. J'avais grand soif... » balbutia-t-il.

Lui saisissant le bras, le nègre géant le conduisit, sans solliciter son avis, dans une rue sombre où des maisons basses couvertes de tuiles semblaient tomber en ruine. De l'herbe sauvage grimpait même à l'assaut de leurs parois, débordant parfois sur le trottoir. L'homme ouvrit la porte de l'une d'entre elles qui ne tenait droite que grâce à un bout de ficelle grossier et lança :

« Entre boire un sec, couli ! Ta fiancée attendra. Au fait, tu ne m'as pas dit son nom...

— Justina. Elle habite à Au Béraud.

— Quoi ! Justina ? Ma Justina, ma doudou-chérie. Depuis quand tu es fiancé avec elle, hein ? Je ne t'ai jamais vu par ici auparavant. »

Fils-du-Diable-en-Personne fulminait, incapable de pénétrer dans sa case, statufié sur le pas de sa porte. Visiblement, il regrettait d'avoir fait si bon accueil au jeune Indien.

« Je ne l'ai jamais rencontrée, fit ce dernier. Son père et le mien ont travaillé ensemble sur l'habitation Gradys, à Basse-Pointe, après la guerre de 14. »

À l'intérieur, Manoutchy découvrit, stupéfait, un assemblage invraisemblable de marchandises des plus hétéroclites. Des postes de radio voisinaient avec des piles d'assiettes en porcelaine et des statuettes représentant Diane chasseresse ou saint Michel, le tout au mitan de sacs qui débordaient de cartons de chaussures, de caisses de boîtes de sardines à l'huile et de bouteilles de vin rouge. Le fier-à-bras dormait dans une sorte d'appentis d'où il pouvait surveiller à loisir son butin. Un escalier branlant y conduisait par lequel il s'engagea, demandant au jeune Indien de le suivre d'un ton qui ne souffrait pas de réplique. Il offrit à ce dernier l'unique chaise des lieux et s'assit à même le plancher, les jambes repliées sous son ventre.

« Tu n'as jamais vu Justina de ta vie, commença-t-il en dévisageant Manoutchy, et voilà qu'on vous fiance tous les deux ! Vous avez de drôles de mœurs, vous les Coulis... »

Fils-du-Diable versa à Manoutchy un verre de gin et en but une rasade au goulot. Il secouait la tête sans arrêt, manifestant à la fois son incrédulité et sa colère. Puis, il eut une réaction qui désarçonna à nouveau le jeune homme. Il sauta sur ses longues jambes de géant, esquissa deux pas de danse et déclara :

« En réalité, Justina et moi, on n'est pas des amoureux. Elle adore danser, alors je l'emmène au "Select-Tango" le samedi soir. Ha-Ha-Ha ! Elle veut pas de moi, l'idiote. Y a un autre bougre qui lui court après. C'est un nommé Rigobert, un nègre du Morne Pichevin. Lui aussi, il tire la langue, pauvre diable. Eh ben, mon vieux, tu as bien de la chance. Justina est un sacré beau brin de femme, oui... »

Remonté par l'alcool, André Manoutchy trouva Fils-du-Diable-en-Personne sympathique et se décida à lui raconter son histoire. Elle remontait à des temps immémoriaux, là-bas, dans un pays appelé l'Inde dont les siens n'avaient gardé qu'un souvenir ténu. Pour tout dire, les Mounssamy, les Manoutchy, les Pandrayen ou les Virassanin, tout ce peuple d'Indiens qui s'échinaient dans le nord du pays au profit des richissimes planteurs blancs, n'avaient plus souvenance de rien. La langue, les rites, les dieux, les chansons n'avaient été conservés que par une poignée de savants et de prêtres car en venant de ce côté-ci du monde, après avoir traversé deux océans, la mémoire n'était plus qu'un grand trou noir. Une souffrance insondable. Et ici, dans ce pays-là, il avait fallu affronter de nouvelles épreuves. Le dur travail de la canne à sucre, le mépris des Blancs, le crachat des noirs, l'indifférence des mulâtres. Il avait fallu affronter la mélancolie qui tuait les femmes dans la fleur de l'âge, les grippes féroces, la tuberculose, le pain et la syphilis. Il avait fallu survivre dans toute cette dévalée de fléaux et le peuple indien, devenu couli, avait survécu. Il avait redressé la tête et demandait honneur et respect.

« Les Manoutchy et les Virassanin ont été liés dès le départ, expliqua André à Fils-du-Diable. Ma grand-mère avait rêvé du retour au pays natal. Elle avait rassemblé toutes ses affaires et s'était précipitée au port de Trinité le jour du départ du bateau de rapatriement. Mais là, la gendarmerie lui a réclamé son contrat. Ils ont demandé à voir la signature de son maître prouvant qu'elle avait accompli les cinq ans de labeur requis. Elle déballa son linge sur le quai, présenta des mouchoirs, des parchemins hindous, des lettres qu'elle n'avait jamais pu déchiffrer, arrivées jusqu'à elle par nul ne savait quel hasard, sans parvenir à convaincre les autorités de sa bonne foi. Le bateau de rapatriement partit sans elle et, de ce jour, elle tomba folle. C'est le grand-père de Justina qui l'a recueillie chez lui, à Macouba. Cela se passait en 1897. Nous sommes sûrs de l'année parce que les Indiens connaissaient par cœur les dates d'arrivée et de départ de tous les bateaux de rapatriement. Ils les répétaient, les récitaient sans arrêt des années durant afin de ne pas les oublier. Le 12 avril 1897 très exactement… »

Fils-du-Diable était tout bonnement fasciné par le récit que lui faisait le jeune homme. Pour la première fois de sa vie, il éprouva un sentiment d'admiration pour un Couli, lui qui passait son temps à les dérisionner ou à les terroriser. Il reprit du gin et remplit à nouveau le verre d'André. On sentait qu'il avait très envie d'entendre la suite de l'histoire. Il faisait craquer ses phalanges d'impatience mal contenue.

« Mais le temps fabrique de l'oubli et, au bout de quelques années, ma grand-mère cessa de manger son âme en salade, reprit le jeune homme. Un peu de sa raison lui revint et elle trouva quelqu'un de notre race pour concubiner avec elle. Celui-ci était un petit cousin du grand-père de Justina. Il lui fit six enfants dont quatre sont morts avant l'âge de quinze ans à cause de la diphtérie. Mon père à moi a tenu le coup même s'il est maigre comme un clou. Enfant, il a joué avec le père de Justina. Ils ont ramassé la canne ensemble sur la plantation Gradys. Les dieux indiens les avaient choisis pour officier en leur honneur. Mon père dansait sur la lame nue du coutelas tandis que celui de Justina interprétait le langage sacré venu du ciel. Ils étaient respectés à travers tout le nord du pays et l'on venait de partout pour leur demander des cérémonies. Mariémen et Nagourmira, nos dieux principaux, étaient généreux : ils distribuaient grâces, guérisons et pardon à tous ceux qui avaient l'âme pure, tant aux Indiens qu'à ceux des autres races malgré la méchanceté de ces derniers à notre égard. Puis, le destin nous frappa sans crier gare. Au cours d'une grève, le père de Justina fut accusé, avec d'autres Indiens, d'avoir incendié le bâtiment de l'économat et le moulin à manioc où ils étaient employés. Ils durent fuir des jours et des jours. D'abord à Saint-Pierre, puis de proche en proche jusqu'à Fort-de-France. Mon père avait été envoyé à Marigot ce jour-là afin d'acheter une paire de mulets pour son maître et ne put être soupçonné. Il fut autorisé à rester sur la plantation Gradys mais le chagrin le rongeait et tous les jours, il faisait convoyer des légumes ou des fruits à son ami par le taxi-pays de Macouba. Il répétait au chauffeur :

"Surtout, n'oublie pas de lui dire que tout va bien pour moi !"

Et le soir, à son retour, le chauffeur lui rapportait la même commission : pour le père de Justina aussi les choses roulaient à l'aise. Si bien qu'il lui envoyait même un petit présent. Qui un pot de tabac de Virginie, qui un chapeau en feutre noir pour les enterrements, qui des fioles de parfums de l'Inde importés de l'île de Trinidad. Lorsque mon père a su que son ami avait une fille, il lui annonça la naissance de son fils, moi donc, et les deux nous fiancèrent sans jamais se parler de vive voix et sans que ni Justina ni moi n'ayons brocanté la plus petite miette de causer sirop-miel. »

Fils-du-Diable-en-Personne, qui avait la réputation de n'être épaté par rien, était tout simplement abasourdi. Par la belleté de l'histoire d'abord. Par son côté touchant ensuite. Par son mystère enfin. Il tenta d'exprimer cela avec ses mots soudain maladroits, dans un créole heurté, mélangé de français, qui arracha un sourire au jeune Indien.

« Mais je ne suis pas venu seulement pour Justina, fit-il. Bientôt, nous les Indiens, nous allons abandonner la canne à sucre. On a vu trop de misère là-dedans. On descendra tous dans l'En-Ville. Tous… Ici au moins, l'Église ne fait pas brûler nos temples ni détruire nos statues. Le père de Justina pratique sans que personne lui cherche chicane. Tu le sais, ça, hein ? »

Fils-du-Diable hocha la tête. Il lui était arrivé à maintes reprises d'assister aux rituels hindous auxquels s'adonnaient les Coulis du quartier Au Béraud, voisin de celui des Terres-Sainvilles où il régnait en seigneur et maître. À la vérité, il n'avait jamais pris ces chants et ces danses, ces odeurs d'encens et de cumin, que pour une sorte de carnaval sans grande conséquence. Il n'était pas de ces nègres qui quémandaient en secret des grâces aux divinités indiennes. Lui il était né chrétien et mourrait chrétien bien qu'il ne respectât aucun des dix commandements. Bien qu'on l'ait surnommé, à cause de cela, Fils-du-Diable-en-Personne.

« Si vous descendez tous en ville, fit-il, songeur, vous habiterez où ? Et puis vous ferez quoi ? Ici, on ne coupe pas la canne, on n'élève pas de bœufs...

— Ne t'en fais pas pour nous ! répondit Manoutchy. On va débrouiller notre corps. »

Manifestant le désir de rejoindre enfin sa dulcinée, il se leva de son siège et serra la main de Fils-du-Diable. Il saurait trouver tout seul le chemin jusqu'à Au Béraud. Le chauffeur de l'autobus de Basse-Pointe le lui avait expliqué parfaitement.

« Le jour de mes noces, tu seras mon témoin, lâcha-t-il, sérieux comme un pape. Tu es la première personne de Fort-de-France avec qui j'ai noué amicalité. Mais je ne sais pas ton vrai nom ?

— Tu auras tout le temps de le savoir, ricana le fier-à-bras. Allez, salue ma petite doudou-chérie de la part de son Fils-du-Diable-en-Personne adoré ! »

André Manoutchy, le Couli de la campagne, venait de devenir à cet instant même un Indien de l'En-Ville...

Or Yahvé Dieu parlait à l'évêque Henri, comte Varin de la Brunelière, chargé de propager la foi chrétienne en l'isle de la Martinique et lui disait sa crainte de voir le peuple des nègres et des Indiens suivre d'autres dieux :

« *Car c'est un dieu jaloux que Yahvé ton Dieu qui est au milieu de toi. La colère de Yahvé ton Dieu s'enflammerait contre toi et il te ferait disparaître de la face de la terre. Tu n'as point le droit de laisser s'épanouir les croyances que la race des nègres agrémente du son du tambour ni les rituels barbares et sanglants des Indiens. Satan s'apprête à régner en maître par ici et il est grand temps de mettre un terme à ses agissements. Vous, les découvreurs de ce pays, les descendants des fiers navigateurs qui ont bravé la Mer des Ténèbres pour porter ma parole jusqu'à l'extrême-Occident, vous garderez les commandements de Yahvé votre Dieu, ses instructions et ses lois, celles qu'il vous a prescrites et vous prendrez pleinement possession de ce pays, non pas seulement de ses terres, de ses forêts, de ses rivières et de ses anses mais des âmes de tous les peuples qui y vivent ; ainsi l'a dit Yahvé.*

Lorsque demain les nègres et les Indiens te demanderont : "Qu'est-ce donc que ces instructions, ces lois et ces coutumes que Yahvé notre Dieu vous a prescrites ?", tu leur répondras : "Vous étiez esclaves de vos roitelets et de vos maharadjahs, en Guinée et au Tamil-Nadu, et Yahvé vous en a fait sortir par sa main puissante. Yahvé a accompli sous vos yeux des signes et des prodiges grands et terribles contre vos oppresseurs et leurs maisons. Mais vous, il vous a fait sortir de là pour vous conduire dans le pays qu'il avait promis par serment à vos pères et pour vous le donner. Et Yahvé vous a ordonné de mettre en pratique toutes ces lois, afin de craindre Yahvé Dieu, d'être toujours heureux et de vivre comme il vous l'a accordé jusqu'à présent. Telle sera notre justice : obéir aux Blancs créoles et mettre en pratique leurs commandements devant Yahvé Dieu comme il vous l'a ordonné. »

*Ainsi sermonnait Henri, évêque de la Martinique,
en l'an 1948 après la naissance de notre Seigneur
Jésus-Christ, ses ouailles nègres et indiennes, rappor-
tant fidèlement, assurait-il, la main sur le cœur, la
parole de Yahvé Dieu.*

Lorsque le grand monde finit par apprendre que
la négresse qui se grimait en carmélite pour vendre
des missels et des chapelets devant le magasin du
Syrien Wadi-Abdallah s'appelait Philomène quelque
chose et qu'elle exerçait la profession de belle de
nuit, un vent d'indignation le secoua. Des paroissiennes alertèrent la maréchaussée, sommant cette
dernière d'enfermer à la geôle celle qui chaque
matin insultait le nom de Dieu tandis qu'elle vendait ses charmes chaque soir aux approchants du
Pont Démosthène. La plainte fut enregistrée à la
mi-janvier 1948 mais, au commencement du mois
suivant, rien n'avait encore été entrepris contre elle.
À entendre le chef de la police, Philomène ne contrevenait à aucune loi connue, son commerce de bondieuseries était tout ce qu'il y avait de plus légal et
sa tenue ne contrevenait nullement aux bonnes
mœurs puisqu'elle était fort loin d'être indécente.
Certes, ses discours incohérents, ses homélies interminables tonitruaient un peu mais la rue des Syriens n'avait-elle pas toujours été l'une des plus
bruyantes de l'En-Ville ? En réalité, les gardiens de
l'ordre avaient fort à faire avec les agissements du
bandit Fils-du-Diable-en-Personne, détrousseur des
passants qui osaient s'aventurer à Terres-Sainvilles,
avec les vols commis par ses compères Bec-en-Or et
Waterloo, sans compter les agressions et autres
viols dont les auteurs étaient inconnus, pour gaspiller leur temps à verbaliser une femme qui, pour
l'instant, n'avait commis aucun acte délictueux.

Furieuses, un groupe de petites-bourgeoises qui se proclamaient ferventes catholiques et dont l'égérie était Dame Victoire, institutrice dévouée corps et âme aux Guides de France, décida d'intervenir quoi qu'il en coûtât à leur respectabilité. Un samedi matin, elles se rassemblèrent devant l'étal de Philomène et firent mine de s'intéresser à ses bondieuseries. Ce jour-là, Dictionneur faillit se faire surprendre par sa concubine et n'échappa à son destin qu'en se réfugiant en cinq-sept dans le dépôt de Wadi-Abdallah dont il vantait les tissus depuis deux bonnes heures déjà. Rigobert, pour sa part, s'était rendu au gallodrome de Mirador comme il le faisait à chaque fin de semaine. Philomène se trouvait donc démunie des seuls appuis sur lesquels elle aurait pu compter.

« Tu vends ça combien ? lui demanda Dame Victoire en tournant et retournant entre ses doigts une sorte d'œuf transparent qui contenait une statuette de saint Michel baignant dans un liquide qui imitait la neige lorsqu'on renversait l'objet.

— Quarante francs, doudou-chérie, mais pour une belle dame comme toi, je te le laisse à trente-cinq francs.

— Voyez-vous ça, fit l'institutrice en se tournant, la bouche écalée, vers ses compagnonnes. Le nègre ne mange pas à sa faim dans ce pays-là, tout est rationné et voilà que cette créature se permet de profiter de la crédulité du bon peuple pour faire commerce de l'image de Dieu. »

Philomène se pétrifia sur son petit banc, leva des yeux mi-terrifiés mi-honteux sur son interlocutrice et ne prononça pas une seule parole. Elle s'aperçut à cet instant-là que Dictionneur avait disparu du trottoir d'en face et que le magasin de Wadi-Abdallah était curieusement vide.

« Elle est folle ! C'est ce qu'on raconte partout, fit l'une des bourgeoises. On perd notre temps...

— Folle ou pas ! s'indigna Dame Victoire, il faut faire cesser immédiatement cette insulte à l'Église et à Notre Seigneur Dieu. En plus, elle ose s'habiller en carmélite ! Une putaine, une négresse qui vend ses fesses au plus offrant, se drape dans les vêtements de la pure virginité ! Comment accepter pareille abomination ? »

Le sang de Philomène, qui rangeait déjà son attirail et pliait son étal, ne fit qu'un tour. Elle sauta au cou de Victoire, lui arrachant tout net son corsage et libérant ses seins d'ébène en forme d'avocat. D'abord estomaquée, l'institutrice répliqua avec une enfilade de calottes et de coups de genoux, bientôt aidée en sa tâche par ses accompagnatrices. Les missels volèrent dans les airs, les chapelets se fracassèrent dans les caniveaux, charroyés aussitôt par les eaux sales qui y coulaient en permanence. Une voix, puis deux, puis dix voix s'écrièrent :

« *Pwan'y la, wi ! I salé ! I salé !* » (Beau combat, mes amis ! Allez battez-vous ! Battez-vous !)

Des marchandes de légumes, des djobeurs, des drivailleurs, des pavaneurs, des nègres forfantiers, des mamzelles habillées pour la messe, des vieux-corps très dignes s'appuyant sur des cannes les entourèrent, sans que quiconque fasse le moindre geste pour arrêter ce qui était en train de tourner à l'étripement de la péripatéticienne du Morne Pichevin. L'une des bourgeoises, une chabine vindicative, lui cabossait la tête avec son parapluie tandis qu'une mulâtresse au visage ridé lui pichonnait la peau de l'avant-bras en éructant :

« Chienne de putaine ! Tu vas apprendre à respecter le Bondieu ! »

Alors, à ce point du combat, un miracle se produisit. Un pur miracle, oui. Philomène parvint à repousser ses assaillantes sans faire d'effort. Elle époussa sa robe de carmélite et déclara d'un ton très calme :

« Je suis Notre Dame des Sept Douleurs ! Vos coups, vos égrafignages, vos morsures, vos crachats ne m'atteignent point. Sachez-le ! »

Et elle entreprit de distribuer aux badauds un paquet d'images pieuses qu'elle avait réussi à préserver du démantibulement de son étal. On se bouscula pour en prendre par deux ou trois, certains proclamant qu'elles pouvaient porter chance. Le commando de bondieuseuses mené par Dame Victoire fut vite noyé dans une foule qui se mit à grandir si-tellement qu'elle s'étira jusqu'à la place de La Savane et s'étoila vers le Pont de Chaînes au nord, Marigot-Bellevue à l'ouest et la route du Pavé à l'est. Une véritable marée humaine qui tendait les mains, happait les images représentant la Madone, les embrassait et se les fixait sur la poitrine en s'agenouillant en pleine rue. Lorsque le paquet fut achevé, il se multiplia soudain entre les doigts fiévreux de la péripatéticienne qui, trois heures durant, continua sa distribution. L'institutrice et ses coreligionnaires étaient tout bonnement désemparées, obligées qu'elles étaient de constater ce phénomène qui avait tout l'air d'une intervention divine. Elles battirent donc en retraite, Dame Victoire s'empressant de se rendre à l'évêché pour rendre compte à Monseigneur. Ce premier épisode miraculeux, dont la carmélite Philomène, hétaïre du Morne Pichevin, négresse féerique devant l'Éternel, fut l'instrument en ce jour de février 1948, ne surprit pas la populace. Cette dernière avait toujours cru dans les pouvoirs surnaturels de Philomène et bientôt on se mit à débagouler, à travers l'En-Ville, au sujet de ce que Dictionneur (bien qu'il n'eût point assisté à la scène) qualifia dans son français grand-grec de « Multiplication merveilleuse des images de la Madone ».

Mais ce formidable bouche à oreille créole qu'est Radio-bois-patate tourneboula l'affaire, comme à son habitude, dans trente-douze mille directions et amplifia son caractère miraculeux. Elle prétendit qu'après avoir servi les milliers de gens qui l'assaillaient, Philomène avait encore un plein paquet d'images entre les mains et qu'elle alla les porter à l'abbé de Sainte-Thérèse lequel lui ordonna de continuer à les distribuer jusqu'à ce qu'elles soient épuisées. Selon une autre version, la péripatéticienne se lança dans une homélie qui tint en respect la maréchaussée alors même que cette dernière était venue l'arrêter pour entrave à l'ordre public. Un énième bruit affirma qu'elle releva sa robe de carmélite jusqu'à la cambrure sublime de ses fesses de négresse stéatopyge, écarta largement les jambes et pissa un liquide brûlant et diaphane qui chassa les immondices qui encombraient les caniveaux de la rue des Syriens. Mais quelque compliqués que fussent les méandres de cette histoire, tout un chacun reconnut, à dater de la multiplication merveilleuse des images de la Vierge, que Philomène était habitée par des forces supérieures et que sa parole, aussi confuse soit-elle, avait valeur de message divin. Et l'on se prit à croire que si sa nièce Adelise portait un enfant depuis bientôt onze mois, il ne pouvait s'agir que d'un nouveau messie.

Lorsque Mgr Varin de la Brunelière fut mis au courant par Dame Victoire qui, ayant retrouvé son calme, ne parlait plus que de diablerie à l'endroit de la personne de Philomène, il ne s'offusqua point. Les cheftaines paroissiennes, les déléguées de prière, les responsables des Guides de France et les Enfants de Marie qui, sans son aval, avaient agressé la carmélite, furent stupéfaites de l'équanimité du prélat. Il les écouta avec attention, demanda des précisions, fit répéter plusieurs fois le déroulé de l'événement, en tortillant sa barbichette. Mais il ne fit aucun commentaire ni n'envisagea la moindre riposte contre ce que Dame Victoire décrivait comme le pire blasphème qui se soit jamais produit en l'île de la Martinique depuis que le Dieu chrétien y avait installé son empire.

« J'y mettrai bon ordre », se contenta-t-il de dire en guise de conclusion et il rappela aux bondieuseuses qu'une tâche autrement plus importante les attendait, celle de préparer la venue de la Vierge du Grand Retour.

Tâche immense, colossale même, insista-t-il, qui nécessitait une détermination et une abnégation sans faille. Tâche qui vaudrait à ceux qui l'accompliraient une place sûre et certaine au paradis, à la droite du Seigneur. Prenant l'institutrice à part, l'évêque lui confia qu'il comptait grandement sur elle et sa capacité à mobiliser les énergies, à convaincre les indécis et les tièdes. Un « Comité d'accueil de la Vierge du Grand Retour » serait bientôt créé et elle aurait, elle, Dame Victoire, l'insigne honneur d'être la seule femme à en faire partie. Dès lors, à quoi bon perdre son temps avec une pauvresse qui, à bien regarder, aidait à la diffusion de la foi chrétienne puisqu'elle vendait des missels et des chapelets ? Victoire baisa la bague de Mgr Varin et repartit ravie, le cœur gonflé de fierté. L'évêque lui avait remis le dernier numéro de l'hebdomadaire catholique *La Paix* en lui désignant l'article suivant :

*En l'an 638, sous le bon roi Dagobert, arriva au
port de Boulogne un petit vaisseau sans matelots et
sans rames, que la mer, par un calme extraordinaire,
semblait vouloir respecter. À l'intérieur de cette embarcation, brillait une petite lumière. Dans le même
temps, les Boulonnais, qui priaient dans leur mo-
deste église paroissiale, entendirent une voix qui disait : "Allez sur le rivage ; vous y verrez une nacelle
que ne guide nul pilote. Dans cette nacelle, il y a une
Vierge qui porte dans ses bras un enfant. Amenez-la
dans votre église, et tout ce que vous lui demanderez
elle vous l'accordera."*

*Tel est le fait ancien que nous rapportent les vieilles
chroniques et qui s'inscrit dans la merveilleuse "LÉ-
GENDE DE NOTRE-DAME". Mais il y a mieux en-
core : il y a cet autre fait incontestable, c'est que cette
statue de la Vierge, que les Boulonnais ont ainsi recueillie dans leur église, a produit depuis quatorze
siècles des prodiges sans nombre. Aux prières arden-
tes qui lui sont adressées, ce sont les marins en détresse, sur le point d'être immergés, qui se retrouvent,
sans trop savoir comment, sains et saufs au port ; ce
sont des enfants décédés sans baptême qui reviennent
à la vie ; c'est tout un florilège de merveilles attribué
à l'intervention de Marie.*

*Ainsi cette statue prodigieuse a-t-elle été, depuis ces
temps reculés jusqu'à nos jours, l'objet d'une vénération universelle. Toute la France est venue l'invoquer ; et les rois eux-mêmes ont voulu déposer à ses
pieds leur couronne et leur gloire : Charlemagne, Go-
defroy de Bouillon, Philippe Auguste, Saint-Louis,
Philippe le Bon, Charles VIII, Louis XI, Louis XII,*

François Ier, Louis XIII qui lui consacra son royaume, Louis XIV, Louis XVIII.

En 1793, la statue fut profanée et presque entièrement détruite par la fureur impie des révolutionnaires. Mais elle ne tarda pas à être reconstituée et restaurée. Et la ferveur du peuple envers elle ne fit que s'accroître, en même temps que se multipliaient les signes évidents de la protection de Marie sur ce coin de terre française qui est devenu véritablement le fief de la Sainte Vierge.

Or, c'est une reproduction de cette statue, qui a déjà fait le tour de la France, soulevant sur son passage guérisons et conversions, que nous allons bientôt recevoir à la Martinique pour la procession du Grand Retour, qui va se dérouler dans toutes nos paroisses. Faisons un accueil somptueux à celle qui a béni la France et bénira bientôt la Martinique, sa fille aînée parmi toutes ses colonies des cinq continents. »

Victoire se sentit transportée d'allégresse.

L'ECCLÉSIASTE

Vanité des vanités, dit Mathieu Salem ; vanité des vanités, tout est vanité. Quel profit trouve le nègre à toute la peine qu'il prend sous le soleil ? Ceux qui amassent deux francs-quatre sous une vie durant à couper la canne à sucre, à l'amarrer, à l'arrimer, à la charroyer, à la distiller ; ceux qui naviguent de jobs en jobs, un jour maçon, un autre charpentier ou portefaix, toujours en grande disette d'amour ; ceux qui déchargent les paquebots à la Transat au risque de se péter les reins ; ceux qui s'accomplissent dans le chapardage comme Fils-du-Diable-en-Personne, dans la profitation comme Bec-en-Or, dans la vagabondagerie comme Philomène, dans l'inutilité comme Rigobert. À quoi tout cela rime-t-il ?

Un âge va, un âge vient, mais la terre tient toujours. Le soleil se lève, le soleil se couche, il se hâte vers son lieu et c'est là qu'il se lève. Le carême chasse l'hivernage qui revient à grand vent-grand mouvement dans la fureur de septembre. Les cyclones partent au midi, tournent au nord, ils tournoient, tournoient et vont, et sur leur propre parcours retournent les cyclones. Le Canal Levassor, la Rivière Blanche, la Cohé du Lamentin, la Lézarde, tous les cours d'eau coulent vers la mer et la mer n'est pas remplie.

Toute parole est lassante ! Même celle du conteur Solibo qui se dresse à la faveur du plus obscur de la nuit pour lancer son « Yééé Krik ! Yééé Krak ! » Personne ne peut dire que l'œil n'est pas rassasié de voir et l'oreille saturée par ce qu'elle a entendu.

> *Ce qui fut sera,*
> *ce qui s'est fait se refera,*
> *et il n'y a rien de nouveau sous le soleil !*

C'est pourquoi le nègre devra se préparer dans la ferveur à la venue de Celle qui veille sur ses douleurs, qui les partage et les soulage car, sur cette terre, il n'aura point, quoi qu'il fasse, gain de cause.

Jamais l'En-Ville n'avait engrangé une telle épaisseur de silence.

Les grandiseurs qui d'ordinaire dégorgeaient leur tafia matinal dans une fatrasserie de paroles et d'éclats de rires n'accostaient plus le monde et demeuraient au contraire figés en plein mitan du soleil sans qu'une once de sueur affleurât à leur front. Les femmes-matadors des bas-quartiers arboraient des robes sages de grand-mères en toile-soussoune-clairé et leurs madras, gris ou noirs pour la circonstance, semblaient en berne sur leurs cheveux dûment défrisés au fer chaud. À peine un chien sans maître jappait-il au passage feutré d'une Renault Juvaquatre et ne demandez pas où avait passé la marmaille, ni qui étouffait ses incessantes tournées-virées. Ni pourquoi les merles se montraient si discrets dans le feuillage des manguiers en pleine floraison.

Dictionneur se mit à siffloter mais il se sentait si étrange, si incongru qu'il comprit qu'il était vain de farauder en un tel jour. Les abbés avaient tant de fois annoncé puis désannoncé la date d'arrivée de la Vierge qu'il avait fini par l'oublier. Au reste, si on avait pu le soumettre à la question, on aurait découvert que le bougre à la mémoire phénoménale n'avait jamais considéré cet événement que comme une rigoladerie. Parfaitement, une immense rigoladerie ! N'avait-il pas pété la guerre avec Philomène à ce sujet quelques jours auparavant ? Désormais, la carmélite ne lui adressait plus la parole, trop occupée qu'elle était à propagandiser devant des grappes de nègres-campagne lesquels avaient commencé à investir les trottoirs de Fort-de-France. Des coupeurs de canne en costume-cravate noirs qui marmonnaient un créole rauque et sibyllin, de grosses dondons, sans doute marchandes de légumes, repasseuses, cuisinières de békés ou tout simplement mères d'enfants (profession hautement honorable ici-là). Des jeunes gens hébétés qui faisaient des signes de croix à chaque pas et puis toute la détresse de l'humanité : aveugles, paralytiques, lépreux, poitrinaires crachant du sang à chaque toussotement, culs-de-jatte, muets et envoûtés.

La chaussée était d'une propreté rarissime. Des guirlandes et des rangées d'ampoules multicolores décoraient la devanture des maisons et, aux carrefours, avaient été dressés de petits arcs de triomphe faits de branches de rameau bénit. Dictionneur, toujours interloqué, se dirigea alors vers la place de La Savane dans l'espoir d'y rencontrer Rigobert qui assistait à cette heure-là à l'entraînement des footballeurs du Club Colonial dont il était le supporteur fanatique. Mais l'endroit était devenu méconnaissable. Une quantité inumérable de gens déambulaient dans les allées et l'ombre des tamariniers avait été spontanément laissée aux femmes qui portaient des bébés. Une sorte de panique irruptionna dans le ventre et les membres du jeune gandin qui chercha par où il pouvait s'escamper. Le Bois de Boulogne et la Maison du Sport étaient submergés par une marée humaine. La jetée et le quai de La Française étaient si encombrés qu'il ne distinguait même pas la mer. Il n'y avait que la tête couronnée de l'impératrice Joséphine Bonaparte à clamer sa blancheur immaculée et quelque peu irréelle au-dessus de la négraille. Soudain prostré, notre homme balbutia :

« *Sa sa yé sa !* » (Mince alors !)

Un *sonnis* de cloches fit tressauter la foule qui, d'une seule voix, se mit à chanter l'Ave Maria. Dictionneur eut l'impression que des centaines de bouches goulues et rougeâtres s'apprêtaient à l'avaler, alors il se mit à courir droit devant lui, presque à l'aveuglette, bousculant des fidèles agenouillés dont il voltigea les missels à tranche dorée et les chapelets-rosaires aux grains aussi gros que du café. À cet instant-là, la vision de sa commune natale de Grand-Anse s'imposa à lui, plus précisément du Morne Carabin où la fraîcheur des alizés, échappés des rets de l'Atlantique, semblait conforter la solitude des grands bois. Combien de fois n'y avait-il pas amarré le bœuf de sa mère (elle disait « mon *bouvard* ») avec pour unique compagnon le chant si rare de l'oiseau-gangan que l'on prétendait annonciateur de la pluie ? Vision idyllique, presque incongrue. Immotivée en tout cas. Il ne s'était même pas rendu compte qu'une bondieuseuse avait entrepris de lui fesser son parasol sur le crâne, persuadée qu'elle était d'avoir affaire à quelque mécréant. Un nègre ladre, accroupi dans la boue du dalot, lui saisit le bas du pantalon en gueulant :

« Ne t'enfuis pas, mon nègre ! Ne t'enfuis pas, la Sainte Vierge va arriver d'un moment à l'autre. Elle va te guérir de ta folie et tu pourras enfin te regarder dans une glace sans que la honte ne te démange la figure. »

À hauteur du bar « La Rotonde », deux prêtres blancs nouvellement arrivés dans le pays (cela se voyait au blafard de leur teint) distribuaient des hosties à la venvole tandis qu'une quiaulée d'acolytes noirs agitaient leurs encensoirs avec un sérieux presque comique. Les fidèles entonnaient maintenant qui des prier-dieu qui des chants qui des appels au secours céleste dans une cacophonie qui semblait accentuer la chaleur de l'asphalte ramolli des rues. Le soleil dardait des lances de feu. Dictionneur s'arrêta nettement-et-proprement. Sa frayeur s'était dissoute sans qu'il saisisse pourquoi ni comment. Simplement, il ne tremblait plus, ses doigts n'étaient plus moites et les poils de ses bras ne se hérissaient qu'à peine. Une résolution s'était imposée à lui :

« Manman doit être ici. Il me faut la chercher ! »

Nul doute, en effet, que cette dernière ne se trouvât quelque part dans ce grouillis humain, elle qui l'avait forcé tout au long de son enfance à s'agenouiller matin et soir au bord de son lit pour réciter le Notre Père. Toutefois, il n'avait guère souvenance de ses traits et chaque fois qu'il pressurait son esprit, en un effort si douloureux que des larmes lui embuaient les yeux, il ne voyait que le grain de beauté qu'elle avait sur l'aile droite du nez. Ce grain grossissait-grossissait-grossissait jusqu'à envahir toute sa face et la pauvre en venait à ressembler à un masque du Mercredi-des-cendres. Je suis un fils ingrat ! songea avec douleur le jeune homme, se sentant défaillir, mais, fort heureusement, il finit par buter sur Fils-du-Diable-en-Personne, le bandit des Terres-Sainvilles, qui mâchonnait avec rage un sandwich à la morue.

« Couillonnades que tout ça ! lança-t-il à l'adresse de Dictionneur. Pire : couillonnaderies ! »

En un battement d'yeux, le bougre se vit entouré par un groupe de pèlerins surexcités, prêt à l'étriper. Un sexagénaire, plus major que les autres, brandit un poing menaçant sous son nez, en grognant :

« Si tu recommences à blasphémer, je te fous en charpie ! Tu as entendu mes paroles, hein ? »

Fils-du-Diable ne se départit pas de son calme, attitude qui en de semblables circonstances lui était peu familière. S'il s'était agi d'un nègre d'En-Ville, il y a un siècle de temps qu'il l'aurait envoyé valdinguer sur le trottoir à l'aide d'une de ces faramineuses égorgettes dont il avait le secret mais cet impudent qui lui faisait face présentement n'était qu'un campagnard à gros orteils, tout droit descendu des champs de canne à sucre et le pauvre ignorait, bien entendu, à qui il avait affaire. Le fier-à-bras eut l'envie d'acheter ce combat-là car il n'était pas homme à reculer devant qui que ce soit. Il fut à deux doigts de lui décliner ses hauts faits d'armes, de proclamer comment, avant-guerre, il avait mis en déroute la maréchaussée à Pont de Chaînes laquelle s'était lancée à ses trousses pour une histoire de barriques de viande salée dérobées chez Chine ; comment, en pleine guerre, il avait terrorisé les marins de l'Amiral Robert qui croyaient l'avoir cerné un soir, non loin du Jardin Desclieux, eux qui avaient grand soif de venger l'un des leurs que le fier-à-bras avait estourbi et débanqué de tout son argent après avoir feint de le conduire chez Carmélise, la petite péripatéticienne de la Cour Fruit-à-Pain ; comment depuis la fin de la guerre il régnait plus que jamais sur son quartier des Terres-Sainvilles, imposant une sorte de dîme à tous les étrangers qui s'avisaient de le traverser. Il eut envie

121

de bomber le torse et de crier à la face du téméraire :

« Répète mon nom ! Allez, répète : Fils-du-Diable-en-Personne ! »

Au contraire, il se contenta d'ôter de la poche arrière de son short en kaki son rasoir qu'il exhiba d'un geste tranquille avant de le placer à hauteur de la pomme d'Adam de son adversaire lequel battit aussitôt en retraite. Ricanant, il ouvrit les bras à Dictionneur en s'exclamant :

« Toi aussi, tu crois que la Vierge va venir sauver la race des nègres, foutre ? Ha-Ha-Ha !

— À ce qu'il paraît...

— Garde tes nigauderies pour toi. À ce qu'il paraît ! À ce qu'il paraît ! Hon ! Qu'est-ce que tu veux dire par là ? Si la Vierge voulait sauver les nègres, elle devrait commencer par abolir le travail. »

Dictionneur sourit. C'était là l'antienne favorite du bandit, chose en quoi il se différenciait de Rigobert pour lequel il fallait tout bonnement traîner le Bondieu devant un tribunal et le condamner pour avoir créé un si grand lot de misères dans l'existence du nègre. Au temps de l'Amiral Robert, Rigobert était connu pour ses sempiternelles disputes métaphysiques avec Amédée Mauville, ce professeur de latin qui s'était amouraché de Philomène ; depuis la fin des hostilités, son principal contradicteur n'était autre que Fils-du-Diable-en-Personne. En fait, la théorie du bandit des Terres-Sainvilles rencontrait davantage de succès auprès des tafiateurs et boissonneurs invétérés ou des fainéantiseurs qui hantaient les « Marguerites des marins ». Dès qu'il en était à son septième punch de la journée, le bougre grimpait sur une table, au grand dam d'Adelise, la serveuse, et haranguait les clients, même quand il y avait une majorité de marins européens ou sud-américains qui ne pouvaient déchiffrer une seule miette de ses propos :

« Hé, les hommes, écoutez-moi bien s'il vous plaît ! Je demande très solennellement à monsieur le gouverneur de la Martinique... heu, pardon, à monsieur le préfet... ainsi qu'à monsieur le général de Gaulle qui dirige la France, même s'il n'a pas encore sa casquette de président, d'abolir tout-de-suitement le travail dans notre pays. Je leur baille jusqu'en 1950. Vous voyez, ils ont le temps ! Sinon, il y aura un gigantesque tremblement de terre et la montagne Pelée va se réveiller, oui. Rigolez, mais oui, rigolez, les hommes ! Vous verrez que je ne m'appelle pas Fils-du-Diable-en-Personne pour rien ! J'exige donc qu'on supprime le travail pour le nègre parce que cela fait trois siècles et demi qu'il se déraille les reins à couper la canne pour le Blanc-pays et cela en pure perte. Oui, messieurs-dames, qui osera nier que notre race marche une main devant-une main derrière ? Qui ? Nos ancêtres ont bourriqué, ils ont sué, ils ont attrapé des pleurésies, des congestions, des chaud-et-froid, des rhumatismes, des diarrhées-caccarelles pour l'appétit des békés et qu'est-ce qu'ils ont gagné ? Du caca-chien. J'exige que le gouvernement mette un coutelas entre les mains des Blancs et leur fasse goûter à la doucine de la coupe de la canne en plein carême ! Là, ils auront le droit de parler. J'exige qu'on fasse les mulâtres travailler ne serait-ce qu'une semaine dans les distilleries et on verra ensuite s'ils continueront à lanciner comme quoi "Le nègre est une race fainéante en âme". Fainéants, nous ? Mais il est grand temps qu'on se repose, tonnerre du sort ! Il est grand temps qu'on suce le sirop-miel de la vie nous aussi, qu'on s'assoie dans une berceuse sous notre véranda et qu'on laisse le vent venter notre figure en dégustant un petit champagne. »

Un tonnerre d'applaudissements concluait rituellement la prestation du bougre qui, épuisé, s'avachissait dans un coin et ne cessait de téter du tafia, sous l'œil réprobateur d'Adelise, jusqu'à ce que la sirène municipale corne midi et qu'il descende manger un macadam bien pimenté au Bord de Canal, dans un restaurant malfamé à l'enseigne romantique de « L'Hôtel des Plaisirs ». Dictionneur craignit un instant qu'il ne se lançât dans une de ses envolées lyriques car il aurait été obligé, par politesse, de l'écouter, lui qui n'avait plus qu'une idée en tête, celle de regagner la villa de Dame Victoire au Petit-Paradis le plus vite possible, loin de cette masse hystérique qui clamait le nom de la Vierge Marie. Tant pis pour sa mère ! D'ailleurs, il aurait fallu être fou pour tenter de dénicher quelqu'un dans cette dévalaison de visages déformés par l'exaltation. Mais se faufiler parmi eux n'était pas plus aisé car leur nombre ne cessait d'augmenter. La solution pouvait se trouver au Bord de Mer : là, il se jetterait à l'eau et en une dizaine de brasses, il atteindrait Marigot-Bellevue d'où ce serait un jeu d'enfant, en longeant le lycée Schœlcher, de remonter sur les hauteurs de la ville. Il avança avec prudence, profitant du fait que Fils-du-Diable-en-Personne avait entamé un causer d'amourette avec une donzelle, faisant très attention à ne heurter personne.

Au pied de l'escalier monumental de la Maison du Sport, il aperçut un grand aller-venir. Une dizaine de charpentiers y construisaient une estrade sous les ordres d'une prêtraille rougeaude dont les pans de soutane immaculée frétillaient comme des ailes. Le soleil, quant à lui, avait atteint son zénith et interdisait à quiconque de le regarder en face. La forcènerie des prières disparates s'était muée en un hymne grandiose entonné par des milliers de voix ivres de foi. En jouant habilement des coudes, au risque de s'escarmoucher avec les plus fiévreux d'entre les zélateurs de La Madone, ceux qui s'étaient postés le long de La Jetée depuis l'avant-veille sans boire-sans manger-sans dormir afin d'être les premiers à contempler la divine surprise, Dictionneur parvint, final de compte, au bord du quai. Hélas ! À cet endroit, toute évasion paraissait également impossible. Des bateaux de la Capitaine-rie assiégeaient la baie pour empêcher sans doute les gens de venir au-devant de La Madone. On avait annoncé dans toutes les églises qu'elle s'était em-barquée seule, sur un minuscule canot, dans quel-que port d'En-France et qu'elle était en train de traverser l'Atlantique. Seule, messieurs et dames ! Et dans une petite embarcation dépourvue de voiles ou de moteur en plus !

Un gommier à la voile couchée était justement en train d'être halé à terre, du côté de la Pointe Simon, plein à ras bord de fidèles, tout de blanc vêtus, qui protestaient sans qu'on entende leurs voix.

« *Landjèt sa pito !* » (Zut alors !) bougonna Dic-tionneur.

Il se mit à drivailler au gré des balancements de la foule, cessant de résister aux poussades des uns et aux égrafignages des autres. Au pied de la statue de D'Esnambuc, dont la main en visière d'éternel découvreur saluait déjà La Madone, un bougre écri-vait au charbon de bois sur une vaste planche posée à même le sol. Des gens s'agglutinaient à son en-tour, lui murmuraient quelque chose à l'oreille, lui glissaient de la clinquaille dans le creux de la main et le voilà qui inscrivait à tout ballant des choses qu'on aurait juré sorties de sa propre imagination. Dictionneur reconnut Cicéron Nestorin, le fils d'Al-cide, l'instituteur qui fut, un temps, l'amant de cœur de Philomène. Ce gringalet, plus jeune bache-lier de l'après-guerre, avait été glorifié par la presse, le jour où il s'embarqua à bord de l'hydravion Laté-coère pour aller faire sa médecine à Bordeaux. Il en revint deux années plus tard, l'esprit dérangé par l'hiver prétendaient les âmes charitables, par le racisme accusaient les communistes.

« Monsieur Littré, comment vous portez-vous ? fit Cicéron sans relever la tête.

— Comme ci comme ça... mais qu'est-ce que tu es en train de faire ?

— Qui, moi ? mon cher, je décline les péchés de la gueusaille afin que la Vierge du Grand Retour les efface. À ce qu'affirme le clergé, il suffira de se placer sur son trajet et le tour sera joué. Au fait, tu es intéressé ? C'est douze francs le péché véniel, quinze le péché capital et vingt le péché mortel. Ha-Ha-Ha ! Je suis sûr que toi, tu dois bien cacher une demi-douzaine de péchés mortels dans ta carrière, hein ? »

Avant que Dictionneur n'ouvre la bouche, une négresse chinoise aux yeux bleus, fameusement belle, se planta devant le scribe et lui lança :

« Je me repens ! Ô Sainte Vierge, sauras-tu me pardonner mes crimes ? Je vous en prie, monsieur, je n'ai pas un sou marqué sur moi mais je vous promets de vous offrir une gavée de délices ce soir même. J'habite à Kerlys, derrière le cinéma.

— Je... je... je vous écoute », murmura Cicéron, pétrifié par tant de somptuosité.

La foule ne décessait de prier et de psalmodier le cantique du Grand Retour mais Dictionneur, lui aussi, était tombé sous le charme de l'inconnue. Oubliée Victoire ! Oubliée la douillette villa du Petit-Paradis ! La métisse chinoise lui accorda un regard indifférent que le bleu métallique de ses yeux rendait encore plus mortifiant. Négresse, chinoise et blanche tout à la fois, voilà une créature qui portait en elle, pensa-t-il, tous les mystères de chacune de ces races.

« Je vous écoute, madame », répéta le scribe avec une infinie douceur.

La fin du jour se précipitait sur la place de La Savane à la manière d'un oiseau-mensfenil, n'instaurant presque aucun intervalle entre l'ombre et la lumière. Bientôt, les lumières de la ville s'allumeraient et les fidèles, déçus, regagneraient les encoignures de portes, aux quatre coins de Fort-de-France, où ils avaient trouvé refuge depuis une semaine.

« Bien ! Écrivez ce qui suit, fit la jeune femme. Et que le monde entier m'entende en confession ! Je n'ai rien à cacher de ma vie libertine. J'avoue haut et fort que j'ai passé le plus clair de mon temps à paillarder depuis le jour où ma mère m'a placée chez les Mélion de Saint-Aurel. Je n'avais que treize ans à l'époque et ma mère, que ce scélérat de Ho-Chen-Sang avait abandonnée, n'avait plus de quoi me nourrir. Il paraît que c'était la guerre mais, pour autant que je m'en souvienne, je n'ai entendu aucun coup de fusil ni vu le moindre cadavre. C'était la guerre et l'Amiral Robert purgeait les graines des nègres. Une salope, celui-là aussi ! Nous habitions à l'en-bas de la Fontaine Gueydon, dans une case pourrie où les rats n'avaient même pas peur de notre ombre. Ma mère était devenue aussi maigrichonne que l'ombre d'une ficelle, pauvre bête. Un jour, elle m'a dit comme ça : le Grand Maître qui est aux cieux t'a baillé des yeux si étonnants que je suis sûre qu'aucun Blanc-pays ne crachera sur toi. J'avais treize ans sur ma tête, messieurs, et le sang n'avait pas encore coulé dans le quartier de mes cuisses. Elle m'a propreté avec du savon de feuilles de coquelicot, elle a taillé le bas de la robe qu'elle avait achetée pour les épousailles dont elle rêvait et

127

qu'elle tenait serrée sous sa paillasse et elle m'a habillée avec plus de dièse qu'une princesse. Nous sommes allées ensuite au Plateau Didier où elle a cogné à la barrière de la première demeure de Grand Blanc que nous avons rencontrée. Un immense pied de flamboyant ombroyait sa pelouse. Deux papas-chiens ont accouru vers nous, puis une négresse-tête-sèche nous a demandé ce que nous voulions. Si c'est pour mendianner, passez votre chemin ! a-t-elle crié. Si c'est pour une place, toutes sont prises. Si c'est pour vendre des légumes, le maître en reçoit de sa propriété du Lamentin. Alors le maître est sorti sur son perron et nous a fait signe d'approcher… »

LE CANTIQUE DES CANTIQUES

PROLOGUE :

*La bien-aimée : Qu'il couvre ma chair des baisers
  de sa bouche.
Plus parfumé que le rhum vieilli est ton amour ;
Ton nom, Amédée, est une draperie de rêves.
C'est pourquoi les jouvencelles chavirent à ta vue.
Charroie-moi dans le chemin de ta vie !
Tu seras notre joie et notre allégresse.*

PREMIER POÈME :

*La bien-aimée : Je suis noire et pourtant belle,
  filles du Morne Pichevin
Comme les cahutes de la Cour Fruit-à-Pain
Comme les demeures de Redoute.
Ne prenez pas garde à mon teint, couleur
  de malenuit
C'est le soleil qui m'a brûlée.*

*Dis-moi donc, toi que mon cœur aime :
Où mèneras-tu l'en-allée du peuple de céans ?
Pour que je n'erre plus en putaine-vagabonde*

Parmi les djobeurs, les majors et les nègres
   de basse engeance.
La cour : Si tu l'ignores, ô la plus belle des femmes,
Suis les traces du peuple de céans.

Le bien-aimé : Au cyclone, en son échappée-belle
Je te compare, ô Philomène adorée
Ta figure conserve sa belleté au mitan
   des anneaux-dahlias
et ton front sa hauteur parmi les épingles
   tremblantes
Nous te ferons des colliers aux grains d'or
   et aux boucles d'écume.

Duo : Tandis que nos maîtres se vautrent
dans le luxe de leurs plantations
Mon bien-aimé est une noix de muscade
qui repose entre mes seins.
Ma bien-aimée est une grappe de pommes-roses
dans la tiédeur des ravines.

SECOND POÈME :

La bien-aimée : J'entends mon bien-aimé
Voici qu'il arrive
enjambant les montagnes
en l'île de la Dominique

Voilà qu'il se tient
derrière ma case
Il guette la Cour des Trente-Deux Couteaux
Il épie par les halliers
Sur ma couche, la nuit, j'ai cherché
celui que mon cœur aime
Je l'ai cherché mais ne l'ai point trouvé !

Je me lèverai donc, et parcourrai l'En-Ville,
Du pont Démosthène à la place de La Savane,
De La Transat à Marigot-Bellevue,
Je chercherai celui que mon cœur aime,
Je l'ai cherché mais ne l'ai point trouvé !

TROISIÈME POÈME :

Le marqueur de paroles :
Qu'est-ce là qui monte depuis La Levée,
Comme une colonne de fumée
Entraînant des parfums de bougainvillées mauves
toute une saupoudrée de rêves.

Voici les fiers-à-bras et les manieurs de jambette
Les filles de mauvaise vie et de piètre destinée
Le peuple de céans jouit à la célébration
  de votre gloire.

Le bien-aimé : Que ta belleté éclate !
Tes yeux sont des oiseaux-mensfenils
qui naviguent dans le giron du ciel
Tes cheveux une soudaine envolée d'ombres
Tes lèvres, ô ivresse de sirop-madou
Tu me fais perdre le sens,
  ma sœur, fiancée fidèle d'entre les fidèles.

Outre sa plantation de Grande Savane, l'une des
plus florissantes de la Martinique, à la frontière des
communes du Lamentin et de Trou-au-Chat, Honorien Mélion de Saint-Aurel possédait aussi un magasin de vente d'outillages divers et de matériel
sanitaire sis non loin du port de Fort-de-France. Il
n'y venait que deux fois par semaine, le mercredi et

le samedi matin afin de contrôler la gestion de celui auquel il avait confié ce qu'il aimait à décrire comme le fruit de la sueur de quatre générations. Son fils aîné, Michel, né une dizaine d'années avant les deux blondinets dont Honorien était si fier, ne partageait guère l'enthousiasme de son père. D'un naturel ombrageux, il avait très vite pris son indépendance, une fois ses deux bachots en poche, en s'achetant un appartement au centre-ville et ne mettait guère les pieds à la campagne. Honorien avait donc décidé de lui laisser en héritage ce magasin très achalandé en dépit des difficultés de l'immédiat après-guerre. Il était toujours stupéfait de l'aisance avec laquelle son aîné sympathisait avec les gens de couleur et l'affection dans laquelle beaucoup d'entre eux le tenaient. Michel parlait plus fréquemment créole que français et n'hésitait jamais à venir aider le garçon du magasin à décharger un camion ou à transporter ces longs tuyaux d'arrosage en plastique coloré dont les campagnards raffolaient. Entre le père et le fils, il n'y avait jamais eu de vraie conversation. C'est Da Sissine qui avait eu, la plupart du temps, la charge d'éduquer Michel et le maître de Grande Savane se demandait si elle ne l'avait pas tout bonnement métamorphosé en nègre.

« Ça roule comme tu veux ? lui lançait-il d'un ton engageant.

— Ça roule... »

Le jeune homme ne faisait pas le moindre effort pour engager la conversation ni ne demandait des nouvelles de sa mère ou de ses deux petits frères. Michel déposait les livres de comptes sur le bureau de son père et retournait au magasin où il se mettait à plaisanter avec le personnel ou les clients. Au reste, Honorien se sentait un peu inutile dans cette affaire et n'avait pas besoin de vérifier les bons de commande ou les colonnes de chiffres alignés d'une écriture appliquée par une comptable mulâtresse sans âge et sans grâce qui menait l'affaire avec une poigne remarquable depuis deux décennies. Célibatrice endurcie, elle le renseignait d'ailleurs de tête sur tout ce qu'il désirait savoir, lui préparait même du café ou quelque boisson fraîche. Honorien Mélion de Saint-Aurel avait donc d'excellentes raisons de se rengorger et surtout de croire en la pérennité de son magasin, grosse bâtisse en bois sur deux étages au fronton de laquelle une enseigne un peu rongée par les embruns proclamait avec fierté :

« Établissements H. et M. Mélion de Saint-Aurel.
Quincaillerie-matériel sanitaire-Outillage agricole
Fondés en 1896 par Jules-Baudouin G. de Saint-Aurel. »

Situé sur la route de Sainte-Thérèse, passage obligé de tous ceux qui se rendaient au sud ou sur la côte nord-atlantique du pays, le magasin possédait en outre l'avantage d'être à quelques encablures du port. Il n'y avait donc pas nécessité d'embaucher une armée de djobeurs pour y transporter les chargements importés d'En-France. N'ayant donc pas grand-chose à faire, Honorien s'était accoutumé à s'accouder à la fenêtre de son bureau pour se distraire de l'agitation du monde. Il connaissait de vue la plupart des dockers et des revendeuses de légumes lesquels lui faisaient de petits signes d'amicalité dans l'espoir d'être bien reçus le jour où ils viendraient quémander un petit job pour un de leurs fils. Beaucoup le surnommaient « Papa Mélion » et le comblaient de cadeaux divers : marinades à la morue fraîchement cuites et bien craquantes dont le bougre raffolait, thermos de madou sucré au sirop-batterie, liqueur réputée pour avoir des vertus aphrodisiaques, et autres friandises créoles qu'en général Honorien partageait avec La Grattelle, le garçon de son magasin. Il devait s'avouer à lui-même qu'il était plus débonnaire dans son rôle d'importateur que dans celui de planteur, sans doute parce qu'il n'avait jamais considéré le premier que comme un appoint financier. La grandeur des Mélion de Saint-Aurel se trouvait à Grande Savane, à travers les vastes champs de canne à sucre et le roulis incessant des tombereaux, l'aller-venir de la locomotive qui charroyait les piles jusqu'à l'usine du Lareinty. La famille s'était établie en Martinique, selon les incessantes recherches généalogiques auxquelles il se livrait, depuis 1688. L'ancêtre, Paul-Joseph, était un cadet de famille originaire de Vendée, dont les hauts faits d'armes contre les Indiens caraïbes étaient restés gravés dans l'histoire de la colonie.

« Nous rentrerons là-bas tôt ou tard... » répétait-il, songeur, à son épouse Cynthie lorsqu'elle s'étonnait qu'à deux heures du matin — les rares fois où il daignait partager sa couche — il se trouvât encore plongé dans ces arbres généalogiques qu'il reconstituait avec une patience infinie depuis l'époque de l'Amiral Robert.

En fait, cette passion lui était venue au moment de la guerre. Ce fut une manière pour lui de tromper l'ennui car l'occupation de la France avait rendu tout commerce entre la Martinique et elle impossible. À quoi bon fabriquer un rhum et un sucre qu'on ne pourrait pas exporter ? L'Amiral Robert, devant le blocus infligé à l'île par les Américains, avait d'ailleurs incité les planteurs à se lancer dans les cultures vivrières, chose qui revenait pour Honorien à déchoir. À tomber au niveau des petits agriculteurs nègres et mulâtres. Alors, il avait entrepris de remonter le fil des générations et, l'armistice venu, il n'avait pas mis un terme à ses investigations. Au contraire, le retour normal du courrier lui avait permis d'écrire à diverses paroisses de Vendée pour obtenir des renseignements sur sa famille. Il savait que Michel se gaussait derrière son dos de sa passion généalogique mais les deux hommes n'avaient jamais abordé de front le sujet. Simplement, le jeune avait fait savoir à sa mère qu'il était hors de question pour lui de rentrer en Vendée et, pour montrer où allaient ses préférences, il se mit à voyager en Amérique du Sud et dans les îles hispaniques de la Caraïbe.

« On fait des enfants, on ne fait pas leurs sentiments », avait commenté Da Sissine, la nounou de Grande Savane, tentant d'apaiser les craintes d'Honorien.

Un mercredi matin donc, le planteur se trouvait à sa fenêtre comme à son habitude lorsqu'il remarqua un groupe de gens à l'air très affairé qui se bousculait en direction du port. Il ne s'agissait pas de dockers mais d'une foule hétéroclite de femmes, de petite marmaille, de vieux-corps et de quelques rares bougres en âge de travailler.

« Hé, garçon ! Garçon, viens voir, fit de Saint-Aurel. C'est quoi qui se passe là-bas ? »

L'homme à tout faire du magasin sourit et fit un geste sinusoïdal de la main, les doigts joints.

« Tu économises ta salive ou quoi ?

— Ils vont... ils vont voir le Latécoère, patron... »

Honorien sourit à son tour. Il aurait dû y penser : deux fois par semaine l'hydravion reliait Fort-de-France à Bordeaux et son amerrissage était souvent l'occasion d'une fête pour les gens du petit peuple. Ils venaient rêver à d'improbables départs ou admirer les riches, auréolés du prestige d'avoir foulé le sol de la mère-patrie. Ce jour-là, Michel vint lui rappeler que son cousin, Reynaud de Chervillier, était de retour. Il l'avait complètement oublié, celui-là ! Un bougre imprévisible, amateur invétéré de croupières et joueur de baccara, qui possédait une distillerie dont il voulait moderniser les machines. Depuis la fin de la guerre, il s'était rendu au moins cinq ou six fois en France sans qu'on s'aperçoive du moindre changement dans ses affaires lesquelles périclitaient, obligeant ainsi ses plus proches parents, dont Honorien au premier chef, à le renflouer. Le maître de Grande Savane se promit cette fois-ci de lui passer un va-te-laver. Il en avait assez de voir Reynaud mener la vie, gaspiller les aides que la Caste lui fournissait en billets d'hydravion inutiles. Honorien se rendit donc au port où la foule des admirateurs du Latécoère avait déjà pris place. L'appareil survolait au même instant Coco L'Échelle et l'Étang-Z'Abricots avant de se laisser glisser mollement sur les eaux noirâtres du port. Des enfants sautaient et criaient de joie tandis que leurs mères applaudissaient. Honorien sourit en entendant un vieux-corps s'exclamer :

« Les Blancs, c'est une race de nègres sacrément intelligents pour construire une telle machine, foutre ! »

Un bateau s'approcha de l'hydravion avec prudence. La mer était plus agitée qu'elle n'y paraissait. Un lamaneur lança une sorte de grappin aux pieds de l'appareil et le bateau entreprit de le haler vers le quai. Déjà, les passagers faisaient des signes d'allégresse et, malgré l'opacité des hublots, on devinait sans peine qu'ils avaient grande hâte de toucher la terre ferme. À un moment, Honorien sentit une odeur extraordinaire autour de lui, une odeur féminine puissante, non mélangée à ces parfums à deux francs-quatre sous dont raffolaient les négresses. Il n'y avait devant lui qu'une grosse dondon un peu excentrique qui trémoussait ses hanches boudinées. L'effluve mystérieux troublait de plus en plus le planteur, allant jusqu'à faire battre son cœur à la galopée. Derrière lui, sur sa gauche, une voix cristalline s'éleva qui sembla lui caresser la nuque. La personne dialoguait joyeusement avec une autre femme qui devait être sa mère. Les premiers passagers posèrent les pieds sur le quai, l'air fourbu mais soulagés. Ils se jetaient dans les bras de leurs parents dans de grandes effusions de baisers, de claques dans le dos et de rires. Honorien se hissa sur la pointe des pieds pour tenter d'apercevoir son cousin, Reynaud de Chervillier.

« Le monsieur va tomber s'il continue comme ça… » fit la voix féminine derrière lui.

Honorien se retourna et fut immédiatement frappé par la foudre d'un amour dévastateur. La jeune femme qui se trouvait face à lui avait une peau couleur de sapotille, des fossettes bien dessinées, une superbe dentition et surtout des yeux mourants. Chacun de ses regards lui faisait l'effet d'une douce caresse. Il demeura le bec coué tandis que les deux femmes s'intéressaient à la cohue des passagers. S'étaient-elles seulement adressées à lui ? L'odeur sensuelle de la câpresse lui pénétra à nouveau les narines. Il pouvait à présent l'observer presque à loisir. Elle avait une stature remarquable et des jambes galbées que surmontait un corps peut-être un peu trop mince au goût d'Honorien mais lui aussi remarquablement bien charpenté. Une merveille de la nature ! Il songea à cette étrange note de bas de page de « l'Essai sur l'inégalité des races humaines » de Gobineau selon laquelle les plus belles femmes du monde se trouvaient parmi ces négresses qui avaient vingt pour cent de sang blanc dans les veines. Cet ouvrage, qui était le livre de chevet d'Honorien, lui avait valu une sévère dispute avec son fils Michel. Ce dernier avait tenté de le déchirer avant de le jeter avec colère sur le sol, il y avait bien des années de cela, alors même que l'effronté avait à peine quatorze ou quinze ans.

« Je cherche une repasseuse... hasarda Honorien en s'approchant des deux femmes. L'une d'entre vous serait intéressée ? »

Elles le fixèrent avec des yeux en forme d'agate. Ce bougre-là, elles le connaissaient bien. C'était Papa Mélion, le propriétaire du magasin du même nom et jamais elles n'auraient imaginé qu'un jour il se serait adressé à quelqu'un du Morne Pichevin.

« C'est juste pour deux après-midi par semaine... continua Honorien d'une voix moins assurée.

— Combien tu offres, patron ? fit la plus âgée. C'est pas pour moi. J'ai déjà un travail. C'est pour ma nièce, Adelise... hein, Adelise, tu veux bien ? »

La câpresse arrangea ses cheveux d'un geste négligent, le regard lointain.

« Je suis déjà serveuse... aux "Marguerites des marins"... finit-elle par lâcher.

— Ça ne fait rien ! intervint sa tante. Deux fois par semaine, c'est rien, eh ben, Bondieu ! Sois gentille avec Papa Mélion, ma doudou-chérie ! »

L'affaire fut donc conclue par Philomène et Honorien sur le dos d'Adelise. La péripatéticienne avait tout de suite compris que l'intérêt du Blanc-pays pour sa nièce relevait du désir charnel. Elle n'ignorait pas que les hommes qui approchent de la cinquantaine recherchent les femmes qui approchent de la trentaine comme par une sorte de loi de la nature. Et singulièrement à la Martinique, les békés se détournaient à ce moment-là de leurs épouses légitimes pour s'intéresser à des jeunesses de couleur. Deux fois par semaine donc, dans l'après-midi, Adelise s'embarquait à bord d'un taxi-pays du Lamentin afin d'aller repasser le linge de monsieur Honorien Mélion de Saint-Aurel, sur la plantation de Grande Savane, ce qui provoquait à chaque fois une vive irritation chez Da Sissine, nou-nou de la famille depuis etcétéra de temps.

LES PROVERBES

Pour connaître sagesse et discipline
Pour pénétrer les discours profonds,
Pour acquérir un jugement avisé
— justice, équité, droiture —
Pour procurer aux simples le savoir-faire,
au jeune homme le savoir et la réflexion,
Pour pénétrer le proverbe,
les dits des sages et leurs énigmes
Que le sage écoute, il augmentera son acquis
et l'homme entendu acquerra l'art de diriger.

La crainte de Yahvé, principe de savoir,
les fous dédaignent sagesse et discipline.

L'argent du Nègre, c'est le reposoir de la Fête-Dieu.

Le vagin ne parle pas, c'est le ventre qui est bavard.

Les yeux du Blanc brûlent ceux du Nègre.

Bel enterrement n'est pas Paradis.

Tu peux haïr le chien mais reconnais qu'il a
les dents blanches.

Le bœuf n'est jamais fatigué de porter ses cornes.

*Le macaque dit que si le travail était bon, on
ne paierait pas pour le faire.*

*Vingt ans de réflexion ne permettent pas de payer
un sou de dette.*

*Ce que Dieu te destine, la rivière ne peut
le charroyer.*

Monseigneur Henri
Évêque du diocèse de la Martinique

à

Son Excellence le Cardinal Joseph-Urbain
Chef de l'Église de France

Votre Excellence,

Qu'il me soit permis tout d'abord de remercier le Seigneur Dieu tout-puissant de conserver la santé à un homme tel que vous dont la foi et le dévouement au service de notre sainte mère l'Église ont dépassé depuis longtemps les frontières de notre pays. Pasteur en terre païenne dès le jour où le Très-Haut m'en a donné l'ordre, je n'apprécie que mieux la valeur inestimable des directives que vous assignez au clergé français.

Je pense très humblement que l'initiative du Grand Retour par le truchement de la Vierge de Boulogne est un excellent moyen de redonner un souffle nouveau à la foi vacillante de certains de nos compatriotes. Les échos des nombreux miracles qu'elle a accomplis nous sont parvenus à la Martinique en dépit du cruel éloignement et nos prêtres ne nourrissent désormais plus qu'une pensée, celle de voir la statue de notre mère la Vierge Marie parcourir les bourgs et les campagnes de notre île comme elle vient de le faire en métropole.

Sans vouloir, en effet, abuser d'un temps que je vous sais fort précieux, permettez, Excellence, que je vous brosse un rapide tableau de la situation évangélique de notre territoire, ceci afin que vous compreniez mieux l'urgence qu'il y a d'y réaffirmer la doctrine chrétienne.

Comme vous ne l'ignorez sans doute point, cette île, possession française depuis 1635 c'est-à-dire bien avant Nice, la Savoie et la Corse, fut jadis peuplée d'une tribu d'anthropophages appelée les Caraïbes. Nos valeureux évangélisateurs ont tout fait pour tenter d'arracher le cœur de ces Sauvages à l'idolâtrie et au paganisme dans lesquels ils se trouvaient plongés depuis, semble-t-il, la nuit des temps. Hélas, malgré une abnégation sans bornes, à cause des maladies et de la férocité du climat tropical, à cause des serpents qui infestent le pays telle une punition divine, nos prêtres n'ont pu convertir cette nation et elle a disparu de la surface de notre île. Il faut préciser que les Caraïbes étaient cannibales et qu'ils n'ont jamais voulu collaborer avec les premiers défricheurs qui étaient pourtant animés d'excellentes intentions. Il s'agissait, en conclusion, d'une race faiblarde, livrée à l'emprise des sens, paresseuse et belliqueuse tout à la fois, qui s'est toujours ri du mystère de la Sainte Trinité quand on parvenait à le leur expliquer dans leur baragouin. Ils nourrissaient d'ailleurs des sentiments si morbides qu'environ soixante ans après l'arrivée des Français, les derniers d'entre eux se rassemblèrent en haut d'un monstrueux rocher volcanique situé entre les bourgs du Prêcheur et de Saint-Pierre, sur la côte nord-caraïbe de l'île, et se jetèrent dans le vide, guerriers, femmes, bébés et vieillards mêlés. Cet endroit sinistre est connu depuis lors sous le nom de Tombeau des Caraïbes. Un cuistre, comme il en fleurit de plus en plus depuis que l'athéisme a fait des ravages chez nous, s'est complu à démontrer dans un opuscule, heureusement demeuré sous le boisseau, qu'il n'y avait là rien de répréhensible au regard des lois de l'Église ! Ce monsieur prétend, en effet, que les Saintes Écritures ne réprouvent que le suicide individuel, pas le suicide collectif et que ce dernier peut être justifié dans certaines occasions par le fait que la mort d'une nation est préférable à son asservissement.

Vous voyez donc sur quelles prémisses malheureuses venait à s'établir la foi chrétienne dans notre île, d'autant qu'il faut ajouter à cela la rustrerie et l'impiété des premiers arrivants européens, originaires pour nombre d'entre eux du fin fond de nos provinces les plus arriérées à l'époque, telles que la Vendée ou la Bretagne. Mais un nouveau et plus redoutable défi devait se présenter à nos congrégations : celui d'évangéliser les nègres d'Afrique amenés ici pour travailler dans les champs de canne à sucre. Cette race impudique et paillarde doit certainement être plus connue de Votre Excellence puisqu'on ne peut guère marcher dans les rues de Paris de nos jours sans y rencontrer quelque spécimen à ce qu'on me rapporte. Vous n'ignorez pas la campagne insidieuse, haineuse même qui a longtemps été menée par les sophistes, les francs-maçons, les socialistes, les bolcheviques et autres agnostiques en métropole même, campagne visant à accuser notre sainte mère l'Église non seulement de n'avoir point lutté contre l'institution de l'esclavage mais encore de l'avoir approuvée et soutenue. De telles calomnies se passent de commentaires et je crois que la pire défense serait de tenter de nous justifier. Nous n'avons fait que ce que le Seigneur nous a commandé de faire et cela dans un contexte des plus difficiles comme je l'ai déjà souligné.

Pendant deux siècles et demi, Dominicains, Franciscains, Jésuites et autres congrégations chrétiennes se sont acharnés à modeler l'âme des nègres martiniquais en leur enseignant les préceptes fondamentaux de notre religion. Je demeure persuadé à cet égard que notre échec partiel est dû au fait que nous avons négligé de le faire dans leur patois créole, aussi grossier soit-il. On m'assure, en effet, qu'en Bretagne la foi chrétienne a fait reculer les diableries celtiques grâce aux prêches réalisés dans le parler des naturels de cette région. Les nègres, comme vous le savez, n'ont pas été dotés par Dieu, pour des raisons que nous ignorons, de très grandes facultés intellectuelles et cela a été une grave erreur de notre part d'avoir tenté de leur inculquer des idées aussi abstraites que celle de la multiplication des pains ou de la résurrection du Christ. Il en a résulté une incroyable confusion entre notre Dieu, nos saints et la multitude d'esprits païens qu'ils avaient apportés avec eux aux Antilles. Contrairement aux Caraïbes, les nègres sont une race experte en mystification et en duplicité. Ils savent feindre à la perfection d'être soumis à nos préceptes et à nos lois tout en continuant, à la faveur de la nuit, à invoquer leurs génies à l'aide de ce sinistre instrument qu'est le tambour. Ils peuvent fort bien s'agenouiller devant saint Antoine, faire crânement le signe de la croix, battre des lèvres pour faire semblant de murmurer une prière chrétienne et, en réalité, rendre hommage à quelque divinité de leur grotesque panthéon. Par bonheur, le métissage et la fin de la Traite aidant, les souvenirs du continent noir se sont peu à peu estompés dans les esprits et certains, encore trop rares certes, en sont venus à abhorrer l'obscure contrée dont sont issus leurs ancêtres. Toutefois, il s'est créé une magie autochtone, appelée « quimbois » dans le jargon créole, qui est un inextricable mélange de superstitions caraïbes, bretonnes, normandes et africaines et qu'il est désormais impossible d'éradiquer. Tout au plus parvenons-nous à en juguler les assauts par des pèlerinages réguliers ou des semaines d'actions de grâce. La venue de Notre Dame de Boulogne contribuerait à renforcer notre combat dans ce sens. C'est qu'ici l'ennemi n'est pas clairement désigné comme en terre mahométane ou bouddhiste. Ici, tout un chacun prie, communie, va à la messe et envoie ses enfants au catéchisme. Tout le monde s'affirme bon chrétien et la fréquentation des églises ne laisse pas autant à désirer qu'en métropole, il faut le dire. Ceci n'est pas l'un de nos moindres motifs de fierté. Cette christianisation quasi totale a été payée par des décennies de souffrances et d'héroïsme de la part de toutes les congrégations chrétiennes qui se sont succédé sur cette île des premiers âges de la colonisation, c'est-à-dire dès 1635, jusqu'à nos jours.

L'envers de la médaille c'est que le nègre baigne continuellement dans une atmosphère de vice et de stupre. Dotée sans doute de moyens sexuels supérieurs à ceux des Européens, cette race n'a cessé d'assouvir ses instincts en multipliant les concubines et en imprimant à chacune de ses paroles et à chacun de ses actes une connotation perverse. Le nègre est un être lubrique par excellence. Sans doute est-ce de cette façon que se manifeste le démon chez cette race par ailleurs si rieuse et si chaleureuse, si accueillante aussi. Il vous faudrait pouvoir les côtoyer pour comprendre le sens de mes propos. Toutefois, je voudrais vous signaler que l'obstacle le plus redoutable à notre œuvre d'évangélisation est la bourgeoisie mulâtre, du moins une large fraction d'entre elle, qui développe des idées communistes et athées. Nés, comme vous le savez, des amours coupables des premiers colons et des négresses africaines, les mulâtres ont hérité des défauts de ces deux races : ils sont tout à la fois retors, hypocrites et paillards comme leurs mères et âpres au gain, discutailleurs et méprisants comme leurs pères. Une vraie calamité ! Quant à leurs femmes qui semblent être d'authentiques résurrections de Marie-Madeleine, leur beauté souvent ensorcelante est de nature profondément diabolique si j'en crois les trop nombreux exemples où elles ont réussi à compromettre certains de nos curés dans l'acte de chair. À ce propos, je vous demande l'autorisation de relever sans plus tarder de sa charge l'abbé Georges-Michel de la paroisse du Vauclin qui vit en concubinage ouvert avec une mulâtresse de l'endroit dont il aurait deux fils jumeaux presque adolescents. En effet, malgré mes admonestations répétées depuis 1937, cet abbé héberge une dame de compagnie alors que son presbytère ne comporte qu'une seule chambre. Ses rejetons sont élevés par la sœur de cette dernière à la montagne du Vauclin et viennent régulièrement embrasser leur père à la sortie de la messe. Loin d'avoir provoqué un scandale public, cette ignoble situation ne semble pas déplaire à ses ouailles qui attribuent à ces jumeaux le don de porter chance à toute personne qui leur touche le haut du crâne.

Pour en revenir aux mulâtres, il faut savoir que, depuis le début du siècle dernier, ils se sont acoquinés, au nom du républicanisme et de la Déclaration universelle des droits de l'homme, aux partis radicaux et socialistes de la métropole qui les aident à mener une campagne de dénigrement permanente contre les Blancs créoles et l'Église. Leur maître à penser jusqu'à aujourd'hui est Victor Schœlcher, cet abolitionniste alsacien (donc acquis à nos ennemis teutons) qui a semé tant de discorde dans nos possessions antillaises et dont les cendres, hélas, reposent au Panthéon. Fourriers du maçonnisme, de l'athéisme, du radical-socialisme et du bolchevisme, les mulâtres constituent un danger pour l'ordre social car ils ne sont mus que par une seule et unique obsession : substituer leur race à celle des Blancs créoles à la tête de notre chère colonie de la Martinique. Ils rameutent ainsi périodiquement les travailleurs des champs noirs contre les planteurs et en profitent chaque fois pour leur grignoter une parcelle de pouvoir. La venue de Notre Dame de Boulogne pourrait contribuer à étouffer les graines d'antichristianisme qu'ils ont réussi à semer dans les classes populaires.

En définitive, la seule partie saine de notre petite société insulaire, la seule qui soit dévouée corps et âme au Christ-Roi et à la Vierge Marie est celle que constituent les Blancs créoles, les seuls d'ailleurs à être de purs descendants de Français. Le problème c'est qu'ils ne sont que quelques milliers face aux quelque deux cent soixante mille gens de couleur et qu'ils dépensent plus d'énergie à sauvegarder l'intégrité de leur race qu'à répandre les bienfaits de notre civilisation chrétienne. Autant dire donc que la Martinique est une terre qu'il nous faut constamment réévangéliser, qu'il ne nous faut jamais considérer comme définitivement gagnée à notre foi. Les forces du mal et de l'obscurantisme africain guettent dans l'ombre la moindre défaillance de notre part. Le triste exemple d'Haïti est là pour le prouver.

Excellence, autorisez la venue dans notre île de la Très Sainte Vierge de Boulogne ! Vous contribuerez ainsi à l'œuvre sacrée que l'Église a commencée aux Amériques depuis trois siècles.

Que notre Seigneur Dieu vous protège !

HENRI †
Évêque du Diocèse de la Martinique

Post-Scriptum.

N'ayant pas voulu noircir davantage le tableau de notre situation évangélique, j'ai sciemment omis d'évoquer le cas des immigrants hindous que l'on a emmenés ici après l'abolition de l'esclavage, au milieu du siècle dernier, afin de remplacer les noirs dans les plantations de canne à sucre. Cette race païenne sévit surtout dans le nord de la Martinique, à Basse-Pointe et à Macouba, où elle a construit des temples et sculpté des statues de divinités asiates, toutes plus horribles les unes que les autres. Ils adorent particulièrement une sorte de déesse qu'ils nomment Mariémen à qui ils offrent des sacrifices d'animaux au cours de cérémonies sataniques. Dans le passé, l'Église a pu faire détruire de nombreux lieux de culte ainsi que des fétiches mais, pour des raisons politiques qui m'échappent, les Hindous semblent protégés par certains Blancs créoles. Notre Dame de Boulogne pourrait aider à mettre un terme à l'idolâtrie de cette Mariémen que des roublards amalgament à notre Marie-Aimée dans le but de tromper les ignorants et les esprits faibles.

NOUVEAU TESTAMENT

L'ÉVANGILE SELON SAINTE PHILOMÈNE

Dans la soirée de samedi, vous verrez apparaître à l'horizon l'image lumineuse de la Vierge bénie, qui s'avancera vers nous au-dessus des flots, magnifiquement escortée par toute une flottille d'embarcations. La réception qu'on lui prépare promet d'être une véritable féerie. Mais vous ne vous arrêterez pas à cette mise en scène extérieure : derrière et au-delà de la statue, que vos yeux contempleront en cette fête nocturne, c'est vers la Vierge elle-même que vos cœurs monteront : la Vierge Marie ! Une statue de plâtre ? Non ! Un être vivant auprès de Dieu et qui ce soir-là, avec cette aisance des esprits célestes et cette agilité des corps glorifiés, sera effectivement près de nous qui l'invoquerons avec ferveur.

Vision de beauté et de paix, qui suscitera notre enthousiasme, mais nous gardera de toute exaltation exagérée. Ne demandez pas et n'attendez pas de miracles. Elle nous arrive assurément les mains chargées de grâces, qu'elle distribuera sur son passage. Demandons-lui, avant tout, de nous conserver le bien précieux de la Foi chrétienne. Qu'elle nous préserve à tout jamais de ce poison du matérialisme que cer-

*tains veulent nous inoculer. Ce sera là le plus grand
miracle que nous puissions obtenir.*

« *Regnum Galliae, Regnum Mariae* », disaient les
Anciens : Terre de France, Terre de Marie ! Or nous
sommes terre française et ce soir c'est comme Reine
que nous accueillons Marie parmi nous.*

La nuit s'est retranchée aux confins du ciel, vaincue par les milliers d'ampoules lumineuses qui, au
fronton des maisons cossues comme des bâtiments
de négoce, sur les toitures branlantes des cases
comme à la devanture des cabarets, semblent
mener une guerre sans merci contre l'ombre. Des
guirlandes électriques en forme de chapelets, de
crucifix, de cœurs noient le feuillage des tamariniers centenaires de La Savane. Au mitan de la
foule exaltée, une femme court en tous sens, clamant :
« Il fait plus clair qu'en plein jour ! Cette nuit,
notre âme ne s'enfoncera point dans le péché. »
Le peuple entier a de nouveau envahi le moindre
arpent de trottoir, le plus petit bout de chaussée. Le
peuple entier chante, le visage tourné vers la mer
d'où elle doit arriver :

> « *Chez nous, soyez Reine,*
> *Nous sommes à vous ;*
> *Régnez en souveraine*
> *Chez nous, chez nous.*
> *Soyez La Madone*
> *Qu'on prie à genoux.*
> *Qui sourit et pardonne*
> *Chez nous, chez nous.* »

Il y a là des négresses antiques dont les yeux exorbités captent la lumière et la renvoient chargée d'allégresse et de foi. Il y a des coupeurs de canne fraîchement libérés des plantations qui n'ont pas eu le temps de se défaire de leurs hardes en kaki tachées qui tendent le plat de leurs mains jointes pour recevoir la grâce, leurs mains couturées, ridées de mille cicatrices, brûlées par le frottement incessant du manche du coutelas. Il y a des enfants de Marie, soudain privés de leur turbulence habituelle, qui portent à bout de bras des bouquets de fleurs trop lourds pour eux. On se marche sur les pieds au boulevard Allègre. On se baille des coups de coude au Carénage. On ballotte en grandes houles humaines qui au Bord de Mer qui aux appréchants de la Pointe Simon. Mais point de hurlements, de protestations ou de combats. Au-dedans de chaque cœur nègre bat l'espoir d'une vie nouvelle, la certitude que l'esclavitude (c'est-à-dire la suite de l'esclavage), la malefaim, la déveine, la défortune, toutes les mauvaisetés qui pèsent sur son dos depuis qu'on l'a jeté dans ce pays-là, disparaîtront net dès que La Madone du Grand Retour, venue depuis les rivages de notre mère la France, seule sur une minuscule embarcation, aura abordé les rivages de l'En-Ville.

Sous un arc de triomphe, Rigobert prie, mesdames et messieurs. Le fier-à-bras, qui a toujours injurié haut et fort la marraine du Bondieu, l'accusant d'avoir privilégié le Blanc au détriment du nègre lors de la Création, cet homme-là, ce rapineur, ce larceneur, cet amblouseur, ce nègre-Guinée manieur de rasoir, est à genoux et balbutie humblement toute une tralée de prières. À ses côtés, Fils-du-Diable-en-Personne tient grand ouvert un missel et déclame des oraisons. Bec-en-Or, le redoutable combattant du damier, s'époumone :

« Vous êtes notre mère
Daignez à votre Fils
Offrir l'humble prière
De vos enfants chéris. »

Mais la plus stupéfiante est Adelise avec son ventre ballonné qui la charroie en avant à chaque pas presque à la faire chavirer-tomber. Un ventre qui éclate dans la blouse transparente que sa tante Philomène a dû fabriquer à l'aide de toile pour rideaux. Elle ne semble voir personne. Elle avance, majestueuse, comme si les rues étaient vides. Comme si cette explosion de lumière, de banderoles et de fleurs n'avait pour seul et unique but que de lui ouvrir la marche. Au pied des quarante-quatre marches, à l'en-bas du quartier Morne Pichevin, les grappes de nègres se sont serrées sur le trottoir pour ne pas entraver sa progression. On hurle ici et là :

« En arrière ! Voici la négresse qui porte l'enfant qui se refuse à naître depuis onze mois. C'est un miracle, mesdames et messieurs ! Cet enfant-là attend l'arrivée de La Madone pour daigner venir parmi nous. »

Adelise est dotée des semelles de rêve. Elle enjambe des paquets humains, se fraie une voie dans la négraille d'un simple geste de la main. Elle arbore un lourd rosaire qu'elle égrène en murmurant une prière dont les effluves de douceur emparadisent l'atmosphère autour de sa personne. Une étoile brille au-dessus de ses cheveux amarrés avec soin à l'aide d'un madras violet à parements jaunes, agrémenté d'une épingle tremblante.

« *Ba'y lè ! Ba'y lè !* » (Laissez-la passer !) s'écrie Philomène qui la suit en grande tenue de carmélite.

156

La péripatéticienne brandit une pancarte où l'on peut lire en grosses lettres noires tracées au charbon de bois :

« Ô MADONE ADORÉE, RAMÈNE-NOUS DANS LE CHEMIN DE NOTRE SEIGNEUR DIEU ! »

Puis on les voit courir toutes les deux, les bras en croix, pétrifiant les hordes de croyants qui tombent face contre terre sur leur passage ou entonnent avec une allégresse renouvelée le chant du Grand Retour. En un battement d'yeux, elles se retrouvent devant l'impressionnant bâtiment en béton armé de la Maison du Sport, face à la mer, au-devant duquel a été installé, à mi-hauteur de l'escalier central, un autel éblouissant de lumière et de fleurs. À cet endroit, très calmes, très pénétrés de leur mission sacrée, se tiennent Mgr Varin de la Brunelière en tenue vaticane, sa crosse haut brandie, monsieur Honorien Mélion de Saint-Aurel, le Blancpays le plus pieux de toute la Martinique, le docteur Bertrand Mauville, honorable représentant de la classe mulâtre, trois Missionnaires du Grand Retour venus de France le mois d'avant et vêtus de manière si fruste qu'ils détonnent dans cet équipage, Dame Josépha Victoire, cheftaine des Guides Chrétiennes.

La foule avance et recule jusqu'à eux, contenue non sans difficulté par une armée de scouts. La foule hurle sa passion. La foule hurle sans répit son chant de bienvenue :

« Chez nous, soyez Reine,
Nous sommes à vous ;
Régnez en souveraine
Chez nous, chez nous…
Gardez, ô Vierge pure,
Ô Cœur doux entre tous,

Nos âmes sans souillure,
Nos cœurs vaillants et doux. »

La nuit a définitivement cédé la place à la lumière. Des feux d'artifice, des phares de camions et des flambeaux au magnésium percent le lointain de la rade où les eaux elles-mêmes semblent pétrifiées d'adoration. Elles froufroutent contré les pontons de La Jetée telle une créature mystérieuse aux écailles d'argent. Toute une agitation de vedettes et de canots se produit à la manière d'un ballet réglé avec minutie et c'est pur miracle qu'aucune collision ne trouble le cérémonial d'accueil. À vingt et une heures quinze précises, Mgr Varin de la Brunelière intime le silence à la marée humaine d'un simple geste de sa crosse et s'avance d'un pas majestueux, suivi de près par les membres du Comité du Grand Retour, jusqu'à une embarcation qui a été décorée de fleurs blanches et bleues. Le ronronnement du moteur est aussitôt couvert par les exhortations des Missionnaires du Grand Retour, à l'en-haut de l'esplanade de la Maison du Sport. Trente mille voix s'égosillent l'instant d'après, clamant le nom de La Madone, lui souhaitant la bienvenue, jurant de lui être des serviteurs zélés et de se repentir de leurs péchés.

Et voici venir la mère de Dieu ! Voici que glisse sur l'onde étale, éblouissante de lumière, la statue couronnée, roide sur son canot, solitaire, splendide, radieuse tout à la fois. Elle enserre l'Enfant-Dieu sur un bras et tend l'autre vers le ciel. Majeur et index scellés l'un à l'autre, elle indique le chiffre deux. Autour d'elle il n'y a que noirceur impénétrable, vaine frénésie. Elle est un hymne à la blancheur. Sa blancheur inouïe est un cri jeté à la face de toutes les forces des ténèbres. Immaculée blancheur. Pureté sans nom. Elle progresse, le bras droit haut levé, l'index et le majeur tendus vers le ciel, en un salut d'amitié et de pardon. Reine des cieux et de la terre. La barque qui la convoie ne semble plus flotter sur l'eau grise de la baie : elle est portée par l'air lui-même, par l'Invisible. Sans pilote, elle se dirige tout droit vers le quai où l'attendent, alignées en rangs serrés, des religieuses de la congrégation de Saint-Joseph. La foule des chrétiens se jette à genoux, les mains jointes dans l'attente qu'elle ait touché le sol martiniquais. Seule Adelise avec son ventre proéminent se tient raide et presque irréelle elle aussi, un sourire d'apaisement illuminant sa figure pourtant fripée par des mois de souffrances. Elle regarde la nef fendre les eaux au beau mitan des éclairs de magnésium et des feux d'artifice comme si la Vierge venait lui rendre une visite personnelle. Comme s'il n'y avait pas trente mille âmes autour d'elle, toutes aussi pressées de recevoir la bénédiction mariale. Rigobert, qui s'est tenu en permanence à ses côtés, pour le cas où, lui murmure :

« *Atjèman, ou ké akouché, nègres mwen.* (Maintenant, tu accoucheras, ma négresse.)

— Cet enfant sera un saint. Oui, un saint… je n'ai aucun doute là-dessus. Même si son père est Florentin Deshauteurs ou le béké de Saint-Aurel, fait Man Cinna, la boutiquière du Morne Pichevin, qui en dépit de ses deux éléphantiasis a tenu à être présente et s'est presque traînée au Bord de Mer avec une paire de béquilles rudimentaires taillées dans du bois de goyavier.

— *Man di zot sé Papa Dè Gol ki papa yich-mwen an zot pa ka tann !* » (Je vous répète que c'est Papa de Gaulle le père de mon enfant, vous êtes sourds ou quoi !) maugrée la câpresse en caressant son ventre.

Le canot de la Vierge du Grand Retour s'immobilise un bref instant à quelques encablures du quai. L'embarcation des dignitaires du Comité d'accueil manque de l'emboutir et réussit à se déporter sur le côté, ce qui a pour effet d'arracher un petit cri de chat-pouchine à Dame Victoire. Elle s'agrippe au rebord de l'embarcation et d'un pas mal assuré se rapproche de Mgr Varin dans les yeux duquel on peut lire un brin de réprobation, du docteur Bertrand Mauville qui, hypocrite en diable, fixe la pointe de ses pieds et de maître Mélion de Saint-Aurel, vêtu de blanc de pied en cap, qui, apparemment, n'a rien vu de l'incident.

Puis, la nef avance avec une lenteur-môlôcôye jusqu'à la rambarde du quai où trois nègres-grossirop l'amarrent tandis qu'un quatrième aide une religieuse de la congrégation de Saint-Joseph à poser un somptueux manteau royal sur les épaules de la statue. Aussitôt, le chant du Grand Retour jaillit de milliers de poitrines :

> « Chez nous, soyez Reine
> Nous sommes à vous ;
> Régnez en souveraine
> Chez nous, chez nous.
> Soyez La Madone
> Qu'on prie à genoux. »

Le détachement de policiers, secondé par les scouts et les Guides de France, a le plus grand mal à contenir la foule en délire. Déjà des négresses hystériques s'arrachent les cheveux et tombent du haut-mal, clamant leur foi ; des hommes en costume-cravate perdent toute dignité, jouant des cou-

160

des et des pieds pour être les premiers à toucher la statue. Un bruit, en effet, avait couru non seulement à travers l'En-Ville mais aussi dans toutes les ravines et les savanes du pays : la personne qui serait la première à poser sa main sur les pieds de La Madone obtiendrait une chance éternelle. Or, la chance est ce qui manque le plus au nègre depuis des siècles, assurait-on, puisque la déveine, cette chienne, cette salope, le poursuit sans répit. La déveine lui vole sa joie. La déveine détruit ses efforts. La déveine exaspère ses souffrances. On aurait juré qu'elle a fait du nègre son souffre-douleur pour l'éternité. Alors, chacun se gourme, quitte à écraser son enfant, à bousculer sa vieille mère, pour allonger une main fiévreuse qui serait la toute première à éprouver la sainte blancheur des pieds de La Madone, venue de France.

« *Ba mwen lè ! Ba mwen lè, fout !* » (Baillez-moi de l'air ! Allez, de l'air, foutre !) clame-t-on ici et là.

La maréchaussée doit se résoudre à faire usage de matraques pour écarter les fidèles du canot où se dresse la Vierge du Grand Retour, impavide et plus resplendissante que jamais. Un char, richement décoré et illuminé, à l'avant duquel se trouve une fillette au teint très clair en costume créole, attend sur le boulevard de La Jetée. Les nègres-grossirop, à la stupéfaction de tous, ne hissent point la seule statue sur le véhicule mais bien le canot dans lequel elle est juchée.

« C'est pour qu'elle reparte en France là-même si on se montre indignes d'elle », explique Carmélise, dûment chapitrée à ce sujet par son amie-ma-cocotte Philomène.

Cette Carmélise, qui depuis une douzaine d'années mettait régulièrement au monde des enfants de père différent, fait un vœu à cet instant-là, vœu qu'elle ne peut s'empêcher de vocaliser même si,

trop occupés à crier leur allégresse, les gens ne peuvent pas l'entendre :

« Madone très sainte, je suivrai chacun de tes pas
comme une pauvre pécheresse que je suis et mon
plus cher désir est qu'en récompense, tu m'aides à
retrouver ma virginité. Je veux redevenir aussi pure
et intouchée que toi ! »

Juste devant le char se place le docteur Bertrand
Mauville, brandissant une croix démesurée, suivi de
près par une grappe d'enfants de chœur tout de
blanc vêtus. Viennent immédiatement derrière
toute une marmaillerie déguisée en anges aux ailes
multicolores, Mgr Varin de la Brunelière portant la
crosse et la mitre, entouré de Missionnaires du
Grand Retour, hâves, ascétiques, blancs comme des
cachets d'aspirine, et d'abbés de la Martinique à la
mine plus réjouie et au tour de taille plus imposant.

Dans un grouillis de cris, de chants, de prières, de
héler-à-moué, dix hommes du Mouvement Populaire des Familles empoignent des cordes fixées sur
le char et entreprennent de le tirer avec une précau-
tion infinie. Fils-du-Diable-en-Personne a réussi à
trouver place parmi eux sans que Rigobert, nom-
mément désigné comme haleur de char grâce à Philomène, comprenne comment il s'y est pris. Le fier-
à-bras du Morne Pichevin avait assisté à plusieurs
réunions du Comité d'accueil de La Madone et il
connaissait chacun des hommes qui devaient tirer
le char. À aucun moment ce bandit de Fils-du-Diable n'en avait fait partie ! Philomène se méfiait trop
de lui pour lui accorder semblable faveur. Où le
bougre s'est-il procuré l'uniforme, veste d'alpaga
blanche et pantalon noir, qu'on avait spécialement
confectionné pour la circonstance ? Hormis Rigobert, personne ni parmi les haleurs ni parmi les dignitaires ne s'aperçoit de la supercherie. Le char
commence à se déplacer, à vitesse réduite, sous les

acclamations. Une fanfare joue juste derrière elle une musique tonitruante aux accents de l'Ave Maria.

« C'était pas ta place ! lance Rigobert, qui ne parvient pas à se contenir, à un Fils-du-Diable-en-Personne imperturbable.

— La seule place qu'un homme possède de droit, elle est au cimetière, compère. Alors, paix à ta bouche et tire sur la corde !

— Sacrilège ! Tu es en train de commettre un sacrilège ! »

Fils-du-Diable-en-Personne ne répond point. Il bande ses muscles, très pénétré de l'effort qu'il accomplit, et s'étonne lui-même de sentir qu'au plus profond de son être quelque chose — quoi ? il ne le sait pas encore — est en train de changer. Il n'a même pas éprouvé l'envie de balancer une égorgette à Rigobert ni même de lui promettre une raclée. Il se sent soudain plus jeune, beaucoup plus jeune que sa trentaine d'années. Presque un adolescent qui découvre les merveilles du monde pour la première fois et s'en extasie. Cette sensation-là l'emplit d'un bien-être qu'il n'a jamais éprouvé jusque-là, même dans les bras de Justina, sa petite coulie adorée du quartier Au Béraud, ou de Jeanine, la chabine rondelette et pétillante, ouvreuse au cinéma « Bataclan », qui le laisse entrer sans ticket et qu'il tripote dans le couloir d'entrée du cinéma, aussitôt commencée la projection.

Parvenu au pied de l'escalier central de la Maison du Sport, le char s'arrête tandis que sur l'autel installé à cet endroit (à la dix-septième marche, se dit machinalement Rigobert), des Missionnaires du Grand Retour se relaient, frénétiques, pour exhorter la foule à prier et à chanter. Les nègres-grossirop soulèvent à nouveau le canot de la Vierge et le posent avec délicatesse en contrebas de l'autel qu'ornent des guirlandes électriques et des fleurs de balisier. Les haleurs du char se disposent en carré, telle une garde prétorienne à l'entrée même de l'escalier, le visage pénétré de l'importance de leur tâche.

« *Ou konpwann sé wou kay menyen Laviej an prémié, tansion tjou'w épi mwen, wi !* (Tu t'imagines que tu vas être le premier à toucher la Vierge, fais attention à tes fesses, mon vieux !) ne peut s'empêcher de ronchonner Rigobert à l'adresse de Fils-du-Diable-en-Personne lequel s'est placé juste devant lui.

— *Landjet manman'w, misié mwen !* » (Va te faire foutre, mon gars !)

Mgr Varin, soulevant les pans de sa robe décorée de broderies et de parements aux trois couleurs vaticanes, le blanc, le jaune et le mauve, s'avance jusqu'au micro. Sa crosse tremble dans sa main, sa barbichette tressaute et aucune parole ne parvient à sortir de ses lèvres desséchées par l'émotion. Il fait un geste timide pour demander à la foule de se taire et l'on voit mille rayons de lumière converger sur son visage à cause des lunettes qu'il chausse afin de lire son discours.

« Ô Marie, très sainte mère de notre Seigneur Jésus-Christ… se lance-t-il d'une voix chevrotante. Que nous sommes heureux et fiers, nous, pauvres pécheurs de la Martinique, de recevoir en cette nuit profonde votre auguste visite ! Comme nos cœurs sont gonflés d'orgueil et de gratitude ! Notre mère-patrie, La France, la France éternelle, nous a envoyé la mère de Dieu afin de nous sauver du paganisme, de la débauche, de la luxure et de la méchanceté qui n'ont cesse de nous menacer depuis la fin de cette horrible guerre mondiale, source de tant de maux. Vierge du Grand Retour, je te sa-

164

lue ! Je te salue au nom de tous les hommes et toutes les femmes de ce pays ici rassemblés ce soir... »

Dans la foule, dont une bonne moitié n'écoute pas les propos de l'évêque et continue à vociférer sa foi, Adelise demeure toujours immobile, les mains sur son ventre qui semble avoir encore grossi. Malgré ses jambes fines, elle tient bon. Man Cinna, la boutiquière, et Man Richard, l'épouse du docker, se pressent contre sa personne pour la protéger quand la seconde pousse une exclamation d'horreur à la vue du filet de sang qui dégouline de l'entrejambe de la câpresse.

« *Ou pa kay akouché isiya ?* (Tu ne vas pas accoucher ici ?) fait-elle, épouvantée.

— J'accoucherai où je voudrai et quand je voudrai. Ne t'occupe pas de moi ! répond Adelise d'un ton sec.

— Il faut que tu ailles à l'hôpital, intervient Man Cinna. Il y a des ambulances près du quai de La Française, on va t'en appeler une.

— Non ! Je ne veux pas. Mon corps saigne pour La Madone, voilà tout ! Elle vient de me souffler le nom de mon fils : ce sera Jéricho. »

« Quel beau spectacle vous nous offrez ce soir, mes chers diocésains ! continue Monseigneur l'évêque qui a retrouvé un ton plus affirmé. Notables et petites gens, riches et pauvres, Blancs créoles et nègres, citadins et campagnards venus de loin, vous priez Notre Mère les uns à côté des autres. C'est la famille réunie, la portion martiniquaise de la grande famille chrétienne. Puisse cette union subsister pour toujours dans les relations de votre vie quotidienne ! Ainsi vous réaliserez le grand commandement essentiel du christianisme : l'amour de nos frères sans lequel il n'y a pas d'amour de Dieu... »

À cet instant précis se produit l'un des premiers miracles qui embelliront la vie des nègres de céans pendant le séjour de la Vierge dans le pays. Un miracle, qui n'est constaté que par ceux qui connaissent de près Man Cinna : l'éléphantiasis de sa jambe droite se met à dégonfler-dégonfler-dégonfler jusqu'à ce qu'elle retrouve un membre parfaitement normal, agile même. Elle n'en révèle rien à Adelise ni à Man Richard, occupées que sont ces dernières à couver la statue du regard comme des milliers de paires d'yeux.

« L'enfant qui sortira de ton ventre, petite Adelise, sera sûrement un nouveau messie... soliloque-t-elle d'une voix étonnamment rajeunie. Notre race a bien besoin d'être guidée hors du chemin de la déveine et de la misère. »

Sans doute, au même moment, des dizaines ou des centaines de minuscules miracles de la sorte se produisent-ils sur la place de La Savane car les gens arborent des figures radieuses et reconnaissantes à la fois. Les nègres-campagne ont cessé d'être ridicules dans leurs vêtements trop amples et leurs souliers mal ajustés. Les femmes-matadors ne sont plus, à chaque trémoussement de leur croupière, des hommages à l'indécence et à la luxure. La marmaille, angélique à souhait, écarquille des yeux où l'extase se mêle à l'émerveillement. Seul Solibo Magnifique, le vieux conteur, le maître incontesté de la parole dans l'En-Ville, se tient à l'écart, comme prostré entre les racines échassières d'un tamarinier, non loin du kiosque à musique et répète comme un jacquot :

« *Man key ni kont pou konté, han-tatay !* » (J'en aurai des contes à raconter, bon sang !)

Mais les réticences du vieux mécréant n'intéressent personne. Il n'existe plus, lui qui a hérité du don de mettre sous l'emprise immédiate de ses mots même les gens qui affectent de ne l'écouter que d'une oreille. Lui, le maître des veillées qui sait contenir l'affreuseté de la mort lorsque celle-ci a pénétré une demeure et surtout faire revenir le sourire sur les lèvres des affligés et autres âmes en peine. Même Rigobert l'a trahi, un nègre qui pourtant n'avait jamais hésité, au temps de l'Amiral Robert, à affronter les pires dangers et que dire de ce Fils-du-Diable-en-Personne, ce bougre dégingandé qui se vante de mettre n'importe qui à genoux devant lui d'un seul coup d'yeux. Voilà qu'il est dévotement figé aux pieds de cette statue blanchâtre, la dégaine aussi innocente que celle d'un enfant de chœur !

« J'en aurai des contes à raconter ! » grogne une nouvelle fois le vieux nègre basaltique avant de se frayer un chemin dans la foule pour rentrer chez lui, en plein cœur des bois de Moutte.

Mgr Varin de la Brunelière, indifférent au tapage qui de temps à autre s'élève aux extrémités de La Savane, s'époumone :

« Et maintenant, je me tourne vers vous, ô ma mère ! Et bien entendu ma pensée s'en va au-delà de cette place, vers le Ciel, d'où vous nous souriez, j'en ai la certitude. Vous nous regardez un peu comme vous avez regardé les foules qui répondirent aux premiers appels de Bernadette ou des voyants de Fatima. Nous avons conscience, ô mère, de nos infidélités et de nos fautes. Intercédez pour nous, surtout pour ceux qui sont retenus loin de Dieu par leur ignorance ou leurs préventions hostiles. Ô refuge des pécheurs, priez pour nous... »

Minuit sonne à la cathédrale. Tout le monde s'agenouille et l'évêque entreprend de dire la messe sur l'autel dressé face au peuple, au mitan de l'escalier monumental de la Maison du Sport.

Une flamme céleste descend du ciel au moment de l'élévation de l'hostie, arrachant des « oooh ! » d'admiration à ceux dont la foi n'est pas encore suffisamment affirmée. Elle tournoie au-dessus des épaules de Monseigneur, lèche les robes de bure des Missionnaires du Grand Retour, s'attarde autour de Dame Victoire, sur le visage de laquelle se lit une exaltation sans bornes, évite les dignitaires masculins du Comité d'accueil et se rue vers la masse des nègres pétrifiés où elle se perd.

« T'as vu ça ? lance Fils-du-Diable à Rigobert. J'ai reçu sa chaleur sur mon front, oui. C'est le baiser de la Vierge, mon vieux. Toi, elle ne te connaît pas. Ha-Ha-Ha !

— *Ou pé rakonté sa ou lé, man défann sé wou ki menyen'y prèmié ! Man défann sa !* (Tu peux billeveser tant que tu veux, j'interdis que tu sois le premier à la toucher ! J'interdis cela !)

— Hon ! La jalousie n'est pas une jolie chose, mon vieux ! »

Mais déjà, ils sont demandés pour haler le char sur lequel la nef de la Vierge vient d'être hissée à nouveau par les nègres-gros-sirop. Déjà une procession s'organise qui parcourrait les grands boulevards illuminés de l'En-Ville dans un bataclan de prières et de hosannas. La Sainte Mère de Dieu prendrait la mesure de son royaume avant de s'installer, dans l'allée centrale de la cathédrale de Fort-de-France, sur un dais de pourpre et d'or.

Et pour de vrai, ce samedi 6 mars 1948, la Vierge du Grand Retour, ambassadrice de Dieu et de la France, prend possession des terres, des maisons, des forêts, des rivières et bien entendu des âmes de l'île de la Martinique, devenue soudain lumière de l'univers...

Livre de la genèse de Jéricho, fils d'Adelise la câpresse du Morne Pichevin, fils putatif du général de Gaulle, chef de la France par la grâce de Dieu

fils possible de Fils-du-Diable-en-Personne, major des Terres-Sainvilles et des quartiers circumvoisins

fils présumé de Florentin Deshauteurs, ancien combattant de la guerre 39-45 et contremaître de la plantation Lajus, au Carbet

fils probable d'Honorien Mélion de Saint-Aurel, exportateur de rhum et de sucre de canne, importateur d'outillages divers

et final de compte, fils proclamé de toute une meute de gandins, de farandoleurs, de béjaunes, de grandisseurs et autres menti-menteurs.

Abraham engendra Isaac
Isaac engendra Jacob
Jacob engendra Juda et ses frères
Juda engendra Pharès et Zara...
Manassé engendra Amon
Amon engendra Josias
Josias engendra Jéchonias et ses frères.
L'un de ses frères engendra Cham qui prit la route du mont Sinaï, traversa le désert d'Égypte et s'enfonça dans les marais de Nubie. Cham peupla l'Afrique entière jusqu'au couchant.
Cham engendra Néfertiti
Néfertiti engendra Ramsès
Ramsès engendra Toutankhamon et ses frères.
Ces derniers furent chassés au pays de Soudan et peuplèrent les rives du Niger, les montagnes de l'Adamawa ainsi que les côtes de la Mer des Ténèbres. Prospéra Kimbo Massawa qui fonda le royaume du Sine-Salloum.

Pendant plusieurs siècles les fils des fils de Kimbo Massawa régnèrent en maîtres du Sahara aux confins de la grande forêt de pluie, au mitan de l'Afrique.

Puis ce fut la déportation à Babylone-Martinique

Sans-nom engendra Sans-nom

Sans-nom engendra Sans-nom

Sans-nom engendra Ti Louis

Ti Louis engendra Sans-nom

Sans-nom engendra Robert Tête-Bœuf

Robert Tête-Bœuf engendra Léon Justin

Léon Justin engendra Adelise

Adelise engendra Jéricho le lendemain même de l'arrivée de la Vierge du Grand Retour à Babylone-Martinique

Le total des générations est donc : d'Abraham à Cham, quatorze générations ; de Kimbo Massawa à Sans-nom le premier, quatorze générations. De Sans-nom le premier à Jéricho, on ne sait pas combien de générations.

Or, dans ce même temps, à cent lieues de Fort-de-France un grand vent de révolte soufflait. Sur la plantation Lajus, au nord du pays, et autour de la distillerie où les nègres prenaient leur embauche journalière, la mine renfrognée ou hostile, les moins courageux ne répondaient même pas aux salutations du commandeur Florentin Deshauteurs. La récolte avait pourtant démarré avec ballant et des norias de mulets bâtés et de cabrouets chargés de canne faisaient l'aller-retour entre les champs qui grimpaient à l'assaut des mornes raides et la cour de terre battue de l'usine. Cavalcadant sur son cheval espagnol, le commandeur passait de pièce en pièce pour haranguer les coupeurs de canne et les amarreuses :

« *Annou, woulé ! Woulé, manmay, lajounen-an sé pa ta nou !* » (Allez, du nerf ! Plus vite, marmaille, on n'a pas toute la journée !)

Depuis que le Blanc-pays de Parny avait eu l'idée judicieuse d'embaucher l'ancien combattant, plus aucun travailleur n'osait ralentir la cadence. Les filous, qui avaient coutume de tricher sur la quantité des paquets ou des piles, courbaient l'écale, certains faisant même montre d'obséquiosité ou d'excès de zèle. Seul le muletier Audibert conservait son quant-à-soi et n'avait rien modifié à son comportement fait de sérieux dans l'exécution de sa tâche et d'hostilité résolue envers le maître blanc et ses féaux. Il refusait de se servir dans les amarres et préférait, après une rude journée de travail, prendre sa faucille et aller couper l'herbe du bord des chemins pour nourrir son bœuf. Le béké avait une nouvelle fois tenté de le circonvenir en lui proposant de le passer chef-muletier à la fin de la récolte si tout se passait sans anicroches cette année-là. Audibert n'avait ni regardé de Parny ni répondu, comme si celui-ci ne s'était adressé qu'à son ombre. Le commandeur Florentin était, pour sa part, partisan de la manière forte. Chaque samedi, à l'heure de la paye, tandis que les travailleurs s'alignaient devant l'économat, attendant avec une patience infinie que le géreur, un mulâtre flegmatique, daignât montrer le bout de son nez, Florentin prenait chacun d'eux à part et lui déclinait ses remontrances, brandissant la menace du licenciement immédiat ainsi qu'une liasse de billets-ce-n'est-plus-la-peine. Arrivé au niveau d'Audibert, il le fusillait du regard mais ne pipait mot car le muletier lui rendait la pareille avec une rage à peine contenue. Leur combat d'yeux durait un siècle de temps, imposant un sacré modèle de silence dans la cohorte des coupeurs et des amarreuses déguenillés qui étaient pressés d'aller régler leur carnet de crédit à la boutique de l'habitation. Cédant le premier, Florentin s'écriait :

« Les communistes, c'est une race à abattre, je vous dis ! À abattre jusqu'au dernier. Staline, c'est une vermine ! Lénine égale combine ! »

Mais tout fier-à-bras de la commune du Carbet qu'il était devenu après sa joute victorieuse au damier, lors de la dernière fête patronale, tout commandeur de plantation qu'il fût, tout ancien combattant bardé de médailles qu'il se vantât d'être, le bougre ne s'était pas encore résolu à affronter ouvertement Audibert. Ce dernier continuait à organiser ses réunions syndicales au cours desquelles il faisait une lecture commentée des articles du journal *Justice* car l'homme savait lire et écrire et seul son refus de flatter le Blanc l'avait maintenu au bas de l'échelle. S'il l'avait voulu, Audibert aurait pu occuper un poste de commandeur, voire de géreur, et cela Florentin Deshauteurs le savait pertinemment. Dès qu'il y avait une lettre à écrire ou un formulaire à remplir, tout un chacun venait consulter le muletier qui rendait service de bonne grâce, sans jamais demander la moindre rétribution en plus. Il en profitait pour parler de l'injustice, de l'exploitation de l'homme par l'homme, du capitalisme et du féodalisme béké qu'il fallait jeter bas, de la nécessaire unité de tous les travailleurs de la Martinique, bref de tout un lot de théories auxquelles on ne comprenait que des bribes mais qui gonflaient chacun d'orgueil et d'héroïsme. Un jour, avait assuré Audibert, le monde entier serait dirigé par les travailleurs et pour cela, il faisait confiance à un homme moustachu qu'il appelait « Camarade Staline » dont il avait cloué la photo dans sa case.

Janvier et février 1948 s'écoulèrent donc à la roue-libre-mes-amis sur la plantation Lajus et de

Parny fit annoncer que, le jour où la Madone du Grand Retour tant attendue passerait au Carbet, il accorderait une journée de congé payée à tout son personnel. En fait, le maître étonnait son monde : jamais on ne l'avait connu si religieux, si assidu aux messes et aux enterrements, lui qui jusque-là avait occupé sa vie à paillarder dans les tripots de la ville de Saint-Pierre ou à coursailler les mulâtresses de petite vertu. Des femmes proclamaient partout :

« Maître de Parny est devenu la générosité en personne ! Dès qu'on lui demande d'être le parrain d'un petit nègre, il s'empresse d'accepter et il vous offre deux moutons avec un sac de riz. »

Plus les nègres détestaient le commandeur Florentin, plus ils adoraient le béké. Certains affirmaient même que si le médaillé n'avait pas été aussi scélérat, la plantation Lajus aurait été le paradis sur terre. Audibert ne prenait aucune part à cette excitation générale. Il demeurait impassible quand bien même on lui ressassait :

« Tu vois, compère, fais la paix avec le béké ! Dieu a parlé pour lui et maintenant, il sait qu'il ne faut plus traiter le nègre comme un animal. »

À mesure que les jours passaient, à mesure les gens s'embarquaient dans une folie de prières et de vénérations. Les conversations tournaient presque toutes autour de la venue de la Vierge du Grand Retour qui soulagerait définitivement la misère du nègre sur cette terre. Plus besoin d'esquinter sa vie à couper la canne sous un soleil démoniaque, plus besoin de quémander un quignon de pain aux chiens ou d'aller pieds nus, vêtu de hardes trouées. Elle avait déjà fait tellement de miracles en Guadeloupe, avait assuré l'abbé du Carbet, qu'elle ne saurait oublier la Martinique. Et l'ecclésiastique d'exhorter ses ouailles à prendre exemple sur leur patron, à l'imiter dans son respect d'autrui et sa magnanimité. À fuir l'athéisme, ce poison que distillaient ces démons de communistes. Chacun apprit les paroles du cantique du Retour et se mit à en chantonner la première strophe à tout propos. La foi des nègres faisait plaisir à voir, assuraient les âmes bien-nées.

Cette situation idyllique prit fin, de manière fort brutale, le jour où de Parny refusa tout net de régler la prime concernant les parcelles envahies par les hautes herbes et les lianes. Pourtant, couper la canne en ces endroits-là revenait presque à goûter un petit bout d'enfer sur terre. Le coutelas glissait sur les tiges emmêlées, blessant parfois les moins chanceux, obligeant les autres à s'y reprendre à deux ou trois fois ce qui, en à peine une heure de travail, exténuait les plus vaillants. Le débroussaillage des pièces de canne aurait dû avoir été fait au mois de novembre précédent mais le maître de la plantation avait prétexté des difficultés financières pour l'ajourner et l'herbe avait tigé, haute et fière, rebelle surtout. Par endroits, elle semblait recouvrir la canne ou l'étouffer. Désormais, il fallait deux jours et demi pour réaliser les vingt-cinq paquets réglementaires qui composaient une pile de canne. Deux jours et demi pour gagner l'équivalent d'une simple matinée dans une parcelle normale. Le nègre se remit à crier misère, à héler la miséricorde divine, à pleurer toute l'eau de son corps, à fondre comme une bougie. En vain. Le béké de Parny et son bras droit, le commandeur Florentin Deshauteurs, ne voulaient rien entendre. L'accord signé l'année d'avant sur l'octroi d'une prime pour les parcelles envahies d'herbe n'était plus valable à leurs yeux.

« *Fenyan zot fenyan !* » (Tout ça, c'est la faute à votre paresse !) tonnait le soi-disant héros de Monte-Cassino.

174

Alors on se tourna à nouveau vers le muletier Audibert lequel, toujours emmuraillé dans un calme impressionnant, décréta la grève générale. Dans un même ballant, coupeurs de canne et muletiers, ouvriers de distillerie et conducteurs de cabrouets, tout le monde se croisa les bras, même ceux qui d'ordinaire étaient les plus réticents à affronter des jours sans pain, non point par couardise mais parce qu'ils avaient une enfilade de marmaille à nourrir ou alors un carnet de crédit trop rempli à la boutique de la plantation. Même un nègre-macaque comme Jérôme le boiteux qui sautillait tout le temps autour du patron, le bassinant de compliments et de flatteries les plus basses. On lui pardonnait parce qu'il n'avait eu ni père ni mère (on l'avait trouvé, abandonné en plein soleil — ce qui avait dû déranger son esprit — dans un chemin creux de l'Habitation Lajus et la gendarmerie n'avait pu mettre un nom ou un visage sur sa mère), mais surtout parce qu'il possédait le don de faire rire. Dans la touffeur des cannes, quand la sueur démange votre peau, que la chaleur et ses banderilles vous harcèlent et que des colonies de fourmis rouges mordillent chaque parcelle de votre corps, il faut serrer les dents pour ne pas hurler et les blagues du boiteux aidaient parfois à supporter le poids de la souffrance. D'ailleurs, dès la première minute de grève, tandis qu'Audibert avait rassemblé les plus déterminés des travailleurs aux abords du hangar à outils, il s'était approché, lui qui ne comprenait rien à ces grands mots français tels que « syndicat », « mobilisation », « communisme », « lutte des classes » et tout ça, lui qui avait pour habitude de dérisionner la propagande du muletier, et il s'était écrié :

« Hé, les hommes, écoutez-moi bien ! Je suis avec vous net-et-propre cette fois-ci ! Audibert, tu peux inscrire mon nom sur ta liste, mon bougre. Le béké nous a assez couillonnés ! Et puis, ne vous découragez pas, avec de la patience et un peu de vaseline, un éléphant peut enfiler une fourmi. »

Un éclat de rire général accueillit sa plaisanterie, ce qui contribua à détendre l'atmosphère et à faire changer Audibert d'avis au sujet du boiteux. C'est qu'il le soupçonnait d'être un rapporteur, de courir raconter au maître blanc tout ce que les nègres avaient décidé, sinon comment expliquer que, dans le passé, de Parny ait pu déjouer maintes tentatives de bloquer l'avancée de la récolte ? Ce jour-là, Jérôme ne s'acoquina point avec le commandeur Florentin Deshauteurs lequel surveillait de loin les conciliabules de ses subordonnés, son pistolet bien en vue dans la poche arrière de son pantalon-kaki.

« Le béké ne veut pas négocier, avait dit Audibert. Il veut nous tenir par le ventre, alors camarades, à nous de lui démontrer ce que nous valons.

— Ça va être dur, fit un arrimeur. Ce matin, j'ai vu deux jeeps de gendarmes qui rôdaient sur la route de Tracée.

— Intimidation ! s'écria un vieux-corps au corps noueux qui brandissait son coutelas. On ne va pas se laisser intimider, les amis. C'est rien que nos droits qu'on réclame, nos droits et rien de plus ! »

Des piles de canne fraîchement coupées, en attente d'être charroyées à la distillerie Lajus, commencèrent à s'étioler aux quatre coins de la plantation. Très vite, elles virèrent au rouge-brun puis à une vilaine teinte grise qui était signe que leur sucre s'était desséché. Même les bœufs en dérade n'en voulaient pas et Deshauteurs, de rage, décida d'y mettre le feu lui-même. La nuit du premier jour de grève fut donc illuminée de torchères qui, se voyant à des lieues à la ronde, inquiétèrent les bourgs voisins. On accourut de Saint-Pierre, du

Morne-Vert et même de Belle-Fontaine pour s'enquérir des nouvelles. Les rumeurs les plus alarmistes se mirent à courir-monter-descendre sur tout le pourtour de la côte caraïbe, annonçant l'incendie de la Grand Case du planteur de Parny, le viol de son épouse par une bande de nègres imbibés de rhum, l'égorgement de ses enfants et toutes qualités d'atrocités qui faisaient froid au dos des âmes bien-pensantes de la petite-bourgeoisie de couleur. Les trois instituteurs du Carbet se barricadèrent dans leur logement de fonction, dans l'enceinte même de l'école qu'ils décidèrent de fermer *sine die*. L'abbé fit sonner le tocsin et le maire se rendit d'urgence à Fort-de-France pour solliciter l'aide du préfet.

Cinq jours après le début de la grève, un incroyable désastre fut constaté aux premières heures du jour par un gamin que ses parents avaient envoyé gauler deux fruits-à-pain car, depuis lors, le nègre ne se nourrissait plus que de migan assaisonné d'une aile de morue séchée. De Parny avait fait fermer la boutique de l'habitation et d'ailleurs, n'ayant pas touché leur paye hebdomadaire, les coupeurs de canne et les amarreuses étaient dans l'incapacité d'aller se ravitailler dans celles du bourg.

« *Fok nou tjenbé ! Nou pa kay moli an may ba yo* » (Il nous faut tenir le coup ! On ne leur cédera pas un pouce), répétait Audibert en passant de case en case.

Même s'il devait manger du fruit-à-pain, encore du fruit-à-pain et toujours du fruit-à-pain, cette fois-ci, le nègre ne baisserait pas la garde. Or, dans la nuit du 4 au 5 mars 1948, le Blanc-pays de Parny commit l'irréparable : il embaucha en secret des nègres anglais venus nuitamment de l'île voisine de la Dominique auxquels il ordonna de couper les trois magnifiques arbres-à-pain qui, depuis le temps de l'antan, depuis etcétéra de générations, avaient toujours nourri les plus dénantis. Ou ceux que la déveine avait poursuivis de ses assiduités comme Julien Timothée, un bougre pourtant dans la force de l'âge, qui avait reçu d'abord une ruade de cheval en plein visage, puis avait attrapé la fièvre typhoïde dont il réchappa de justesse avant, final de compte, comble du malheur, oui, se faire sectionner un bras par le moulin de la distillerie. De Parny, qui pourtant l'avait toujours considéré comme un bon travailleur, le laissa tomber du jour au lendemain. Il ne lui offrit même pas un petit job tranquille comme celui de garder le troupeau de L'Allée Café ou de compter, à la débauchée, les outils que ramenaient les travailleurs au hangar de la plantation. Pas même un petit pécule pour tenir la brise le temps qu'une parentèle généreuse ou une âme charitable veuille bien le secourir. Rien de tout cela. Si bien que Julien sombra en un battement d'yeux dans une déchéance sans nom et devint le pilier de la case-à-rhum de Man Adèle, se saoulant du matin au soir et bassinant les clients de plaidoiries incohérentes sur la méchanceté du monde. Ce bougre-là donc n'avait survécu que grâce aux fruits-à-pain qu'il cueillait chaque jour et qu'il faisait cuire dans un vieux chaudron sur quatre roches disposées au-devant de sa case. Lorsque l'enfant revint annoncer l'épouvantable nouvelle, Julien fut le premier à réagir. On le vit tituber, passer plusieurs fois sa main sur son front plissé par la misère, lâcher un-deux borborygmes puis s'effondrer de tout son long dans le chemin de roches.

« *Sa sa yé sa ! Sa sa yé sa !* » (Bon dieu de bon sang !) soliloquait-on ici et là.

On était tout bonnement désemparé devant une telle scélératesse. Audibert vint constater les dégâts et déclara à la cantonade :

« Maintenant vous avez la preuve de ce que vous valez aux yeux d'un Blanc-pays !

— On est des zéros devant un chiffre, tu as raison », ajouta Jérôme, le nègre-macaque qui ce jour-là sembla avoir perdu sa verve.

Les troncs énormes des arbres-à-pain reposaient tels des géants foudroyés au travers des carrefours où on les avait traînés comme pour impressionner les grévistes. Quelques femmes s'empressèrent de ramasser les quelques fruits qui n'étaient pas encore devenus doux ou que la chute des arbres n'avait pas écrabouillés. Le commandeur Florentin Deshauteurs galopa à travers la campagne, goguenard, une main toujours posée sur la crosse de son pistolet. Pour une fois, il ne chercha pas à ramener les travailleurs à la raison à l'aide de son français cravaté-et-laineté, ses « nonobstant » et ses belles phrases « de-ce-que-de ». Il attendait son heure. Il savait que dans peu de temps la faim s'attaquerait aux ventres, que la marmaille se mettrait à criailler dans les cases. Il était sûr que dès le lendemain, par petits groupes, des repentis viendraient lui lécher dans les mains, réclamant un petit-morceau-de-travail-s'il-te-plaît. Mais le nègre enmédaillé se trompait. Le Parti communiste fit parvenir des vivres depuis Fort-de-France, quelques sacs de pois rouges et une barrique de viande salée qu'Audibert se mit à partager à l'équitable.

« Sacrées salopes ! ronchonnaient les plus déterminés à l'endroit d'un ennemi invisible. Vous croyez nous mettre à genoux. On mangera de la terre s'il le faut mais de Parny nous paiera notre indemnité. Qu'il aille essayer de couper la canne quand elle est envahie par les lianes et les herbes, il connaîtra sa douleur ! »

Un bel-air s'improvisa à l'endroit du partage. Des tambouriers, pourtant affamés, puisèrent dans leurs dernières réserves pour faire résonner la peau de cabri et leurs mains virevoltèrent avec une virtuosité sans pareille à la grande joie de ceux qui avaient commencé à esquisser des pas de danse. Alors on dansa, dansa, on s'étourdit à danser sans compter les heures, sans tenir compte de la fatigue qui engourdissait les bras et les jambes. Audibert, d'habitude réservé, taciturne même, se laissa aller à faire bombé-serré avec cette chabine piquante d'Idoménée Suivant sous les applaudissements des nègres. Un chanter tigea dans l'air étouffant de la journée de carême. Des paroles mille fois prononcées depuis que la canne à sucre ensauvage la vie du nègre :

« *Manman lagrev baré mwen !*
Misié Michel pa lé ba'y dé fwan ! »
(Manman, la grève m'a barré la route !
Monsieur Michel ne veut pas nous bailler deux francs !)

Cette liesse ne dura guère. Les jours filaient, l'heure courait à grand ballant et le Blanc-pays ne mollissait pas d'une maille. Un silence étrange pesait sur l'Habitation Lajus et autour de la distillerie qui ne fumait plus et dont les lourdes portes en bois avaient été fermées à l'aide de chaînes. La nuit, des colonnes de gendarmes blancs, montés de la capitale, prenaient position non loin des cases-à-nègres, fusils en bandoulière, autour de feux de camp. Audibert avait été jeté hors de l'économat un jour où il s'y était aventuré afin de tenter de négocier une dernière fois avec de Parny et ses géreurs. Des chiens qu'on n'avait jamais vus par ici, et donc qui n'étaient pas créoles, des bêtes féroces de la taille de jeunes veaux, l'avaient pourchassé jusqu'à ce que le maître les siffle. Florentin Deshauteurs, pour sa part, entreprit d'amadouer les femmes et les concubines des travailleurs. Il faisait la tournée des quartiers en disant :

« La distillerie perd des tonnes d'argent, mes amis. Chaque jour qui passe, c'est un million qui part en fumée, oui. Vous croyez purger le Blanc mais c'est à vous-mêmes que vous faites du tort. À un moment où un autre cette grève s'achèvera bien et à ce moment-là avec quoi de Parny va vous payer, hein ? Avec quoi ? Avec de la monnaie-corde ! »

Puis, au sixième jour de la grève, on vit le béké en personne, protégé par une brigade de gendarmerie, battre la campagne pour recruter des bras. Chose tout bonnement inouïe, incroyable. Il descendait, l'air humble, de sa jeep conduite par Florentin Deshauteurs et, s'avançant bravement sur les petits groupes de grévistes qui avaient pris l'habitude de conciliabuler à l'ombre apaisante des manguiers, il demandait d'une voix sucrée :

« Les amis, cette vagabondagerie a assez duré, vous ne croyez pas ? Si vous continuez à écouter ce communiste d'Audibert, nous irons tous à la ruine. »

Il serrait quelques mains, tapotait deux-trois épaules, pichonnait le visage des nouveau-nés, distribuait quelques broutilles, l'air profondément malheureux. Alors une douzaine de nègres qui n'avaient pu rapporter de quoi manger à la maison depuis une bonne semaine le suivirent, honteux, sous les quolibets ou les injuriées de leurs camarades. Protégés par des gendarmes, ils furent conduits sur la pièce Bois-Canon, la plus vaste et la mieux entretenue de la plantation, celle où il n'y avait pas un seul brin d'herbe folle et Deshauteurs les mit au travail. Deux heures plus tard, la moitié d'entre eux, vaincue par la fatigue et la faim, abandonna la partie, chose qui contraignit de Parny à demander aux autres d'arrêter. Ce n'était pas avec les doigts d'une main qu'on pourrait récolter une plantation de cent vingt hectares. À ces désespérés, il paya une triple journée, les assurant qu'il ne leur tiendrait pas rigueur à la fin de la grève.

Jérôme, le nègre-macaque, gueulait :

« Foutre qu'un nègre est chien, mesdames-messieurs ! Tu lui voltiges un quignon de pain rassis et le voilà déjà à quatre pattes à le gloutonner !

— Ne nous battons pas entre nous ! ordonna Audibert. Toi, Jérôme, tu n'as aucune leçon à dispenser à quiconque, mon vieux. Pendant des années tu as flatté de Parny, alors s'il y a un chien ici, tu es le premier d'entre eux ! »

Or, un beau soir, un groupe de prières venu du bourg investit la campagne. Des vieilles femmes en robe de dimanche, des jeunesses en fichu et quelques employés municipaux. À leur tête, il y avait la tenancière du bar le plus important du Carbet, une majorine un peu obèse, au verbe haut, qui avait la réputation de bouter les ivrognes de son établissement à coups de pied. Man Adèle, tel était son nom et lorsqu'un client lançait : « *Hé, Adel, pòté an pétépié ba mwen, souplé !* » (Hé, Adèle, porte-moi un écrase-pied, s'il te plaît), elle se dressait devant lui, les poignets sur la hanche, ballottait sa chair flasque et le fusillait du regard.

« Un 'tit punch, Man Adèle... balbutiait alors l'imprudent.

— Aaah bon ! Voilà comment on s'adresse à quelqu'un ! Ma maison n'est pas un boxon, tu as compris ? Ici, on parle français et mon nom c'est pas Adèle mais Man Adèle. »

Le client se faisait tout petit sur sa chaise et payait aussitôt qu'elle lui avait déposé la bouteille de rhum sur la table, cela sans qu'aucun des fortsen-gueule du bourg — et il y en avait beaucoup parmi les marins-pêcheurs — réagisse. C'était donc cette maîtresse-femme qui s'était transportée ce soir-là à la campagne pour propagandiser la venue de la Vierge du Grand Retour. Elle chantait à tue-tête, aidée de ses acolytes :

« *Chez nous, soyez Reine,*
Nous sommes à vous ;
Régnez en souveraine
Chez nous, chez nous... »

Quelques épouses de grévistes se joignirent à elle, sous le regard réprobateur de leurs hommes mais personne n'osa protester, même pas Audibert qui était pourtant l'ennemi intime de Man Adèle. Un jour, elle lui avait interdit l'entrée de sa case-à-rhum sous le prétexte qu'il vendait un journal communiste. Elle ne souffrait pas que des athées de son acabit ternissent l'image de son établissement. Elle était quelqu'un de bien, Man Adèle. Quelqu'un que les békés saluaient bien bas, que monsieur le maire avait nommé son troisième adjoint, que monsieur l'abbé avait chargé de diriger le catéchisme bien qu'elle eût engendré deux enfants sans papa. D'ailleurs, elle mit en vente, bien en vue sur son comptoir, le journal de l'évêché, *La Paix*, qu'il lui arrivait de fourguer à des bougres qui ne savaient même pas réciter les premiers mots du Pater Noster.

« La Vierge du Grand Retour, c'est quoi ça ? demanda Jérôme, le nègre-macaque qui n'était soi-disant jamais au courant de rien.

— Chers paroissiens, fit la tenancière, sans lui répondre en particulier, nous sommes venus vous porter la bonne nouvelle. Dans quelques heures arrivera en Martinique une Vierge qui fait des miracles. Elle a déjà béni la France et la Guadeloupe, maintenant, elle vient nous apporter sa bénédiction. Il est temps de se préparer à la recevoir. Elle voyagera à pied à travers notre pays et ceux qui l'approcheront et la vénéreront seront récompensés par Dieu lui-même.

— Amen », s'écria Audibert en rigolant.

Perdant et son sang-froid et son beau français appris par cœur, la tenancière lui déversa une bordée de jurons en créole, souleva sa robe presque sur ses reins et se mit à trépigner. Elle le traita de Satan, de nègre mécréant, de communiste athée, d'ingrat envers les Blancs qui avaient offert gracieusement la civilisation à la race nègre. Prenant à témoin les cieux, elle appela sur sa tête les foudres du Très-Haut. Elle hoqueta, postillonna, éructa des phrases incompréhensibles et soudain, comme prise d'inspiration, elle se mit à prier, entraînant avec elle ses accompagnatrices. Les campagnards semblaient décontenancés. Ils hésitaient entre Audibert et la tenancière. Entre Dieu et la grève. Certains se signaient à la dérobée, marmonnant aussi une prière. Audibert et les plus déterminés d'entre les grévistes préférèrent céder le terrain. Ils avaient grand soin qu'aucune forme de division ne vînt troubler le mouvement car de Parny et son âme damnée de Florentin Deshauteurs n'attendaient que cet instant-là. Le moment fatidique où las d'avaler de l'eau sucrée mélangée à de la farine de manioc, rongés par l'ennui et le désœuvrement, un à un, les travailleurs se mettraient à regagner les pièces de canne.

« Il faut tenir ! Tenir-tenir, insistait Audibert. C'est ce qu'il nous faut. Le béké va céder, les hommes. Il est obligé de céder. »

Deux jours après l'intrusion des zélatrices de La Madone, un géreur vint claironner que de Parny avait convoqué tout le monde pour toucher le rappel promis sur la solde de janvier. Si on ne venait pas la récupérer sur l'heure, précisa-t-il, elle serait définitivement supprimée.

« C'est pas ça qu'on demande, rétorqua un des lieutenants d'Audibert. On veut l'indemnité sur la coupe à l'endroit où la canne est envahie par les herbes.

— C'est signé ! fit un autre. L'an dernier, le béké a signé l'accord avec le syndicat. On ne demande pas la charité. »

À la surprise générale, Audibert décida qu'on irait toucher ce rappel. Après tout, cela aussi était un dû et puis n'était-ce pas là, peut-être, le premier signe d'un mollissement de la part du maître de l'Habitation Lajus. Même si c'est un piège, ajouta-t-il, on va le déjouer. On ira tous ensemble, dans le calme, sans se bousculer ni crier ni protester mais, une fois cet argent touché, on se recroisera les bras. Après quelques instants d'hésitation, tout un chacun se rangea à son avis et, Audibert en tête, une colonne de travailleurs des champs, sans le moindre coutelas, se dirigea vers l'économat où le même géreur les appela par leur nom, d'une voix aigre, et leur remit quelques misérables billets. Au nom d'Antoine Saint-Denis, on vit une négresse sans âge se présenter en affirmant que son fils était alité et qu'il lui avait demandé de venir à sa place.

« *Antwàn sé pa wou !* (T'es pas Antoine que je sache !) aboya le géreur tandis que le petit détachement de gendarmes qui surveillait le déroulement des opérations se rapprochait de la file indienne des travailleurs.

— Je suis sa manman, oui…

« — Sa manman, c'est pas lui. C'est lui qui a travaillé, c'est lui qui doit toucher. Au suivant ! Firmin Tavernier, avancez, s'il vous plaît ! »

Mais l'appelé, un bougre costaud et fier, se mit à tempêter et exigea que l'on règle la vieille femme. Des éclats de voix s'élevèrent dans la file. Certains se mirent à maudire le géreur, à le traiter de mulâtre dégénéré. Une bousculade poussa les premiers contre la table basse où le géreur avait aligné les billets et les pièces de monnaie. La stridence d'un coup de sifflet déchira l'air du matin.

« Tout le monde les mains sur la tête ! hurla le chef des gendarmes tandis que ses compagnons mettaient les travailleurs en joue.

— On reste calmes... du calme », intervint Audibert.

Le syndicaliste eut le plus grand mal à contrôler son monde d'autant que quelques coups de crosse avaient eu le temps d'être distribués.

« C'est une provocation, camarades. N'y répondons pas ! » continua-t-il.

Deux gendarmes empoignèrent Firmin Tavernier au collet et l'arrachèrent à la file. Le bougre tenta de se débattre mais fut rapidement maîtrisé. Un mince filet de sang lui coulait sur l'une des tempes.

« Allez ! Rentre chez toi ! lui ordonna le chef des gendarmes. T'as de la chance qu'on ne t'arrête pas ! »

La paye se poursuivit dans un silence lourd. Lorsque ce fut au tour d'Audibert de toucher la sienne, il empoigna les billets d'un geste solennel et les déchira au visage du géreur, puis il envoya la monnaie valser dans la poussière et s'en alla d'un pas lent, défiant le détachement de gendarmes du regard.

« Ce nègre-là, c'est un chef communiste ! lança le géreur aux gendarmes. C'est lui qui met tout ce trafalgar par ici depuis quelque temps. »

Le responsable du détachement hésita mais finalement ne donna pas l'ordre d'arrêter Audibert qui continua sa route sans jamais se retourner une seule fois. Le reste de la file put donc toucher sa paye et, bien entendu, certains amateurs de tafia invétérés ne purent s'empêcher d'aller, comme à l'accoutumée, la dépenser dans la boutique de l'habitation, providentiellement ouverte ce jour-là. Ils bambochèrent tard dans la nuit mais, en rentrant dans leurs quartiers respectifs, une troupe de gendarmes, postée depuis le devant-jour dans les halliers, fondit sur eux et se mit à les rouer de coups de matraque. Un coupeur de canne parvint à s'enfuir et bailla l'alerte. Bientôt, toute la campagne fut en émoi. Cette fois-ci Audibert était déterminé à réagir. Plus question de calmer le jeu et de se laisser malmener par la maréchaussée.

« Le nègre a sa dignité, tonnerre ! » lança-t-il aux grévistes qui reprenaient déjà le chemin de l'économat, brandissant des torches en bambou et des armes.

Des coutelas effilés, des becs de mère-espadon, des piquois, des gourdins en bois-gayac et même une escopette rouillée. Tout un attirail fut sorti des recoins des cases et les femmes ne voulurent point être en reste. On avait assez piétiné leurs hommes. La marmaille se desséchait trop de faim. Et on n'avait même pas d'argent pour acheter des médicaments à ceux qui étaient malades. Pour se bailler force et courage, on avança en chantant : « *Manman, lagrev baré mwen !* » (Manman, la grève a barré mon chemin !)

La révolte n'atteignit point la grande cour de la distillerie ni le bâtiment de l'économat qui se dressait en face d'elle. Trois jeeps de gendarmes européens, lourdement armés, les attendaient au carrefour Bourdin. Ils n'eurent pas le temps d'esquisser une seule parole et le geste d'Audibert demandant à parlementer se perdit dans la mitraille et les cris de folie et de douleur. Les gendarmes ouvrirent le feu sans sommation jusqu'à ce que le gros des travailleurs reflue dans les cannaies. Par terre reposait dans son sang Audibert le muletier qui croyait qu'un jour les travailleurs, sous la conduite du Parti communiste de l'Union soviétique, dirigé par le camarade Joseph Staline, prendraient la direction de l'univers entier. Il la clamait, le bougre, sa croyance en la fraternité de tous les hommes, en la justice et le partage équitable des richesses. Pour ce faire, il avait sacrifié sa vie personnelle, ne s'embarrassant d'aucune femme ni d'enfants, ne gaspillant pas son temps dans les cases-à-rhum ou les paillotes dans lesquelles la rumba et le cha-cha-cha faisaient rouler les reins et rugir les sexes. Il était toujours en chemin Audibert, soit qu'il se rendît à une réunion de cellule à Schœlcher soit qu'il passât chez tout un chacun apporter les dernières nouvelles à propos des négociations salariales, de la Sécurité sociale ou des élections. À ses côtés, recroquevillés dans la pierraille, André Jacques, sa sœur et son père, tous employés de la distillerie Lajus. Assis se tenant l'épaule, le ventre ou la cuisse, tentant de retenir l'écoulement de leur sang, une multitude de figures incrédules et frappées de terreur.

Et la nuit qui s'enfonçait doucement dans les entrailles de la terre, des nappées de nuit lourde, bruyantes de criquets et de rainettes, zébrées par l'envol subit des lucioles ou de quelque sorcier-volant. La nuit impavide du carême commençait.

MASSACRE DES INNOCENTS

Alors le seigneur de la Plantation Lajus, voyant qu'il avait été joué par ceux qui avaient pour mis-

sion de le renseigner sur les agissements coupables de ses sujets, fut pris d'une violente fureur et envoya mettre au pas, sur le territoire du Carbet et des alentours, tous les nègres qui avaient le verbe haut et qui proclamaient la fierté de leur race. Ceux qui prétendaient vivre dignement du fruit de leur travail sans quémander ni courber l'échine. Ceux qui avaient l'audace de le regarder en face, lui et ses sbires.

S'accomplit alors l'oracle du prophète Cham :

« Une voix dans Babylone-Martinique
  s'est fait entendre,
pleur et longue plainte
C'est la négresse bleue pleurant ses enfants
et elle ne veut pas qu'on la console
car ils ne sont plus. »

Lorsque Philomène se présenta dans la grande salle de réunion de l'évêché de Fort-de-France, endroit qui commençait à lui devenir familier depuis que s'y étaient tenues une bonne douzaine de réunions du « Comité d'accueil de la Vierge du Grand Retour », elle faillit tomber à la renverse. La présence de nombreuses voitures américaines dans la cour l'avait bien intriguée mais sans retenir outre mesure son attention. Or, ne voilà-t-il pas qu'elle, la putaine tant décriée du Morne Pichevin, en particulier par cette Dame Victoire qui portait son titre d'institutrice comme un drapeau, se trouvait face à face avec la crème des Blancs-pays de la Martinique. D'emblée, elle reconnut la face rougeaude et faussement débonnaire du chef de la Caste, monsieur Henri Salin du Bercy, que l'on montrait du doigt lorsqu'il passait dans sa De Dion Bouton noire conduite par un chauffeur en livrée. Pour les autres, elle eût été bien en peine de mettre un nom sur leurs figures mais à leurs vêtements qui ressemblaient presque à un uniforme — pantalon et chemise en kaki, casque colonial blanc — elle savait sans risque de se tromper qu'il s'agissait de grands planteurs. Voyant sa stupéfaction, Honorien Mélion de Saint-Aurel fut le premier à se précipiter vers elle.

« Venez donc prendre place parmi nous, estimée Philomène... fit-il et, se tournant vers ses pairs, il ajouta : Voici la personne grâce à qui nous avons pu mobiliser l'énergie des quartiers plébéiens. Je vous demande de l'applaudir, messieurs-dames. Elle m'est d'autant plus chère que j'ai dernièrement embauché sa nièce Adelise comme repasseuse. »

On lui fit une ovation et plusieurs Grands Blancs se levèrent même de leurs sièges. Philomène remarqua que Dame Victoire, qui portait des gants, n'applaudissait que du bout des doigts et qu'elle avait allongé sa bouche pour manifester son dégoût. Le docteur Bertrand Mauville, lui, arborait son éternel sourire figé et triturait sa cravate, en regardant le sol.

« Vous avez grandement aidé l'Église à restaurer la foi dans notre île », s'empressa d'ajouter Mgr Varin qui la prit par le bras et la conduisit à son siège.

Des bouteilles de champagne avaient été disposées sur la table à côté de longs verres en cristal que Philomène voyait pour la première fois de sa vie. Un Missionnaire du Retour se mit à faire le service tandis qu'une employée de l'évêché faisait passer de minuscules gâteaux extraits d'une boîte en fer-blanc artistement décorée.

« Ils nous arrivent tout droit de Bretagne, glissa un Grand Blanc à Philomène. Fameux, n'est-ce pas ? »

190

— Quant au champagne, claironna de Saint-Aurel, nous le devons à la générosité de nos missionnaires. Un bravo pour eux également, s'il vous plaît ! »

Tandis que les membres de la Caste redoublaient d'applaudissements, Philomène essayait en vain de se faire toute petite. Mgr Varin lui avait demandé de se rendre à cette réunion au lendemain même de l'arrivée de la Vierge, dès les premières heures du jour, avait-il même insisté, et voilà qu'il sablait le champagne avec des gens qui n'avaient, hormis Honorien de Saint-Aurel, pris aucune part à l'organisation du Retour. L'évêque, qui possédait un réel don de lire dans les pensées d'autrui, demanda le silence et, redressant le col de sa robe, il jeta un regard circulaire sur l'assemblée.

« Chers paroissiens, commença-t-il, je vous remercie d'avoir bien voulu accepter de vous retrouver autour de moi après les événements éprouvants, mais ô combien gratifiants, que nous venons de vivre. Qu'il me soit d'abord permis de vous remercier, monsieur du Bercy et vous aussi messieurs de Chervillier, Assin de Pompadour, Huyghes-Desroches, en un mot vous tous ici rassemblés car, sans votre généreuse aide financière, Fort-de-France n'eût pu être illuminée comme elle le fut hier soir. Dix mille ampoules, plus de cent guirlandes électriques, d'innombrables arcs de triomphe et croix éclairées, jamais une nuit ne fut si resplendissante de clarté ! Notre Très Sainte Vierge du Grand Retour méritait un tel hommage et soyez certains qu'elle vous saura gré, à vous tous, de l'obole que vous avez versée pour l'achat de ce matériel électrique. »

Le chef de la Caste se versa plusieurs verres de champagne et, sans doute un peu gris, cogna l'épaule de son plus proche voisin en disant :

« Hé, Cheynaud, qu'est-ce qu'on lui trouve au champagne après tout, hein ? Il vaut pas notre meilleur rhum. »

Un sourire gêné apparut sur les lèvres des Blancs-pays. Salin du Bercy n'était pas un homme à accepter d'être contredit et l'on savait qu'il n'avait pas pour habitude de faire le chien couchant devant les envoyés de la métropole, qu'ils fussent en tenue militaire comme l'Amiral Robert ou ecclésiastique comme le comte Varin de la Brunelière. Encore que ce dernier fût dans le pays depuis près de vingt ans et se considérât aussi martiniquais qu'un Blanc-pays.

« Hein, Cheynaud, qu'est-ce que tu en dis ? »

L'interpellé lança un regard désespéré à l'évêque et, ne voyant aucune aide venir, répondit dans un souffle :

« Ça se discute...

— Ça se discute, quoi ! braila soudainement le chef de la Caste. Je te dis que notre rhum est meilleur que leur foutu champagne de merde ! Dix fois meilleur ! »

Et le bougre de sortir de table, très énervé en apparence. Puis, se rasseyant, d'ajouter :

« Ha-Ha-Ha ! Je rigolais bien sûr. Qu'est-ce que vous êtes sérieux ! On aurait dit des têtes de pain rassis. Depuis quand un produit de notre chère mère-patrie serait-il inférieur à quelque chose d'ici ? Ce serait le monde à l'envers, n'est-ce pas docteur Mauville ? »

Le mulâtre acquiesça d'un geste obséquieux de la tête. Il n'était pas le moins gêné de l'assemblée, non seulement parce qu'il tenait en horreur toute forme de grossièreté mais aussi parce qu'il ne savait pas quelle tournure prendrait désormais la tournée de la Vierge du Grand Retour en Martinique. Lui non plus n'avait pas été prévenu de la présence de tous ces planteurs blancs créoles. Monseigneur n'avait pas daigné le faire et le docteur Mauville en nourrissait un fort sentiment de vexation qu'il s'efforçait de cacher sous des dehors impassibles. Il avait aussi constaté que, hormis Dame Victoire, aucune des dames patronnesses et des responsables des Guides de France qui s'étaient donnés corps et âme pour préparer la venue de la Vierge ne participait à la présente réunion. Pas plus que ce Rigobert, amené de manière épisodique, il est vrai, par Philomène.

« Nous apprécions fort l'humour de monsieur du Bercy, fit Mgr Varin, tentant de reprendre le contrôle de la situation. Les temps sont devenus si difficiles qu'il est parfois nécessaire de se dérider. Piété n'équivaut pas à maussaderie. La foi doit être quelque chose de joyeux... je vous ai donc conviés à cette réunion, mes chers paroissiens, afin que nous discutions de l'organisation du périple de la Vierge à travers notre cher pays. Cela ne sera pas chose aisée bien que nous ayons constitué des groupes de fidèles du Retour dans quasiment chaque commune. En effet, la venue de la Vierge provoquera de vastes déplacements de population, ce qui n'a pas l'heur de plaire aux autorités qui nous gouvernent et...

— Pff ! Ce couillon de préfet, je m'en charge ! tonna le chef de la Caste en avalant un énième verre de champagne.

— L'Église vous en remercie à l'avance, monsieur du Bercy. Toutefois, nous aurons... comment dirais-je, nous serons confrontés à une difficulté d'importance : celle de récolter et de convoyer les dons qui ne manqueront pas d'être offerts à la Vierge.

— Aucun problème ! aboya du Bercy. Je mets un camion-dix-roues à votre disposition. Un Dodge ! Tout ce qu'il y a de plus costaud comme véhicule.

— Moi, mes entrepôts de La Transat sont bien sûr à votre entière disposition, intervint Honorien de Saint-Aurel. Je vous l'ai déjà dit : derrière mon magasin d'outillage, je possède un vaste baraquement à moitié vide où j'entrepose ma marchandise. En plus, j'y ai un gardien en permanence depuis avant-guerre en qui j'ai entière confiance.

— Eh bien, nous y voilà ! fit l'évêque en croisant les mains et se rengorgeant sur son siège. Nous y voilà ! »

Philomène avait observé, ahurie, cet échange de propos, se demandant ce qu'elle faisait là, elle, la négresse sans fortune ni pouvoir. Allait-on lui demander son aide pour quoi que ce soit ? Elle trouva pitoyable la prise de parole de Dame Victoire, l'institutrice. Celle-ci n'avait pas touché à son verre de champagne, sans doute pour faire démonstration de sa piété à nulle autre pareille, et avait levé le doigt comme une simple élève. Mgr Varin avait d'abord feint de ne pas s'en rendre compte, consultant sa bible chaque fois qu'il y avait un temps mort. Il fallut que Huyghes-Desroches lui signale que l'institutrice voulait s'exprimer pour qu'il lui cède enfin la parole. Visiblement, l'évêque craignait que Dame Victoire ne prononce un mot ou une phrase qui eût pu vexer le chef de la Caste. Elle avait de ces colères subites, cette dame ! Il n'avait jamais digéré l'équipée punitive qu'elle avait entreprise, elle et quelques dames patronnesses, à l'encontre de Philomène deux mois plus tôt. La bagarre généralisée en pleine rue commerçante de Fort-de-France qui s'en était suivie. Heureusement que cet incident avait permis, final de compte, de démontrer que Philomène n'était pas un imposteur. Mgr Varin avait avalisé sans sourciller le miracle de la multiplication des images pieuses de la Vierge et avait convoqué la péripatéticienne, au grand dam de ses agresseurs, pour faire partie intégrante du Comité d'accueil de La Madone. Dame Victoire avait boudé, n'avait pas décoléré pendant des jours et des jours pour finir par s'accommoder de ce qu'elle considéra comme une punition divine à elle seule adressée, punition pour son concubinage avec ce diable de Dictionneur qu'elle avait dans la peau. À maintes reprises, elle avait tenté de se débarrasser de lui, ne lui avait pas ouvert sa porte lorsqu'il rentrait à une heure trop tardive au Petit-Paradis, mais régulièrement ses sens reprenaient le dessus. Il suffisait que le réciteur du Littré la tînt entre ses bras et titille la pointe de ses seins pour que son quant-à-soi d'institutrice s'effondre et qu'elle tombe en pâmoison. Aussitôt, il la déshabillait et, sans caresse inutile, l'enfilait à la hussarde. Alors, elle se mettait à brailler en français et en créole :

« Aaah ! *Sa bon, koké mwen doudou !* (C'est bon ! Baise-moi, mon chéri !)… J'ai honte ! *Sa bon, koké mwen, doudou !* J'ai honte ! *Sa bon, koké mwen, doudou !* J'ai honte… »

Plaisir en créole, autoflagellation en français, tel était le lamento qui s'échappait des lèvres charnues de Dame Victoire quand Dictionneur la braquemardait. Mais dès que la messe était dite, elle s'en voulait à mort, se douchait pendant une heure entière et exigeait que son amant dorme sur le canapé du salon. Elle avait décidé de suivre La Madone pour lui demander le pouvoir de résister à la séduction du jeune homme et le courage de lui signifier un congé définitif. Car elle n'avait même pas réussi à avouer cette faute en confession à Mgr Varin. Même pas…

« Je vous prie de m'excuser d'intervenir dans votre discussion, fit-elle d'une voix timide.

— Faites donc, chère madame, je vous en prie ! l'encouragea Salin du Bercy, jovial.

— Voilà ! J'ai une légère crainte connaissant nos compatriotes… Ils sont demeurés très païens malgré leur fidélité apparente à l'Église et… je crains qu'ils n'espèrent trop de miracles de la part de Notre Dame du Grand Retour. Après tout, ce n'est qu'une statue de plâtre… »

L'inquiétude manifestée par Dame Victoire jeta un trouble dans l'assemblée. Monseigneur blêmit et se mit à tortiller la pointe de sa barbichette, ne sachant quoi objecter. Salin du Bercy entrevisagea l'institutrice un long moment, se tourna vers ses pairs, revint à la femme et, posant une main sous son menton, lâcha :

« *Nou bèl atjèman !* » (On est dans de beaux draps à présent !)

Philomène sentit que son heure était venue. Tout docteur qu'il était ce grand dadais de Bertrand Mauville ne trouvait rien de mieux à faire que de tourner son verre de champagne entre ses doigts. Quant à Monseigneur, il était si désemparé qu'on le sentait prêt à lever la séance.

« Et si la Vierge n'accomplit aucun miracle ! insista lourdement le chef de la Caste. Personne n'y a pensé à ça, hein ?

— Pardon… déclara Philomène, surprise elle-même par l'autorité de son ton. Je vous demande pardon. J'ai assisté en personne à quatre miracles hier soir sur La Savane. Man Cinna, la boutiquière de mon quartier, avait deux gros pieds, elle n'en a plus qu'un !

— Un seul ? demanda Salin du Bercy, abasourdi.

— Parfaitement ! Ensuite, une couturière de Renéville a retrouvé son fils qu'elle avait perdu de vue depuis huit ans. Ça s'est déroulé devant moi. Je peux en témoigner. Leur rencontre s'est produite juste au moment où le canot de la Vierge a été déposé au pied de l'escalier de la Maison du Sport.

Troisième miracle : Cicéron Nestorin et Fils-du-Diable-en-Personne, deux amis à moi, ont vu une négresse chinoise aux yeux bleus. »

Les Blancs créoles éclatèrent de rire. Le Missionnaire du Retour, qui s'était tenu un peu en retrait de la table de réunion, resservit du champagne. L'atmosphère s'était détendue par la grâce de cet inattendu miracle. Une négresse chinoise, passe encore, s'exclama Reynaud de Chervillier, grand coursailleur de jupons devant l'Éternel, passe encore, mais avec des yeux bleus en plus, alors là mes amis, je suis prêt à suivre La Madone à genoux uniquement pour la rencontrer. Mgr Varin fronça les sourcils, s'inquiétant du tour que prenait la conversation. Cette Philomène venait de l'étonner une fois de plus. Il avait eu raison de ne pas se laisser circonvenir par Dame Victoire et sa bande de ravets d'église. La carmélite-péripatéticienne, à l'instar de Marie-Madeleine, montrait de nouveau à quel point elle était utile pour l'avancée de la foi dans ce pays.

« Et le quatrième ? demanda-t-il d'une voix exagérément doucereuse.

— Ma nièce Adelise en est à son onzième mois de grossesse et doit accoucher incessamment. Cet enfant-là, assurément, portera la marque de Dieu... »

Un nouveau silence frappa l'assemblée. Honorien Mélion de Saint-Aurel se leva avec brusquerie et demanda la salle d'eau au Missionnaire du Retour. Il désirait se rafraîchir le visage qu'il avait couvert d'une vilaine sueur.

« C'est là-bas, sur votre gauche, au fond, la porte jaune... » fit l'évêque.

Une gêne, qui dura dix bonnes minutes, s'installa dans la petite assemblée, ponctuée par les grattements de gorge du chef de la caste blanche créole.

« Bon ! Eh ben, j'ai été ravi d'être en votre compagnie, monseigneur, fit ce dernier. Vraiment ravi ! Mais maintenant, il me faut rentrer. On est en pleine récolte de la canne, vous savez et dès qu'on tourne le dos, les nègres se mettent à cochonner le travail. Ne vous inquiétez pas, aussitôt que le cortège de la Vierge passera au Lamentin, j'accorderai une journée de congé payé à tous mes ouvriers. Pas vrai qu'on est tous d'accord là-dessus ? »

Les planteurs firent signe que oui de la tête. Ils se levaient les uns après les autres eux aussi. Seuls le docteur Bertrand Mauville, Philomène et Dame Victoire demeuraient assis. Mélion de Saint-Aurel attendit le départ du dernier béké pour revenir de la salle d'eau. Il se tenait le ventre comme s'il était en proie à une vive douleur.

« Docteur Mauville, faudra que vous me prescriviez quelque chose, fit-il. Le champagne ne convient guère à ma santé… »

Ce n'est pas en me disant : « Seigneur, Seigneur », qu'on entrera dans le Royaume des Cieux, mais c'est en faisant la volonté de mon Père qui est dans les cieux. Beaucoup me diront en ce jour-là : « Seigneur, Seigneur, n'est-ce pas en ton nom que nous avons prophétisé ? En ton nom que nous avons chassé les démons ? En ton nom que nous avons fait bien des miracles ? » Alors je leur dirai en face : « Jamais je ne vous ai connus ; écartez-vous de moi, vous qui commettez l'iniquité. »

Au lendemain de l'arrivée de La Madone, la négraille du Morne Pichevin, qui avait été touchée par la grâce — à commencer par le major Rigobert —, s'assembla autour de la case de Philomène dans l'attente du nouveau messie. Les réticents et les sceptiques les plus irréductibles étaient désormais persuadés que sa nièce Adelise avait été choisie par le Très-Haut pour bailler le jour à un être d'exception. N'avait-elle pas été la toute première à poser la main sur la statue lorsqu'on eut déposé cette dernière dans l'allée centrale de la cathédrale ? Sans que quiconque se soit donné le mot, on avait vu s'écarter sur son passage les bondieuseuses les plus déchaînées, les vieux-corps et les enfants pourtant avides de s'imprégner de la débonnaireté tant vantée de la Vierge du Grand Retour. On criait sur son passage :

« Madone adorée, accorde-moi une miette d'attention, je t'en supplie ! La maudition pèse sur ma tête depuis un siècle de temps, oui. »

On n'avait cesse de doléancer toutes qualités de douleurs : la cécité subite d'un enfant, le désamour qui brisait net des chariottées de rêves, le décès incompréhensible d'un proche parent jusque-là bien portant, l'envoi d'un mauvais charme pour quimboiser la scolarité d'un élève prometteur mais pardessus tout, en ce pays-là, l'inconsolation qu'on avait d'appartenir à la race déchue, celle qui était condamnée à s'esquinter sous le soleil dans les champs ou sur les chantiers pour le seul profit des Grands Blancs. Il n'y avait qu'Adelise, la câpresse, avec son ventre de onze mois, à ne point quémander quoi que ce soit à La Madone. Elle ne semblait même pas ressentir le poids de son corps et avait suivi la procession sans être ni bousculée ni immobilisée comme ce fut le lot de chacun dans cette foule inumérable. À l'entrée de la cathédrale, une fois le dais et les dignitaires à l'intérieur, une sorte de trouée de lumière lui ouvrit le chemin qu'elle emprunta sans sourciller, sûre de son fait, et au grand dam de Mgr Varin, qui voulait réserver cet

honneur à Cynthie Mélion de Saint-Aurel, agenouillée depuis deux heures sur les bancs réservés à
la Caste. Adelise ôta de son sein un magnifique
bijou créole, une épingle tremblante au bout de laquelle frémillait une boucle de cheveux jaunes,
qu'elle déposa dans le canot de La Madone. Puis, se
hissant sur la pointe des pieds, elle mignonna les
pieds nus de la statue un long moment, murmurant
une prière, son ventre indécent pointé à la face de
la mère de Dieu. Entre-temps, des hordes de fidèles
avaient envahi la cathédrale, ce qui permit à la
jeune fille de s'éclipser et de se perdre parmi eux.
Philomène, tétanisée, avait observé la scène, craignant qu'à tout moment sa nièce n'accouche là, en
pleine cathédrale, de son enfant sans père. Dame
Victoire avait voulu bondir sur l'impudente mais
fut retenue de justesse par le docteur Bertrand
Mauville. Le planteur Honorien Mélion de Saint-
Aurel fit celui qui n'avait rien vu. Les mains jointes
sur son cœur, il fixait la statue dans les yeux sans
ciller.

L'En-Ville dans son entier avait donc assisté à
l'événement et Radio-bois-patate avait délibéré à ce
sujet toute la nuit de l'arrivée de la Vierge. Dans les
cases-à-rhum où l'on but à la galimafrée, certains
affirmèrent que le bébé qui tardait à naître ne serait
ni une fille ni un garçon mais un ange. Un ange exterminateur qui ferait payer aux nègres leurs turpitudes et leurs cochoncetés. D'autres rétorquèrent
qu'au contraire, la jeune câpresse mettrait au
monde un bougre aussi malin que le Ti Jean des
contes créoles, qu'il grandirait en trois jours pour
devenir un vaillant soldat et qu'il arracherait le
nègre à son destin d'esclave.

« On ne dira plus : le nègre est une race qui a de
la maudition dans son corps », soliloquèrent-ils.

200

Dans la pénombre des cases éclairées par des lampes à pétrole faiblardes, les femmes étaient plus circonspectes. Celles que la jalouseté démangeait depuis des mois — car il n'y avait pas un seul quartier de l'En-Ville qui n'eût connaissance de la grossesse extraordinaire d'Adelise — mettaient leur entourage en garde contre l'antéchrist qui se préparait à naître. Il fallait donc se munir d'alcali, d'eau bénite, de pommades protectrices et porter une culotte noire à l'envers durant son sommeil afin de se protéger des assauts de cette créature démoniaque.

Insouciante de l'émoi qu'elle avait provoqué, Adelise s'en était revenue d'un pas tranquille dans son quartier, délivrée enfin de ces deux négresses jacassières de Man Cinna et Man Richard qui avaient préféré passer la nuit aux abords de la cathédrale, parmi les gens descendus des campagnes et donc dépourvus de toit. Elle remarqua que l'électricité ne fonctionnait plus au Pont Démosthène et sur la route menant à la Transat. Cette soudaine obscurité lui brouilla la vue quelques minutes. Debout sur la deuxième des quarante-quatre marches, elle laissait l'air frais venu de la mer lui tapoter le visage et soulever avec douceur la gaule blanche dont elle était vêtue. Une main ferme mais amicale la saisit par le poignet, la fit volter telle une ballerine et une voix en laquelle elle reconnut sur-le-champ celle de Solibo Magnifique, le vieux conteur, lui murmura :

« *Titim !* » (J'ouvre le conte !)

La câpresse, au lieu de répondre le « *Bwa-sèk !* » (Ouvre-le !) rituel, dévida un rire qu'elle avait sans doute longtemps contenu en elle. Le nègre basaltique recula, décontenancé. L'attirail de clefs, de pots en fer-blanc, de couteaux et de fil de fer que le bougre charroyait toujours sur lui sans raison apparente cliqueta dans le faire-noir. Il ricana avant de déclarer de sa voix venue de ses entrailles :

« Négresse, sache que j'ai le pouvoir de te désommeiller pour la vie, oui !

— Ha-Ha-Ha ! Il y a beau temps qu'Adelise ne dort plus, monsieur Solibo. Je garde les yeux grands ouverts à minuit comme à midi. D'ailleurs, cela n'empêche pas les rêves de m'assaillir. Je rêve debout !

— Cet… cet enfant que tu portes, il est le fils de qui vraiment ? »

La câpresse fut prise à nouveau d'un rire irréfrénable qui provoqua en elle une violente quinte de toux. Solibo s'empressa de la soutenir et la pulpeuse membrature de la jeune fille réveilla ses sens. Une bandaison de mulet s'empara de lui qu'il tenta de cacher, geste bien inutile puisque l'obscurité qui cernait les quarante-quatre marches semblait renforcée par l'illumination de l'En-Ville.

« À moi de te questionner, fit Adelise, toujours guillerette. Pourquoi tu n'adores pas La Madone, hein ? Tu as signé un pacte avec le Diable ou quoi ?

— Cette macaquerie, tu me vois là-dedans ? Non, très chère, ni Dieu ni la Vierge ne peuvent se trouver dans une vulgaire statue de plâtre.

— Tu as envie de mon corps ? »

À nouveau estomaqué, le vieillard retint son souffle et, masquant son braquemart de ses deux mains, lança :

« *Titim ?* »

Mais Adelise se contenta de grimper jusqu'à la septième marche, celle du malheur, la confondant avec la sixième, celle de la sérénité, et s'allongea les jambes haut levées, toujours goguenardant, pour recevoir les assauts du conteur qui avait retrouvé une seconde jeunesse. Solibo déroula avec délicatesse les trois mètres de sexe qui lui ceinturaient le corps et pilonna Adelise par-devant comme par-derrière, faisant très attention à ne pas cogner son ventre. Ils menèrent de frénétiques débats jusqu'au petit matin, ne s'arrêtant qu'à la demande de la câpresse qui semblait enfin désireuse d'écouter le conte de Solibo, doucinant leurs corps aller-pour-virer dans de vastes éclats de rire et des glousse-ments égrillards. Adelise n'était point une négresse façonnière mais, à l'évidence, son comportement ce soir-là allait au rebours de son naturel. Lorsqu'elle reprit ses esprits, elle se mit à injurier le conteur, à lui cracher au visage, à lui balancer des coups de pied et des égorgettes qui se perdirent dans le vide. Puis elle s'enfuit dans les quarante-quatre marches, insoucieuse d'éviter celles qui, à l'instar de la sep-tième, portaient malheur, notamment la trente-troi-sième, celle de la mort subite dans la fleur de l'âge.

« Tu as ouvert le passage de mon enfant, Solibo. Merci bien ! Mais tu es un vieux chien de quatre-vingts ans passés quand même. Satan veille sur toi, il t'attend. Ha-Ha-Ha ! Et il n'y aura personne à ton enterrement », éructa-t-elle tout à l'en-haut de l'es-calier avant de se précipiter chez sa tante Philo-mène et de se jeter sur sa couche en sanglotant.

À son retour, Philomène fit grand bruit dans le quartier. Tous les nègres du Morne Pichevin l'avaient vue parader dans le sérail des dignitaires du Comité d'accueil de la Madone, elle la péripaté-ticienne sans nom et sans savoir. On avait admiré à quel point qui Monseigneur qui les Blancs-pays qui les mulâtres, bref le grand monde, s'étaient adres-sés à elle avec déférence. Et on en était fier ici-là, si fier que lorsque Philomène sc mit à faire la tournée des ruelles boueuses, on sortit sur le pas des cases pour l'applaudir ou lui voltiger toutes espèces de compliments. Elle amplifia son triomphe en annon-çant que la prochaine étape de La Madone serait la paroisse de Sainte-Thérèse, celle qui jouxtait le Morne Pichevin et que l'on fréquentait depuis toujours en dépit du caractère acariâtre de l'abbé Ernest. Cela, c'était Philomène toute seule qui l'avait obtenu et personne d'autre ! Après la somptueuse cathédrale du centre-ville, la statue viendrait reposer dans l'église des pauvres et des nègres-gros-orteils pour apporter la bénéficence que tout le monde attendait depuis si longtemps. Philomène enjoignit à chaque fidèle de prévoir une offrande pour la Vierge même s'il croupissait dans l'indigence.

« Si vous n'avez qu'un sou en poche, proclamat-elle, baillez-le-lui ! Il vous sera rendu au centuple, mes frères. »

Devant sa case, elle trouva un tel concours de gens inconnus qu'elle faillit faire demi-tour. Leur dévotion à son égard la rassura, chacun s'efforçant de toucher les pans de sa robe de carmélite.

« *Nivé'w'la ké né jòdi-a, Filomèn ! Nou vini pou sa* » (Ton neveu naîtra aujourd'hui, Philomène ! C'est pour cela que nous sommes venus), lança une femme entre deux âges dont le visage était décharné par la faim.

Philomène hésita avant de pousser sa porte à laquelle un taquet fragile permettait de résister à la brise marine mais aucunement à une franche poussée humaine. Nul gémissement ni vagissement ne provenait de l'intérieur, seulement une voix qui chantonnait d'une manière insouciante et les paroles qu'elle prononçait étaient celles d'une chanson grivoise du Saint-Pierre d'avant l'éruption de la montagne Pelée. Il y était question d'une femme-matador qui adorait ravir le cœur des hommes mariés pour le plaisir de faire des combats de gueule avec leurs épouses en pleine rue. L'unique fenêtre de la case était demeurée fermée et de prime abord, Philomène ne distingua presque rien au-dedans.

« Adelise ! A-de-li-se, tu es là, chérie ? » souffla-t-elle en avançant pas à pas.

Le spectacle que la péripatéticienne finit par découvrir la glaça d'effroi : sa nièce jouait à la poupée avec son bébé mort-né. Elle avait découpé des langes dans des tissus dépareillés et les avait cousus à la hâte avant de les enfiler sur le petit corps flasque dont la tête retombait en arrière.

« Tu vois, ma tante ! C'est une adorable négresse que j'ai mise au monde là. Dommage qu'elle soit repartie si vite ! Ha-Ha-Ha ! »

La gorge asséchée, les mains agitées par des tics nerveux, Philomène s'approcha de plus près et examina l'enfant. À son grand étonnement, celui que tout le monde appelait depuis des mois le messie ne pouvait être classé dans aucune des catégories raciales reconnues ici-là : il n'était ni franchement nègre ni vraiment mulâtre ni tout à fait chabin ni légèrement indien, syrien ou chinois et encore moins blanc. Au-dehors, les gens avaient commencé à se bousculer et certains s'écriaient :

« *Ki koulè i yé ?* » (De quelle couleur est-il ?)

Mais un deuxième motif d'étonnement attendait Philomène lorsqu'elle ouvrit tout grand la fenêtre : le ventre de la parturiente ne s'était point désarrondi. Il était demeuré aussi protubérant qu'avant l'accouchement, intact même, et sur la paillasse, pas une tache de sang ni une quelconque trace de glaires ou de matières de ce genre.

« Ma fillette est née sans corde de nombril... fit Adelise, devançant la question de sa tante.

— Tu rigoles ?

— À quoi cela me servirait de raconter des couillonnades maintenant qu'il est mort ? Mon petit ange est mort. IL EST MORT ! »

Et la câpresse de déposer le cadavre fripé sur la table, de se tambouriner le ventre à coups de poing, de se griffer les joues, de pousser des hurlements qui terrifièrent les fidèles massés autour de la case.

« *Timanmay-la mò. Chapé kò-zòt !* » (Le bébé est mort. Allez-vous-en !) s'écria Philomène par la fenêtre tout en tentant de maîtriser sa nièce qui commençait à s'attaquer aux cloisons vermoulues.

Les deux femmes demeurèrent enlacées jusqu'à l'heure où le soleil transformait la toiture en tôle ondulée des cases en avant-goût de l'enfer. Déçue, la négraille avait retiré ses pieds du Morne Pichevin et seuls Rigobert, Dictionneur, Fils-du-Diable-en-Personne et Manoutchy, devenus inséparables, partageaient une bouteille de rhum Courville à la Cour des Trente-Deux Couteaux.

« Faut pas vous faire du mauvais sang ! lança Fils-du-Diable dès qu'il aperçut l'étrange couple.

— C'est la vie qui est comme ça, foutre ! » ajouta Rigobert en caressant sa balafre.

Philomène s'empara de la bouteille sans mot dire et s'en aspergea le visage, se détachant d'Adelise. La rondeur du ventre de cette dernière stupéfia les quatre hommes. Dictionneur fut le premier à oser s'asseoir à ses côtés, sur l'une des racines échassières du quénettier. Il tenait son Littré comme une arme, prêt à se défendre contre toute attaque du Mal car à l'évidence, cette capistrelle-là avait été endiablée. Rigobert avait eu raison dès le début : quelqu'un avait amarré l'enfant dans la matrice d'Adelise. On avait eu tort de ne pas se préoccuper de l'identifier car ainsi on aurait pu mettre fin à ce charme maléfique et maintenant, la jeune fille aurait arboré un magnifique bébé, né en outre le jour même de l'arrivée de la Madone du Grand Retour à la Martinique. Certes, Rigobert avait émis une-deux-trois hypothèses mais nul n'y avait trop prêté attention. On avait soupçonné Édouard, le patron des « Marguerites des marins », ce bar en face du port où Adelise travaillait comme serveuse. Il n'avait cessé de faire des avances à cette dernière, avances qu'elle refusait dans de grands éclats de voix, indifférente à la présence de l'épouse d'Édouard ou de clients inhabituels qu'un tel scandale eût pu faire fuir à jamais. Mais le quimboiseur des Terres-Sainvilles, le fameux Grand Z'Ongles, qui menait grand train d'amicalité avec le Diable, pouvait fort bien être l'auteur de cette méchanceté. Monsieur marchait dans les rues en frappant violemment sa canne à pommeau d'argent sur le trottoir et quand une mamzelle lui plaisait, il allongeait un index à l'ongle démesuré sur elle en s'écriant :

« Suis-moi tout de suite ou bien tu meurs sur place ! »

Terrorisées, maintes jeunes filles s'étaient exécutées et avaient subi les assauts de ce nègre aux yeux de feu qui prétendait lire dans votre avenir. Il n'y avait eu qu'Adelise pour l'avoir défié au vu et au su de tous une après-midi où elle s'était rendue aux Terres-Sainvilles pour se faire défriser les cheveux. Grand Z'Ongles s'était extasié sur sa personne, l'avait complimentée à souhait puis lui avait intimé l'ordre de l'accompagner chez lui, ce qu'elle refusa en criant à tue-tête :

« *Gran-Zonng, ay fè an lous pété an nen'w !* » (Grand Z'Ongles, va faire un ours te péter dans le nez !)

La badaudaille s'était esclaffée mais elle redoutait tant la réaction du quimboiseur que des flatteurs souhaitèrent haut et fort qu'il lui baillât une punition du tonnerre de Brest. En plus d'Édouard et de Grand Z'Ongles, il y avait une foultitude de gens qui pouvaient en vouloir à Adelise que l'on trouvait trop « comparaison », c'est-à-dire trop prompte à se comparer favorablement à autrui. Les jeunesses de son âge la jalousaient de se fanfrelucher avec les bijoux en chrysocale et les robes espagnoles que lui offraient les marins étrangers dont le bateau faisait régulièrement escale au port de Fort-de-France. Les négresses plus âgées lui trouvaient un air sempiternellement moqueur, comme si Adelise jugeait leurs efforts pour continuer à être attirantes. Hélas ! Philomène avait tranché :

« Personne n'en veut à ma nièce ! Inutile de chercher midi à quatorze heures, messieurs-dames. Si sa grossesse a dépassé neuf mois, c'est que Dieu le père l'a voulu. »

Ce jour de la naissance tragique du bébé, la péripatéticienne avait l'air moins assurée qu'à l'ordinaire. Ceux qui la connaissaient à la perfection comme Rigobert devinaient qu'elle faisait mille efforts pour cacher son désarroi. Le fier-à-bras lui conseilla de s'en ouvrir à Monseigneur maintenant qu'elle avait réussi à forcer la porte des gens de bien ou alors au docteur Bertrand Mauville, le frère de feu son amant Amédée. Adelise, s'étant entretemps refaite, mit fin aux cogitations de tout le monde. Elle réajusta sa gaule blanche sur l'arrondi de son ventre en souriant avant de déclarer :

« Moi, je cours La Madone dès demain matin au pipiri-chantant, mes amis. Partout où elle ira dans ce pays-là, je serai derrière elle. Partout ! Vous êtes une bande d'ignorants, même toi, Philomène, tu peux te cabrer si tu veux, ça m'est égal. Vous ne savez pas qu'il y a des jumeaux qui naissent pas à la même heure ! Le premier peut sortir maintenant, l'autre une heure, deux heures après, voire le lendemain. C'est rare mais ça arrive ! Mon deuxième bébé viendra au monde quand La Madone le voudra. C'est elle-même qui m'a ordonné de l'appeler Jéricho. Ha-Ha-Ha ! »

Vous êtes, ô descendants de Cham, le sel de la terre. Mais si le sel vient à s'affadir, avec quoi le salera-t-on ? Il n'est plus bon à rien qu'à être jeté dehors et foulé aux pieds par les gens. Les plantations dépériront et la canne pourrira sur pied. Les distilleries n'embrumeront plus le ciel de leurs fumées violettes ni ne dispenseront les effluves âcres de leur vesou. Le sucre et le sel, qui sont les richesses de Babylone, viendront à manquer cruellement. Les riches s'appauvriront et les pauvres crieront famine.

Vous êtes la lumière du monde. Jusqu'à ce jour, vous avez charroyé sur l'écale de votre dos tout le poids de sa misère. Une ville ne peut se cacher qui est sise au sommet d'un mont. Et l'on n'allume pas une lampe pour la mettre sous le boisseau, mais bien sur le lampadaire où elle brille pour tous ceux qui sont dans la maison. Ainsi votre lumière doit-elle briller devant les hommes afin qu'ils voient vos bonnes œuvres et glorifient votre Père qui est dans les cieux.

N'allez pas croire que je sois venu abolir la Loi ou les Prophètes ; je ne suis pas venu abolir mais accomplir. Il est grand temps pour vous d'écouter les saintes paroles du prophète Cham, réincarnation du roi Kimbo Assawa au royaume du Niger, il y a quatorze générations multipliées par trois de cela. Car je vous le dis, en vérité : avant que ne passent le ciel et la terre, avant que ne s'effritent les demeures de pierre des Grands Blancs et que l'herbe sauvage n'envahisse leurs allées bordées de palmiers hautains et d'arbres du voyageur, pas un i, pas point sur l'i, ne passera de la Loi, que tout ne soit réalisé. Celui donc d'entre les Nègres qui violera l'un de ces moindres préceptes et enseignera aux autres à faire de même sera tenu pour le moindre dans le Royaume des Cieux ; au contraire, celui qui obéira au Prophète Cham, exécutera ses injonctions et les enseignera, celui-là sera tenu pour grand dans le Royaume des Cieux.

L'ÉVANGILE
SELON LE PROPHÈTE CHAM

Le cortège avançait dans le chemin tortueux de Gondeau, entre des champs de canne fléchant leurs tiges opalines dans le soir qui tombait avec mollesse et d'obscures ravines envahies par des goyaviers. Le chant profond du Grand Retour, proclamé par une centaine de poitrines exaltées, faisait frémiller la voûte des courbarils et des manguiers-bassignacs. Des oiseaux de Dieu, inconnus jusque-là, voletaient au-dessus des croyants, tressant à la statue de La Madone de soudaines couronnes de feu. En tête du cortège, Philomène tenait d'une main sa nièce Adelise dont le ventre était toujours aussi enflé et de l'autre une croix qu'elle brandissait pour ouvrir la route car à cette heure-là n'importe quel zombi égaré pouvait barrer la procession. Parfois, elle tombait face contre terre, cette terre rouge du Lamentin d'où semblait monter une allégresse sans nom et criait :

« Vierge du Grand Retour, pardonne-nous nos péchés ! Ceux qui aujourd'hui te portent, ceux qui suivent l'auréole de tes pas ne sont que de pauvres mécréants. Ils ont besoin de recevoir ta lumière. »

L'immense dais, porté par vingt hommes, sur lequel était charroyée la statue cessait de tanguer au mitan de la foule de lépreux, de poitrinaires, d'âmes en peine et d'orphelins qui l'environnaient et un silence inouï s'imposait. Rigobert et Fils-du-Diable-en-Personne s'agenouillaient dans la poussière, la main sur le cœur. Dictionneur récitait une prière à mi-voix, soutenant à grand-peine Man Cinna, la boutiquière du Morne Pichevin, que son éléphantiasis n'empêchait pas de suivre le cortège. À ce moment cent paires d'yeux couvaient La Madone avec tant et tellement de tendresse, avec une foi si formidable qu'elle battait des cils et agitait légèrement sa main levée d'où émergeaient deux doigts. Ces deux doigts qui annonçaient que la race humaine n'avait plus que deux ans à vivre sur la terre. La sueur des corps, la souffrance des pieds nus, les quintes de toux des exténués — ils avaient marché etcétéra de kilomètres sans boire une goutte d'eau —, les râles des agonisants, tout cela s'effaçait pour laisser place à l'adoration. Puis, Philomène se redressait brusquement, époussetait les pans de sa robe de carmélite et, se tournant vers le dais, elle entonnait d'une voix rauque le chant marial :

> « *Chez nous, soyez Reine,*
> *Nous sommes à vous ;*
> *Régnez en souveraine*
> *Chez nous, chez nous… »*

Le Blanc-pays Honorien Mélion de Saint-Aurel, le seul de son espèce à faire pénitence de la sorte, c'est-à-dire en se frottant à la négraille, lui couvrait aussitôt la voix, s'époumonant jusqu'à devenir plus rouge qu'un piment-bonda-Man-Jacques.

Sur le passage du canot de la Vierge, toute une négraille, surgie du fin fond des halliers, des cases en bois-ti-baume ou en tôle ondulée, se ruait sur les pieds de la statue qu'elle entreprenait de mignonner en quémandant une grâce :

« Ô Madone adorée, guéris mon fils qui ne peut plus marcher depuis sept années et qui se morfond dans la souffrance ! »

« Je te serai fidèle jusqu'à la fin de mes jours, Vierge du Grand Retour, si tu ramènes ma femme qu'un baliverneur a emportée avec lui en l'aguichant avec une paire de souliers à talons hauts. Aide-moi, je t'en supplie ! »

« Merci, Très Sainte Mère de Dieu, merci d'être venue parmi nous malgré la noirceur de notre âme. Je ne te demande qu'un seul petit bienfait : avoir deux francs-quatre sous pour nourrir ma marmaille qui a faim. »

« Madone du Grand Retour, je veux voir ! Je veux voir ! »

Les aveugles étaient les plus pathétiques. Ils trébuchaient dans la pierraille du chemin, tendant leurs bras au jugé, s'agrippant aux bords du canot, stoïques face aux coups de coude et de poing que leur balançaient sans ménagements les porteurs. Et quand ils sentaient la froideur du pied de la statue, une manière d'excitation s'emparait d'eux. Des dévalées de larmes ruisselaient de leurs regards vides et ils chantaient de leurs voix aiguës :

> *« Dites à ceux qui peinent*
> *Et souffrent sans savoir*
> *Combien lourde est la haine*
> *Et combien doux l'espoir. »*

Ce soir-là, sur la route menant à la commune du Lamentin, aucun miracle ne se produisit : les aveugles ne virent point, les paralytiques ne se levèrent pas de leurs chaises, les bougres au corps mangé par le pian ne recouvrèrent pas une peau lisse et brillante. Pourtant, mille mains avaient voltigé des bijoux, des pièces de monnaie, de l'argenterie et des pierres précieuses dans le canot. On avait vidé les coins les plus secrets des cases, descellé les planchers pour en extraire des richesses enveloppées dans des feuilles sèches de mahault. On avait offert l'entièreté de sa solde hebdomadaire de coupeur de canne ou d'amarreuse. L'abbé Ernest de la paroisse de Sainte-Thérèse lançait aux gens hébétés :

« Le péché s'est installé par ici depuis trop longtemps. La Vierge ne veut pas de votre repentir tardif. Abandonnez tout et rejoignez-la immédiatement ! Peut-être que, dans quelques jours, elle voudra bien accéder à vos requêtes. »

Sans plus tarder, des hommes d'âge mûr, vêtus de simples tricots de peau, des bougresses haillonneuses et hirsutes rejoignaient la houle humaine qui montait-descendait au gré des ravines dont il fallait souventes fois chercher le gué au plus obscur des bois. Une mère d'enfant déposa son bébé dans le canot et s'écria :

« Mon fils est sous ta protection, ô Madone ! Il n'a pas eu de lait depuis dix jours. Je te suis désormais ! Je serai ta servante. Ôte-moi, je t'en prie, de cette déveine folle qui assaille ma vie ! »

Mais les quatre nègres-gros-sirop qui avaient pour tâche de vider le canot et de transporter le butin dans des sacs en guano qu'ils transbahutaient aussitôt à l'arrière d'un camion-dix-roues lequel suivait la procession à distance respectueuse, ces scélérats-là s'emparèrent du petit être vagissant et le renvoyèrent dans des bras amaigris de sa mère dans un vaste éclat de rire. Ce que voyant, Mélion de Saint-Aurel se précipita — et c'est à ce moment-là qu'on s'aperçut que le plat de ses pieds traçait des lignes de sang sur le sol — et prit le bébé contre son cœur. Il déclara haut et fort qu'il s'en chargerait désormais, qu'il le vêtirait, le nourrirait et se mit à l'embrasser sur le front avec une tendresse qu'on n'eût pu soupçonner chez un grand planteur. Sans doute fut-ce l'unique miracle qui se produisit ce soir-là (au troisième jour du pèlerinage, donc) car à hauteur du quartier Jeanne-d'Arc, aux marches du bourg du Lamentin, le Diable fit son apparition.

Un nègre longiligne, vêtu d'une imposante tunique parsemée d'inscriptions cabalistiques, coiffé d'une sorte de bicorne décoloré, brandit une croix grossière à laquelle il avait suspendu des mouchoirs rouges et jaunes en s'écriant :

« Je suis Cham, le dernier prophète que Dieu tout-puissant a envoyé sur terre afin de délivrer la race des nègres. Que ce carnaval impie auquel vous vous livrez cesse sur-le-champ ! La fin des temps est proche et chacun d'entre vous sera jugé. L'homme blanc, ce diable vivant, cette réincarnation de Satan, vous conte des balivernes depuis bientôt deux millénaires mais son règne est sur le point de s'achever, mes frères. Suivez Cham jusqu'à son temple et vous connaîtrez la vérité vraie ! Suivez-moi ! »

À mesure que l'homme parlait à mesure son visage se transfigurait. Ses hardes semblaient des habits de lumière. Ses gestes tenaient les plus téméraires en respect et brusquement la nuit devint plus claire. Les flambeaux en bambou que les fidèles portaient à bout de bras étaient désormais inutiles. Cham sautillait tout en haranguant le cortège, comme mû par une frénésie sans nom et ses yeux voltigeaient des éclairs. Un début de panique dispersa les zélateurs de La Madone. Philomène serra sa nièce entre ses bras et l'entraîna dans les halliers tandis que Fils-du-Diable et Rigobert reculaient de dix pas, non sans avoir sorti, le premier une jambette, le second un bec de mère-espadon. Seul l'abbé Ernest s'égosillait :

« Ne l'écoutez pas ! Ce n'est qu'un nègre ignorant, un vagabond, qui tente de vous impressionner. Avançons, je vous prie ! »

Les porteurs du dais peinaient sous le poids du canot dans lequel se dressait la Vierge, certains avançant, d'autres reculant, chose qui faisait refluer en désordre les fidèles qui se trouvaient à l'arrière du cortège. Le chauffeur du camion-dix-roues, qui n'avait rien vu de la scène, se mit à corner comme un fou et bientôt il n'y eut plus sur la route que le prophète dont les membres frémissaient de colère. Il avait sorti de nulle part un très long parchemin qu'il se mit à lire d'une voix tonitruante.

« Voici les dix commandements du prophète Cham ! Ils lui ont été dictés directement par Dieu tout-puissant :

1. Tu devras, ô nègre, où que tu te trouves sur cette terre, chercher à regagner l'Afrique-Guinée.

2. Tu n'obéiras plus au Satan blanc.

3. Tu ne travailleras plus pour le Satan blanc.

4. Tu ne laisseras plus le Satan blanc dérespecter ta femme... »

Soudain le moteur du camion se mit à ronfler comme si le chauffeur accélérait sur place. Une fumée noirâtre enveloppa les lieux, empuantissant l'atmosphère et déclenchant des quintes de toux chez les enfants. Puis, le camion fonça sur le prophète et l'écrasa net avant de s'arrêter cent mètres plus loin. Les porteurs du dais furent les premiers à ressortir des bois environnants, l'air encore inquiet. Le Blanc-pays de Saint-Aurel, qui s'était juché sur le marchepied du véhicule, se mit à héler :

« C'est fini ! Le Diable a été vaincu. Voilà à quoi cela conduit de s'opposer au retour triomphal de La Madone. Chantons ! Chantons sa gloire ! »

Des voix timides se mirent à entonner :

« *Chez nous soyez Reine*
Nous sommes à vous... »

On réalluma les torches et les flambeaux car une nuit plus profonde avait enveloppé la terre. Philomène, tenant toujours Adelise par la main, s'approcha lentement de l'endroit où Cham venait d'être pilé, bientôt entourée de Fils-du-Diable-en-Personne et de Rigobert. Cicéron fut le premier à s'écrier :

« Pas possible ! Il n'y a rien par terre. Pas une goutte de sang, pas un os broyé, pas même un éclat de cervelle. »

Il disait vrai : la terre était propre, nette, simplement parsemée de roches et de crevasses. Pourtant, nul n'avait vu le prophète s'écarter. Au contraire, au moment où le camion le renversa, il avait paru s'esclaffer et ses yeux avaient continué à farauder. Triomphant, Mélion de Saint-Aurel reprit la tête du cortège, enveloppant toujours l'enfant noir entre ses bras. Les fidèles se mirent à entonner le chant du Retour avec une énergie renouvelée. Dictionneur, pour sa part, comme hébété, se laissa peu à peu distancer. De temps à autre, il se retournait pour voir si le prophète les suivait mais il ne distinguait pas âme qui vive sur la route, devenue étrangement calme. Il assista de loin à l'échange des porteurs de dais, au relais que prirent les paroissiens du Lamentin, chacun s'efforçant d'être au plus près du canot de la Vierge ou de lui effleurer les pieds. La dévotion de ces nègres-là lui sembla soudain obscène. Il se retint pour ne pas leur crier des insanités et maugréa :

« Et dire qu'il y a tout juste un siècle, l'esclavage était aboli ! Qui s'en souvient ? »

Une main sur son épaule le fit sursauter. Le prophète Cham lui ordonna de ne point se retourner. D'avancer à reculons. Le jeune homme hésita, jeta un regard au nouveau cortège qui s'ébranlait, là-bas, à la croisée du carrefour Jeanne d'Arc, et sentit qu'une force le contraignait à obéir. Quelle sensation inouïe que de marcher le dos en avant ! La poigne du prophète le guidait dans ses pas et peu à peu un bien-être extraordinaire s'empara de la personne de Dictionneur. Son Littré lui tomba des mains. Au moment où il se penchait pour le ramasser, Cham le retint avec fermeté et déclara :

« Laisse le livre des Blancs par terre ! Il n'y a rien de bon pour nous autres là-dedans. »

À l'aide de sa croix, le prophète hala le dictionnaire jusqu'à lui et consentit à ce que le jeune homme se retourne.

« Je voulais voir à quel point tu étais attaché à ce livre-là... » fit Cham.

Il parlait un créole sonore et beau, empreint de mots jusque-là inconnus de Dictionneur mais que ce dernier avait le sentiment de comprendre sur-le-champ. Pour la première fois de sa vie, il éprouva une sorte d'admiration pour ce qu'il avait toujours considéré comme un patois. Fasciné, le jeune homme se laissa conduire dans une ravine profonde où les bruits de la nuit semblaient amplifiés. Un filet d'eau traçait un rai de lumière dans la noirceur absolue. Cham avançait d'un pas rapide, enjambant d'invisibles souches, écartant des lianes avec une facilité dérisoire. Il se moquait de Dictionneur à chaque fois que le bougre chutait, ne lui prodiguant pas la moindre parole d'encouragement. Ils grimpèrent un morne ardu où des arbres gigantesques déployaient leurs armoiries, semblables à des fantassins qui montaient à l'assaut de la nuit.

« Cet endroit n'a pas de nom, fit le prophète Cham. L'homme blanc n'a jamais posé le pied ici. Jamais ! »

À la tête du morne, la végétation se raréfia. L'air se fit froidureux. La claireté de la lune pouvait désormais baigner la terre, facilitant leur avancée. L'ombre du bicorne de Cham, démesurée sur l'herbe brillante de fine rosée, faillit déclencher un rire franc chez Dictionneur mais le jeune homme fit l'effort de se retenir et examina la situation avec son détachement habituel. Il s'était donc laissé emberlificoter par un nègre des bois grimé en pape ! Lui qui connaissait le Littré par cœur et en remontrait souvent à Dame Victoire, toute institutrice qu'elle fût. Ils finirent par déboucher sur un invraisemblable jardin où des statues en pierre grossièrement taillée jouxtaient des panneaux en feuille de tôle ondulée couverts de signes mystérieux, tantôt chrétiens, tantôt inconnus. Toutes espèces de plantes levaient au mitan de cet apparent fouillis, diffusant une saupoudrée de senteurs où dominaient la vanille, le bois d'Inde, la muscade et le gros thym. Au fond, dans ce qui se voulait sans doute une case mais ressemblait à un amoncellement hétéroclite de planches, de fûts d'huile, de feuilles sèches de cocotier, de cordes en mahault, Dictionneur aperçut une vive lueur. Une dizaine de bougies, disposées à même le sol, tout autour de l'endroit, renforçaient son aspect insolite. Une sourde appréhension s'empara du jeune homme. Et si ce pape nègre était un quimboiseur ! Un manieur d'herbes maléfiques qui savait convoquer les esprits malins et qui coquinait avec le Diable !

« Je sais ce qui roule dans ta tête, fit Cham. Tu regrettes de n'avoir pas continué à suivre leur Madone. C'est ça, hein ? »

Il fit signe à Dictionneur de s'asseoir sur un rondin et pénétra dans sa demeure. Les bougies s'éteignirent d'un seul coup bien qu'il n'y eût pas une drisse de vent. Le jeune homme serrait les dents pour ne pas laisser la tremblade s'emparer de lui. Mais, une nouvelle fois, une paix immense se mit à l'envahir, une paix mêlée d'allégresse. Il se sentait fort. Il éprouvait la chaleur de chaque empan de nuit. Comme s'il avait pénétré dans les entrailles de cette dernière. Tout lui paraissait désormais clair, évident. Dans la case de Cham, un tintinnabulement s'éleva, d'abord grêle, puis mélodieux et grave tout à la fois. Une musique qui mêlait des sons qu'il n'avait jamais entendus auparavant.

« Déshabille-toi ! » lui ordonna le prophète qui avait surgi derrière son dos.

Cham était complètement nu, hormis son bicorne qu'il continuait d'arborer et une cordelette qui entourait sa taille. Dictionneur obéit, plus docile qu'un petit enfant, se cachant le sexe de ses mains jointes.

« Allonge-toi sur le ventre de la terre », fit Cham qui fit de même.

Le contact avec le sol ôta toute pudeur au jeune homme qui se mit à l'étreindre, mû par une passion subite. Puis, il tomba dans un sommeil très profond et s'embarqua dans un rêve peuplé de créatures évanescentes qui lui parlaient toutes à la fois dans une cacophonie paradoxalement apaisante. Dictionneur crut avoir dormi toute la longueur de la nuit mais le prophète le secoua vivement en lui remettant son Littré :

« Tu es un grand-grec dans la langue des Blancs à ce que je vois. Je vais te dicter ma doctrine afin que tu la transmettes aux nègres de céans qui se sont égarés dans la fausse religion et l'idolâtrie. Cette statue de La Madone qu'ils transportent à travers tout le pays n'est que l'incarnation du Mal. Quand mon temps de prophétiser viendra, j'abolirai l'or et l'argent, j'interdirai l'orgueil et la hautaineté, j'imposerai la bénéficence et l'humilité. Écris tout ce que je vais te révéler à présent ! »

Serpents, engeance de vipères ! comment pourrez-vous échapper à la condamnation de la géhenne ? C'est pourquoi, voici que j'envoie vers vous des prophètes, des sages et des scribes ; vous en tuerez et mettrez en croix, vous en flagellerez dans vos temples et pourchasserez de ville en ville, pour que retombe sur vous tout le sang innocent répandu sur la terre, depuis le sang de l'innocent Audibert jusqu'au sang de Michel Jacques, que vous avez assassiné sur le chemin de la plantation Lajus ! En vérité, je vous le dis, tout cela va retomber sur cette génération !

Le lendemain de l'arrivée de la Très Sainte Madone du Grand Retour, Rigobert, un peu groggy d'avoir stationné des heures durant devant l'autel dressé au pied de la Maison du Sport, puis dans l'allée centrale de la cathédrale de Fort-de-France, gardien de la nef comme six autres bougres récemment revenus à la foi chrétienne (hormis cet imposteur de Fils-du-Diable-en-Personne qui avait estourbi un honnête horloger des Terres-Sainvilles pour lui ravir sa place), combattant émérite de la chrétienté, Rigobert donc, avançait vers la Transat, s'inquiétant qu'aucun bar ne fût ouvert. Il avait juré à Philomène qu'il ne boirait pas le moindre verre de rhum pendant les deux jours qui précéderaient l'arrivée de La Madone et il avait tenu promesse mais maintenant sa gorge criait la soif. Une espèce de boule lui accorait l'estomac qui lui baillait en même temps la nausée. Il s'assit sur le bord des latrines publiques du Pont Démosthène et tenta de reprendre ses esprits. Fouillant dans ses poches, il en ôta un paquet de cigarettes Mélia flambant neuf que lui avait offert un Missionnaire du Retour et le tritura de colère. Il n'avait pas d'allumettes sur lui ! Tournant la tête vers le boulevard de La Levée, jonché de fleurs et de guirlandes, il vit approcher un individu dans lequel il ne reconnut pas tout de suite Cicéron Nestorin, le petit génie qui avait raté sa médecine à Bordeaux et qui d'ordinaire se promenait à travers les rues en brandissant des pancartes sur lesquelles il dénonçait la condition du nègre. L'ex-disciple d'Hippocrate lui proposa d'acheter un journal en riant.

« Tu perds ton temps, fit Rigobert. Moi, je ne lis que *Justice*. Hé, t'as du feu, compère ? »

L'homme lui craqua une allumette, tout en continuant à rigoler, ce qui énerva le fier-à-bras du Morne Pichevin.

« C'est ma tête qui est comique ? C'est ça, hein ? demanda-t-il, s'efforçant d'être hargneux bien que les forces lui manquassent.

— Non, mon vieux, simplement, j'avais raison. J'ai toujours eu raison dans ce pays-là !

— Cicéron ! C'est toi ? Qu'est-ce que tu fais avec ce chapeau sur la tête et ces lunettes fumées ? T'es devenu un nègre américain ou quoi ?

— J'ai toujours eu raison ! » cria le jeune homme en brandissant son journal.

Rigobert aspira plusieurs bouffées sans plus s'occuper de ce gamin qui avait lu trop de livres et en avait perdu l'esprit. La preuve, monsieur vendait soi-disant des journaux mais il n'en avait qu'un seul et unique exemplaire sous le bras.

« Quelle heure est-il ? demanda le fier-à-bras en grattant les échauffures qui démangeaient ses orteils.

— L'heure de vous réveiller, vous, les nègres de la Martinique ! proclama Cicéron, emphatique.

— *Ti bolonm, ga sa, bonda manman'w ! Bonnè boma-ten-taa kon ou ka wè mwen la-a, man pòkò mété pa an ti dékolaj anlè fal mwen.* » (Écoute, mon gars, va te faire foutre ! Déjà que ce matin, j'ai pas encore pu m'arroser le gosier !)

Quelques habitants du Morne Pichevin rentraient chez eux, leurs vêtements de messe tout chiffonnés mais le regard radieux. Ils avaient pu toucher La Madone et lui offrir le peu d'argent qu'ils possédaient. À présent, ils vivraient dans la certitude que leur situation se métamorphoserait du tout au tout. Finies les lampes à pétrole, oubliés les pots de chambre qu'il fallait aller jeter en catimini dans la Ravine Bouillé ou les sempiternels plats de riz-lentilles-queue de cochon salé. La Madone gratifierait chaque nègre d'une demeure digne de ce nom ainsi que d'un vrai travail. Il suffirait de se montrer digne de sa foi. Rigobert écouta sans broncher la litanie des rêves fous de ses voisins et quand le dernier remonta les quarante-quatre marches, il s'aperçut que Cicéron tentait de coller son journal sur l'entrée des latrines.

« T'es pas fatigué de faire des simagrées, mon bougre ? lui lança-t-il.

— Ouvre bien le trou de tes oreilles, s'écria Cicéron, toujours aussi emphatique. Je vais te lire la première page de *L'Information*...

— Fous-moi la paix, je ne m'intéresse qu'à *Justice*, moi. Je suis communiste. Communiste et chrétien...

— LE DRAME DU CARBET. Les séparatistes, le Parti de l'étranger, entretiennent à la Martinique une atmosphère de Guerre Civile... Hé, Rigobert, tu m'écoutes ? Premier épilogue : trois morts et plusieurs blessés. La carence du gouvernement nous permettra-t-elle de vivre une situation identique à celle qu'ont connue l'Indochine et Madagascar ? L'autorité de l'État existe-t-elle encore ici ? Du beau français que voilà, n'est-ce pas Rigobert, hein ? Qu'est-ce qui te prend, tu ne dis rien ? »

Le fier-à-bras se dressa sur ses jambes flageolantes et partit en direction du port. Il ressemblait à un boxeur sonné. Le rire de Cicéron Nestorin le poursuivit jusqu'à l'entrée des « Marguerites des marins », le bar où travaillait Adelise. On venait d'en entrouvrir les portes et l'épouse du patron récurait le trottoir à grandes boquittes d'eau qui puait le crésyl. Dès qu'elle aperçut Rigobert, cette dernière s'écria :

« Dommage ! »

Rigobert entra dans la pénombre et s'assit à la première table rencontrée. La femme s'empressa d'aller lui chercher une bouteille de rhum derrière le comptoir en répétant :

« Dommage ! Adelise est une négresse courageuse, elle va s'en remettre.

— De quoi tu parles ?

— Comment, tu ne sais pas que la nièce de ta voisine a fait une fausse couche ? Ça s'est passé tout à l'heure. Le bébé est mort à la naissance, je crois. Un beau bébé, oui, avec une petite peau claire, sauvée... »

Sonné une seconde fois, le major du Morne Pichevin se servit un plein verre de rhum Madkaud qu'il but cul sec. Des larmes lui embuaient les yeux et il était incapable d'articuler la moindre parole.

« C'était toi le papa ? demanda la femme, se méprenant sur sa réaction.

— Non... Probablement l'ancien combattant, tu sais, le bougre qui a plein de médailles accrochées sur son paletot.

— Florentin Deshauteurs, le nègre du Carbet ? Pas possible ! Je croyais qu'il fanfaronnait ! »

Le bar commença à se remplir de dockers et de marins étrangers lesquels avaient déserté l'En-Ville à cause des déferlements humains provoqués par l'arrivée de La Madone. Leur fraîcheur contrastait avec l'air épuisé des nègres. L'un d'eux, un Espagnol sans doute, demanda où il pouvait trouver une femme et des saoulards lui répondirent que désormais, toutes les femmes de céans avaient les jambes fermées.

« Elles veulent toutes ressembler à La Vierge ! Ha-Ha-Ha ! s'esclaffa le patron des "Marguerites des marins".

— Mais il y a Carmélise... intervint son épouse. Peut-être qu'elle ne joue pas à la sainte-nitouche, elle. Rigobert, tu veux pas dépanner monsieur ? Hé, vous payez combien ? Moitié pour Rigobert, moitié pour la fille. D'accord ? »

Le marin, ravi, exhiba une liasse de billets verts totalement inconnus et se mit à les compter dans sa langue. Rigobert se leva, toujours aussi péniblement, et sans un regard ni pour lui ni pour les propriétaires du bar, sortit en se raclant la gorge. Dehors, il hésita mais ne regagna pas sa case du Morne Pichevin comme il en avait eu l'intention avant de rencontrer ce bougre fou de Cicéron Nestorin. Il ressassait ces mots dans sa tête incrédule, les marmonnait :

« DRAME AU CARBET : trois morts et plusieurs blessés. »

Ce Florentin Deshauteurs avait trahi sa confiance. Il l'avait bel et bien amblousé avec son français prétentieux ! Rigobert se décida à en avoir le cœur net : il irait au siège du Parti communiste, aux Terres-Sainvilles, se renseigner auprès de son secrétaire de cellule. Peut-être qu'il se faisait des idées et que les choses qu'il avait révélées à Deshauteurs n'avaient aucun rapport avec la tuerie du Carbet. Et d'abord s'agissait-il vraiment de la plantation où l'ancien combattant exerçait la profession de commandeur ? Rigobert se prit à rêver un instant qu'il s'agît d'une autre mais, très vite, ses craintes réaffluèrent : Deshauteurs lui avait bien parlé d'un certain Audibert qu'il traitait de « meneur communiste » et des menaces de grève qu'il faisait peser sur la récolte de la canne à sucre. Il s'agissait bel et bien de l'Habitation de Parny !

L'amicalité entre Rigobert et l'ancien combattant avait été pourtant difficile à s'établir. Le fier-à-bras en avait assez des protestations de paternité de Deshauteurs qui se comportait un peu trop comme un maître-camp à son goût. Le major du Morne Pichevin, c'était lui, Rigobert et personne d'autre. Surtout pas ce gaulliste qui déblatérait tout le temps sur les Forces Françaises Libres, l'Afrique du Nord, Monte-Cassino et la Libération en adoptant pour la circonstance un accent qui se voulait parisien. Cet accent-là surtout, cette broderie langagière, ses « nonobstant » à tour de bras agaçaient tout particulièrement Rigobert qui fut à deux doigts de le prendre dans un guet-apens à la Cour Fruit-à-Pain, endroit où Deshauteurs garait sa Renault délabrée. Après tout, il était assez riche, ce bougre-là : il avait sans doute une confortable pension d'ancien combattant plus un salaire de contremaître de plantation. Alors que voulait-il encore ? Pourquoi pourchassait-il une miséreuse comme Adelise ? Certes la câpresse était d'une belleté à couper le souffle mais il existait bien des femmes de ce genre chez les gens de bien et la persévérance de Florentin Deshauteurs faisait jaser bon nombre de gens.

« *Si ou wè i an zo ti fi-a kon sa, sé ki bonm siwo-a té dwet dou kon pa ni !* » (S'il s'entête à vouloir s'accaparer Adelise, c'est que le bocal de sirop doit avoir très bon goût !) plaisantait Man Cinna, derrière le comptoir de sa boutique.

Sans le savoir, Deshauteurs avait échappé à une agression soigneusement préparée à cause d'un fait d'une banalité incroyable mais qui désarma le fier-à-bras du Morne Pichevin. Le jour choisi pour lui clouer le bec, Rigobert et ses complices s'étaient dissimulés dans une case abandonnée de la route des Religieuses. Le grandiseur stationna son véhicule à même le trottoir comme à son habitude et, s'appuyant contre un arbre-à-pain, se mit à pisser. Ou plus exactement s'essaya à pisser. Car ses futurs agresseurs pouvaient lire des grimaces de souffrance sur ses joues. Il avait les yeux mi-clos et un son rauque jaillissait de ses lèvres. Il mit près de dix bonnes minutes avant de lâcher un pissat maigrelet qui lui arracha un soupir de satisfaction. Ému, Rigobert décida d'abandonner la partie. Lui aussi souffrait du même mal et peut-être que ce nègre-là qui avait fait la France pourrait lui bailler un conseil, lui indiquer un médicament quelconque car uriner était parfois pour le fier-à-bras du Morne Pichevin un véritable cauchemar. Ses complices ne comprirent strictement rien à son attitude et empochèrent leurs deux francs-quatre sous de récompense en s'entreregardant ahuris. Rigobert prit l'ancien combattant en filature jusqu'aux quarante-quatre marches, s'étonnant du fait que le bougre évitât celles qui portaient malheur. Il était bien renseigné, le maquereau !

« Hé, compère ! fit Rigobert. À qui tu as demandé la permission ? »

Deshauteurs se retourna sans ralentir l'allure et sourit. Rehaussant son pantalon d'un geste machinal, il rétorqua :

« Quand je suis allé me battre contre Hitler, j'ai demandé la permission à personne. Si l'obus qui a frappé ma compagnie à Monte-Cassino m'avait réduit en poudre, j'aurais pas demandé la permission de mourir non plus. Je suis le maître de mon corps, mon vieux ! »

Rigobert l'avait rejoint à la dix-septième marche mais il était si-tellement interloqué par la réponse de Deshauteurs qu'il perdit tous ses réflexes de fier-à-bras.

« C'est toi le major d'ici-là ? fit le médaillé, profitant de son avantage.

— *Sé sa moun ka di...* » (C'est ce qu'on dit...)

Alors le quinquagénaire expliqua qu'il était tombé d'amour fou pour Adelise du jour où il l'avait aperçue dansant une valse créole au « Select-Tango ». Jamais il n'avait vu un déhanchement aussi souple, un regard aussi empreint de bonté. Une si grande absence de vulgarité aussi. On devait la trouver hautaine, la câpresse Adelise, fiéraude et arrogante mais le monde se trompait : elle ne manifestait que sa noblesse naturelle. Il y a des gens qui naissent avec ce don-là, même quand ils baignent dans la chiennaille depuis leur plus tendre enfance. Adelise était une reine, continua l'ancien combattant, c'est pourquoi il ne pouvait la laisser croupir dans une ratière telle que le Morne Pichevin, un endroit où on vous balançait une égorgette ou un coup de rasoir pour un oui ou un non. Ce repaire de malandrins, de détrousseurs de vieilles femmes, de nègres à mauvais tempérament et de hors-la-loi ne convenait point à une créature si parfaite.

« J'ai acheté une maison à Redoute, dit Deshauteurs en posant une main amicale sur l'épaule de Rigobert. C'est une villa coloniale qui mérite d'être réparée mais je compte en faire un château. Oui, c'est ça, Adelise mérite un château... »

Puis Deshauteurs, rebroussant chemin, décida d'offrir un verre au major, ce qui désarma net ce dernier. Plus question à présent de lui foutre une raclée ! Il avait gagné le droit de fréquenter le Morne Pichevin et de roucouler après Adelise tant qu'il voulait car chacun de ses mots transpirait la sincérité. Rien à voir avec les beaux parleurs qui hantaient les abords de la case de Philomène pour clamer un amour soi-disant débordé à sa nièce. Ces jeunots-là n'étaient pas des bougres sérieux et ne cherchaient en réalité qu'à mener la vie, à jouir des doucines cachées dans l'entre-cuisses de la jeune fille et, une fois rassasiés, ils lui tourneraient le dos et iraient courir la gueuse ailleurs. Tandis que ce Florentin Deshauteurs, ça, c'était un monsieur ! Il n'y avait qu'à voir avec quelle aisance il raisonnait pour s'en convaincre.

« Je prends une absinthe. Et toi, compère ? fit l'ancien combattant.

— Même chose.

— Tu vois, on ne se connaît pas encore bien mais je crois qu'on deviendra vite de grands amis. On est sortis de la même pâte, toi et moi, je le sens. Je n'ai jamais eu de père et dès l'âge de huit ans, ma manman m'a placé comme petite-bande dans les champs de canne. »

Deshauteurs évoqua le soleil féroce du Carbet, les terres pentues, presque à pic, où il fallait ramasser les tronçons de canne en s'agrippant à leurs souches. Tout ça pour un semblant de monnaie, quelques piécettes que sa mère s'empressait de lui ravir et qu'elle portait à la boutiquière de la plantation. Et les coups de cravache du commandeur lorsqu'il surprenait les petites bandes à dévorer une canne juteuse ! La fuite éperdue de ces derniers à travers champs au risque de se péter le pied sur les roches du chemin.

« Toi, t'as pas connu ça, hein ? fit le quinquagénaire.

— Non... je suis né dans la canne tout comme toi, à Rivière-Salée mais quand j'ai eu six ans, mon papa est venu s'installer ici. On n'appelait pas encore cet endroit le Morne Pichevin. D'ailleurs, il était couvert de bois... moi, par contre, c'est ma mère qui m'a manqué. Elle est morte en couches... »

Les deux bougres demeurèrent silencieux un long moment, méditant sur les propos qu'ils venaient de brocanter. Sans même s'en rendre compte, une manière d'amicalité était en train de s'établir entre eux. Deshauteurs plaisanta même :

« Tu fais crieur chez un Syrien ? Mais c'est pas un vrai travail, ça ! Je suis commandeur à l'Habitation Lajus, au Carbet. Viens avec moi, je te baille une embauche tout de suite. Tu travailleras du lundi matin au samedi midi et l'après-midi du samedi, tu prends un taxi-pays, tu redescends en ville.

— Merci bien mais je suis un nègre d'En-Ville, compère. J'ai peur des bêtes-longues. Ha-Ha-Ha ! »

Rigobert se remémorait cet épisode au moment où il approchait de la place de l'Abbé-Grégoire où le Parti communiste avait son siège. Il aperçut un attroupement devant le mur d'enceinte d'une école et s'en approcha. Un homme déchiffrait avec peine une affiche fraîchement collée :

« VENTE DU 11 MARS 1948.

Savon : 500 g. 43 F 75 le kilo. Coupon A 8.

Savonnette : 1 par ration. Coupon C 10. 15 F 40.

Pâtes : 100 g. 30 F 95 le kilo. Coupon B. 10. »

Le fier-à-bras eut la tentation de se rendre tout de suite à la mairie pour récupérer du savon. Depuis un bon mois, il ne se baignait qu'avec des feuilles de coquelicot pilées. Elles dégageaient un agréable parfum mais n'ôtaient guère la crasse. Il fouilla dans les poches de son short-kaki à la recherche de ses bons de rationnement mais ne trouva que le paquet de cigarettes Mélia. À la vue de ce dernier, l'homme qui avait déchiffré l'affiche coquilla le grain de ses yeux. Se dégageant des badauds qui tentaient de lui faire recommencer sa lecture sous prétexte qu'il était allé trop vite, il se planta devant Rigobert et lui lança :

« *Ba vié frè'w an ti sigaret ! Ni lontan-lontan man sévré, wi !* » (Baille une petite cigarette à ton vieux frère ! Il y a si longtemps que j'en suis sevré, oui.)

Réjoui de voir que Rigobert ne faisait aucune difficulté à satisfaire son désir, l'homme déclara qu'il s'appelait Évariste, qu'il avait bâti sa case au pied du Calvaire et que si jamais un jour celui-ci avait besoin d'une aide quelconque, il serait son homme.

« Une main en lave une autre », proverbia-t-il.

Lui soutirant à nouveau une cigarette, il entraîna Rigobert sur la place de l'Abbé-Grégoire, qui faisait face à l'église des Terres-Sainvilles et, désignant le siège du Parti communiste, hermétiquement fermé, il dit :

« Hon ! Ces athées-là sont obligés de se cacher dans leur trou comme des mangoustes. Depuis que la Vierge du Grand Retour est arrivée, les mécréants ont pris leur envol. Moi, je vais suivre La Madone ! Partout où elle ira, j'irai. À pied s'il le faut. Jusqu'à Grand-Rivière, s'il le faut. Je compte faire un vœu et je suis sûr qu'elle l'exaucera. Sûr ! »

Rigobert écouta le nègre fantasque sans réagir et finit même par lui laisser la moitié de son paquet de Mélia. Pour de bon, portes et fenêtres du siège du Parti communiste étaient fermées dur-comme-clou. Seul le drapeau rouge, frappé du marteau et de la faucille, balançait avec mollesse au fronton du premier étage mais il faisait bien pâle figure à côté des oriflammes, des guirlandes électriques, des banderoles proclamant la gloire de Marie mère de Dieu qui décoraient toutes les maisons de l'endroit et bien entendu l'église elle-même. Le fier-à-bras du Morne Pichevin avait pris la résolution de s'en ouvrir directement au secrétaire général du Parti. Il n'avait pas trahi, simplement, il avait commis une faute. Cela pouvait arriver à n'importe qui, même aux militants les plus aguerris. Lorsque Florentin Deshauteurs l'interrogeait sur les réunions de sa cellule, feignant d'être intéressé par Staline (« Il existe deux géants dans le monde à l'heure actuelle, avait-il coutume de répéter, de Gaulle et puis Staline ! »), en fait le contremaître de la plantation Lajus ne faisait que lui soutirer des informations. Rigobert se souvenait parfaitement de lui avoir annoncé que cette année-là, la C.G.T. avait pris la résolution de ne pas affronter les planteurs blancs comme elle le faisait à chaque début de récolte. Le Parti venait de conquérir plusieurs mairies et il devait y consolider ses bases. Ne pas effrayer les démocrates et les citoyens honnêtes qui, sans partager son idéologie, avaient voté pour lui, tel était le mot d'ordre. Aucune grève générale n'était programmée à travers tout le pays. La tactique consistait à ne pas déposer les coutelas et les fourches mais à ralentir la cadence de travail et, en cas de brutalités du patronat, à réagir au coup par coup. « Évitons les provocations, camarades ! » avait seriné le secrétaire général du Parti. Rigobert n'avait jamais eu de contact direct avec Audibert et n'avait pu, malgré les demandes réitérées de Deshauteurs, lui fournir la moindre information un tant soit peu précise à son sujet mais il avait révélé l'essentiel à ce salaud de commandeur à savoir que la C.G.T. n'était pas, cette année-là, prête à un affrontement d'envergure avec la Caste békée.

« *Man kay tjwé'y ! Man kay pann li pa grenn !* (Je vais le tuer ! Je vais le pendre par les génitoires !) ne put s'empêcher de dire à haute voix le major du Morne Pichevin.

— Quoi ? C'est au moment où La Madone vient sauver les nègres de leur scélératesse que tu veux en profiter pour trucider quelqu'un ? C'est pas possible, ça. Le nègre ne changera jamais », fit l'amateur de Mélia.

Rigobert mit fin à ses billevesées d'un violent coup de genou dans le mitan de sa cuisse. Tandis que le bougre se tordait de douleur par terre, le major se dirigea vers le quartier indien d'Au Béraud, non loin du canal Levassor. Il avait besoin de faire deux mots de causer avec Justina, la petite coulie avec qui il fretinfretaillait de temps à autre. Un amour de femme que cette Justina ! Toujours disponible, pas ronchonneuse pour deux sous et surtout fière d'être convoitée par deux nègres vaillants : Fils-du-Diable-en-Personne, major des Terres-Sainvilles, et Rigobert, fier-à-bras du Morne Pichevin. Elle craignait fort le premier, tremblait devant la fureur contenue qui vibrait dans son regard et ne s'était jamais livrée à lui, prétextant que son père, un prêtre hindouiste, la tuerait s'il apprenait qu'elle n'était plus vierge. Mais elle avait offert sa chair fine d'Indienne à Rigobert quoiqu'il fût plus âgé que Fils-du-Diable-en-Personne, plus petit de taille, moins beau, notamment à cause de cette vilaine balafre qui lui courait sur la joue gauche et pas du tout pécunieux. Justina ne raffolait d'ailleurs pas de l'argent. Ce dont elle avait besoin, c'était la tendresse et cela justement Rigobert pouvait le lui offrir alors que les bravacheries de Fils-du-Diable-en-Personne la tétanisaient. Rigobert et elle se livraient à leurs ébats en général sur le coup de midi, lorsque tout le monde était trop affairé pour s'occuper des affaires d'autrui. Le major pénétrait dans un hangar à autobus situé derrière le cinéma « Bataclan », chassait les négrillons qui y jouaient aux billes et grimpait dans un véhicule en réparation depuis des mois, voire des années, faute de pièces de rechange. La Coulie l'y rejoignait sur la pointe des pieds et là, sans râles de plaisir, sans coups de reins méchants, ils se lovaient l'un contre l'autre, ruisselant de sueur à cause de la chaleur qui se fessait sur la toiture en tôle ondulée et se dévoraient à petites bouchées. Cela durait peu de temps. Dix minutes, rarement quinze. Les deux amants ressortaient comme si de rien n'était, Justina la première, Rigobert un bon moment après.

« Ne dis rien à personne ! lui avait intimé la jeune fille. Si jamais Fils-du-Diable apprend qu'on est ensemble, il va me tuer, oui ! »

Rigobert avait besoin de lui parler, de s'épancher. Il se sentait sans aucun doute possible responsable de la tuerie du Carbet. Si les gendarmes avaient tiré sur les grévistes en toute impunité, c'est que ce chien de Deshauteurs avait dû informer son patron que la C.G.T. n'était pas prête pour une riposte d'envergure. La récolte de la canne à la Martinique ne serait pas bloquée. Arrivé devant la case de Justina, il fut étonné d'y entendre un poste de radio ouvert à tue-tête qui jouait une mazurka à la mode. Cela ne ressemblait pas à la jeune fille. Lorsqu'il toqua à la porte, un Indien d'une trentaine d'années, fort beau, vint lui ouvrir. Justina parut d'abord gênée avant de se reprendre très vite.

« Je te présente mon fiancé, André Manoutchy. Il vient de Basse-Pointe... André, voici Rigobert, un vieil ami à moi. C'est un bougre du Morne Pichevin. »

Les deux hommes se serrèrent la main, plutôt circonspects. Justina expliqua que Manoutchy était le fils d'un cousin éloigné de son père et qu'elle avait fait sa connaissance à l'occasion d'une cérémonie indienne qui s'était tenue au temple de Belem, au Lamentin. Rigobert ne pipa mot. Il hocha la tête, sonné pour la troisième fois de la journée, et toucha à peine au vermouth que lui offrit Justina. Cognant son verre contre celui du jeune homme, il s'efforça de dire :

« Je vous souhaite un bel avenir... beaucoup de richesses... beaucoup d'enfants... »

Mais le cœur n'y était pas et très vite il prit congé, non sans avoir jeté à l'Indienne un long regard d'incompréhension mêlée de tristesse. Dans la rue, il buta sur un maître-djobeur, Djiguidji, qui à sa grande surprise vendait le journal du Parti. Le bougre, sans daigner lui accorder deux sous d'attention, braillait :

« Lisez *Justice* ! Lisez *Justice* pour connaître la vérité ! Le préfet Trouillé, agent du fascisme usinier, fait assassiner des ouvriers au Carbet. Trois morts, plusieurs blessés graves ! Lisez *Justice* ! »

Submergé par une bouffée de vergogne, Rigobert se dissimula derrière un tamarinier d'où il pouvait observer les allées et venues de Djiguidji. Le djobeur se révélait bien meilleur vendeur que lui, tout crieur de magasin de Syrien qu'il fût : le journal du Parti communiste s'arrachait comme des petits pains. Souvent, les gens lui demandaient de garder la monnaie et se plongeaient là même, sur le trottoir, dans la lecture des événements. Rigobert chercha en vain une Mélia dans sa poche avant de se souvenir qu'il avait laissé le paquet à Évariste, l'escogriffe qui avait lu l'affiche annonçant l'arrivée de savons et de pâtes. Longeant à nouveau le mur d'enceinte de l'école, il s'aperçut avec stupéfaction qu'une autre affiche avait déjà été apposée sur la première :

« DÉTACHEMENT DE GENDARMERIE
DE LA MARTINIQUE

AVIS DE VENTE

Vente aux enchères publiques au plus offrant et dernier enchérisseur des animaux ci-après réformés :
Un cheval hongre
Une jument
dans la cour de la caserne de gendarmerie de Fort-de-France. »

Alors il s'accroupit, attitude qui dénotait chez lui une profonde perplexité, se prit la tête entre les mains, et fixa longuement la chaussée encombrée de détritus. Un siècle de temps s'écoula jusqu'à ce qu'il soit ramené à la réalité par une procession qui braillait plus qu'elle ne chantait le « *Chez nous, soyez reine !* ». On lui fit signe de rejoindre les fidèles. Rigobert demeura pétrifié. Puis dans un élan subit, il s'écria :

« *Landjet sa pito, man kay suiv Lamadòn atjè-man !* » (Merde pour la vie ! Maintenant, je m'en vais suivre La Madone.)

Voyant les foules de pèlerins qui suivaient la Vierge nautonière, le prophète gravit le Morne Acajou et quand il fut assis, ses disciples s'approchèrent de lui. Et prenant la parole, il leur enseignait en disant :
Heureux ceux qui ont une âme de pauvre
car le Royaume des Cieux est à eux.
Heureux les affligés comme Philomène
car ils seront consolés,

Heureux les affamés et assoiffés de la justice comme Rigobert et Fils-du-Diable-en-Personne

Heureux les cœurs purs comme Manoutchy car ils obtiendront miséricorde.

Heureux êtes-vous quand on vous insultera, qu'on vous persécutera et qu'on dira faussement contre vous toutes sortes d'infamies à cause de moi. Soyez dans la joie et l'allégresse car votre récompense sera grande dans les Cieux. C'est bien ainsi qu'on a persécuté les prophètes, vos devanciers.

Abrégé des miracles accomplis
par la Vierge du grand retour
au 32ᵉ jour de son périple

LES GUÉRISONS

Tout au long du périple de Notre Dame du Grand Retour à travers les différentes paroisses martiniquaises ayant eu l'insigne honneur d'avoir déjà reçu sa visite, un grand nombre de guérisons ont été enregistrées. En voici quelques-unes :

• À Case-Pilote, un enfant de quatre ans et demi était dans un état désespéré, par suite de graves lésions pleuro-pulmonaires du côté droit. « Les constatations tant scopiques que radiographiques, conjointement aux signes cliniques des plus alarmants, écrit le docteur Beauchamp, justifient le pronostic le plus sonore. » Deux autres docteurs, MM. Régis-Albert et Dubert, essaient un pneumothorax, mais désespèrent de sauver l'enfant. Or, le 15 mars 1948, la Vierge du Grand Retour vient à passer à Case-Pilote. Les parents s'empressent d'aller lui présenter leur enfant au moment où le dais, porté par six hommes vigoureux, le visage épuisé d'avoir marché depuis la commune de Schœlcher mais extrêmement radieux, est transmis aux paroissiens de Case-Pilote. À cet instant précis, l'enfant, qui était prostré sur la poitrine de sa mère, redresse la tête et se met à sourire. Ses parents s'age-

238

nouillent aussitôt et entonnent le « *Chez nous, soyez reine !* » tandis que mille autres voix clament leur foi en La Madone et la supplient d'accéder à leurs requêtes. La procession se dirige alors vers l'église de Case-Pilote pour la célébration de la messe des malades et voilà que subitement, l'enfant descend des bras de sa mère, se hisse sur le dos d'un des porteurs et se met à baiser les pieds de la statue de la Sainte Madone. Ses parents se défont de leurs bijoux et de l'argent qu'ils avaient roulé en boule dans un madras pour les déposer dans le canot qui porte La Madone, aussitôt imités par tous les fidèles. Le lendemain, les mêmes docteurs, par un certificat en bonne et due forme, attestent la disparition totale des lésions.

• Dans la paroisse de Belle-Fontaine, un travailleur des champs fait, sous la foi du serment, la déclaration suivante :

« Au début de la récolte de la canne, en janvier dernier, je me suis gravement blessé avec mon coutelas qui a glissé sur la tige que je m'apprêtais à sectionner et m'a ouvert la cuisse gauche, cela jusqu'à l'os. Devant la gravité de mon état, on fit appel à une guérisseuse de Morne Café qui me prodigua les premiers soins à l'aide de remèdes créoles et mon patron, monsieur de Chervillier, me promit de m'envoyer un docteur le plus tôt possible. À l'arrivée de celui-ci, trois jours plus tard, à cause du mauvais état de la route jusqu'à Morne Café, ma blessure s'était refermée et ma fièvre apaisée. Le docteur se contenta donc de me bailler une liste de médicaments à acheter. Comble de malheur, la plus proche pharmacie se trouve à plus de vingt kilomètres de chez moi et l'essentiel de ma paye passe à nourrir mes sept enfants et ma concubine, Anastasie. J'ai donc compté sur la science de la guérisseuse de mon quartier, ignorant que Dieu pouvait m'apporter son secours si j'avais eu l'humilité de le lui demander. Il y a d'ailleurs beau temps que je ne mets plus les pieds à l'église de Belle-Fontaine, préférant consacrer mon dimanche à soigner mes coqs de combat. Un soir, la jambe enfla-enfla-enfla et la gangrène se mit à la ronger. Une fièvre-frisson tomba sur moi, me déraillant le corps. Je me sentais faible comme un bébé, mes yeux ne voyaient plus à cause d'un voile blanc qui apparaissait dès que je les ouvrais. Je me mis à déparler et ma famille prépara mon linge d'enterrement. Lorsque La Madone est passée près de chez nous, on m'a transporté mourant à Croisée-Manioc et là j'ai senti un liquide de vie revigorer mes veines. Je voyais nettement les deux doigts levés vers le ciel de la Vierge et son sourire de bénédiction. Je me suis alors jeté hors du brancard, j'ai marché vers le canot qui la transportait et j'ai crié : Merci, Madone ! Merci pour ma vie que tu as épargnée ! »

• À Saint-Pierre, le petit Jérémie Dufaut, âgé de trois mois, souffrait de violentes diarrhées depuis sa naissance et ses parents ne comptaient plus sur lui. Il pesait alors 12 livres mais lors de la messe de bienvenue à La Madone, juste au moment de l'élévation, tout à coup l'enfant se mit à gazouiller. Son corps n'était plus froid et ses membres flasques. De retour chez eux, ses parents constatèrent qu'il était désormais sain et sauf et qu'il pesait trente-cinq livres. De ce jour, on l'appela « Jérémie-la-Madone ».

• Au Morne-Rouge, le docteur Bertrand Mauville rédigea le témoignage suivant :

« Je soussigné Bertrand Mauville, docteur en médecine diplômé de la Faculté de Bordeaux, responsable de l'équipe sanitaire du pèlerinage du Grand Retour, certifie avoir soigné, le 25 mars 1948, madame Hortense Saint-Aude, âgée actuellement de soixante-douze ans, domiciliée au quartier Fond

Marie-Reine. Cette malade présentait alors une impotence fonctionnelle des membres, localisée surtout aux membres inférieurs. Par ailleurs, elle était pléthorique et accusait de la dyspnée spontanée. Les troubles remontaient à 1937. Elle s'est adressée à l'Hôpital Colonial en 1946 et a été soignée par le docteur Eusèbe Legendre. N'obtenant aucun résultat, elle s'adressa à de nombreux médecins, de 1946 à 1948, mais sans plus de succès. Le traitement que mit en œuvre son médecin de famille, au Morne-Rouge, échoua également. Et les troubles s'aggravèrent au point que l'impotence fonctionnelle des membres supérieurs et inférieurs était presque totale. Or, j'ai vu madame Hortense Saint-Aude le 25 mars 1948 : l'impotence fonctionnelle a complètement disparu ; toutes les articulations sont libres, les mouvements actifs et passifs normaux, la malade n'accuse plus de dyspnée. Elle est réellement guérie. J'ajoute que cette guérison s'est manifestée tout d'un coup au passage de Notre Dame du Grand Retour dans la paroisse. »

• À Ajoupa-Bouillon, un jeune mâle-nègre du nom d'Hector avait perdu la raison parce qu'à son retour de la guerre, il avait découvert que sa fiancée était mariée et mère de trois enfants. Il ne travaillait pour personne, passait son temps à se saouler et à injurier le monde, y compris sa propre manman qui avait tout tenté pour lui trouver un remède. Plusieurs pèlerinages à Notre Dame de La Salette, dans la commune de Sainte-Anne, deux internements à l'hôpital psychiatrique de Colson, un Bondieu-couli au cours duquel on avait invoqué la bénédiction de Mariémen, de Nagourmira et de Bomi, plusieurs séances chez les plus savantissimes quimboiseurs du Morne-des-Esses, etcétéra de bains désamarrant la déveine le Jour de l'An à Fond Cérémeaux, n'avaient aucunement arrangé la santé mentale d'Hector qui, avant d'être enrégimenté, était un honnête travailleur en bâtiment. Lorsqu'il apprit la venue de La Madone, il se dénuda complètement et l'attendit, le sexe bandé, près de la porte de l'Église au grand dam de l'abbé et des paroissiennes. Mais dès que le dais pointa à l'en-haut du bourg et que le chant du Retour se mit à résonner, il fut couvert par une toge blanche qui lui tomba sur les épaules. Cette intervention divine stupéfia l'assistance qui vit, avec encore plus d'ébahissement, le jeune homme se précipiter au-devant des porteurs du dais et réclamer l'honneur d'être le premier Bouillonnais à prendre le relais. Un air impérial se dégageait de sa personne. On lui fit place et il porta le poids de trois personnes sans forcer jusqu'au perron de l'Église. Là, il se tourna vers sa mère agenouillée, la releva et déclara :

« Mon temps de déraison est fini. Grâce à La Madone, j'ai repris le droit-fil de ma vie. Hosanna, Hosanna ! »

LES CONVERSIONS

Ce ne sont point seulement les corps que Notre Dame du Grand Retour guérit sur le parcours des processions, elle ramène aussi à son Divin Fils des âmes égarées dans le péché et dans l'impiété. Elle restaure l'amour du prochain dans les cœurs les plus scélérats, elle rétablit le sens de l'honneur et celui du courage chez les plus capons, elle réanime la flamme de l'amicalité chez les félons et les parjures. Elle convertit les nègres païens, les Indiens polythéistes, les Blancs athées, les mulâtres francs-maçons, les Syriens infidèles, les Chinois panthéistes. Voici maints exemples de son infinie bonté :

• Un mécréant de Trinité, au lieu dit Brin d'Amour, se gaussait des pèlerins qui espéraient l'arrivée de la Sainte Vierge. Vêtu à la débraillé, nu-pieds, il allait de groupe en groupe, reprenant le refrain du Retour sur des paroles cochonnes et vantardisait :

« Je ne m'agenouillerai pas devant une statue. Je m'en fous-ben de votre Madone ! Elle peut toujours chier si elle croit que je vais me débanquer ne serait-ce que de dix sous pour lui gonfler les poches. D'ailleurs, je vais lui montrer mes fesses. Merde pour elle ! »

Mais à l'instant où les deux doigts levés de La Madone surgirent par-dessus la tête des fidèles qui l'escortaient, le mécréant tomba à genoux et demanda à se confesser sur-le-champ. À un Missionnaire du Retour compatissant, il avoua toutes les vilenies de son existence et décida de consacrer le restant de celle-ci à vénérer Dieu Tout-puissant.

• À Chopotte, sur le territoire du François, un ferreur de cheval blasphémait toute la sainte journée et même la nuit, lorsqu'il boissonnait dans la case-à-rhum de l'endroit. Dès qu'un prêtre passait dans son champ de vision, il l'insultait :

« Sacré ma-commère que tu es ! Enlève-moi cette robe de femme sur toi et viens me bailler un coup de main ! Cogner sur une enclume ce n'est pas aussi facile que de distribuer des Dominus vobiscum. »

Son voisinage avait tenté de le ramener au sein de l'Église mais il avait des réponses imparables :

« Le jour où je verrai un Blanc couper la canne, je me traînerai à genoux jusqu'à Fort-de-France pour demander pardon à Dieu. »

Ou bien :

« Quand vous verrez le clocher marcher tout seul, vous verrez le ferreur de chevaux entrer à l'église, foutre ! »

Mais au passage de la Sainte Mère de Dieu, il lâcha net son enclume, prit un air humble et suivit la foule jusqu'au confessionnal.

• À Paquemar, dans la commune du Vauclin, une négresse frivole qui vivait de ses charmes et gaspillait ses gains en lotions, bijoux et autres pacotilles, pénétra à l'église par pure curiosité au moment où les fidèles acclamaient la Vierge du Grand Retour. Cette femme, que le monde avait surnommée Coucoune Diable, fut bouleversée et, bousculant ceux qui s'étaient déjà alignés devant le confessionnal, s'écria :

« Baillez-moi de la place, s'il vous plaît ! Cela fait des lustres que je n'ai pas mis les pieds dans une église, depuis en fait l'enterrement de ma grand-mère il y a cinq ans de cela. J'ai une litanie de péchés à me faire pardonner. »

Et la marchande de plaisirs vénériens de s'agenouiller devant le Missionnaire du Retour, qui secondait le prêtre de la paroisse, pour égrener à haute et intelligible voix ses péchés :

« Mon père, pardonnez-moi, j'ai volé le mari de Ginette Lamorand et je l'ai lâché après comme une vieille chaussette. »

« Mon père, ayez pitié de moi, j'ai soutiré toutes ses économies à ce vieux-corps de Julius qui avait fait la guerre de 14-18 et qui y avait perdu une jambe. »

« Mon père, appelez la bénédiction de la Vierge sur ma tête car, lors de la fête patronale, j'ai attiré une quinzaine de jeunes gens qui n'avaient pas encore connu la chair, sur la plage de l'Anse Faula et je les ai poussés à me chevaucher les uns après les autres pour la somme de cinquante francs... »

Rouge de confusion, le Missionnaire l'écouta débiter son lot d'insanités pendant plus d'une heure et lui infligea une pénitence d'une importance égale à celle de ses péchés. Radieuse, Coucoune Diable jaillit de l'église et lança :

« Mes amis, si quelqu'un m'avait annoncé ce matin que je me serais confessée, je lui aurais tout bonnement ri au nez. »

• À Crève-Cœur, une femme porta le témoignage suivant : « Je ne suis pas rentrée chez moi depuis quatre jours. J'ai laissé un homme et quatre enfants sans boire ni manger. C'est La Madone qui m'a retenue de force : une puissance irrésistible m'a empêchée de partir. Pourtant, je n'avais guère prié pour sa venue et quand il a fallu se confesser, j'ai fait marche arrière : il m'aurait fallu rompre une liaison coupable. Mon cœur ne le voulait pas, ma chair ne le pouvait pas. Au passage de La Madone, un remords terrible s'est emparé de moi et prête à tous les sacrifices, je veux maintenant me convertir. Je veux cesser ma vie de débauche et revenir à une vie vraiment chrétienne. »

• Un mulâtre franc-maçon de Trois-Rivières, commerçant fortuné et grand amateur de chevaux, avait couru le carnaval déguisé en Madone. Le Lundi gras, il avait brandi un pot de chambre et un balai de bambou et, faisant mine d'en extraire du caca, il avait chanté et dansé :

« *Bonda Laviej sal, ba mwen suiyé'y ba'y !* » (Le cul de la Vierge est sale, laissez-moi le lui essuyer !)

Le Mardi-Gras, il s'était affublé du traditionnel déguisement de diable rouge mais il l'avait surmonté d'une tête de la Vierge en carton, sur laquelle il avait inscrit :

« La Diablesse est de retour. »

Le Mercredi-des-cendres, vêtu de noir et de blanc, un chapelet autour du cou, une cornette de masœur sur la tête, il braillait, accompagné par une meute de baguenaudiers :

« Je suis vierge par-devant mais pas par-derrière. »

Tout au long des semaines qui suivirent, il ne
cessa de tourner La Madone en bourrique jusqu'au
jour où cette dernière fut annoncée dans sa commune. Le bougre abjura aussitôt la franc-maçonne-
rie, détruisant en public les objets de ce culte
satanique, et se mit à porter une lourde croix sur
les épaules, se jurant de refaire le parcours tragique
du Christ.

• Au lieu-dit Guinée, à Rivière-Salée, des nègres
qui avaient conservé leurs noms africains parce
qu'ils étaient arrivés en Martinique comme travailleurs sous contrat bien après l'abolition de l'esclavage et qui baignaient dans l'idolâtrie congolaise
et le quimbois créole se déclarèrent serviteurs de la
Sainte Vierge. Les Mananki, les M'Foumba, les
Zaïre, les N'Dongo, tous détruisirent d'un même
élan leurs fétiches et s'efforcèrent d'oublier les quelques mots de langue africaine qu'ils avaient conservés pour faire leurs invocations diaboliques. De
source sûre, nous avons appris qu'un de leurs sorciers n'ayant pu supporter ce qu'il considérait
comme une trahison des ancêtres, repartit au
Congo en enjambant à l'envers, pieds joints, une
bassine pleine de sang humain.

GRAVES AVERTISSEMENTS

Sur le passage de Notre Dame du Grand Retour,
des signes palpables de l'ire divine contre les exac-
tions commises par l'homme se sont manifestés.
Que l'on se garde d'oublier que notre Dieu est un
Dieu jaloux et vengeur ! Il a baillé la liberté aux
hommes mais il les laisse agir à leur guise et contre-
venir à ses ordres. Sa justice aura son heure : ce
jour-là il viendra « juger les vivants et les morts ».
N'est-il pas bon d'ailleurs que les chrétiens connais-

sent l'épreuve et la contradiction afin que leur foi et leur confiance soient plus méritoires ? Il lui arrive cependant de montrer sa puissance et d'intervenir parfois pour venger son honneur, en certaines circonstances, dont le moins qu'on puisse dire est que « le doigt de Dieu est là ».

S'il a permis que les révolutionnaires athées de 1793 portent atteinte à la première statue miraculeuse de Boulogne, il a montré, au cours des manifestations du Grand Retour, qu'il ne reste pas indifférent aux outrages des hommes contre celle qu'il a choisie pour être la mère de son Fils.

Voici quelques faits recueillis sur le passage du Grand Retour et qui prêtent singulièrement à réfléchir :

• Un coupeur de canne de Bois-Rouge, au Lamentin, rentrait des champs lorsqu'il rencontra le dais de La Madone porté par six hommes pieux et suivi par une centaine de fidèles qui priaient et chantaient. L'homme a commencé à se moquer d'eux, à faire des commentaires égrillards sur les femmes. Puis, pris d'une soudaine et déraisonnable inspiration, il fit tournoyer son coutelas au-dessus de sa tête en s'écriant :

« S'il ne tenait qu'à moi, je lui couperais la tête à cette statue idiote ! »

Ces mots aussitôt prononcés, le coutelas lui échappa des mains et, sous les yeux terrifiés des pèlerins, lui sauta la tête net.

• À Saint-Esprit, commune au nom prédestiné mais qui est, hélas, tombée aux mains des communistes dans l'après-guerre, le curé sollicita auprès du maire l'aide de quelques cantonniers. Il voulait, en effet, réfectionner le chemin conduisant à l'église qui était dans un état déplorable. Le maire, moqueur et arrogant, le dirigea vers son premier adjoint, arguant du fait qu'il avait des choses plus importantes à faire que de s'occuper de bondieuseries. Quant au premier adjoint, il fiérauda :

« Notre Dame de Boulogne ? Connais pas ! Je n'ai pas de cantonniers pour ça ! »

Alors le curé rassembla quelques paroissiens volontaires et entreprit tant bien que mal de redonner une apparence civilisée au chemin de l'église. Mais dans la soirée, on apprit que le premier adjoint au maire était mort mystérieusement en buvant une tasse de café.

• Aux Anses d'Arlets, trois pêcheurs prenaient leur petit rhum sec dans un bar en devisant joyeusement lorsque deux d'entre eux déclarèrent qu'ils iraient au-devant de La Madone dont le passage était prévu dans les jours prochains. Le troisième ricana et lança à la cantonade :

« Qu'on la traîne par les pieds ou par la tête, c'est pas ça qui remplira mon garde-manger ! »

Les temps étaient, en effet, très durs. Au Miquelon de la mer, peu de bancs de poissons passaient cette année-là et les pêcheurs rentraient le plus souvent avec une demi-calebasse de poissons-marignans, juste de quoi ne pas crever de faim. Pourtant les deux chrétiens le reprirent :

« Retire ces paroles hérétiques, mon vieux ! Tu finiras mal.

— Mal ou pas mal, je m'en fous-ben ! persista-t-il. Ils peuvent la traîner par les seins ou par les fesses que je n'irai pas me prosterner devant votre Madone blanche. »

Le soir même, rentrant chez lui, le blasphémateur reçoit une casserole d'eau chaude sur le pied. La brûlure suppure d'une façon extraordinaire. Une lymphangite aiguë se déclare. Quelques jours après, le malade est subitement atteint d'une paralysie de la gorge qui l'empêche de parler et d'avaler quoi que ce soit. Le médecin ne peut définir exactement la nature du mal et la mort survient avant le passage de la Vierge.

• La distillerie du mulâtre Augier était renommée pour son rhum à l'arôme subtil, rhum qu'il fabriquait en petites quantités et vendait fort cher exclusivement sur le marché métropolitain. Sise au Vert-Pré, sur les hauteurs de la commune du Robert, en un endroit verdoyant d'où on pouvait apercevoir les Ilets, la petite usine employait une douzaine de personnes. Lors du passage de La Madone, les employés sollicitèrent une journée de congé payé. Leur patron les rebuffa :

« Moi, je m'en fous-ben que tous les békés aient libéré leurs ouvriers. Je travaille et j'ai besoin de faire des bénéfices. Pas question ! »

Les employés de la distillerie du Vert-Pré furent donc les seuls habitants du lieu à avoir été privés de la bénéficence de la Vierge du Grand Retour. Ils grognèrent, tapèrent du pied, envoyèrent de la boue, besognèrent au ralenti-môlôcôye mais finirent par se résigner. Certains se mirent à fredonner le cantique du Retour au grand dam du mulâtre Augier qui se vantait d'être agnostique. Mais le matin du passage de La Madone, à huit heures très précises, au moment où les employés se présentèrent à l'embauche, un incendie ravagea totalement la distillerie sans qu'on pût accuser personne car les lieux étaient vides. Seul Augier se trouvait à l'intérieur à faire ses comptes.

N'allez donc pas craindre les maîtres blancs ni leurs patronymes à double particule ni leurs armoiries ! Rien, en effet, n'est voilé qui ne sera révélé, rien de caché qui ne sera connu. Le Prophète Cham fera de grandes et sombres révélations qui feront trembler les assises de la Caste des Grands Blancs. Il sera humilié, pourchassé, ridiculisé, torturé mais il continuera sa mission sans dévier et ce qu'il vous dira dans les ténèbres, dites-le au grand jour ; et ce qu'il vous dira dans le creux de l'oreille, proclamez-le sur les toits.

Doctrine du Chamisme sur la polygamie

La créature masculine a été biologiquement fabriquée par Dieu Tout-puissant pour consommer deux rapports vénériens par semaine. La créature féminine a été biologiquement préparée pour recevoir la divine semence du mâle deux fois par mois. Il est donc malsain, pervers et pour tout dire criminel d'imposer à cette dernière le mariage monogamique qui l'oblige à avoir davantage de rapports que sa nature ne l'y autorise. C'est ce que l'Église païenne de Rome, traître à l'Église de Palestine, appelle le devoir conjugal. Cette expression indique bien ce qu'il y a d'horrible dans la relation monogamique, institution qui asservit la créature féminine aux seuls besoins, par ailleurs légitimes, de son conjoint. En effet, la monogamie transforme l'homme en maître et la femme en esclave. Celle-ci devient par la force des choses dissimulatrice, hypocrite et retorse, cela afin de conserver les avantages matériels et moraux que lui confère son statut d'épouse. Le plus souvent, elle se soumet, contre son inclination, aux désirs charnels de son époux et feint d'avoir du plaisir ou d'atteindre l'orgasme. Cette macaquerie dénature totalement la relation entre l'homme et la femme car si le premier a été fabriqué pour jouir à chaque rapport, il n'en va pas de même pour la seconde qui n'atteint le stade suprême de la plénitude qu'une fois sur quatre (et parfois jamais). Telles a voulu Dieu les deux créatures qu'il a modelées de ses propres mains. Il est par conséquent malsain, pervers et criminel d'accoupler pour la vie entière deux êtres si dissemblables et dont les capacités orgasmiques sont si éloignées. La monogamie est la plus haute expression de l'oppression de la femme par l'homme. Si, la plupart du temps, l'homme y trouve son compte, trompé qu'il est par les faux gémissements de volupté de sa conjointe, la femme, pour sa part, en devient aigrie, nerveuse et détestable. La monogamie est donc une forme d'esclavage sexuel imposé à la femme et le devoir conjugal n'est qu'une manière de viol par consentement mutuel.

Le système polygamique instauré depuis l'époque biblique, tant en Terre Sainte que chez nos ancêtres d'Afrique-Guinée, est le seul qui, non seulement tient compte de la différence de comportement sexuel entre l'homme et la femme mais encore respecte pleinement la nature que Dieu a infligée à cette dernière. Supposons, en effet, qu'un homme possède quatre épouses en sa maison et qu'il couvre chacune d'elles à tour de rôle. Il lui restera trois jours dans la semaine pour reprendre ses forces car le travail est aussi un don de Dieu, et non une punition comme le prétend l'Église païenne de Rome. La semaine suivante une ou deux de ses femmes auront leurs menstrues et seront donc indisponibles. La troisième semaine, l'homme reprendra le rythme sexuel de la première semaine. La quatrième, il se reposera et de toute façon, deux autres de ses épouses auront leurs menstrues. Cela signifie que cet homme aura eu pas moins de douze rapports au cours du mois, chose qui comble parfaitement ses besoins naturels tandis que chacune de ses femmes n'en aura eu que deux ou trois, ce qui leur est tout à fait supportable, sinon agréable. En tout cas plus agréable que le devoir conjugal imposé plusieurs fois par semaine par le régime monogamique.

Dans le Chamisme le mariage est donc polygame et l'adultère librement consenti, c'est l'unité du sang humain qui a rénové la généalogie de la RACE NOIRE. Et renouvelle l'humanité chaque jour sur terre. Voici sa devise :

« Vie — Amour — Verbe — Esprit — Lumière. »

Visible et invisible sortant du néant des phénomènes d'involution et d'évolution de la NATURE par la puissance de notre foi dans le credo universel du Chamisme. Afin que notre joie soit parfaite pour la Devise et la doctrine, afin d'éviter qu'il n'y ait aucune variation, ni aucune ombre de changement dans la puissance créatrice de notre « UNITÉ » existante symbolisée par notre sang et notre Vie religieuse du Chamisme, rénové pour la vie nouvelle dans l'éternité.

Que votre témoignage soit : oui-oui ou non-non de vos oracles et de vos grâces obtenues.

Prophète Cham

Autodidacte Oniromancien — Artiste en mythologie

Fait prière — Neuvaine oracle — Chant — Bain de rénovation

Reçoit tous les Lundi et Vendredi — à la chapelle du DOGME DE CHAM.

Jeanne-d'Arc (Lamentin) — MARTINIQUE

Ils partirent des hauteurs du Morne Acajou et campèrent sur les contreforts de la montagne du Vauclin.

Yahvé Dieu marchait avec eux, le jour dans une colonne de nuée pour leur indiquer la route, et la nuit dans une colonne de feu pour les éclairer, afin qu'ils

puissent marcher de jour et de nuit. La colonne de
nuée ne se retirait pas le jour devant le peuple, ni la
colonne de feu la nuit.

Dame Victoire se traînait sur les genoux, insensi-
ble à la dureté des roches, tenant par la main
d'autres pénitentes également ployées presque face
contre terre. Elles avaient retroussé leurs robes en
sac de farine-France à mi-cuisse et se contorsion-
naient pour tenter de suivre le rythme du cortège.
Aucune d'elles ne comptait plus les jours car désormais, il n'existait plus ni ombre ni lumière : l'élan
de leur foi leur ouvrait une route infaillible. Dictionneur s'était, quant à lui, placé tout à l'arrière
dans la foule des galope-chopines et des nègres de
peu de foi qui clamaient : « Tant que la Vierge du
Grand Retour ne fera pas un miracle devant mes
deux grains de cocos-yeux, là, ici et maintenant, je
dirai que tout ça c'est de la macaquerie. » Les Missionnaires n'avaient pu trouver un moyen satisfai-
sant de tenir ces bougres-là à l'écart, bien qu'ils les
eussent menacés avec la plus extrême solennité
d'excommunication. N'importe qui ne pouvait-il
pas décider de courir La Madone ? Et cette dernière
n'était-elle pas venue justement pour ramener les
païens dans le droit chemin ? D'ailleurs, tout condam-
nables qu'ils étaient, ils portaient une torche de
bambou ainsi qu'un missel ou un chapelet-rosaire
et surtout ils chantonnaient, quoique avec un certain retard sur le gros du cortège :

> « *Chez nous soyez Reine,*
> *Nous sommes à vous ;*
> *Régnez en souveraine*
> *Chez nous, chez nous.* »

254

Rigobert, fort logiquement, incita Dictionneur à se rapprocher de l'avant, arguant du fait que si la Vierge devait faire un geste ce jour-là, ils risqueraient de n'en tirer aucun bénéfice. Ils se faufilèrent non sans mal parmi les suivants immédiats du dais où s'élevait la divinité et imitèrent ceux qui, de temps à autre, lui touchaient le pied. Ce pied qui commençait d'ailleurs à s'user sous l'effet des milliers d'attouchements qu'il avait subis. Le major du Morne Pichevin fit un signe de croix et afficha un air pénétré qui faillit déclencher un fou rire chez Dictionneur. Autour d'eux, des gens de bien récitaient des prières à voix basse sans jamais perdre de vue La Madone. Celle-ci tanguait légèrement dans le canot décoré d'ampoules et de guirlandes. La camionnette, qui tirait le dais monté sur quatre roues, dégageait une fumée désagréable dont les fidèles se protégeaient avec des mouchoirs imbibés d'eau de Cologne. De chaque côté de la procession, des Missionnaires du Grand Retour, en soutane resplendissante de blancheur et en chasuble mauve, formaient une sorte de garde prétorienne tout en dirigeant l'en-allée des prières. Dictionneur sursauta :

« Mais elle est sacrément petite ! »

Sur la place de La Savane, le jour de l'arrivée de la vierge nautonière, il lui avait baillé quatre bons mètres de hauteur comme tous ceux d'ailleurs qui avaient assiégé l'En-Ville ce soir-là, or voici qu'une fois à ses pieds, il la trouvait fort peu imposante. Il interrogea du coude Rigobert lequel était tout bonnement transfiguré. Le bougre récitait les prières à l'unisson sans faillir sur un seul mot alors qu'il ne connaissait, selon toute vraisemblance, que la première phrase du Notre Père.

« Elle a rétréci ou quoi ? insista Dictionneur.

— Si c'est Satan qui s'exprime par ta bouche, je demande à un abbé de te foutre un coup d'eau bénite, oui », s'indigna quelqu'un derrière lui.

Tout en continuant à battre leur bouche sans arrêt, des fidèles le foudroyèrent de leurs yeux étincelants de foi. Tout le monde était agenouillé à présent et avançait en raclant le sol des genoux. Seul le Père Ploquet, grand maître d'œuvre de la procession, et trois acolytes qui portaient des croix démesurées à l'avant continuaient d'avancer normalement. La nuit, en son début, était parfaite. Les étoiles brillaient de tous leurs feux. Dans les halliers on ne percevait aucun des bruits habituels, comme si les bêtes des bois s'étaient imposé le silence. À la rivière Blanche, certains essuyèrent le bol ensanglanté de leurs genoux ; d'autres y trempèrent leur mouchoir qu'ils amarrèrent autour de leur front. Au bout d'un moment, Dictionneur ne sentit plus le poids de ses jambes ; il était devenu léger, presque aérien et chantait lui aussi le « *Chez nous soyez Reine* ». À Pays-Mêlé, les prêtres blancs firent un pauser. Le Père Ploquet planta l'une des croix sous un gigantesque fromager, chose qui provoqua un frisson chez maints pèlerins. Il lut un passage de la Bible puis il appela un vieux nègre paralytique que deux jeunes hommes costauds portaient à bout de bras. Il l'aspergea d'eau bénite et fit donner de l'encensoir. Une grappe de gens du quartier était venue grossir la procession. Les femmes étaient étrangement désirables dans leurs hardes pour dormir que la lueur des torches de bambou rendait transparentes. L'abbé posa la main sur la tête du vieux-corps et lui demanda :

« Quel est ton nom ? »

N'obtenant aucune réponse, il répéta la phrase en créole.

« Abdon Constance, mon père.

« — Quel âge tu as sur ta tête ?

— Soixante-douze ans et quelques années-savane en plus, mon père.

— Où habites-tu ?

— Ma case est à Eaux-Découpées… j'ai fait charpentier à la Transat pendant quarante ans. »

Se figeant tout à coup, l'abbé murmura une prière avant de reprendre son interrogatoire.

« Pourquoi tes bras et tes jambes refusent-ils de bouger ?

— J'ai péché, mon père… j'ai passé ma vie à boire du rhum, j'ai coqué femme après femme, j'ai joué au combat de coqs, j'ai injurié la mère de Dieu. J'ai fait toutes qualités de vagabondageries dans mon existence. Dieu a fini par prendre mon serrage… »

Les porteurs approchèrent le paralytique du dais tandis que la foule entonnait le chant du Retour avec une vigueur renouvelée. L'abbé se mit presque à hurler :

« Repens-toi ! Exècre tes péchés sur-le-champ ! »

Le vieillard semblait terrorisé. Ses lèvres se débattaient tels les bras d'un noyé à la dérive sans qu'aucun son réussisse à en jaillir. Alors des larmes zigzaguèrent sur ses joues fripées et il ferma les yeux. Chacun de ses bras morts fut soulevé par les porteurs qui les frottèrent tout contre les flancs de La Madone mais ils retombaient, flasques et dérisoires, plus inertes que jamais. Dame Victoire s'approcha de l'oreille du paralytique et lui chuchota quelque chose. Ce dernier desserra légèrement les paupières puis, comme transpercé par une soudaine illumination, s'écria :

« Vierge du Grand Retour, tu es notre reine sur cette terre ! À tes pieds, je condamne les vilenies que j'ai commises depuis le jour de ma naissance. »

On le vit redresser le bras gauche avec une lenteur infinie, ouvrir tout grand ses doigts comme pour éprouver leur subite mobilité et palper l'air, une joie débordante embellissant sa figure. La foule trépigna. Des marmailles furent bousculées qui se mirent à hurler. Hosanna ! Gloire à toi, reine des cieux qui daignes jeter un manteau de compassion sur la condition du nègre ! Entre prières exaltées et cris de surprise s'éleva une voix cristalline qui fit chalouper les couplets du chant du Retour sur un air de mazurka créole. Adelise chantait et ce chant semblait émaner de son ventre même. De ce renflement monstrueux à l'intérieur duquel son deuxième jumeau persistait à se refuser au regard du monde. Ce jumeau que tout un chacun attendait ici comme le messie nègre. Le paralytique reprit le chant à son tour, d'une voix étonnamment juvénile, puis se dressa, d'abord fragile, sur les épaules de ses porteurs ahuris, cela dans un grand murmure de la foule des croyants. Empoignant les pieds de la statue, il se mit à les caresser en s'écriant :

« Mes membres sont revenus à la vie, merci Sainte Mère de Dieu ! Ah, je vais remarcher, je vais remarcher ! »

Et le miracle de s'accomplir. Un Missionnaire du Retour se précipita sur lui et lui accrocha une chaînette bénie autour du cou. Le cortège, qui n'avait cessé d'avancer, arriva au Gros-Morne dans un charivari qui stupéfia les paroissiens de l'endroit, vêtus pour la plupart en dimanche, compassés, raides malgré l'ardeur du soleil couchant. Ils s'étaient préparés à prendre le relais, leur visage arborant une dignité qui contrastait avec l'ivresse des arrivants. Mais dès qu'ils apprirent la bonne nouvelle, les Gros-Mornais se joignirent à la sarabande, entraînant sur leur passage les hésitants qui s'étaient rassemblés aux fenêtres des cases, les goguenards et les athées qui, un verre de rhum à la main, contemplaient d'un air ironique cet équipage. Quelques

Blancs-pays se mêlèrent même à la négraille, insoucieux des odeurs de sueur qui, à les entendre, les importunaient si fort. Le premier édile étant favorable à l'Église, le miraculé fut accueilli en grande pompe dans la salle d'honneur de la mairie.

« Tu vois que ton prophète Cham, il est dans le tort absolu », glissa Philomène à Dictionneur pendant qu'elle se frayait à grand-peine un passage jusqu'à l'estrade où les Missionnaires du Retour l'avaient fait mander.

Le miracle avait, en effet, insinué un doute affreux dans le cœur du jeune homme. Il sortit de la salle surchauffée où s'élevaient déjà des discours enflammés et se mit à la recherche d'une fontaine publique. Son visage et ses bras étaient couverts d'une vilaine plaque de poussière et ses yeux le brûlaient. Un sentiment de solitude impressionnant s'emparait de lui qu'il avait grand-peine à endiguer. Rigobert, Fils-du-Diable-en-Personne, Bec-en-Or, Carmélise et tous les autres, bien que fourbus et crottés, semblaient radieux. Le fier-à-bras du Morne Pichevin allait répétant que la foi « descendait » en lui. Il n'accusait plus le Bondieu d'avoir placé le Blanc tout en haut de l'échelle et le Nègre tout en bas. À la fontaine, les Congos, qui s'occupaient de collecter les offrandes à La Madone et de les ranger dans le camion-dix-roues, nettoyaient le véhicule à grands seaux d'eau en s'esclaffant. Découragé, Dictionneur, son Littré sous le bras, chercha un coin tranquille qu'il finit par trouver à l'enbas d'un mandarinier en fleur, un peu à l'écart des premières demeures du bourg du Gros-Morne. S'allongeant à même l'herbe, il mit son livre sous sa tête et ferma les yeux.

Bientôt l'esprit de Cham ne tarda pas à pénétrer ses rêves. Une langue inconnue de lui, aux sonorités enveloppantes, lui caressa les oreilles, le front, la peau tout entière. La langue originelle ! Celle que les parents des parents avaient parlée et qui s'était effritée dans le tourbillon des récoltes de canne à sucre, des enfermements au cachot, des crachats et des viols. Dictionneur la comprenait d'emblée et c'était un pur ravissement que d'entendre le vrai nom du ciel. Le vrai nom de l'igname. Le vrai nom des savanes et des mornes boisés. Chaque arbre possédait son nom propre et de se sentir ainsi nommés, ils semblaient en frémir. Effacés les mots sans saveur des Blancs, leurs parlures rêches qui claquaient à la manière de coups de fouet. Désincarnés aussi les mots créoles qui manquaient par trop d'ancestralité. Le jeune homme banda ses cinq sens, plus les deux autres que les maîtres ignoraient (celui de s'absenter sur-le-champ de son enveloppe charnelle et cet autre qu'il ne fallait surtout pas révéler au grand jour sous peine d'être transformé en fumée), pour retrouver le nom de sa famille. Pas ce « Frémontier » vaguement arrogant dont le hasard avait affublé cette dernière au sortir de l'esclavage au mitan du siècle dernier. Pas ce « Dictionneur », ce surnom lui aussi prétentieux qu'il s'en voulait d'avoir accepté sans réagir. Non, il voulait le vrai nom. Le prononcer, le mouler entre sa langue et son palais. Lui bailler vie. Le nom d'Afrique-Guinée. Mais celui-ci se refusait à sortir des limbes en dépit de tous ses efforts. Il résistait-résistait-résistait.

C'est le raclement d'une lame de coutelas qui hala tout net le jeune nègre de son assoupissement. Il se redressa vivement sur les coudes et découvrit son compère Manoutchy qui psalmodiait dans sa langue à lui tout en affrontant un ennemi invisible. L'Indien-couli, les yeux exorbités, vêtu d'une insolite tunique rouge et d'un pantalon bouffant de même teinte, empoignait des deux mains un coutelas et avançait en tailladant le vent. Sa bouche modulait une mélopée implacable qui pétrifiait tout son entour, voltigeant en tous sens des paquets de lumière affolée. Dictionneur écarquilla les yeux. La langue qui l'avait donc baigné de force tout à l'heure n'était point celle qu'il s'était imaginée. Ce n'était pas la langue d'Afrique-Guinée mais le tamoul. Comment se pouvait-il qu'elle l'ait transporté presque aux portes de la Terre Sans Mal ?

Le jour allait décroissant. De loin lui parvenaient les éclats de voix joyeux des pèlerins qui cherchaient le gîte et le couvert chez l'habitant comme à l'accoutumée. Quelques guirlandes électriques s'allumèrent à l'orée du bourg du Gros-Morne, dessinant un grandiose « AVE MARIA ». Dictionneur contempla, sidéré, le combat de Manoutchy contre l'Invisible. La lame du coutelas ruadait sans cesse au-dessus de la tête de l'Indien et frappait dans un sifflement effrayant. Il avait dû exterminer plus de mille démons. Ces démons dont il déclinait les noms étranges chaque fois que Rigobert ou Bec-en-Or le questionnaient sur la religion coulie. Dictionneur s'était souvent gaussé de ce qu'il avait toujours considéré comme un rite satanique, une abomination sur terre, mais présentement il prenait conscience de sa puissance. De sa belleté même. Car Manoutchy était devenu encore plus rayonnant. Jamais Dictionneur n'avait vu homme si beau de toute sa vie. Jamais.

Quand le faire-noir drapa la terre avec sa sauvagerie habituelle, l'Indien-couli se prosterna face contre sol et ne bougea plus. Dictionneur s'approcha de lui à pas prudents. Il n'osait interrompre sa méditation. Une sorte de timidité affectueuse le paralysait. Il voulait lui serrer les mains, l'étreindre, éprouver le contact de sa joue imberbe contre la sienne que parsemait une maigre barbe crépue comme une enfilade de grains de poivre. Il avait le sentiment qu'ils étaient désormais devenus des frères, lui, Dictionneur, le nègre et lui, Manoutchy, l'Indien-couli. Non pas des frères de sang mais des frères d'âme, ce qui était le plus important, se rendait-il compte à présent. Manoutchy finit par lever la tête et, l'apercevant, se mit à sourire.

« *Ou*… (Tu…) commença Dictionneur.

— Ne dis rien ! Tu m'as vu vaincre le kalapani…

— Le quoi ?

— Cette maudition qui nous suit à la trace depuis que notre peuple a dû quitter le pays natal, l'Inde. Maintenant… maintenant, ce pays-ci, la Martinique, ce pays-là… c'est le mien… C'est… le nôtre…

— C'est le nôtre, oui ! » approuva Dictionneur en l'enlaçant.

PSAUME CRÉOLE

Acclamez la Madone du Retour, ô nègres de céans,
Chantez et battez tambour à la gloire de son nom
Rendez-lui sa louange et sa gloire,
Dites à la Vierge : que tu es belle et redoutable !

À la mesure de ta vaillantise, ô Mère
*   de l'Enfant-Dieu*
Tes ennemis se font tes flatteurs ;
Toute la Martinique se prosterne devant toi
Elle te chante, elle chante pour ton nom.

Venez, peuple créole, voyez les gestes
*   de La Madone*
redoutable en hauts faits pour les fils de Cham
Elle changea la mer en terre ferme,
On passa la rivière Lézarde à pied sec.

Là, notre joie en elle,
Souveraine de puissance éternelle
Les yeux sur les nations créoles, elle veille,
Sur les rebelles pour qu'ils ne se relèvent.

J'ai rencontré enfin cette chose terrible et exaltante qu'est la vraie Foi. Elle a pénétré en moi avec la force d'un cyclone et m'a soulevée de terre pour m'emporter en un lieu jusque-là inconnu de moi. Un lieu où il n'existe ni bruit ni odeur ni couleur mais tellement apaisant, tellement serein. Avant, ce que j'appelais l'amour de Dieu n'était qu'un pauvre sentiment humain, une sensation superficielle qui s'évanouissait à la moindre secousse de mon âme. Ainsi ai-je désespéré de Dieu à la mort d'Amédée. J'en ai voulu à l'univers entier et à son créateur. On disait partout « Philomène est folle ! Elle s'est laissé meurtrir par le chagrin ». On me prenait en pitié. Ou bien on se moquait de ma détresse pour me contraindre à me ressaisir. J'ai dû enfouir au plus obscur de moi-même les signes extérieurs de ce grand vide qui se creusait en moi peu à peu, ne me laissant que ma carcasse à traîner sur le trottoir du Pont Démosthène où m'attendaient mes clients avides de goûter à ma chair de câpresse. Mais je ne vivais plus, je titubais de vivre. Chaque parole, chaque geste de ma part était un formidable titubement et j'étais la seule à le ressentir. Même, les êtres les plus proches de moi comme Adelise ou Rigobert ne l'ont jamais perçu car à force de vivre à portée de voix, ce qui veut dire à portée de la douleur d'autrui, on finit par s'y accoutumer et l'oublier. Ils prenaient la soudaine raideur qui s'emparait de moi au détour d'une conversation comme de la simple fatigue. Lutter contre le vide qui s'agrandit à l'intérieur de vous est une épreuve que le passage du temps, ce remède-guérit-tout, est impuissant à surmonter. Le vide est hors du temps. Pour le vrai chagrin, il n'y a pas d'écoulement des mois ou des années. L'éternité est sa seule mesure. Qui oublie l'être aimé ne l'a pas vraiment aimé. Je n'ai pas oublié une seule mimique d'Amédée, une seule inflexion de sa voix. Ni son rire sombre lorsqu'il était excité par la page du livre (*Jacques le fataliste*) qui l'occupait et que, l'instant d'après, il se mettait, fiévreux, à rédiger ses « Mémoires de céans et d'ailleurs ». Parfois, je le sentais si près de moi, si près de ma figure que j'avais peur de me retourner. Amédée a toujours vécu en moi comme au tout premier jour.

La vraie foi, je l'ai ressentie au contact du chef des Missionnaires du Retour, l'abbé Le Gloarnec qui, dès le premier jour, a fait preuve d'un incroyable dévouement. Il marchait pieds nus tant sur l'asphalte brûlant que dans les chemins de pierre, indifférent à ses blessures, au sang qui dégoulinait de ses orteils. Lorsque le cortège faisait sa halte vespérale dans quelque commune, il ne se précipitait pas sur le boire et le manger comme le restant des fidèles. Il cherchait un point d'eau, source des bois ou fontaine publique — et quand cela faisait défaut, il se dirigeait vers la mer — où il faisait de longues ablutions sous le regard goguenard des habitants. Sa couleur de farine-manioc fraîchement pressée, son air hâve, sa carcasse décharnée n'imposaient pourtant nulle pitié car il possédait une étrange lueur dans le regard, une sorte de feu qui, lorsqu'il se posait sur vous, enflammait votre peau. L'abbé Le Gloarnec conversait fort peu avec les autres ecclésiastiques, s'inquiétant du sort des fidèles en mauvaise santé ou des enfants en bas âge, toujours attentif aux récriminations, aux sollicitations ou aux lamentations de ceux qui trouvaient que la

Vierge n'était pas assez prompte à satisfaire leurs vœux. Il se contentait d'un faible sourire et d'une main apaisante, vous tapotait l'épaule en murmurant :

« Dieu te bénisse ! »

C'est à l'étape de Morne-des-Esses qu'il m'a remarquée. Nous étions tous très excités, après des jours et des jours de marche ininterrompue, à la perspective de passer la nuit au cœur du pays, en ce lieu réputé pour ses sorciers, ses quimboiseurs, ses zombis volants et autres chevaux-à-trois-pattes. Dictionneur, qui s'était ouvertement déclaré disciple de Cham, nous menaçait sans arrêt :

« Votre pèlerinage de nègres à Blancs s'arrêtera à Morne-des-Esses, foutre ! Là, le peuple noir se dressera et brisera votre statue soi-disant immaculée. »

Le jeune nègre savant propagandisait sur la nécessité pour chaque homme de disposer de plusieurs femmes dans sa maison, de l'impératif retour non pas dans la chrétienté mais dans l'Afrique qu'il appelait « La Guinée, notre mère », sur le caractère diabolique des hommes blancs, créatures qui n'avaient, sermentait-il, pour unique but que de conduire la race des nègres tout droit en enfer. Parfois, Rigobert et Fils-du-Diable-en-Personne vacillaient. Je les sentais balancer entre leur vénération pour La Madone et les propos enflammés du zélateur du Chamisme. Ils m'avaient, séparément, avoué le vœu qu'ils avaient formulé en leur for intérieur au commencement du pèlerinage. Rigobert désirait avec ardeur posséder des yeux bleus. Tout simplement. Comme ça, m'assura-t-il, les yeux des Blancs créoles cesseraient du même coup de brûler les siens. Il pourrait les regarder en face et leur dire leur fait, tout nègre qu'il fût. Quant à Fils-du-Diable-en-Personne, il rêvait d'un peau entièrement blanche, débarrassée de ce stigmate qu'était, selon lui, la couleur noire. D'ailleurs plaisantait-il :

« Je ne veux que ressembler à mon père. Ne dit-on pas dans les contes créoles que le Diable est un bel béké ? »

En fait, j'avais peu à peu réussi à soutirer à chacun des nègres du Morne Pichevin son secret. Carmélise voulait redevenir vierge comme à sa naissance, effaçant ainsi douze grossesses de douze pères différents. Manoutchy cherchait à se remémorer les mots de tamoul que lui avait enseignés son grand-père et qui permettaient à tout Indien martiniquais vraiment pieux de voyager la nuit jusqu'en Inde. Bec-en-Or, le fier-à-bras du quartier Bord de Canal, souhaitait retrouver le coup de pied mystérieux qui, deux décennies durant, lui avait permis de terrasser ses adversaires les plus redoutables lorsqu'il combattait au damier. Mathieu Salem désirait vivre jusqu'à deux cents ans comme Abraham et parvenir à localiser la plantation Belles-Feuilles où son maître avait enterré une jarre d'or, peu avant l'abolition de l'esclavage au siècle dernier. Ils s'étaient tous confiés à moi sous le sceau du secret parce que j'étais à leurs yeux la carmélite, celle que Dieu le père et la Vierge du Grand Retour avaient désignée pour représenter les nègres du bas peuple auprès de la mulâtraille et des Blancs. Seule ma nièce Adelise se refusait à s'ouvrir à moi avec une obstination qui me procurait une vive irritation. Sa fausse couche, au lendemain de l'arrivée de La Madone, l'avait rendue encore plus taciturne qu'à l'ordinaire et je ne savais vraiment pas ce qu'elle pouvait bien attendre d'une divinité qui, à la vérité, s'était montrée bien cruelle envers elle. J'avais été soulagée lorsque ce chien de Florentin Deshauteurs avait disparu, sans doute noyé dans la mer de Grand-Anse du Lorrain sur la plage de laquelle il devait se livrer à quelque invocation démoniaque. Ses manières ne m'avaient jamais paru franches. Son bonjour non plus n'était pas vrai. Et lorsque Rigobert m'avait révélé le rôle qu'il avait joué en tant que commandeur lors de la grève sanglante de l'Habitation Lajus, j'avais laissé la haine s'emparer de moi bien qu'un tel sentiment ne fût point chrétien.

Or, il ne se passa rien à Morne-des-Esses, aucun événement ne contraria le moins du monde l'avancée de La Madone. Il est vrai que, dès l'approche du quartier Bezaudin, l'abbé Le Gloarnec avait pris, chose inhabituelle, la tête de la procession et avançait à vingt pas devant le dais qui portait la Vierge et son canot. La population de l'endroit s'était massée au bord de la route, comme à l'ordinaire, rivalisant de simagrées pour attirer l'attention de celle-ci sur leur personne. Une femme obèse fut prise de transes et roula comme une boule dans un ravin, ce qui arracha un fou rire aux pèlerins. Nous avions été prévenus qu'au quartier Pérou, le redoutable quimboiseur Chrisopompe s'était juré de nous volatiliser d'un simple geste de la main. Sa réputation avait atteint l'En-Ville pendant l'entre-deux guerres et l'on venait parfois de la Guadeloupe ou de Trinidad pour lui acheter une guérison ou pour renvoyer un mal à un ennemi. Mais ce pour quoi il était devenu célèbre était cet art de faire disparaître humains, animaux ou choses en six-quatre-deux, pratique magique qu'il avait acquise, prétendait Radio-bois-patate, au contact des derniers nègres-Congo d'une plantation de Sainte-Marie. Cette race-là, qui n'était pas créole parce que venue après l'abolition comme les Indiens-coulis, vivait à l'écart et était tenue dans un ostracisme extrême par les gens de l'endroit. Dans les premiers temps, ils étaient en possession d'un contrat de travail au terme duquel ils devaient être rapatriés en Afrique mais, trop souvent, les maîtres blancs feignaient d'ignorer cette clause et remettaient leur départ à l'année-cannelle ce qui veut dire à jamais. Alors on les voyait prostrés aux abords de leurs cases girondes en paille de canne, accroupis, le regard baissé obstinément vers le sol, mâchonnant du mauvais tabac où s'enivrant de tafia. Certains mouraient de mélancolie, d'autres se suicidaient ; les plus courageux s'enfuyaient des plantations et trouvaient refuge dans les bourgs où ils finissaient par se noyer dans la masse. Bien qu'ils fussent durs à la tâche et bien élevés (on n'en avait jamais surpris un seul chapardant quoi que ce soit), on les dérisionnait toute la sainte journée. Surtout les femmes qui étaient fascinées et horrifiées tout à la fois par le noir si profond de leur peau. Elles les houspillaient pour un rien :

« Sacrés nègres-Congo, vous puez à distance ! »

Il n'y avait que le jeune Chrisopompe, dont le père était le fossoyeur du Morne-des-Esses, à leur porter du respect. Son histoire était connue de tous : il demeurait des heures entières caché à la lisière de leurs cases, épiant leurs faits et gestes et tentant de comprendre leur langage si particulier, beaucoup plus doux en tout cas que notre créole. La nuit, il se glissait hors de la pièce qu'il partageait avec ses huit frères et sœurs et, insoucieux des esprits malfaisants qui rôdaillaient à travers la campagne, se rendait jusqu'à une petite savane isolée où il admirait leur façon de battre le tambour, façon feutrée, serpentine, très semblable à leur parler justement et là, il les trouvait beaux et nobles. Leurs danses lascives avec d'invisibles partenaires féminins étaient un hommage à la vie et à son mystère. Devenu adolescent, Chrisopompe trouva à s'employer dans les petites-bandes chargées de ramasser les tronçons de canne oubliés après la coupe. Fort des quelques mots de leur langue qu'il avait réussi à retenir, il sympathisa avec un nègre-Congo qui était connu pour son pouvoir divinatoire et qu'à l'occasion, les Grands Blancs et quelques nègres créoles n'hésitaient pas à consulter. L'homme lui enseigna des secrets d'Afrique c'est-à-dire le pouvoir de guérir la folie subite, le mal d'amour, le pian, la pleurésie et toutes ces vilaineries qui frappaient les nègres-campagne. Il lui apprit aussi à se protéger des maléfices et à les retourner à leur envoyeur. Mais ce qui distingua, final de compte, Chrisopompe des sorciers, melchiors, mentors, séanciers et guérisseurs du Morne-des-Esses, endroit où ils florissaient à cause de l'éloignement de l'En-Ville, ce fut l'art de faire disparaître d'un simple geste qui il voulait et ce qu'il voulait. Il allait d'ailleurs répétant à tous vents :

« À présent, je suis un Congo, que ceux qui osent me dérespecter fassent attention à ne pas devenir plus invisibles que l'air ! »

Et sa parole n'était pas vaine jactance car maints audacieux se volatilisèrent au vu et au su de tout le monde pour avoir voulu défier Chrisopompe. Telle était donc la réputation que faisait Radio-bois-patate à ce dernier, réputation qui n'avait eu cesse de tourmenter le pèlerinage de la Vierge du Grand Retour au fur et à mesure qu'il approchait du Morne-des-Esses. D'ailleurs, nombre de fidèles décidèrent de le déserter dès qu'il eut atteint la commune du Marigot, sautant donc l'étape redoutée et espérant réintégrer la sainte procession en la commune de Trinité. Dictionneur, pour sa part, était tout bonnement rayonnant. Il prophétisait des choses terribles qui en effrayaient plus d'un à commencer par Rigobert et Fils-du-Diable-en-Personne :

« La prédiction de Cham se réalisera au Morne-des-Esses, mes amis ! Là, les dieux des nègres vaincront votre Vierge Marie et les zélateurs de celle-ci disparaîtront dans les airs. Ha-Ha-Ha ! Oui, vous deviendrez tous des nuages ou alors de la fumée, de la simple fumée de four à charbon, oui. »

L'abbé Ploquet tenta de le chasser du cortège en le menaçant d'excommunication mais il rétorqua, impudent et rigolard :

« La route appartient au gouvernement, pas à l'Église, foutre ! Tout le monde a le droit d'y marcher quand il veut et comme il veut. Foutez-moi la paix !

— Mécréant que tu es !

— Voleur de religion que vous êtes ! Vous les Blancs n'avez jamais inventé une seule religion ni eu aucun prophète ! La terre d'Europe n'a enfanté ni le judaïsme ni le christianisme ni l'islam ni l'hindouisme ni le bouddhisme ni la religion-Congo ni rien du tout alors, je vous le répète, foutez-moi la paix ! »

L'abbé dut rabaisser sa caquetoire et l'on devinait qu'à l'approche du Morne-des-Esses, les autres ecclésiastiques et lui nourrissaient une appréhension qui les rendait fébriles et agressifs. Ils calottaient les acolytes, reprochaient aux femmes leur tenue négligée, corrigeaient certains chants que la chaleur et la fatigue avaient estropiés dans la bouche des porteurs du dais. Il n'y avait que le chef des Missionnaires du Retour pour garder son équanimité, si bien que lorsque la statue de la Vierge atteignit le Pérou et que Chrisopompe sortit de sa tanière, entièrement vêtu de feuilles de bananier sèches, une sorte de sceptre en mahogany à la main, le front ceint d'un bandeau écarlate, l'abbé Le Gloarnec ne frémit pas comme l'ensemble du cortège qu'il devançait, ni ne s'arrêta ni ne recula. Il dévisagea le quimboiseur dans le mitan des yeux et sourit. Leur affrontement dura un siècle de temps c'est-à-dire à peine une minute car Chrisopompe dessina une figure dans le vide à l'aide de sa main gauche autour de laquelle était enroulé un serpent trigonocéphale vivant et cria :

« *Disparet ké pwan'w, isalop ki ou yé !* (Disparais, salopard que tu es !)

— *Credo in unum Deum !* » (Je crois en un seul Dieu !) riposta l'abbé Le Gloarnec avec une puissance, une foi qui me firent frémir dans les tréfonds de ma chair de femme.

Le geste de Chrisopompe, deux fois, puis trois fois répété, ne fit point disparaître son adversaire qui continuait à avancer sur lui, plus déterminé que jamais. Le nègre-Congo dut s'écarter au dernier moment avec une telle brusquerie que le serpent se délova autour de son bras et s'escampa à travers les bois. La foule des campagnards qui observait la scène, médusée, s'écria :

« *Bétjé-Fwans-lan pli fò, wi !* » (Le Blanc-France est le plus fort, oui !)

Alors Chrisopompe tourna les talons, sans mot dire, incroyablement ridicule et dérisoire dans son accoutrement de feuilles de bananier sèches. Il emprunta la trace qui menait à Saint-Aroman, un lieu d'un telle altitude qu'il y faisait presque froid la nuit et où les feuilles rousses des grands arbres tombaient à la saupoudrée sous l'effet de vents venus du fin fond de l'Atlantique. Jamais il ne réapparut, aux dires de Radio-bois-patate qui affirma qu'il se laissa mourir de faim au plus reculé de la forêt. En tout cas, le jour de son affrontement avec l'abbé Le Gloarnec, je vis la foi de près. Je pus la toucher. Elle suintait par tous les pores de la personne du chef des Missionnaires du Retour. Elle éclatait à travers ses poils d'yeux, baillant à son regard une claireté presque intimidante. Lorsque la statue fut déposée dans la chapelle en tôle du Morne-des-Esses et que pèlerins et natifs de l'endroit s'y précipitèrent pour la dévotionner, il demeura un peu à l'écart, sans doute à la recherche d'un peu d'eau fraîche. Je lui proposai de l'accompagner jusqu'à une source que j'avais repérée entre Pérou et Bezaudin, à un quart d'heure de marche environ.

« Vous êtes une bonne chrétienne, ma fille, me lança-t-il, jovial. Vous n'hésitez pas à revenir sur vos pas. C'est bien ! »

Lui, aucune sorte de fatigue ne semblait l'atteindre. Il marchait d'une allure toujours régulière, qu'on fût en plein soleil ou sous les coups de boutoir d'un grain-blanc qui voilait l'horizon sans crier gare. À un moment, il fit une halte près d'un énorme rocher volcanique qu'il se mit à examiner. Il passait sa main dans chacune de ses excavations comme s'il caressait une créature vivante et se tournant vers moi, il déclara :

« Toute chose vit. C'est notre peu de foi qui nous empêche de le ressentir. Venez, approchez-vous ! »

Il se saisit de ma main qu'il frotta avec douceur sur la surface bosselée du rocher et aussitôt j'en éprouvai un bien-être inouï. La peau du Missionnaire était glacée, ce qui hérissa les poils de la mienne et me fit tressauter. Mon cœur se mit à chamader à grand ballant. Une force secrète pénétrait en moi et me soulevait de terre. J'étais légère, aérienne. Je voyais la vie courir dans les veinules des arbres, je lisais de prochains orages dans l'affolement subit des nuages. Et surtout mon corps, tout mon corps n'était plus qu'amour. J'avais envie de tout étreindre, de ne faire plus qu'une seule entité avec les champs de canne environnants, avec les siffleurs-des-montagnes qui s'enchaleuraient à battements d'ailes fluides au-dessus de nos têtes. Avec ce rocher jailli des entrailles du volcan et qui semblait garder la route pour l'éternité à venir.

« Ce qui est en vous présentement, c'est cela la foi ! » me murmura l'abbé Le Gloarnec.

Nous continuâmes jusqu'à la source où il se baigna nu sans que cela me choque. Je lui trouvais de l'allure en dépit de son ventre qui pendait, des rides de son cou et de sa calvitie.

« Qu'attendez-vous de La Madone ? » me demanda-t-il en se rhabillant.

Interloquée, je demeurai plantée là, l'air d'une coupable prise en faute. Il répéta sa question en me tenant par les épaules.

« Maintenant que vous savez ce qu'est la foi, qu'allez-vous en faire ? ajouta-t-il.

— Je... j'ai perdu la seule personne qui m'offrait une raison de vivre, mon père.

— Alors aimez Dieu désormais ! »

Puis il m'ordonna de m'agenouiller et de répéter à sa suite :

« Ô Père éternel, je te demande de me pardonner tous mes péchés, toutes les offenses que je te fais. Je suis pécheresse sur la terre, je te demande d'exaucer mes vœux et ma prière. Augmente la foi et la confiance que j'ai en toi, Seigneur. Éclaire-moi de ta lumière qui ne s'éteindra jamais. Donne-moi l'intelligence et la sagesse comme le bon roi Salomon. Envoie les anges me conduire dans le sentier de la justice. Fais pleuvoir ta bénédiction du ciel sur moi. Donne-moi les sept dons du Saint-Esprit. Relève ma grandeur, retire-moi de la boue et de la poussière. Seigneur Jésus, c'est toi qui sais ce qui est nécessaire pour l'entretien de ma vie, c'est ta volonté et non pas la mienne. Aie pitié de ma misère, Seigneur ! »

Et il repartit à la chapelle du Morne-des-Esses sans s'occuper davantage de moi alors que la nuit s'apprêtait à tomber et que la route devenait peu sûre. Je me mis à avancer dans les ténèbres qui étaient étrangement lumineuses et je vis peu à peu apparaître au-devant de moi le visage radieux d'Amédée Mauville, mon bien-aimé.

Le prophète Cham prit la fiole d'huile et la répandit sur la tête de Dictionneur, puis il l'embrassa et lui dit :
« N'est-ce pas Yahvé qui t'a oint comme chef de son peuple ? C'est toi qui jugeras le peuple de Yahvé et le délivreras de la main de ses ennemis d'alentour. »

Dictionneur répondit en joignant les mains :
« Je ne suis point le seul ni l'élu. Briseront aussi nos chaînes Rigobert, Manoutchy, Fils-du-Diable-en-Personne et Bec-en-Or, chacun d'eux en son temps. »

Le pèlerinage de La Madone avait désormais atteint son point culminant en ce tout début du mois d'avril où les chemins étaient parsemés de jonchées mauves de fleurs-gliricidias. Partout, il avait convaincu des âmes désespérées, ramené à la foi des hésitants et des sceptiques. À Morne-Vert, on avait vu un agnostique notoire faire un autodafé des livres dont il se piquait d'ordinaire d'extraire des sentences définitives quant à l'inexistence de Dieu. Des ribaudes, en la ville de Saint-Pierre, avaient ôté leurs atours affriolants, leurs robes à décolleté plongeant pour se vêtir de simples gaules de mauvaise toile. Elles s'étaient déchaussées de leurs talons aiguilles venus tout droit de La Nouvelle-Orléans et avaient décidé de courir La Madone pieds nus. Philomène, dont la plante des pieds n'était plus, depuis un bon mois, qu'une plaie ouverte, les y avait encouragés. Elle s'écriait devant les badauds ébahis :

« Regardez ! Je ne ressens aucune douleur. Mon cœur est tout entier dévotionné à la Vierge du Grand Retour. Rejoignez-nous car le jour du châtiment final est proche. »

Il n'y avait pas que la péripatéticienne du Morne Pichevin pour faire du prosélytisme. Man Cinna montrait son éléphantiasis en affirmant qu'avant la venue de la Madone, elle en était affligée d'un dans chaque jambe.

« Pour enlever le deuxième, il me faut faire encore pénitence mais déjà elle s'est montrée généreuse avec moi ! »

Carmélise et Adelise, bien qu'elles fussent rivales dans la vie, rivales de trop se ressembler au physique tout en étant fort dissemblables au caractère, se tenaient par la main, la première le ventre désespérément plat, chose qui relevait du miracle vu qu'elle enfantait chaque année depuis douze ans, la seconde le ventre enflé par douze mois et demi de grossesse et ce, malgré une première fausse couche, ce qui tenait là aussi du miracle puisqu'elle était censée être vierge. Les deux bougresses chantaient donc à tue-tête :

> *« Chez nous, soyez Reine,*
> *Nous sommes à vous ;*
> *Régnez en souveraine*
> *Chez nous, chez nous. »*

Et l'extraordinaire conviction qui se dégageait de chacun de leurs mots arrachait les nègres au paganisme et à l'idolâtrie. La troupe grossissait de jour en jour à la grande satisfaction du Père Ploquet et des Missionnaires du Retour au visage démangé par des coups de soleil. À Morne-Rouge, toute une famille d'Indiens abjura Mariémen pour rentrer dans la foi de la Vierge Marie. Ils s'étaient recouvert la tête d'un voile blanc qu'ils découvrirent au passage de La Madone et là, tout un chacun put lire dans leurs regards enfiévrés qu'ils avaient été à la fois pardonnés de leurs péchés et touchés par la grâce. Spontanément, ils se rangèrent aux côtés d'André Manoutchy qui leur fit un sourire de bienvenue. Mathieu Salem, le centenaire qui avait vécu les derniers feux de l'esclavage, ramena les descendants des employés d'une plantation où il avait passé sa première jeunesse, à la fin du siècle dernier.

Portée par des bras résolus de commune en commune, la statue, dans son canot, avançait la tête haute, le bras levé, dispensant d'énigmatiques sourires et des grâces infinies. On se gourmait pour lui toucher le cou du pied ou le bas de sa robe, ce qui avait fini par user le plâtre par endroits. Le Père Ploquet avait déclaré à la cantonade :

« Mes frères, La Madone souffre dans sa chair pour chacun d'entre nous. »

Depuis quelque temps, il gardait un œil sur les agissements du sieur Dictionneur qu'il soupçonnait, sous des dehors contrits, de prêcher un tout autre message que l'amour du Dieu chrétien. Au début, il s'était amusé de son Littré et de sa mémoire prodigieuse des définitions. Par jeu, certains soirs où, fourbus d'avoir marché derrière le dais, les pèlerins se rassemblaient dans la cour des presbytères, le Père Ploquet l'avait défié et avait dû, à chacune de ses tentatives, s'avouer battu. Ce jeunot connaissait chaque définition du dictionnaire sur le bout des doigts. Il se lia donc d'amicalité avec lui dans l'espoir d'en faire peut-être un moine à la fin de la tournée de la Vierge. L'Église manquait cruellement de bras aux colonies, de bras autochtones surtout, et ce serait une chose opportune que d'inciter Dictionneur à rejoindre le séminaire. Il pouvait même apprendre la Bible par cœur en deux temps trois mouvements et, qui sait ?, avec un peu d'instruction, postuler pour devenir abbé. Ce Littré l'intriguait à vrai dire. Le bougre ne s'en séparait jamais. Le soir, il s'en servait en guise d'oreiller. Le jour, il le tenait fermement sous son bras sans toutefois jamais l'ouvrir.

« Puisque tu connais tout ton dictionnaire par cœur, à quoi bon le trimballer partout ? » avait-il demandé au jeune homme.

Dictionneur le regarda comme s'il venait de prononcer quelque monstruosité et serra le Littré contre sa poitrine.

« Tu l'as eu où, ton livre ?

— Je l'ai volé... oui, volé...

— Quoi ?... Où ça ? à qui ? »

Le jeune nègre rigola de toutes ses dents. Ce prêtre était vraiment d'une curiosité maladive. À chaque étape du pèlerinage, il questionnait qui Philomène qui Carmélise qui Man Richard qui Manoutchy qui Fils-du-Diable-en-Personne sur leurs rêves, leurs souffrances ou leurs espoirs. Feignant de leur apporter du réconfort ou d'éclairer leurs doutes, il leur soutirait moult informations sur les raisons qui avaient poussé un bon quart des habitants de ce quartier pouilleux du Morne Pichevin non seulement à suivre La Madone depuis pas moins de six semaines mais à devenir ses zélateurs les plus farouches. Quelque chose l'intriguait qu'il n'arrivait pas encore à formuler et on le voyait conciliabuler longuement à voix feutrée avec les Missionnaires du Retour.

« Je l'ai volé à la bibliothèque Schœlcher... avoua Dictionneur.

— Quoi !

— C'est bien ce que tu as entendu, mon père... On m'avait refoulé plusieurs fois. Soi-disant, mes pieds étaient sales ou ma chemise n'avait pas de boutons. Enfin bref, je n'étais pas assez plein de gamme et de dièse pour être admis dans ce temple du savoir. Les lycéens, eux, qu'ils fussent débraillés ou pas, avaient droit d'entrée automatique. Ils me lorgnaient avec un air de pitié qui me mettait en rage, ces petits-bourgeois sans cœur... Alors j'ai décidé de voler le savoir. Oui, de dérober un dictionnaire ! Je ne connaissais que le nom du Larousse à l'époque. Tout le monde disait : le Larousse ! Le Larousse ! Si bien que lorsque j'ai vu Littré inscrit sur celui que j'avais volé à la venvole, j'ai fessé mes pieds à terre. Tant de risques pour rien, foutre ! Mais très vite, en interrogeant les lycéens à l'Allée des Soupirs, puis en les aidant à faire leurs devoirs contre de la menue monnaie, je me suis rendu compte que la réputation du Larousse était surfaite. Le Littré était le summum du savoir en français. Le summum ! Summum : Mot latin dont on se sert pour exprimer...

— Hé ! Je sais, mon vieux. Je ne suis tout de même pas analphabète », l'arrêta le Père Ploquet, amusé.

Pour de vrai, lassé des vexations des gardiens de la bibliothèque Schœlcher, Dictionneur s'était déguisé en jeune fille et avait caché le Littré dans son caleçon que récouvrait une jupe de flanelle. Au moment où il franchissait, victorieux, la porte de sortie, il remarqua le regard concupiscent de deux gardiens sur son arrière-train qui était pour le moins bombé.

« J'ai transporté le savoir sur mes fesses. Ha-Ha-Ha !

— Mais comment as-tu fait pour apprendre et surtout retenir tant de définitions ? s'enquit le Père Ploquet avec admiration.

— Ça, c'est un secret ! Secret ! »

Or, depuis quelque temps, Dictionneur évoquait un certain prophète Cham à mots couverts. L'abbé crut de prime abord qu'il s'agissait du personnage biblique, le fils de Noé, frère de Sem et de Japhet, mais il dut déchanter le soir où, à la dérobée, il surprit Dictionneur qui chapitrait les pèlerins en ces termes :

« La fin du règne de la race blanche est venue. En cette année 1948 où nous devrions fêter le centenaire de l'abolition de l'esclavage, ils promènent une statue de dame blanche à travers notre pays pour mieux nous enfoncer dans l'asservissement. Aujourd'hui, les chaînes ne sont plus à nos chevilles mais dans nos têtes... »

L'abbé s'en ouvrit au docteur Mauville, puis à de Saint-Aurel qui n'y prêtèrent guère attention, tout cela relevant à leurs yeux de l'hystérie religieuse qui s'était emparée de la négraille, hystérie mêlée à des croyances africaines totalement indéracinables.

« Le nègre a toujours tourné notre Sainte Bible en bourrique, alors ! conclut le maître de Grande Savane. Et puis l'important est qu'il verse son obole à La Madone. »

Quelqu'un, toutefois, était particulièrement sensible à la doctrine du Chamisme et enregistrait chaque mot des prêches de Dictionneur, il s'agissait de Rigobert, le major du Morne Pichevin. Il portait la mort d'Audibert et des deux autres grévistes du Carbet comme une croix personnelle, persuadé qu'il était d'avoir, à son insu, divulgué à ce chien-fer de Florentin Deshauteurs des informations de la plus haute importance. Le contremaître de l'Habitation Lajus avait d'ailleurs rejoint le pèlerinage lors de son passage dans sa commune et il fallait voir quelle débauche de piété il démontrait. Toujours prêt à secourir l'un des porteurs du dais en cas de fatigue ou d'insolation, il s'occupait également le soir venu de trouver le gîte et le couvert chez l'habitant pour Philomène et surtout Adelise dont il prétendait plus que jamais qu'elle était enceinte de ses œuvres. La fausse couche qui s'était produite au lendemain même de l'arrivée de la Vierge ne semblait pas avoir ému outre mesure Deshauteurs. Selon lui, il convenait de considérer le fait que le ventre d'Adelise ne se soit point aplati comme un miracle. Le second jumeau survivait et attendait son heure. On verrait à sa naissance combien la ressemblance serait frappante entre le bébé et lui ! Bien que la câpresse ne prît guère sa hauteur, il se tenait à courte distance d'elle, cherchant à l'amignarder, lui offrant de l'eau ou un bras protecteur lorsque son pas en venait à fléchir. Si une pluie méchante s'abattait inopinément sur le cortège, il se déjabotait et couvrait la tête de la jeune femme à l'aide de son éternel paletot cliquetant de décorations militaires auxquelles il avait ajouté des médailles pieuses. Rigobert n'avait eu cesse d'espionner chacun de ses gestes, de noter dans sa tête les habitudes ou les préférences du commandeur mais quand leurs yeux se croisaient, le fier-à-bras détournait le regard avec promptitude. Il s'appliquait à jouer à l'indifférent et à feindre d'être tout entier absorbé par l'hommage à La Madone. Rigobert savait qu'il n'avait pas besoin de le traquenarder. Un jour ou l'autre, ils se rencontreraient seul à seul dans un champ ou quelque hallier, tous deux cherchant à pisser quelques gouttes dans un effort presque surhumain.

« On souffre de la prostate... lui avait expliqué Deshauteurs quand Rigobert et deux complices avaient monté un guet-apens contre lui, non loin du Pont Démosthène. Ça se soigne mais moi, me faire opérer, jamais !

— Aaaah ! Je secoue... je secoue... quelques gouttes de pissat et ça fait du bien, mon vieux.

— Si, à chaque fois qu'on secouait, de l'argent se mettait à tomber, eh ben, on serait des nègres sauvés, foutre ! Ha-Ha-Ha ! »

Leur face-à-face se produisit final de compte en la commune de Grand-Anse du Lorrain, celle où la lèche de la mer est si hargneuse que le sable lui-même semble se rétracter à chaque mouvement de la houle. Rigobert était demeuré figé des heures durant au promontoire de La Crabière, tandis que les paroissiens de l'endroit prenaient le relais des pèlerins pour aller exposer la statue dans leur église, fasciné par les immenses rouleaux qui se dressaient soudain sur l'écale de la mer avant d'aller se fesser à l'en-bas des maisons construites avec intrépidité à même le rivage. La noirceur farouche du sable l'avait aussi impressionné. Et à la nuit close, il avait trouvé refuge dans une anfractuosité de rochers où il continua de méditer sur son destin. Dans le faire-noir, on ne distinguait plus les eaux, seulement une chose' énorme, une sorte de corps visqueux qui grondait sans discontinuer comme s'il s'apprêtait à recouvrir le bourg de Grand-Anse ou à le gloutonner.

C'est au cours de cette nuit étrange que Rigobert prit la décision d'assassiner le commandeur Florentin Deshauteurs. Il avait eu maintes fois, au cours de sa carrière de major de l'En-Ville, l'occasion d'éborgner, d'estropier, voire de trucider des adversaires mais cela s'était toujours produit au cours de rixes inopinées, de provocations ou de défis lancés à l'improviste parce qu'untel avait laissé le rhum lui monter à la tête ou que tel autre avait cru pouvoir empiéter sur le territoire de Rigobert. Jamais, il n'avait prémédité une vengeance de si froide manière. Il n'éprouvait plus, en effet, ni colère ni fébrilité et la haine elle-même s'était assoupie dans sa chair, sans doute à cause de la fatigue de ce long pèlerinage à pied entamé depuis maintenant cinquante jours. Simplement, il avait le sentiment d'accomplir son devoir.

Au lendemain donc de l'arrivée de La Madone au bourg de Grand-Anse, Rigobert, surmontant sa frayeur, se glissa dans la mer, aussitôt emporté par une vague impressionnante puis ramené à terre avec violence l'instant d'après. Il se laissa rouler ainsi, tel un coco sec, pendant des heures, jusqu'à ce que le sel marin lui rougisse les yeux et lui démange la peau. Peu à peu, il avait sombré dans un rêve d'une doucine inouïe : il voyait sa mère, tout sourire, qui lui tendait une chemise propre. Ils se trouvaient tous deux au bord d'une rivière et elle, agenouillée sur la berge, lavait une bassine de linge, une chanson guillerette aux lèvres. Lui, il était assis, très sage, sur une grosse roche et dévorait un morceau de gâteau-patate dont il voltigeait des miettes dans l'eau pour attirer les poissons. Aucune parole n'était brocantée entre sa mère et lui mais un amour intense les liait, un amour qui se transmettait par le seul battement de leurs poils d'yeux. Rigobert découvrit pour la première fois les traits de sa mère décédée en couches. Ceux d'une négresse splendide, à la peau d'un noir profond et brillant, et aux cheveux crépus, très fournis, qu'elle mouillait de temps à autre afin d'adoucir les morsures du soleil, véritable avalanche de perles sombres. Il voulut s'approcher d'elle pour l'embrasser mais à cet instant-là, le rêve se brisa net et il entendit une grosse voix rigolarde lui lancer :

« *Rigobè, sa ka rivé'w, ou ka viré timanmay atjè-man ?* » (Rigobert, qu'est-ce qui t'arrive, tu retombes en enfance ou quoi ?)

Et le commandeur de l'Habitation Lajus de se tordre de rire, presque à se faire péter la bedondaine. Il avait sans doute passé la nuit dans les bras de quelque bordelière puisqu'Adelise refusait tout net de se laisser toucher par lui. Elle ne le repoussait pas vraiment mais montrait une formidable indifférence qui eût pu décourager tout autre que l'ancien combattant. Cette guerre-là ne lui faisait pas peur, lui qui avait frôlé la mort deux fois de près et trois fois de loin sur les champs de bataille d'Europe. Il finirait bien par vaincre la forteresse puisqu'il avait déjà, en gagnant la confiance de Philomène, posé le pied sur son pont-levis. Du moins était-ce ce que le bougre croyait dur comme fer. Tandis que Rigobert s'extirpait de l'eau et se séchait les cheveux à l'aide de sa chemise qu'il avait déposée sur le sable, il s'écria :

« Nos vœux à nous tous seront exaucés, compère. C'est moi qui te le dis ! Ne sommes-nous pas les douze apôtres qui accompagnons tous les déplacements du petit messie que porte Adelise ? Mathieu Salem, Solibo, Dictionneur, Carmélise, Philomène, le docteur Mauville, le béké de Saint-Aurel, le couli Manoutchy... attends voir, on en est à combien là ? huit ! Ben, les quatre autres, c'est Man Cinna, Fils-du-Diable-en-Personne, Bec-en-Or et bien sûr moi-même... »

Le fusillant du regard, Rigobert éructa :

« Toi c'est Judas, oui ! »

Le commandeur du Carbet parut surpris. À aucun moment, il n'avait soupçonné la charge d'inamicalité que lui portait Rigobert. Il détourna la tête en direction du lointain de la mer, étrangement songeur. Ne sachant quoi répondre à une si brutale attaque, il réfléchissait à une riposte qui fût à la hauteur de l'accusation portée par celui qu'il considérait jusque-là comme un bon zigue. Lorsqu'il vit briller la lame de la jambette « Sheffield » que Rigobert ôta de la poche de son short-kaki, il tenta de fanfaronner mais ses membres tremblaient déjà. Le vacarme de la mer, ajouté à la hargne du soleil neuf, les figeait tous les deux dans des postures hiératiques. De loin, on eût pu les prendre pour des statues de sel. L'église carillonna la messe de six heures.

« Tu... tu veux me tuer ? » demanda le commandeur. »

Rigobert ne répondit rien. Il serra le manche de la jambette dans sa main et fit glisser la lame sur son avant-bras pour en mesurer le fil.

« *Ki sa man fè'w ?* » (Qu'est-ce que je t'ai fait ?) reprit Deshauteurs de plus en plus nerveux.

Le fier-à-bras du Morne Pichevin avança sur lui, la bouche toujours close, le regard fixe. Alors le commandeur débagoula tout un flot de paroles désordonnées où il était question de légitime défense de la part des gendarmes, de ruine probable de la distillerie Lajus à cause de cette grève qui s'éternisait et de l'entêtement d'Audibert, ce syndicaliste communiste, des combats auxquels il avait participé en Europe au cours du plus rude des hivers, de la tendresse infinie qu'il éprouvait pour Adelise et des enfants qu'il désirait lui faire, de la maison de bourgeois qu'il lui avait achetée au quartier de Redoute et qu'il s'apprêtait à retaper, de la sympathie qu'il avait ressentie d'emblée pour Rigobert en particulier et pour les gens du Morne Pichevin en général. Sa parole cahotait tantôt en français tantôt en créole, partait dans une direction, revenait sur ses pas pour finir par s'embrouiller et redémarrer dans une sorte de pétarade pathétique.

« J'ai fait face à des M 16... finit-il par dire. Ce n'est pas ton petit couteau qui peut me faire peur, compère. »

Sur le parvis de l'église, ils entendirent le chant du Retour s'élever avec vigueur et tenter de couvrir le chamaillis des vagues mais seul « *Chez nous, chez nous* » parvenait à surnager. Revenant sur le sujet de la grève, Florentin Deshauteurs déclara qu'il ne se trouvait pas au Carbet au moment où la fusillade s'était produite. La meilleure preuve en était qu'on n'avait même pas cherché à entendre son témoignage lorsque le préfet avait ordonné une enquête. Il était hors de cause. Il n'avait fait qu'accomplir ce pour quoi il était payé. Un commandeur doit assurer la bonne marche de la récolte sinon, il ne sert à rien, il n'est qu'un zéro devant un chiffre. Rigobert avançait toujours, sa jambette pointée sur son ventre.

« Tu ne peux pas tuer quelqu'un en plein pèlerinage de La Madone, fit Deshauteurs. Ce serait là un double crime, une insulte à la mère de Dieu qui est venue tout spécialement en Martinique pour nous ôter nos péchés. Ce serait aller en enfer direct, compère ! Direct ! »

Rigobert ricana et fit sauter deux des médailles accrochées au paletot de son adversaire à l'aide de la pointe de son couteau.

« Je ne suis pas celui que tu crois, compère, balbutia Deshauteurs. Je ne suis pas méchant dans l'âme mais la vie a toujours été raide avec moi. Ces médailles que tu vois là, elles ne m'ont jamais rien rapporté de bon... Lorsque j'ai été démobilisé à Paris, tu sais ce qu'on m'a proposé comme job ? Moi qui venais de participer à la libération de la France, eh ben... eh ben, tout ce qu'on a trouvé à m'offrir c'était soit gardien de square soit compteur de clous. Ha-Ha-Ha ! C'est la vérité vraie, Rigobert. À dix-huit heures, je devais chasser les gens d'un square en agitant une clochette et puis fermer les portes à l'aide d'un cadenas. C'est tout ! Pour l'autre emploi, il s'agissait de passer de rue en rue dans tel quartier et de compter les clous usés. Je devais noter sur un carnet : rue Vieille-du-Temple, troisième clou à gauche : usé, rue Mouffetard, septième clou à droite : usé... Une misère, quoi ! »

Le fier-à-bras du Morne Pichevin fit deux pas en avant, enfonça la lame une première fois juste sous le sein gauche du commandeur et la retira aussitôt. La vue du sang qui en ruisselait tétanisa un bref instant les deux hommes, puis n'écoutant que la houle de colère froide qui montait en lui, Rigobert lui bailla dix-sept coups de jambette, tous au ventre.

ÉPÎTRES AU PEUPLE CRÉOLE

ÉPÎTRE DE MATHIEU SALEM

Je suis l'Alpha et l'Oméga, dit le Seigneur Dieu. « Il est, il était et il vient », le Maître-de-tout.

Moi, Mathieu Salem, votre père à tous, le seul, l'unique à porter encore dans sa chair les stigmates de l'esclavage, votre frère et votre compagnon dans l'épreuve, la royauté et la constance en Jésus, je me trouvais à Hauteurs Bourdon, en la commune de Basse-Pointe, à cause de la Parole de Dieu et du témoignage de Jésus.

Je tombai en extase le jour du Seigneur et j'entendis derrière moi une voix clamer comme une trompette :

« Ce que tu as vu au cours de ton périple, cette mascarade de piété et de feinte ferveur, je t'ordonne, toi à qui j'ai offert de vivre presque aussi longtemps que les créatures bibliques, de le dénoncer à la face des hommes, noirs ou blancs, mulâtres ou Indiens, Levantins ou Chinois. Ma dignité a été bafouée. On a abusé de ma magnanimité. J'ai été piétiné, humilié, ravalé au rang d'une divinité païenne. »

Je me retournai pour regarder la voix qui me parlait ; et m'étant retourné, je vis sept candélabres d'or

289

et, au mitan des candélabres, comme un Fils d'homme, revêtu d'une longue robe serrée à la taille par une ceinture en or. Dans sa main droite, il y avait sept étoiles et de sa bouche sortait une épée acérée à double tranchant ; et son visage était comme le soleil qui brille dans tout son éclat.

À sa vue, je tombai à ses pieds, comme mort ; mais il posa sur moi sa main droite en disant : « Ne crains pas, je suis le Premier et le Dernier. Ceux qui ont tourné mon message en dérision, ceux qui se sont enrichis de manière plus ignoble que le roi Crésus, ceux qui ont entraîné les esprits faibles, les souffrants, les paralytiques, les aveugles et les pauvres dans ce périple de la honte, je les ferai périr de la plus cruelle manière car je détiens les clefs de la Mort et de l'Hadès. »

Au bout du deuxième mois de vénération de La Madone, après qu'elle eut traversé les rues dallées de la ville de Saint-Pierre où une eau babillarde coulait sans cesse, comme jaillie des flancs mêmes du mont Pelé, enjambé les forêts obscures de Morne-des-Esses et du Gros-Morne, parcouru les traces rouges des plaines du Lamentin et du Robert, accomplissant gestes de miséricorde et miracles, Mathieu Salem éprouva tout le poids de l'extrême vieillesse sur l'écale de son dos. Il traînait désormais en queue de cortège, hâve et décharné, ne parvenant même plus à entonner le chant du Retour. Son esprit vacillait à chaque pas et il avait l'impression que le canot qui transportait la statue de La Madone tanguait sur une mer déchaînée. Au début, Fils-du-Diable-en-Personne lui avait porté secours, l'avait encouragé de sa voix de stentor, lui montrant la tache blanche qui, de jour en jour, s'agrandissait sur son avant-bras.

« D'ici peu, ma peau sera immaculée, compère. Ce n'est pas le moment d'abandonner, répétait le bandit des Terres-Sainvilles. La fin du voyage est proche. Tu t'es montré l'un des plus pieux d'entre nous tous. Nul doute que La Madone satisfera le vœu que tu charroies dans ton cœur. Je suis sûr que très bientôt, tu te réjouiras tout comme moi. »

Fils-du-Diable fut, en effet, le tout premier à révéler au grand jour la grâce que, dès le début de la tournée de La Madone, il avait demandée à la mère de Jésus. Philomène, dont la robe de carmélite n'était plus qu'une harde repoussante, gardait la bouche close quand on l'interrogeait mais on savait bien qu'elle souhaitait la réincarnation de son amant, Amédée Mauville. Rigobert ricanait avant d'inventer d'invraisemblables désirs qui, à l'entendre, changeaient tous les jours, sauf que, quand il était fin saoul, il jurait que ses yeux avaient commencé à bleuir. Adelise et les autres fronçaient les sourcils comme si le questionneur avait commis quelque sacrilège. Seul ce bougre dangereux de Fils-du-Diable-en-Personne, à l'arrivée dans la ville de Basse-Pointe, tandis que les paroissiens du lieu s'emparaient du dais pour le porter en leur église et que les suiveurs se mettaient à chercher un gîte et un couvert pour la nuit, déclara à la cantonade :

« Ce soir qu'il pleuve ou qu'il vente, je dormirai sous la protection des étoiles. Je suis heureux ! Jamais, mes frères, je n'ai nagé dans une telle heureuseté. J'avais fait deux vœux : celui de retrouver l'endroit où mon père a été enterré au cimetière des pauvres et celui de devenir blanc. Sans doute était-ce trop demander à la Sainte Vierge ! Elle n'a pas exaucé le premier mais admirez mon bras. Hein ? Vous ne voyez pas que petit à petit il blanchit et cela bien que le soleil ne cesse de nous brûler ? »

Après une telle déclaration, Mathieu Salem refusa tout net l'aide du fier-à-bras. Il préféra tituber sur la route, avancer tantôt sur les genoux tantôt à quatre pattes, crever de soif et de faim mais il ne voulait pas que ce nègre qui avait honte de sa race posât les mains sur lui. Trois jours durant, il lui sembla revivre cette matinée de sa prime enfance au cours de laquelle le maître blanc de la plantation où sa mère avait été vendue la fit fouetter jusqu'au sang parce qu'il la soupçonnait d'empoisonner ses repas. Pourtant, ce maître-là ne s'était pas jusque-là montré plus féroce que ses voisins, peut-être même un peu plus conciliant avec ses esclaves. Il autorisait les négresses à garder avec elles leurs enfants, même quand ils avaient atteint l'âge de travailler dans les champs de canne à sucre. Lui, Mathieu Salem, prenait un infini plaisir à accompagner sa mère, dès les premières lueurs du jour, aux coins les plus reculés de la plantation où elle était chargée d'approvisionner les esclaves en calebasses d'eau fraîche. Beaucoup d'entre les amarreuses qui s'échinaient à ramasser les tronçons oubliés par les coupeurs considéraient cette besogne comme une faveur du maître. Elles la tisonnaient en ces termes :

« *Hon ! Nègres, adan nef mwa ou key akouché an ti milat !* » (Hon ! Négresse, sûr que dans neuf mois, tu accoucheras d'un petit mulâtre !)

Pourtant sa mère n'avait ni belleté ni prestance qui pût aguicher l'œil du maître. C'était une femme quelconque, forte en bras et en jambes, peu souriante et acharnée à accomplir sans discutailler toutes les tâches qu'on lui imposait, des plus humiliantes — comme d'aller propreter à la rivière les pots de chambre de la Grand Case — aux plus nobles. Car c'était noblesse que d'être employée aux cuisines ou à la case à linge. Si on s'y comportait à la perfection, on pouvait espérer, sur ses vieux jours, être nommée gardienne des enfants blancs et donc recueillir honneur et respectation de tout un chacun. Les malheurs d'Idoménée, la mère de Mathieu, commencèrent du jour où la volaille dont elle avait la charge fut retrouvée baignant dans une mare verdâtre. Poules, coqs d'Inde, canards et oies avaient péri d'un mal mystérieux que le maître identifia tout de suite comme étant le poison.

« C'est le travail de ce nègre-marron de Ti Louis ! » affirma-t-il.

Ce bougre-là, cousin d'Idoménée, avait toujours été rebelle. À sa naissance, il avait tué sa mère en couches. Plus tard, il avait mordu la pointe des seins d'une nourrice et avait gâté le lait d'une autre qui, dans la même période, baillait la tétée à l'un des fils du maître. Devenu adolescent, il passait son temps à injurier ou à voler les maigres biens du forgeron ou du cocher. Idoménée avait bien tenté de le raisonner mais il ne voulait rien entendre. Il hurlait :

« L'esclavage, c'est pas fait pour moi, patate de ta mère va ! »

On en vint à le craindre tellement que les jeunes filles s'écartaient de lui. De rage, il violenta une vieille femme qui aurait pu être sa grand-mère. Dans les champs, il sabotait le travail, incendiant les cannaies à l'approche de la récolte. Sa peau était zébrée de coups de fouet mais il n'en avait cure et un beau jour, il disparut de la plantation. Il était parti marronner dans les bois ! On ne prit pas la peine de le rechercher jusqu'au moment où il se mit à razzier les jardins créoles, puis à semailler partout son terrible poison à base de racine de barbadine. Après la volaille, ce fut au tour de deux mulets et d'un bœuf. Dès lors, le maître fit garder les jarres en grès de la case-à-eau par un homme en armes et

aux cuisines, il imposa Idoménée comme goûteuse.
La mère de Mathieu payait donc les frasques de son
cousin et fut contrainte de le livrer après qu'elle eut
subi maints châtiments. Mathieu se souvenait du
sifflement de chaque coup de fouet, du fracas de
celui-ci sur la peau du dos de sa mère qui éclatait
telle une goyave trop mûre. Le bourreau pleurait
des larmes de rage parce qu'il avait été désigné exprès par le maître qui n'ignorait pas quels sentiments le liaient à Idoménée. Ils s'aimaient d'amour
tendre sans pouvoir ni se parler ni se toucher. Seuls
leurs yeux exprimaient ce qu'ils ressentaient au plus
profond d'eux-mêmes. Mathieu, qui avait sept ans,
ne comprit pas sur le moment pourquoi on maltrai-
tait sa mère mais il en vint à haïr Ti Louis. Un soir
que le bougre était redescendu clandestinement sur
la plantation, Mathieu s'empressa d'aller trouver sa
mère aux cuisines. Celle-ci n'eut pas une miette
d'hésitation : elle courut s'en ouvrir au maître.
Cerné, Ti Louis ne fit même pas mine de résister. Il
se mit à rire et tendit les bras à ses assaillants en
clamant :

« Je sais que je vais goûter aux quatre-piquets !
Torturez-moi si ça vous enchante mais sachez que
vous ne m'entendrez pas lâcher une seule plainte. »

Mathieu avait frémi à la vue des branches de
gayac effilées qui avaient été fichées dans la cour
principale de la plantation. Il avait lu de la terreur
dans les yeux de Ti Louis même si celui-ci jouait au
bravache en se moquant des nègres qui lui ligo-
taient les poignets.

« Idoménée ! furibondait-il. Chienne que tu es !
Que la maudition déraille ta vie et celle de ton gredin de fils ! »

Le maître avait rassemblé tout son monde pour le
spectacle. La torture commença au moment où le
soleil se trouvait à la verticale de la terre. Étendu

sur le dos, les quatre membres écartés et attachés aux branches de bois-gayac, Ti Louis avait le visage et la poitrine couverts d'une mauvaise sueur. Un muletier le châtiait à l'aide d'une corde en mahault tandis qu'un forgeron préparait des fers chauds qui seraient apposés sur la chair du nègre-marron.

« Que vous le vouliez ou non, l'esclavage est en capilotade ! » hurla-t-il à l'adresse du maître.

Pour de bon, un peu partout à travers le pays, les nègres abandonnaient les plantations pour émigrer dans les bourgs où ils s'établissaient artisans. Certains montaient à l'en-haut des mornes inhabités et y défrichaient des jardins caraïbes. Leur nombre était devenu désormais si important que la maréchaussée se trouvait impuissante. Il n'y avait plus assez de place dans les geôles pour y fourrer tout le monde et souvent, certains nègres avaient le temps d'accumuler un pécule suffisant pour racheter leur liberté. Le maître tempêtait sans arrêt contre un Blanc-France appelé Victor Schœlcher, dont le nom était au contraire vénéré dans les cases. Le bougre allait chambouler la colonie ! Il ferait de la Martinique et de la Guadeloupe des champs de ruines et pourtant le gouvernement, là-bas, à Paris, semblait accéder à ses ignobles requêtes.

« À bas l'esclavage ! » brama Ti Louis au moment où le premier fer chaud lui roussit la peau du ventre.

Alors un événement étonnant se produisit qui devait demeurer inexpliqué, dans toutes les mémoires et dont, par un hasard extraordinaire, Idoménée et Mathieu furent les seuls à connaître la signification. Le maître fit tout soudain détacher Ti Louis et ce dernier fut enfermé plusieurs semaines durant dans une cage sous forte surveillance. Et un beau jour, plus personne n'entendit parler de lui. Il avait disparu ! Bel et bien disparu ! Sans doute avait-il marronné une nouvelle et dernière fois, se réjouit-on, sans doute avait-il enjambé le canal de la Dominique et qu'à présent, il se trouvait libre dans quelque pays anglais des alentours. Mais tel ne fut pas le cas. Le maître voulait enterrer une jarre d'or et il avait besoin de quelqu'un qui pût l'accompagner, au plus noir de la nuit, pour creuser un trou en un endroit secret de la plantation. Craignant les révoltes qui éclataient plus souvent ces derniers temps, il voulait mettre une partie de sa fortune à l'abri. C'est Ti Louis, auquel Idoménée apportait en secret des carreaux de fruit-à-pain grillés dans sa geôle, qui le lui révéla :

« Le maître a besoin d'un gardien pour son trésor. Ha-Ha-Ha ! C'est une plus belle mort que de finir entre quatre piquets ! »

Une nuit, Idoménée réveilla sans ménagements Mathieu qui dormait sur une natte à même le sol et l'entraîna à travers bois. Le garçonnet se souvint qu'ils passèrent par la Ravine Fond Cacao, remontèrent vers Morne Honoré mais après, sa mémoire s'obscurcissait. Il n'avait plus souvenance que d'un imposant fromager dont la base du tronc était si large qu'il aurait fallu pas moins de six personnes pour l'entourer. Le maître et Ti Louis étaient seuls. Le premier portait un fanal ainsi qu'un pistolet. Le second une pelle et une petite jarre. Le maître compta dix pas en partant du tronc du fromager en direction du nord, consulta une boussole puis désigna un emplacement que Ti Louis entreprit de creuser sur-le-champ.

La nuit était curieusement douce. La clameur des cabris-bois et des rainettes se faisait entendre dans le lointain et bien que la lune fût masquée, une lueur diffuse et comme apaisante se répandait sur la terre et le faîte des arbres. Mathieu sentit la main de sa mère palpiter dans la sienne. Dissimulés dans les halliers, ils observaient la scène d'assez près pour deviner les sentiments de chacun des deux hommes. Le maître paraissait nerveux, tendu et même humble dans sa manière de bailler les ordres au nègre-marron. Ce dernier travaillait avec une énergie folle comme s'il avait grand hâte d'achever le trou. La jarre minuscule, presque dérisoire, était couvée du regard par le maître. Lorsque le trou fut creusé, il l'enterra lui-même et à cet instant-là, les deux hommes brocantèrent un interminable regard. Le maître tenait mollement son pistolet tandis que Ti Louis demeurait appuyé d'un air négligent sur sa pelle. Mathieu entendit sa mère murmurer :

« Non... non... »

Le maître releva d'un geste lent son arme et, visant le crâne de Ti Louis, tira deux balles qui brisèrent la quiétude de la nuit. Un envol d'oiseaux nocturnes fit sursauter Idoménée et Mathieu. Ils virent alors le planteur s'emparer de la pelle et se mettre à creuser à toute vitesse une fosse non loin de l'endroit où il avait enfoui la jarre. Il s'essoufflait, pestait contre les roches qui accoraient son ballant, finit par ôter sa chemise-kaki et redoubla d'efforts. Cela dura un temps si long que la nuit se mit à rosir sur les paupières du ciel et des coqs insomniaques lancèrent l'appel du jour nouveau qui approchait. Idoménée était hypnotisée par ce spectacle. Elle se tenait roide mais de brusques frémissements la secouaient. À aucun moment des larmes ne coulèrent sur les pommes de sa figure. Dès que le maître eut achevé d'ensevelir Ti Louis, Idoménée tourna les talons car le devant-jour menaçait de poindre et elle aurait pu se faire surprendre en chemin par quelque nègre matineux. Jamais plus elle n'évoqua cette affaire et elle affectait de détourner la conversation lorsque le nom de son cousin y surgissait. Simplement, le jour où l'esclavage fut aboli, Mathieu l'entendit soliloquer :

« Il ne savait pas attendre, cet entêté de Ti Louis ! Aujourd'hui, il aurait été un roi. »

Son papier de liberté à la main, elle ne demeura pas une seconde de plus sur la plantation Belles-Feuilles. Rassemblant ses modestes effets, elle s'en alla courir le monde, de campagne en campagne, de bourg en bourg, comme habitée par une dérive de mangouste. Partout, elle trouvait à s'employer sans difficultés : repasseuse ici, cuisinière là, amarreuse de canne là-bas ou encore balayeuse de distillerie, apprentie-couturière et, final de compte, ayant échoué dans l'En-Ville, au débouché du vingtième siècle, marchande de charbon à la Compagnie Transatlantique. Son job consistait à charroyer d'énormes paniers pleins à ras bord de charbon de bois depuis le marché aux poissons, non loin du canal Levassor, jusqu'au ventre des paquebots, à l'autre bord de Fort-de-France. Sa case n'était qu'une tanière dans les bois de Balata. Ses vêtements des hardes noircies pour toujours auxquelles nul savon de Marseille ne parvenait à bailler une apparence présentable. Ses dents des chicots effrayants qu'elle n'osait exhiber et c'est pourquoi elle riait peu. Elle répétait sans arrêt à Mathieu :

« Aaah, mon fils ! Ta manman travaille pour que tu fasses au moins deux ans d'école. Lire et écrire, c'est ça qui va sauver le nègre dans ce pays-là, oui. »

Mais les années filèrent et elle ne parvint pas à économiser le moindre pécule car il fallait bien acheter la livre de morue séchée et le pot de farine de manioc quotidiens. Quand elle mourut, ce fut debout. Au mitan du soleil. En plein boulevard de La Levée. Son lourd panier chutant dans l'eau nauséeuse des caniveaux, elle eut le temps de faire le signe de la croix et, pour la première fois, Mathieu lut sur ses lèvres un sourire d'apaisement. Il la fit enterrer au cimetière des pauvres et, la rage au ventre, se décida à retrouver la jarre d'or. Abandonnant Fort-de-France, il repartit dans le nord à pied. Il fit halte au Gros-Morne, à Trinité, à Morne-des-Esses, à l'Anse Charpentier, à Dominante, posant partout la même question :

« L'Habitation Belles-Feuilles, c'est où ? »

Dans la tourmente de l'abolition et de la fuite éperdue de sa mère, Mathieu ne se souvenait plus de l'endroit exact où il avait passé sa prime enfance. Il savait que la plantation où avait été enterré Ti Louis se situait quelque part sur le versant atlantique du pays, mais c'était tout. Et, malheur pour lui, personne n'avait conservé en mémoire ni l'Habitation Belles-Feuilles ni un maître appelé Aubin. Le temps avait passé et le nègre voulait oublier. Enterrer les cendres de ses souffrances passées. Tourner définitivement le dos au fouet, aux chaînes aux pieds, au supplice du quatre-piquets ou au marquage au fer rouge. On lui rétorquait :

« Qu'est-ce que tu as à manger ton âme en salade pour quelque chose qui n'existe plus ? »

Mathieu tenta de réemprunter les pas de sa mère, au jugé, mais ceux-ci avaient bel et bien été effacés par les nouveaux chemins, les cases en dur, l'extension des bourgs, l'invasion des cannaies jusqu'au plus à pic des mornes. Plus de vingt-cinq années avaient recouvert la face du pays, modifié le paysage. Le fils d'Idoménée passa presque autant de temps, nègre en chimères, à chercher la jarre d'or que gardait pour l'éternité son oncle Ti Louis. Il avait purgé sa mémoire et avait fini par dessiner une carte grossière où l'on voyait un gros fromager aux ramures impressionnantes planté dans une savane étroite, au milieu d'un bois, et à quelques mètres de ses racines qui, par endroits, jaillissaient du sol, deux croix : l'une pour la jarre d'or, l'autre pour la sépulture de Ti Louis. Cette carte-là, Mathieu la porta sur lui comme un viatique et lorsqu'il dépassa l'âge de mourir — et qu'un mulâtre chez qui il faisait office de Michel Morin, ce qui veut dire réparateur-cloueur-raboteur-maçonneur-peintureur, lui bailla le sobriquet de Salem — il cessa de pérégriner à travers le pays, découragé. À cent ans, âge dont il était sûr car il avait conservé le papier de liberté de sa mère sur lequel le maître avait inscrit la date de sa naissance, il se calfeutra dans une cahute en bois-ti-baume sur les hauteurs encore couvertes de forêts de l'En-Ville et ne mit plus le nez dehors. La nuit venue, il observait, fasciné, le clignotement des lampadaires publics ne dormant que le jour. En cette posture le découvrit Fils-du-Diable-en-Personne qui était parti se réfugier très loin de la maréchaussée. Il avoua au centenaire un nombre incroyable de vols et de meurtres avant d'ajouter :

« Cette fois-ci, j'ai dépassé les bornes... j'ai décalé un marin blanc du "Barfleur", un quartier-maître en plus... »

Le bandit des Terres-Sainvilles expliqua à un Mathieu Salem ahuri que le monde était en proie pour la deuxième fois à une guerre mondiale, qu'un sinistre Amiral Robert écrasait sous sa botte le peuple nègre de la Martinique, que ce bougre-là n'était autre que le cousin du maréchal Pétain, ce traître qui avait agenouillé notre mère la France devant l'Allemand mais qu'heureusement, leur déroute était proche. Un fameux général de Gaulle avait lancé l'appel à la rébellion et par centaines des Martiniquais partaient combattre en Europe.

« *Hé bé Bondié ! Tou sa bagay ki fet san man pa konnet ! Dé ladjè anlè tout latè-a ou di ?* » (Hé ben Bondieu ! Tant de choses se sont déroulées à mon insu ! Deux guerres mondiales dis-tu ?) s'exclama

Mathieu Salem en tenant entre ses mains cannies celles de Fils-du-Diable-en-Personne.

Le centenaire accueillit dans sa cahute le nègre dégingandé et ils palabrèrent sans discontinuer pendant des mois. Mathieu Salem lui révéla l'histoire de Ti Louis et de la jarre d'or, histoire que le bandit prit comme une baliverne de vieillard qui jouait à cache-cache avec la mort. De quel esclavage parlait-il ? Les chaînes aux pieds, le quatre-piquets, ça ne concernait pas le nègre d'aujourd'hui. Tout ça s'était passé sans doute à l'époque où le Diable lui-même n'était qu'un petit garçon. Si bien qu'il refusa d'aider Mathieu Salem dans sa quête du trésor mais lorsqu'il put regagner en toute quiétude les rives de l'En-Ville, il raconta partout cette étrange histoire et l'on venait à la rencontre du plus que centenaire pour l'entendre la répéter et surtout pour tenter de retrouver le trésor. Bec-en-Or, fier-à-bras du Bord de Canal, vint. Djiguidji, le djobeur, vint. Waterloo Gros-Lolo, l'amateur de coqs de combat du Pont de Chaînes, vint. Rigobert, le manieur de jambette du Morne Pichevin, Dictionneur, le jeune nègre à bel français ainsi qu'une chariottée de bougres à l'œil brillant de cupidité lesquels défilèrent dans les bois qui surplombaient Fort-de-France. À chacun, Mathieu Salem tendait sa carte dérisoire et lançait :

« La voici, la jarre d'or ! Si tu la trouves avec moi, on partage moitié-moitié ! »

Bien entendu, personne ne put lui être d'aucun secours avec des renseignements si imprécis. C'est pourquoi lorsqu'on lui apprit qu'une Madone allait traverser le pays, Mathieu Salem s'extirpa de sa cahute et gagna l'En-Ville, décidé à la suivre partout et formulant le vœu de pouvoir un jour retrouver l'emplacement exact de l'Habitation Belles-Feuilles. Il fut à l'arrivée majestueuse de La Madone, sur la baie de Fort-de-France, il toucha parmi les tout premiers les pieds de la statue lorsqu'elle fut exposée dans la cathédrale, il se mit en route, malgré le poids de ses cents ans passés, dès qu'elle commença sa tournée et maintenant, parvenu à Basse-Pointe, il sentait le découragement s'abattre sur ses frêles épaules. Voilà un bon mois qu'il marchait dans la poussière, le vent et les avalasses de pluie, qu'il se nourrissait de bananes chapardées au bord de la route ou de cassaves que, par charité, on lui offrait à l'arrivée dans les bourgs. Partout, il avait prié et supplié La Madone de lui révéler l'emplacement du contenu de la jarre. Il avait même passé un pacte avec elle : il lui en offrait les trois-quarts. Mais la mère de Dieu fit la sourde oreille et Mathieu Salem eut l'intuition, ce jour-là, à Basse-Pointe, que la mort approchait à grands pas. Il tira Rigobert par la manche et lui demanda de le conduire en un lieu isolé. Puis s'adossant à un courbaril, il ferma les yeux et soupira longuement.

« Mon temps est arrivé au bout, murmura-t-il. Prends cette carte, mon fils et vois si tu peux faire quelque chose avec elle ! »

Et Mathieu Salem de quitter ce bas monde en la cent neuvième année de son âge au trente-huitième jour de la tournée de la Vierge du Grand Retour à la Martinique, mille neuf cent quarante-huit années après la naissance de notre Seigneur Jésus-Christ.

Un signe grandiose apparut au ciel : une Femme ! Le soleil l'enveloppe, la lune est sous ses pieds et douze étoiles couronnent sa tête ; elle est enceinte et crie dans les douleurs et le travail de l'enfantement. Ses cheveux crépus forment une ébouriffure démesurée sur toute la face du monde et à ses pieds une mul-

*titude la conjure, les mains jointes, de lui pardonner.
Elle s'écrie :*

*« Mon nom est Adelise et l'enfant que j'ai porté
deux fois renaîtra du néant. Il sera le châtiment final. »*

*Puis un second signe apparut au ciel : un énorme
cheval-à-trois-pattes rouge feu, à sept têtes et dix cornes, chaque tête surmontée d'un diadème. Sa queue
balaie le tiers des étoiles du ciel et les précipite sur la
terre. En arrêt devant la femme au travail, le cheval-
à-trois-pattes s'apprête à piétiner l'enfant qui va naître et à le dévorer. Or la femme mit au monde un enfant mâle, celui qui doit conduire les nations issues
de Guinée avec un sceptre de fer, et son enfant fut en-
levé jusqu'auprès de Dieu et de son trône, tandis que
la femme s'enfuyait au désert, où Dieu lui a ménagé
un refuge pour qu'elle y soit nourrie mille deux cent
soixante jours.*

ÉPÎTRE D'ADELISE

Lorsque le conteur Solibo, surnommé Magnifique, rencontra la câpresse Adelise, le ventre encore
enceint de l'enfant qui tardait à venir — le soir
même de l'arrivée de La Madone, sur sa nef en-
chantée, dans la rade de Fort-de-France —, cela au
Pont Démosthène c'est-à-dire au pied des quarante-
quatre marches conduisant, à pic, au Morne Pichevin et qu'elle l'émoustilla jusqu'aux tréfonds de sa
vieille carcasse de septuagénaire qui avait survécu à
deux grandes guerres et à moult révoltes dans les
champs de canne, à cet instant-là donc, le bougre,
après l'avoir pilonnée sans pitié avec son mandrin
démesuré (et qu'il était donc obligé d'enrouler
autour de sa taille pour pouvoir marcher) et après
qu'elle eut hurlé son plaisir sur les douze notes du
solfège, les quatre rythmes du tambour-bel-air ainsi
que la simple doucine de l'alizé, monsieur Solibo
lui lança :

« *Titim ?* (J'ouvre le conte !)

— *Bwa sek !* (Ouvre-le !) répondit la jeune femme.
(Mais cette rencontre s'est peut-être répétée au dix-
huitième jour du pèlerinage de La Madone. Qui
sait ?)

— Est-ce que la cour dort ?

— Non, la cour dort pas !

— Trois fois bel conte, ma fille ! Eh ben, il y a fort longtemps de cela, quatre bons siècles pour dire la franche vérité, les animaux possédaient, à l'instar des hommes, la faculté de parler. Tous se comprenaient à l'aise comme Blaise tout comme les humains et, en plus, ils connaissaient aussi le langage de ces derniers.

Un beau jour, compère Lapin se rendit auprès du Bondieu et lui demanda :

"Bondieu tout-puissant, j'aimerais que tu me bailles un don, s'il te plaît, celui d'être le plus savant de tous les animaux. Je voudrais les gouverner tous, me trouver au plus haut de l'échelle, quoi !

— D'accord, j'accéderai à ton désir, rétorqua le Bondieu, mais auparavant, tu devras me ramener trois articles. Tu devras me porter le plus gros animal de la forêt, une dent de caïman et du caca de chien. Pour ce dernier article, j'exige que tu attrapes le chien et que tu l'obliges à déféquer afin de me ramener du caca tout chaud.

— Ce sera fait !" s'écria Lapin qui s'en alla aussitôt. Alors… »

Mais le conteur ne put continuer à dérouler le fil de sa parole fabuleuse. Adelise se jeta sur sa carcasse noueuse et lui ferma la bouche de ses deux mains, prête à l'étouffer. Ses yeux brillaient d'une hystérie irréfrénable. Elle lui flanqua une tambourinée de coups de poing qui le fit tomber à la renverse dans un grand bruit sec tel celui d'un arbre mort dont le vent a fini par avoir raison.

« Votre parole n'a plus cours, Solibo, éructa-t-elle. Nous sommes rassasiés d'entendre vos histoires de compère Lapin et de monsieur le Roi. Des siècles et des siècles que vous ressassez les mêmes goguenarderies, que vous vous payez d'agréables mensonges ! Maintenant, c'est à mon tour d'ouvrir la bouche et ce que je proclamerai sera vérité vraie.

La Madone a pénétré mon cœur, elle a éclairé le sens de ma vie et à chaque prière que je lui offre, elle me fait découvrir l'envers de ce monde. Tout ce que vous et vos semblables, vous avez voulu tenir caché comme qui dirait un secret honteux, une ladrerie qui infecterait notre race depuis l'éternité des temps. Car en vérité, je vous le dis, La Madone n'est point venue pour guérir vos plaies et vos bosses, elle n'a pas traversé les mers simplement pour embellir votre existence, rendre la vue aux aveugles et la parole aux muets, faire se lever les paralytiques, allonger le séjour terrestre des agonisants. Ceci n'est que détail ! Ah, je sais, vous, le conteur, vous vous êtes défié de ces miracles à la chaîne dès le soir de son arrivée, sûr et certain de la toute-puissance de votre Verbe. Arrogant, oui, arrogant jusqu'à la mécréance. Mais c'est à vous et à ceux de votre engeance que La Madone est venue intimer l'ordre de coudre votre bouche. Car en vérité...

— Laisse-moi continuer, Adelise, fit Solibo. Un conte inachevé c'est dix ans de vie supprimés d'un seul coup. Alors donc compère Lapin savait où il pouvait dénicher un gros tamanoir. Il tailla donc une très longue tige de bambou et arrivé au bord du trou de celui-ci, il...

— Paix-là ! Paix à votre bouche, Solibo ! Votre temps de parole est fini. Car en vérité, je vous le dis, vous n'êtes guère différents dans le fond de ces créatures incolores qui peuplent l'En-Ville, pommadées, lotionnées jusqu'au bout des ongles, cravatées et fières de leur français d'En-France, de leurs diplômes d'avocat ou de médecin. Oui, Solibo, vieux nègre à pian, vous et le docteur Bertrand Mauville, vous ne faites qu'un. Dame Josépha Victoire, l'institutrice et vous, c'est même bête, même poil. Pas la peine de coquiller les yeux, c'est vrai ! Tous trois, vous vous êtes vautrés dans le confort de vos savoirs respectifs : elle et lui, dans leurs mots savants plus effrayants que les maladies qu'ils désignent ou les idées qu'ils incarnent ; vous dans vos contes du temps de l'antan qui ne savent déclencher que des rires grossiers. Satisfaits de vivre dans la cloisonnerie de vos existences. Tournant le dos à la vérité de ce monde et peu désireux de le voir vraiment changer... Taisez-vous ! C'est moi qui parle à présent, moi, Adelise, dont vous n'avez jamais sollicité le moindre avis. Ma jeunesse n'est qu'une apparence car en deux mois de pèlerinage, j'ai vieilli de vingt ans. Ma mémoire s'est élargie de deux cents ans. J'ai écouté les prophéties de Cham, celles que clame Dictionneur, et j'ai compris qu'il y avait là le même désir effréné d'en finir avec le mensonge. Cham et La Madone ne font qu'un en moi aussi étrange que cela puisse vous paraître. Vous pouvez ricaner de toutes vos dents mangées par le tabac, Solibo, mais sachez que mes mots crient une seule et même douleur : celle de voir le nègre refuser de se réconcilier avec son for intérieur. Car en vérité, je vous le dis, vous avez une peur panique de la solitude. Méditer est pour vous l'approche d'un abîme affreux. Alors vous bombancez et bamboulez sans discontinuer, vous sautez, vous virevoltez, vous battez le tambour-bel-air, vous forniquez, vous contez des contes, uniquement pour ne pas affronter ce silence qui gît en votre âme. Vous avez la tremblade devant le désert qui n'a cesse de croître en vous et vous dévore et...

— Pardon, menteresse effrontée, tu n'as pas le droit d'interrompre ainsi mon conte. Tant pis pour toi qui as répondu "Krik !" lorsque j'ai crié "Krak !", tu as ouvert ainsi la tournée-virée de la parole et il faut que cette dernière aboutisse. Il le faut absolument ! Alors, parvenu au bord du trou où vivait le tamanoir, compère Lapin lui lança...

— Non ! Non, Solibo, pour la dernière fois. La parole du temps des plantations est caduque, comme est caduque celle des bourgeois de l'En-Ville. Nous n'avons que faire de la naphtaline de vos mots, de vos macaqueries respectives, certes dissemblables en apparence puisque l'une en créole et l'autre en français mais aujourd'hui le temps est venu d'inventer une parole neuve. Le vrai langage qui exprimera la vérité vraie de ce peuple. Solibo, vieux chien que tu es, mets un terme à tes histoires où jamais il n'est question du fer et du fouet, où l'esclavage n'est jamais désigné par son nom ! Il y a de cela une charge de jours, à l'étape de Desmarinières, je crois, j'ai attrapé le docteur Bertrand Mauville par le col et je lui ai dit son fait. Je lui ai tenu la même plaidoirie qu'à toi. Car je ne le confonds pas, lui et les hypocrites du Comité du Grand Retour, cette Dame Josépha Victoire qui dissimule son penchant pour le stupre derrière une dévotion frénétique, cet Honorien Mélion de Saint-Aurel, qui a voulu goûter à ma chair et auquel je n'ai jamais cédé en dépit de ses offrandes, ses liasses d'argent et ses chantages, je ne les confonds pas avec La Madone. La Vierge Marie n'est pas comptable de leurs turpitudes. Elle a parlé à Philomène et sa parole n'était qu'innocence, pureté, chasteté, claireté d'âme, droiture, respect de soi et d'autrui. Et à chaque homélie prophétique de ma tante bien-aimée, j'ai senti s'élargir le fossé entre les organisateurs du Retour et la Sainte Vierge Marie. Il n'y avait que l'abbé Le Gloarnec et les trois Missionnaires qui l'accompagnent pour manifester la sincérité d'une foi véridique. D'une foi inébranlable. Docteur Bertrand Mauville, vous n'êtes qu'un pharisien, lui ai-je lancé ! Et il fallait voir à quel point il avait crainte d'un scandale public. Il m'a prise à part et m'a presque suppliée de lui pardonner je ne sais quoi. Il avait l'air moins artaban que lorsqu'il faisait ses grands discours politiques sur La Savane, à Fort-de-France. Bien moins fier... Solibo, vous m'écoutez, vieil endormeur de consciences ! Si le prophète Cham semble maudire la race blanche tout entière, c'est que son esprit est fou de douleur. Son esprit vit dans le délire depuis qu'on a marqué au fer rouge le premier esclave jeté dans cette géhenne qu'est la Martinique. À chaque seconde, il revit dans sa chair même cette infamie, il éprouve les lacérations du fouet et tout le cortège d'humiliations que l'homme blanc a fait subir au nègre en ce pays-là. Mais son disciple, Dictionneur, a l'esprit plus clair et plus serein. Il sait dompter les taraudées du ressentiment et de la haine et lui, il ne prêche l'extermination d'aucune race mais seulement celle des fils des colons, non pas de tous les fils mais de ceux qui refusent d'admettre qu'il est plus que temps de reconnaître leurs torts et ceux de leurs ancêtres puis de rendre justice au nègre. L'aîné d'Honorien, Michel de Saint-Aurel, cet homme-là est un homme de soif bonne. Dictionneur et lui sont de la même trempe. Il est grand temps qu'ils se rencontrent car de leurs efforts conjugués, de leurs rêves embrassés, naîtra un jour prochain un pays neuf. C'est ce pays-là que je souhaite pour mon enfant, sinon je préfère qu'il trépasse à l'instant même où il verra la lumière du jour. Va-t'en, Solibo, et meurs de ta belle mort dans ta vaine jactance ! »

Et Adelise de rire toute une tralée de rires, juchée sur la trente-troisième marche de l'escalier du Morne Pichevin tandis que le conteur Solibo Magnifique s'éloignait, dérisoire, dans la fureur orangée du jour naissant...

Le Grand Départ

Nos très chers frères,

Le « Grand Retour » touche à sa fin. L'image de Notre Dame a déjà parcouru presque toute la Martinique, accueillie partout avec un enthousiasme qui a rempli nos églises, nos bourgs et nos routes, de foules animées d'une foi et d'une ferveur admirables ; enfin, et c'était le but recherché, ces manifestations ont déterminé de très nombreuses conversions et ont suscité dans les âmes déjà fidèles un sincère désir de vivre d'une façon plus complète leur christianisme, de se dévouer.

Pour ces jours chargés de bénédiction, nos actions de grâces montent vers Dieu, vers Notre Dame ; et nous assurons de notre très vive reconnaissance nos infatigables missionnaires, leurs auxiliaires dévoués et le zélé clergé de nos paroisses, enfin tous ceux et toutes celles qui ont contribué par leurs efforts et leurs dons, petits ou grands, à assurer le succès du Grand Retour. Il y a dans cette collaboration un exemple d'union qui ne doit pas être perdu.

310

*Mais ici-bas les plus beaux jours ont leur fin ;
Notre Dame nous quittera dans la nuit qui suivra
l'Ascension, celle du 6 mai, et nous venons vous prier
d'assister nombreux à ses adieux.*

*À 22 heures, la statue de Notre Dame quittera la
Cathédrale ; la croix du Grand Retour sera escortée
par des femmes appartenant à chacune de nos paroisses.*

*Des enfants de Marie, couronnées et voilées, de nos
diverses paroisses, escorteront la statue de la Sainte
Vierge qui sert aux processions habituelles du
15 août et du 8 décembre.*

Le char de la Vierge sera traîné par des prêtres.

*À 23 heures 15 : Veillée mariale devant le kiosque à
musique, sur La Savane.*

À 24 heures, nous célébrerons la Sainte Messe.

Voici venir le jour du Grand Départ ! Jour sombre,
jour empreint de menaces de pluie, de soudaines grif-
fées de vent. Les pieds usés des pèlerins, leurs gorges
asséchées, leurs yeux bouffis et rougis par les larmes
de contrition, leurs épaules accablées de désespoir,
accompagnent l'ultime en-aller de La Madone vers la
place de La Savane, au beau mitan de Fort-de-
France, à l'endroit exact où, trois mois auparavant,
elle avait fait son apparition. Des voix chargées de désespoir entonnent le refrain du chant du départ :

> « *Ce n'est qu'un au revoir, ô Mère
> Ce n'est qu'un au revoir
> Oui, nous te reverrons, ô Mère
> Ce n'est qu'un au revoir.* »

Les nègres descendent par grappes de toutes les
campagnes du pays, des hameaux les plus reculés

du nord comme des plantations de canne de Rivière-Salée qui bordillent de fétides mangroves. Ils sont presque tous vêtus de kaki et arborent qui un casque colonial blanc qui un feutre noir qui un chapeau-bakoua. Leurs femmes, dans des robes créoles aux couleurs d'allégresse, traînent une marmaille turbulente et affamée. On marche, on court, on vole. On chevauche des mulets ou des chevaux. On va en taxi-pays ou en camion. On s'embarque à bord de gommiers dont les noms proclament « *Ora pro nobis* » ou « *Ave Maria gratia plena* ». Le peuple entier de la Martinique converge vers l'En-Ville afin d'adorer une dernière fois la Sublime Madone qui a dispensé tant de grâces sur son passage et qui surtout a relevé sa foi vacillante. Il s'est dépouillé des richesses terrestres, de l'or et de l'argent, des pierres précieuses et des bijoux, afin de mieux goûter aux joies spirituelles et désormais s'il est devenu plus pauvre, son âme a acquis d'incomparables richesses. Sur la route, les pèlerins cassent des branches de filaos ou cueillent des fleurs qu'ils brandissent en signe d'adieu. Seuls Philomène, Carmélise, Dictionneur, Rigobert, Fils-du-Diable-en-Personne et leurs amis du quartier Morne Pichevin ne participent pas à cette euphorie. Le fier-à-bras n'a cesse de tisonner la péripatéticienne :

« Tu nous avais dit et répété de prendre patience, que les premiers seraient les derniers. Nous avons bu tes paroles et voilà maintenant que La Madone retire ses pieds de chez nous sans que nous ayons obtenu un petit brin de chance, foutre !

— Pas un ième d'espérance ! » renchérit Fils-du-Diable, amer.

Philomène garde la bouche cousue. Elle a beaucoup maigri depuis le moment où elle a commencé à suivre La Madone à pied. Son regard s'est enfiévré et ses gestes sont devenus mécaniques. Elle regarde droit devant elle et avance avec une obstination qui a fini par faire l'admiration des Missionnaires du Grand Retour.

« Et toi ? la harcèle Rigobert. Tu as obtenu ce que tu demandais, hein ? Dis-moi un peu. Quelle grâce avais-tu demandée à la Vierge, négresse ?

— Moi, j'ai cru que j'allais pouvoir devenir blanc, mes amis, déclare Fils-du-Diable-en-Personne. J'ai prié jour et nuit pour ça, je me suis repenti etcétéra de fois et regardez-moi le résultat : quelques taches de lota sur mon bras et sur mes jambes ! »

Carmélise partage un morceau de cassave qu'elle leur tend d'un geste désabusé. Elle aussi n'ouvre plus guère la bouche depuis quelque temps et on a du mal à reconnaître la bougresse joviale qui se vante de mettre chaque année au monde un enfant de père différent. Cette année-là, l'année 1948, celle de la venue de La Madone, son ventre est demeuré désespérément plat sans que pour autant elle ait cessé de jouer de la croupière à tout venant. Elle ne s'est assagie qu'au moment où elle a pris la décision de courir La Madone et son vœu secret a d'emblée été celui de retrouver sa virginité. En effet, une sensation de souillure avait commencé à l'envahir dès l'instant où, à la cathédrale de Fort-de-France, elle avait pu approcher de la statue et lui caresser les pieds. Elle éprouvait sans cesse le besoin de se laver à grandes eaux, de se récurer les dents, d'ôter la moindre salissure des ongles de ses doigts ou de ses orteils. D'ailleurs, elle ne se baignait plus qu'avec de l'eau de feuilles de corossolier mêlée à un peu d'eau bénite que lui avait fournie Philomène. Quand on l'interrogeait sur cette soudaine manie, elle s'écriait :

« Je veux que mon corps soit aussi pur que celui de La Madone, oui. »

Le cortège final arrive aux abords de l'En-Ville où les maisons ont été brillamment décorées de fleurs et de guirlandes électriques. Des arcs de triomphe arborant l'inscription « AVE MARIA » se dressent aux carrefours où ont commencé à se masser les habitants. À hauteur du Pont Démosthène, Philomène déclare qu'elle passera la journée à méditer dans sa case et emprunte l'escalier des quarante-quatre marches sans attendre la réaction de ses proches. Un à un les nègres du Morne Pichevin se dégrappent de la foule. D'abord Adelise, le visage marqué par la douleur de sa double fausse couche (malencontreux événement qui s'est produit sans bruit ni trompette trois ou quatre jours plus tôt), puis Man Cinna qui a pris vingt ans et dont le deuxième éléphantiasis s'est inexplicablement refusé à disparaître. Bec-en-Or retient Carmélise par le bras en lui disant :

« C'est le dernier jour de La Madone, jeune fille. Faut en profiter ! Qui sait ? Peut-être qu'au dernier moment elle peut t'accorder la grâce que tu as demandée... les premiers seront les derniers, rappelle-toi... »

La mère-poussinière hésite mais est vite happée par la procession qui se dirige vers la cathédrale de Fort-de-France. Elle regarde les deux doigts dressés vers le ciel de la statue et frémit. Deux ans ! Deux ans qu'il reste au genre humain à vivre en ce bas monde ! Heureusement qu'elle n'avait pas écouté les conseils de chasteté de ses voisines et qu'elle avait bien douciné son corps depuis l'âge de quatorze ans ! Rigobert, qui avance à ses côtés, tient fermée l'écale de son œil gauche, celui qui a soudain bleui. Il semble plus mélancolique qu'indigné, lui qui, avant l'arrivée de La Madone, avait toujours clamé qu'il fallait traîner Dieu devant un tribunal. Le fier-à-bras couve Carmélise de son unique œil présentable et cette dernière y lit, ô miracle, de la tendresse. Cet homme au cœur de fer, à la jambette facile, celui que craignait la maréchaussée comme la peste, voilà que quelque chose en lui a changé. La jeune femme observe Fils-du-Diable-en-Personne qui la précède, comme elle l'avait fait souvent durant la tournée de la Vierge. Le géant est vraiment un sacré beau morceau de nègre ! Longtemps, elle avait espéré de lui un regard, une petite parole sucrée mais jamais il ne parut s'apercevoir de sa présence, tout entier tendu qu'il était à la poursuite de son rêve fou : devenir blanc de la tête aux pieds. À côté de lui, Rigobert n'est qu'un être insignifiant, ni beau ni laid, seulement courageux et fidèle en amicalité.

« Ce que le cœur choisit, ce n'est pas ce que le destin décide... » songe la jeune fille en prenant appui sur l'épaule de Rigobert.

La procession arrive aux abords de la cathédrale où des centaines de gens se sont massés aux fenêtres, voire même sur les toits afin de mieux contempler une dernière fois cette Vierge qui avait traversé l'océan Atlantique sur une barque de deux mètres de long juste pour sauver la race des nègres. Des scouts font refluer les plus exaltés sur les trottoirs trop étroits afin d'ouvrir la voie au char de La Madone. Monseigneur lui-même vient accueillir cette dernière, entouré par onze prêtres et une nuée d'acolytes noirs. À l'instant où le canot franchit le parvis de la cathédrale de Fort-de-France, un Missionnaire du Retour intime à la foule l'ordre de s'agenouiller. Dans le silence fantastique qui s'instaure, Carmélise entend un murmure, une voix mal ajustée qui se veut caressante.

« Tu sais que je suis content de toi... » lui répète Rigobert sur le ton de la prière.

La jeune femme sent une bouffée d'aise lui chavirer l'esprit. Elle ne parvient pas à se remettre debout tout de suite et le major du Morne Pichevin doit lui venir en aide. Ses mains sont chaudes lorsqu'il l'empoigne sous les aisselles, répétant :

« Carmélise, je suis content de toi tout bonnement, oui. »

Elle le dévisage et s'aperçoit que son œil bleu a repris sa couleur normale. Mais cela, le bougre ne peut pas encore le savoir. Ils sont poussés à l'intérieur de la cathédrale où le canot de la Vierge a été placé au mitan de la nef comme le jour de son arrivée, trois mois plus tôt. Des fidèles continuent à déverser à ses pieds des pièces de monnaie ou des billets usagés, certains pleurnichant :

« *Lamadòn chè, pa pati, souplé ! Pa kité nou !* » (Ô Madone, ne t'en va pas, s'il te plaît ! Ne nous abandonne pas !)

Des femmes, folles de désespoir, se roulent dans l'allée centrale. Des vieux-corps cassés et tremblants s'écrient « Reste ! Reste avec nous ! ». Monseigneur frappe le sol de sa crosse, ramenant aussitôt un semblant d'ordre. Il monte en chaire d'un pas lent, des feuillets à la main tandis que les onze prêtres qui l'escortent prennent place aux quatre coins de l'autel.

« *Ave Maria gratia plena...* » commence l'évêque, le regard fixé sur la statue.

« Si tu es content de moi, susurre Carmélise à Rigobert, qu'est-ce que tu peux faire pour moi ?

— Viens vivre dans ma case, négresse...

— Mais j'ai onze petites marmailles, oui !

— Ça ne fait rien ! Je t'en ferai un douzième. »

La mère-poussinière sourit et entonne le chant du Retour avec un enthousiasme qui stupéfie Fils-du-Diable-en-Personne et Manoutchy. Elle se balance sur elle-même comme emportée par le refrain,

316

d'abord de manière régulière, puis de plus en plus frénétique jusqu'à hurler :

« La Madone merci ! Merci, Vierge généreuse ! »

« Le Retour s'achève... proclame Monseigneur du haut de sa chaire tandis que deux scouts extirpent Carmélise pour la bouter hors de l'église. Vous avez fait preuve d'une foi sans borne, votre générosité n'a point eu de limites et Notre Dame de Boulogne a su vous récompenser. Des guérisons miraculeuses ont accompagné son passage partout à travers notre pays. Des aveugles ont vu ! Des paralytiques se sont dressés sur leur couche ! Des bébés sont revenus de la mort subite ! Et puis des conversions, tant de conversions extraordinaires, mes chers fidèles ! Tous ces francs-maçons qui ont abjuré leurs pratiques maléfiques, ces Adventistes qui sont revenus sur le chemin de l'Église romaine ! Que La Madone en soit remerciée ! Hélas ! D'autres tâches tout aussi exaltantes l'attendent. Elle s'est beaucoup donnée à notre minuscule île mais il existe des continents entiers qui vivent dans l'obscurité et le paganisme. Là-bas, des millions d'hommes attendent qu'on leur porte la lumière de Dieu. Alors, chers compatriotes martiniquais, chassons l'égoïsme de notre âme. Dieu nous a demandé de partager et la première chose que nous devons partager, c'est notre foi. Ce soir, la Vierge du Grand Retour partira définitivement. Je vous demande de l'accompagner au bord de mer où, sur son embarcation, elle retraversera les océans, seule, splendide, guidée par la lumière céleste. »

Tandis que l'évêque redescend de sa chaire, des évanouissements se produisent ici et là, des hurlements de détresse déchirent l'air embaumé et embrumé par la fumée des encensoirs. Le peuple entier supplie La Madone de rester. Le peuple se contorsionne autour de la statue, se battant pour la toucher une ultime fois. Un Missionnaire a fait appel à la maréchaussée qui fait évacuer l'église sans le moindre ménagement. Rigobert cherche Carmélise, les yeux hagards. Il n'a pas eu le temps de s'interposer lorsque les deux scouts se sont emparés de sa dulcinée. Il ne voit qu'une forêt de têtes noires, de bras marron, de peaux jaunes ou blanches qui trépignent sur les trottoirs. Nègres, mulâtres, chabins, Blancs-pays, Indiens, Chinois, Syriens, le peuple créole en son entier réclame l'installation définitive de La Madone à la Martinique.

« Carmélise ! braille Rigobert, soudain envahi par la panique. Car-mé-li-se ! »

La houle humaine finit par le transporter jusqu'au boulevard de La Levée, à hauteur du cimetière des riches. Il a aussi perdu ses compagnons. Ni Bec-en-Or ni Fils-du-Diable-en-Personne ni André Manoutchy ne se trouvent à ses côtés désormais. Il est seul. Terriblement seul dans cette masse de nègres-campagne et de nègres d'En-Ville en délire. Alors il se met à drivailler sans but, laissant au hasard le soin de conduire ses pas si bien qu'il échoue au pied de la Fontaine Gueydon dont la cascade diaphane se jette avec fracas au cœur du quartier Bord de Canal. Une envie de se noyer le saisit. Il s'approche du bassin où, le lundi, se pressent les lessiveuses, de lourdes bassines juchées sur la tête, en équilibre parfait, jacassantes et joyeuses car ce jour-là, la déveine, cette chienne qui poursuit le nègre depuis la nuit des temps, s'éclipse. Il contemple sa figure défaite dans l'eau et s'écrie :

« Tonnerre du sort ! »

Final de compte, il ressent une sorte de soulagement. Qu'aurait-il fait de deux yeux bleus plantés dans son faciès de nègre-moudongue ? Il resonge à la négresse chinoise aux yeux bleus et se dit qu'il devait s'agir d'une chimère nourrie par l'imagination fantasque de Fils-du-Diable-en-Personne. Un rêve de réconciliation entre les races qui peuplent cette languette de terre qu'est la Martinique. Un rêve fumeux, oui.

« Je suis un nègre et je le reste. Merci quand même, Vierge du Grand Retour ! » marmonne-t-il avant d'enjamber le Pont Gueydon.

Puis, il s'en retourne à pas tranquilles au Morne Pichevin. Apaisé. Content que cette procession sans fin, ce pèlerinage démentiel soit achevé. Certes, il s'est dépouillé de ses seuls biens terrestres, de cette chaîne en or que sa marraine lui avait offerte à sa naissance et de quelques pièces d'argent qu'il avait économisées au temps de l'Amiral Robert mais au moins son cœur éprouve-t-il de la paix. À hauteur du Pont Démosthène, il rencontre les pèlerins du Morne Pichevin assis à même le trottoir de l'Imprimerie Officielle, qui partagent un manger-macadam et l'odeur de la morue séchée mêlée à la purée de fruit-à-pain soulève en lui une faim extraordinaire.

« Mes amis, s'exclame-t-il. Nous avons été les seuls à suivre la Vierge du Grand Retour de bout en bout. Aucun d'entre nous n'a molli, sauf ceux que la mort a barrés en chemin comme Mathieu Salem et Florentin Deshauteurs, alors, mes amis, allons reposer nos os un brin, foutre ! »

Carmélise, dont il n'a pas remarqué tout de suite la présence, lui passe le bras autour du cou, geste insolite qui arrache un demi-sourire à Manoutchy et à ses compères. Fils-du-Diable-en-Personne félicite le nouveau couple. Cicéron déclare qu'il écrira une lettre d'amour pour le fier-à-bras, lettre qu'il remettra solennellement à la mère-poussinière à la Cour des Trente-Deux Couteaux quand toute cette comédie sera finie. Quand La Madone aura réembarqué au quai de La Française pour traverser l'Atlantique une nouvelle fois. Rigobert se met alors à sommeiller en plein jour dans les bras soyeux de Carmélise pour attendre l'heure du Grand Départ...

Le kiosque à musique de La Savane arbore mille guirlandes électriques en forme de croix et de cœur. Des fleurs de balisier, des allamandas, des bougainvillées et des roses de porcelaine entourent un autel drapé de pourpre et d'or dont les calices renvoient des éclats de lumière. Douze autels plus petits ont été disposés à son entour, gardés par des scouts hiératiques et des enfants de Marie déguisés en anges. Une sensation de frayeur s'empare de Rigobert qui tient fermement dans sa main celle d'une Carmélise radieuse. Cette plèbe immense, incomparablement plus nombreuse que le jour de l'arrivée de la Vierge, est agitée par des mouvements obsidionaux qui, à mesure-à mesure, enflent, ballottant les gens du Morne Pichevin, y compris une Philomène un peu hagarde. Elle n'a pas revêtu sa défroque de carmélite et, inexplicablement, s'est refusée à figurer parmi les dignitaires du Retour. Reine à l'arrivée de la Vierge, elle se veut maintenant marie-souillon, négresse-tout-bonnement, anonyme parmi les siens. C'est la fixité de son regard qui effraie surtout Rigobert. Alors, pour exorciser cette étrange sensation, il entonne avec un entrain quelque peu forcé le chant du Départ que trente mille voix voltigent à la face de la nuit qui tombe en fines volutes sur l'En-Ville. Une nuit grise, sans gloire, en dépit de la débauche de lumières. Rigobert chante :

> « *Nous voici tous pour t'acclamer*
> *Une dernière fois*
> *Nous voici tous pour te chanter*
> *D'une commune voix.*

La Martinique est à tes pieds
Les yeux levés vers Toi
La Martinique est à tes pieds
Te redisant sa Foi. »

Un sonnis de cloches annonce la sortie du dais de la cathédrale autour de laquelle les âmes encore en attente d'une grâce se sont massées. Le cortège ferait le chemin inverse du premier jour, avec ses Enfants de Marie, ses Scouts, le clergé et Monseigneur l'évêque, mais cette fois-ci cinq cents hommes, les bras en croix, vêtus de blanc, ouvriraient la marche. Cinq cents hommes choisis parmi les plus pieux de tout le pays et en leur sein, à leur tête même, se trouveraient Honoré Mélion de Saint-Aurel et le docteur Bertrand Mauville. Ils seraient immédiatement suivis par trente-huit statues de la Vierge, celles de chacune des paroisses de l'île. Au mitan de tout cela, le char de La Madone halé par une dizaine de Missionnaires du Grand Retour. On passerait au Bord de Mer, au boulevard Allègre, sur La Levée, rue de La Liberté, dans une débauchée de lamentations, de prier-dieu, d'appels au retour définitif car chacun a désiré en son for intérieur, dès le premier instant, que la Vierge reste en Martinique. À présent, on le proclame, on le hurle.

« Reste ici, Madone ! Reste avec nous ! » tel est le leitmotiv qui jaillit des milliers de poitrines enfiévrées.

À minuit, au kiosque à musique, Mgr Varin de la Brunelière dit une dernière fois la messe dans un recueillement impressionnant. Ses mains tremblent, ses lèvres ont peine à prononcer les prières rituelles. Il semble soudain filiforme, insignifiant à côté de cette statue qui continue à tenir son fils d'un bras et à lever l'autre vers le ciel, son index et son majeur indiquant le chiffre deux. Chiffre redouté. Chiffre fatidique.

« Mes chers fidèles, voici la fin du voyage de notre Sainte Mère Marie en terre martiniquaise, répète le prélat, martelant la même antienne. Voici que prend fin le Grand Retour ! Comme la foi chrétienne s'est réaffirmée dans notre petite patrie ! Même les mécréants et les ennemis de Dieu, les communistes et les francs-maçons, les Juifs et les zélateurs de la sorcellerie africaine et hindoue se sont gardés d'entraver son périple à travers nos villes et nos campagnes. Ce soir, hélas, elle doit repartir. Je sais… je sais que chacun souffre de ce départ cruel, je sais qu'il provoque un déchirement inouï en chacun d'entre nous mais si nous sommes de vrais chrétiens, eh bien il nous faut savoir partager. D'autres contrées, d'autres peuples attendent la venue de Notre Dame de Boulogne et ce serait pur égoïsme de notre part que de les en priver… »

Des sanglots entrecoupent le discours de l'évêque. Des sanglots venus de la foule rassemblée au pied du kiosque à musique. Des râles de détresse, des supplications, des cris de bête blessée, des hululements, des pleurs. Carmélise se penche à l'oreille de Philomène et lui demande :

« *Oti niyes ou a ?* (Où est ta nièce ?)

— On ne l'a pas vue depuis deux jours… » intervient Fils-du-Diable-en-Personne.

La péripatéticienne ne semble pas avoir entendu. Elle est comme absente, vidée d'elle-même. Lorsque le canot de la Vierge est réinstallé sur le char et conduit jusqu'au quai de La Française, elle lâche un petit rire qui fait sursauter les gens du Morne Pichevin.

« *I pé pati, Laviej yo a !* (Elle peut partir leur Vierge !) s'écrie-t-elle, soudain radieuse.

322

— Pourquoi tu dis ça ? s'étonne Man Cinna dont le visage est baigné de larmes.

— Ha-Ha-Ha !

— Philomène, tu es folle ou quoi ? » reprend Carmélise.

Déjà le dais se fraie un chemin dans la foule dont le chant redouble d'ardeur :

> « *Nous t'avons consacré nos cœurs,*
> *Vierge du Grand Retour ;*
> *Nous t'avons consacré nos cœurs*
> *En un geste d'amour.*
>
> *Voici tous tes fils martiniquais*
> *T'implorant dans le soir ;*
> *Voici tous tes fils martiniquais*
> *Te clamant leur espoir.* »

Au quai de La Française, le canot est déposé avec délicatesse sur un palan. Chacun des cinq cents hommes, à tour de rôle, vient baiser les pieds de la statue tandis que la maréchaussée distribue des coups de matraque pour empêcher d'ultimes assauts de la part de fidèles exaltés qui brament :

« Ne pars pas ! Ne nous quitte pas, Vierge Marie ! »

Le planteur Honoré Mélion de Saint-Aurel ôte sa chemise et essuie avec elle les pieds de La Madone. Puis, Monseigneur la bénit et deux nègres-grossirop déposent le canot sur l'onde noirâtre qui est parfaitement étale. L'embarcation demeure immobile un long moment et la foule, croyant à un miracle, s'écrie :

« Elle veut rester ! Merci, Madone, tu seras toujours parmi nous comme une reine ! »

Dame Victoire, dressée à la pointe du quai, déclame les versets du Grand Départ :

> « *Nous nous serrons comme des frères*
> *Autour de leur Maman*
> *Nous nous serrons comme des frères*
> *Nous sommes tes enfants.* »

Mais le canot s'ébranle. Sans voile ni moteur. Il glisse sur les eaux à travers la baie des Flamands que la capitainerie du port a pris soin de débarrasser de toute embarcation. La Vierge, altière et resplendissante, tourne le dos à la terre martiniquaise et aux milliers de fidèles qui l'implorent. Une auréole surplombe sa couronne, trouée de lumière divine dans la noirceur de l'océan. Elle traversera la mer des Caraïbes avant de rejoindre l'Atlantique par le sud puis ce sera, à nouveau, le voyage solitaire jusqu'aux rives d'En-France. Lorsque le canot s'enfonce au-delà de Miquelon, la foule reflue en désordre en chantonnant, résignée :

> « *Un jour, nous te retrouverons*
> *Là-haut, près de ton Fils :*
> *Un jour, nous te retrouverons*
> *Dans le beau paradis.*
>
> *Adieu, adieu, ô Notre Dame*
> *Vierge du Grand Retour ;*
> *Adieu, adieu, ô Notre Dame,*
> *Nous t'aimerons toujours.* »

Tout est fini. Bel et bien fini. Dictionneur, son Littré sous le bras, rigole au nez de Rigobert et de Fils-du-Diable-en-Personne qui tentent de se protéger de la bousculade générale.

« Enfin, le règne de Cham pourra s'établir à la Martinique ! » s'écrie-t-il.

Man Cinna se tâte la jambe pour découvrir avec tristesse que la Vierge ne lui a point ôté son deuxième éléphantiasis. Philomène, dont on découvre seulement qu'elle a revêtu sa robe-fourreau couleur de firmament qui met en valeur ses rondeurs alléchantes et qu'elle a fardé ses lèvres de rouge sang, lance à la cantonade :

« Va-t'en et ne reviens plus, s'il te plaît ! Ha-Ha-Ha ! »

LE CHANT DES EXILÉS

Au bord des rivières de Babylone-Martinique
Nous étions assis et nous pleurions,
Nous souvenant de la terre de Guinée et de l'Inde ;
Aux manguiers d'alentour
Nous avions pendu nos flûtes et nos tambours.

Et c'est là qu'ils nous demandèrent,
Nos geôliers aux faces de craie, des cantiques,
Nos ravisseurs, de la joie.
« Chantez-nous, disaient-ils,
Un cantique du Pays d'Avant. »
Comment chanterions-nous
Un cantique de Yahvé
Sur une terre étrangère ?
Si je t'oublie, ô Afrique et toi Inde sublime,
Que ma droite se dessèche !

Ultime méditation de Philomène

Il m'avait tenu à nouveau les deux mains dans les siennes, palpitantes de foi, et son regard ne cillait point. Sa voix, si sereine qu'elle obligeait les plus retors et les plus hypocrites à feindre l'humilité, allait me répétant :

« Retrouvez l'illumination ! Dans votre amour pour Amédée Mauville, il y a eu forcément ne serait-ce qu'une seule minute d'illumination. Sachez que celle-ci a le pouvoir d'éclairer tout le restant de votre vie ! »

L'abbé Le Gloarnec affirmait que nous, pauvres créatures terrestres, vouées à retourner à la poussière, ne pouvions mesurer l'éternité que dans cette unique minute-là. Tout le reste était vaine agitation, débauche de sensations illusoires, arrogance et dérisoireté. Et quand je me mis soudain, à l'étape de Macouba, à parler langage (« glossolalie », expliquait-il d'un mot barbare), il fut envahi par une joie qui se communiqua à tous les pèlerins du Grand Retour. On accourait de partout pour entendre la langue inconnue qui jaillissait de mon âme, langue aux sonorités étranges et comme diaphanes, dont les mots se lovaient autour de chacun, emprisonnaient même l'air que l'on respirait. Dictionneur exultait :

« Philomène a retrouvé la langue d'Afrique-Guinée, mesdames et messieurs. Gloire au prophète Cham dont l'Évangile est en train de s'accomplir !

« Erreur ! intervenait l'abbé Ploquet, l'ordonnateur du pèlerinage. Elle parle l'araméen, la langue dans laquelle le Christ de Palestine a délivré son message. »

Je ne savais point lequel était dans le vrai mais je comprenais parfaitement tout le déroulé de phrases et de périodes qui se bousculaient dans ma gorge. J'avais l'impression d'avoir toujours entendu et parlé cette langue. Et maintenant, c'était elle qui me parlait, qui s'emparait de mon corps tout entier et le transportait dans un au-delà du monde. Je devenais un arbre gigantesque, bruissant de langages, dont les racines profondaient aux quatre coins de la terre et les branches palpaient la voûte céleste. Partout, je retrouvais des parcelles d'Amédée, mon bien-aimé, des inflexions de sa voix, les battements saccadés de ses paupières lorsqu'il cherchait le mot juste, penché, à la lueur de la lampe à pétrole, sur ses « Mémoires de céans et d'ailleurs ». J'étais amour. Simplement amour. À ces instants-là, les fidèles délaissaient la statue de la Vierge et convergeaient vers moi, me touchant, s'agrippant à ma robe, me suppliant de les emmener avec moi dans cette contrée qu'ils devinaient purifiée de toute infamie. Ma main acquérait pouvoir d'apaisement. De guérison aussi. À Morne Capot, j'ai rendu la raison à une femme qui l'avait perdue depuis la fête du Tricentenaire. Un homme paralysé de la moitié des membres en retrouva le plein usage à Bezaudin et se prosternant devant moi, face contre terre, se mit à hurler :

« Voici la vraie Madone, vénérez-la comme l'incarnation même du Très-Haut ! »

L'abbé Le Gloarnec laissait faire. À la vérité, il avait toujours accordé peu d'attention à la statue. Je ne me souvenais d'ailleurs pas de l'avoir jamais vu s'en approcher ni même l'effleurer. À moi, il répétait :

« La foi est à l'intérieur de nous. C'est là qu'il faut la chercher et non dans l'absurdité des choses matérielles. »

Pourtant la négraille n'avait cessé de dévotionner tout au long du parcours de La Madone dans les trente-huit paroisses du pays. Mes fidèles amis du Morne Pichevin, Rigobert et Carmélise en particulier, espéraient de toutes leurs forces que le vœu qu'ils avaient fait finirait bien par s'accomplir. Ils marchaient, pitoyables, sous le soleil et la pluie, dans le vent et la sécheresse de la saison de carême, insoucieux des ornières, des chouques d'arbres déracinés, des maléfices semés aux croisées par les quimboiseurs et les idolâtres de Satan. Ils priaient et leur prier-dieu avait l'ingénuité de l'enfant qui s'éveille à la connaissance du monde. Man Cinna, la boutiquière, Fils-du-Diable-en-Personne, Bec-en-Or et des grappes de nègres en dérade, portaient leur foi à bout de bras tant la fatigue et parfois la faim leur pesaient. Jamais une plainte, rarement une imploration de leur part.

Adelise se tenait impassible, stoïque même, à mes côtés, malgré son énigmatique grossesse.

« Je suis contente de l'heureuseté qui baigne ta figure, ma tante », me chuchotait-elle d'une voix qui se voulait enjouée.

Mais pour elle comme pour Rigobert ou Bec-en-Or, il n'y eut point de miracles. Aucun natif-natal du Morne Pichevin ni d'aucun autre bas-fond de l'En-Ville ne semblait devoir bénéficier de la mansuétude de la Vierge du Grand Retour, par ailleurs si prodigue avec les âmes en peine qui l'acclamaient au bord des routes. Étions-nous donc voués à la maudition éternelle ? Telle était l'interrogation qui les rongeait et Fils-du-Diable-en-Personne avait menacé à plusieurs reprises de briser la statue en trente-douze mille morceaux. Il voulait arrêter ce qu'il qualifiait de « dégueulade de pèlerinage ». Le prosélytisme de Dictionneur en faveur du soi-disant prophète Cham et l'équanimité retrouvée de Manoutchy, l'Indien-couli qui proclamait être désormais en paix avec l'Inde de ses grands-parents, tout cela confortait la déception du fier-à-bras des Terres-Sainvilles. Il me harcelait avec une virulence qui augmentait dangereusement à mesure que notre équipée touchait à sa fin. Qu'as-tu obtenu, toi ? Pourquoi tiens-tu toujours en vénération cette Vierge blanche qui ne veut pas satisfaire mes désirs les plus légitimes ? Et moi, je n'avais pas de réponse. Je continuais à avancer sous ses sarcasmes, redoutant le moment, si proche, où La Madone retraverserait l'océan afin de regagner la France et nous laisserait à nos existences mesquines.

Un beau jour, je demandai à l'abbé Le Gloarnec de bien vouloir m'entendre en confession. Il refusa, m'assurant que dès le premier jour où le pèlerinage s'était mis en branle, mon âme avait été purifiée et n'était jamais retombée dans la fange. Ma foi avait le pouvoir d'écarter toute souillure de ma personne et comme elle allait s'amplifiant, il était grand temps d'envisager la possibilité pour moi de rejoindre un ordre religieux. À ses yeux, celui des carmélites était le plus approprié d'autant que j'en avais porté la robe avant même que la Vierge du Grand Retour ne pose le pied en terre martiniquaise.

« Mais, mon père, quelle est la vérité dans tout cela ? » lui ressassais-je.

Il négligeait de me répondre, affectant un air réprobateur dès qu'il pressentait ma question. Puis un jour (en fait le dernier jour du pèlerinage, aux portes de l'En-Ville donc), il me prit à part et me déclara en détachant chaque syllabe :

« Chère Philomène, sans doute ne nous reverrons-nous plus jamais dans cette vie mais je vous demande de méditer, tant qu'il vous restera le moindre souffle, cette pensée de saint Thomas d'Aquin : Vous ne possédez pas la vérité, c'est la vérité qui vous possède. »

Le témoin

Le Latécoère se balançait sur les eaux grisâtres de la baie des Flamands en ce petit matin de juillet 1948. Des négrillons curieux s'en approchaient, quoique à distance respectueuse, agrippés à des troncs de cocotiers ou à des planches en bois de caisse. La capitainerie du port avait demandé aux dockers d'empêcher l'accès au quai d'embarquement à ces nuées de femmes désœuvrées et de vieux-corps en quête de sensations fortes qui, deux fois par mois, s'y agglutinaient afin de contempler l'envol du grand oiseau de fer. On se pressait aussi à cet endroit pour admirer le départ des fils les plus brillants de la bourgeoisie mulâtre qui s'en allaient à Bordeaux faire leur médecine ou leur droit, accompagnés parfois par leur parentèle au grand complet, leurs mères en tête. Et la négraille de s'extasier sur les toilettes de celles-ci, sur leurs parasols à fanfreluches, leurs souliers à talons aiguilles, et surtout l'air d'infinie supériorité qui se dégageait de chacun de leurs gestes. L'équipage du Latécoère constituait, lui aussi, un objet de curiosité avec son commandant de bord et son second en tenue chamarrée, ses navigateurs et autres mécaniciens tout de blanc vêtus, fiers de leurs casquettes à lisérés dorés.

L'hydravion était le lien qui unissait la Martinique au vaste monde, le cordon ombilical qui le reliait à la mère-patrie française, serinaient souvent les politiciens sur les ondes de Radio-Martinique. C'est pourquoi le bon peuple avait pris l'habitude de venir assister au spectacle de son envol, manière pour lui de toucher un petit bout de ce pays mythique, cette France « éternelle et généreuse » où chacun rêvait de se rendre mais dont seuls d'heureux et rares élus avaient la chance de fouler le sol. Les nègres du Morne Pichevin avaient toujours estimé, étant donné la proximité de leur quartier avec le quai d'embarquement, qu'ils possédaient le droit de s'y masser avant tout le monde, voire d'en chasser ceux qui osaient occuper les meilleures places. Rigobert, le fier-à-bras, muni de sa jambette et Carmélise de sa seule langue vipérine, y mettaient bon ordre à chaque arrivée ou départ de l'hydravion. C'est pourquoi, ce jour-là, ils ne comprirent pas qu'un barrage de dockers leur interdît l'entrée sur le port. Richard, le contremaître, pourtant habitant le Morne Pichevin, gueulait :

« *Sé travay mwen man ka fè ! Pa potjiré mwen dézagréman ! Yo di mwen kon sa fok pa kité pèsonn antré jòdi-a.* (Je fais mon boulot. Ne me procurez pas d'ennuis. On m'a demandé de ne laisser personne entrer aujourd'hui.)

— Ah bon ? Et qu'est-ce qui se passe là ? Le préfet repart là-bas ou quoi ? Le général s'en va, hein ?

— Je ne sais pas, eh ben Bondieu ! Qu'est-ce que vous me demandez là ? Hé, ne poussez pas, les amis, vous voulez me faire perdre mon job, c'est ça ? »

Philomène et Carmélise dégustaient des sorbets au coco en se racontant des blagues mal-élevées dans un cercle de femmes d'où s'échappaient des cascades de rires canailles. Elles étaient sûres et certaines le moment venu de pouvoir forcer le barrage et ce n'étaient pas quelques dockers imbibés de rhum qui oseraient affronter leurs coups de griffe ou leurs poussades. Soudain, un bougre très excité fit son apparition, un bougre maigre et taciturne qui travaillait comme garçon aux Établissements Mélion de Saint-Aurel. On ne lui connaissait pas de domicile ni d'amis ni de femme ou de concubine. Jour et nuit, on le voyait à l'ouvrage dans l'entrepôt du Grand Blanc, disposant des rouleaux de fil de fer en rangs serrés, arrimant des caisses de clous ou d'outils divers, balayant la cour d'entrée, se précipitant au-devant de la Chevrolet de son patron pour lui ouvrir la portière. Vraiment, ce genre de nègre dévoué-là n'existait plus guère en Martinique et, lui faisant entière confiance, Honorien Mélion de Saint-Aurel l'avait autorisé à habiter dans un coin de son dépôt de tuyaux, endroit où le boy avait tendu, en guise de cloison, quelques vieux sacs en guano, hâtivement cousus. Il dormait quasiment à même le sol et ne se nourrissait que de gamelles de migan de fruit-à-pain qu'il achetait des mains de Carmélise.

« Comment, tu sais parler, mon nègre ? » s'esclaffa Philomène lorsque le garçon de Saint-Aurel se mit à déblatérer tout un lot de paroles confuses où il était question de la Vierge du Grand Retour, de caisses d'argent, du Diable, de Monseigneur, de la vengeance de Dieu le père, de son patron qui avait engrossé une nouvelle fois une négrillonne sur sa plantation de Grande Savane.

« *Ba'y an kout dlo fret !* (Baille-lui un peu d'eau fraîche !) dit Rigobert à la marchande de sorbets qui, depuis toujours, faisait des affaires aux arrivées et aux départs de l'hydravion.

— *Tet li pété kon sa yé a !* (Il est devenu dingue !) s'écria quelqu'un.

— Pas étonnant ! fit Carmélise. À force de vivre dans la solitude, on finit par parler tout seul à haute voix, par entendre des esprits et là, si on ne se surveille pas, on glisse net sur la pente de la folie. »

Le garçon des Établissements Mélion de Saint-Aurel finit par retrouver son calme. On découvrit qu'il ne possédait plus une seule dent de devant et que des eczémas ne lui rongeaient pas seulement les cuisses et les bras mais aussi la poitrine. Une odeur fétide se dégageait de sa personne comme s'il ne s'était pas baigné depuis des mois. Ce qui était la vérité car le béké n'avait pas prévu de robinet dans son dépôt et le garçon devait attraper de l'eau de pluie à l'en-bas d'une gouttière pour se débarbouiller, chose qui n'était possible qu'en hivernage, c'est-à-dire à peine une moitié de l'année. Le reste du temps, il se laissait tout bonnement envahir par les poux, les puces, les ravets, les bêtes à mille pieds et il se grattait sans arrêt à tel point qu'on l'avait surnommé La Grattelle. Aujourd'hui, le bougre n'était plus ridicule, il était pathétique et cela, tous ceux qui étaient massés à l'entrée du port, prêts à forcer le barrage des dockers pour aller admirer l'envol du Latécoère, le ressentirent au plus profond d'eux-mêmes. Il n'y eut ni plaisanteries ni injuriées à son endroit comme à l'ordinaire et on se tut pour écouter et réécouter la chose extraordinaire qu'il avait à révéler.

« Elle... elle est là... » balbutiait le bougre en pointant l'index vers les Entrepôts Mélion de Saint-Aurel.

D'abord, on crut qu'il s'agissait d'une clocharde avec qui le garçon s'adonnait de temps à autre au plaisir des sens. Une créature hideuse, sans nom ni surnom, qu'on chassait de tous les quartiers à coups de roche ou de seaux d'eau et qui, la nuit venue, recroquevillée à la devanture d'un magasin de Syrien, se roulait en boule dans des hardes déchirées et repoussantes de saleté. Mais très vite, on comprit qu'il ne s'agissait aucunement d'elle mais de quelqu'un d'autre. Quelqu'un de bien plus important. Philomène attrapa le garçon par le bras et l'entraîna rapidement au Morne Pichevin suivie de Carmélise, de Rigobert et des autres. Son intuition l'avait prévenue de l'imminence de quelque grand désastre et elle réfléchissait déjà aux moyens d'en limiter les dégâts. Lorsque la foule des admirateurs du Latécoère vit les gens du Morne Pichevin rebrousser chemin, elle repartit aussitôt à l'assaut du barrage que les dockers avaient entre-temps consolidé. Dictionneur prit la tête des vociférateurs, son Littré à la main telle une arme :

« On ne fait rien de mal. Pourquoi tout ce secret aujourd'hui ? Y a quelqu'un qui a quelque chose à cacher ou quoi ? »

Mais Adelise était revenue sur ses pas et l'avait regardé dans le blanc des yeux. Le sentiment qu'il avait commencé à éprouver pour elle lorsqu'en rêve il l'avait emmenée danser au « Tropicana » n'avait fait que se renforcer depuis l'échec de son deuxième accouchement. Il avait d'ailleurs commencé à lui enseigner la doctrine du Chamisme et bien qu'elle se contentât de sourire, il savait que tout cela remuait le plus profond d'elle-même, que l'idée de repartir tous deux en Afrique-Guinée n'était pas aussi farfelue qu'elle pouvait le paraître de prime abord. Suivant les propos du prophète Cham, Dictionneur lui avait décrit ce pays comme une contrée de félicité et de paix où le nègre n'était plus l'esclave du Blanc ou du mulâtre. Elle lui avait révélé en retour comment elle avait été dérespectée par son père dans sa prime enfance. Il n'y avait donc plus de fausses pudeurs entre eux et lorsque la jeune fille lui dit « Viens, mon bougre ! », Dictionneur abandonna les curieux qui voulaient à tout prix voir l'hydravion décoller pour suivre Adelise au Morne Pichevin. Là, Philomène avait rassemblé son monde autour du quénettier qui ombrageait sa case et interrogeait avec hargne le garçon des Établissements Mélion de Saint-Aurel. Personne ne voulut croire les paroles extraordinaires qu'il répétait sans en changer un mot depuis un bon moment.

« Si tu mens, le menaçait la péripatéticienne, ça risque de te coûter cher et devant la loi de Dieu et devant celle des hommes !

— Si je mens, que je meure là, tout de suite, devant vous ! Je vous dis que ce matin, en me réveillant, j'ai trouvé la statue de La Madone sous une bâche dans le dépôt du béké. C'est là où je dors, où je cache mes affaires, donc je connais tous ses recoins. Quand j'ai vu cette bâche que je ne connaissais pas, ça m'a intrigué. Je l'ai soulevée et là, j'ai vu... oui, de mes yeux vu La Madone allongée par terre comme un sac de choux de Chine. Quel sacrilège !

— Mais qu'est-ce que tu racontes ? fit Man Richard. La Madone est repartie en France. Nous l'avons tous vue nous aussi, figure-toi. Elle a glissé dans son canot à travers la rade devant des milliers de gens. Il y avait de la lumière partout : dans les arbres, sur les façades des maisons, sur le quai, sur les bateaux qui l'accompagnaient au large. Ce soir-là, on était comme qui dirait en plein jour et La Madone est bel et bien partie en direction de la haute mer. Pas vrai, Philomène ? »

La péripatéticienne acquiesça mais elle arborait dix mille plis au front. Les autres se mirent à dérisionner le garçon, jugeant qu'il était la proie d'hallucinations à cause de l'abus du rhum ou alors

parce qu'il fricotait avec les esprits malins. Rigobert
le saisit par le collet et lui demanda :

« Et d'abord, tu as couru La Madone, toi ? Il me
semble ne t'avoir vu dans aucun pèlerinage. Tu ne
crois pas en Dieu ou quoi ?

— Dès le débarquement de la Vierge, mon maître
m'a interdit de sortir du dépôt, même le dimanche.
Vous savez, ce jour-là, il m'arrive de faire un petit
brin de promenade sur la Jetée. Eh ben, maître Mélion m'avait cloué ici-là. »

Fils-du-Diable-en-Personne eut un sourire finaud.
Il se souvint de son équipée avec les deux nègres-
gros-sirop quelques semaines auparavant, comment
il les avait aidés à décharger les sacs d'or et d'argent
récoltés sur le passage de La Madone sous le
contrôle rigoureux du garçon qui notait chaque sac
et le contenu exact de chacun d'eux sur des cahiers
d'écolier. Fils-du-Diable devait l'assommer par-
derrière tandis que ses complices s'empareraient du
butin qu'ils devaient transporter dans une camionnette. En réalité, les choses ne s'étaient pas passées
aussi simplement : ils avaient mal choisi leur moment. Ce soir-là, Honorien de Saint-Aurel était présent au dépôt. Une bouffée de rage envahit le
bandit des Terres-Sainvilles qui dut résister à l'envie de foutre un coup de tête en plein front à ce
nègre flatteur de Blancs-pays. Il réussit à se contenir parce qu'il voulait continuer à faire bonne impression à Philomène dans les bonnes grâces de
laquelle il avait décidé d'entrer.

« Je vous prépare un féroce », fit cette dernière en
s'emparant d'une demi-calebasse dans laquelle elle
se mit à malaxer de l'avocat dans de la farine de
manioc.

Carmélise entreprit d'allumer le tesson, qui se
trouvait à l'entrée de la case, pour y mettre à griller
la morue séchée. Tous ressentaient le besoin d'un

pauser-reins, d'une halte dans cette bousculade d'événements qui s'était emparée de leur existence depuis bientôt quatre mois. Si La Grattelle disait vrai, c'est qu'on les avait bel et bien couillonnés ! Quelqu'un les avait débanqués proprement de leurs derniers sous, de leurs rares bijoux de famille, tout cela pour de vagues espérances dont aucune ne s'était réalisée, en tout cas pas pour les natifs du Morne Pichevin pourtant les plus assidus au pèlerinage de La Madone.

« *Sa ki lé ?* » (Qui en veut ?) demanda Rigobert en faisant circuler une bouteille de rhum Clément à moitié entamée.

Chacun se servit tour à tour, d'un geste machinal, les yeux baissés vers le sol ou perdus en l'air. Seul La Grattelle se tenait prudemment à l'écart, le visage éclairé par une satisfaction béate. Il était en train de vivre son jour de gloire, le premier en tout cas au cours duquel on s'intéressât à sa personne comme à un être humain et non comme à un chien. D'habitude, on ignorait le boy des Établissements Mélion de Saint-Aurel et il avait, au fil des ans, fini par devenir presque transparent. Il indifférait même les petites marmailles des environs pourtant promptes à tourner en bourrique tous ceux qu'elles pressentaient mis au ban de la société. Ni les aveugles ni les pieds-bots ni les vieilles négresses abandonnées ni les fous ne trouvaient grâce à leurs yeux. En réalité, La Grattelle était devenu une sorte de zombi dont l'antre, rempli de marchandises de médiocre valeur (tuyaux en plastique, caisses à outils, robinets et autres scies à métaux), n'attirait guère la convoitise des voleurs. Mais aujourd'hui, il était devenu le nombril du monde et se rengorgea lorsque Philomène appela son nom. Elle lui servit une bonne assiettée de féroce d'un air engageant.

« Tu as donc découvert La Madone sous une bâche ? redemanda-t-elle, encore incrédule.

— C'est ça même, oui...

— La même Madone qui a traversé la Martinique ? La même ?

— Sûr et certain... ses pieds sont tout usés à force qu'on les a embrassés... »

Le garçon dévora son plat et, profitant de la perplexité des nègres du Morne Pichevin, s'esquiva sur la pointe des pieds. L'Indien Manoutchy n'avait cessé de pouffer de rire dès le début. Lui et les siens savaient qu'entre leur déesse Mariémen et la Marie-Aimée mère de Jésus, il n'y avait que la ressemblance fortuite des deux noms. Rien de plus. Et s'il avait couru La Madone, c'était dans l'unique but, sous couvert de religiosité chrétienne, d'inciter les Coulis à descendre dans l'En-Ville, à abandonner ces plantations de canne à sucre où ils gaspillaient leur vie en pure perte au profit de maîtres blancs qui ne leur étaient même pas reconnaissants. Maintenant que la macaquerie de Mgr Varin et des Grands Blancs était sur le point d'être éventée, il allait pouvoir mettre à exécution ce projet, à première vue chimérique, qui lui occupait l'esprit dès qu'il se serait marié à Justina : construire un temple hindou en plein Fort-de-France. Certes, pas quelque chose de grandiose qui eût pu choquer les chrétiens mais au moins un bâtiment qui eût de l'allure, qui fût différent de cette cahute difforme qui servait de lieu de culte au père de Justina au quartier d'Au Béraud.

« Je propose qu'on aille vérifier de nos propres yeux, déclara-t-il.

— Pas la peine ! rétorqua Rigobert. La Grattelle n'aurait pas pris le risque de mentir sur son patron.

— Je crois que Manoutchy a foutrement raison. Et puis, si c'est vraiment la statue de La Madone, pourquoi on ne la prendrait pas pour nous, hein ? On l'emmènerait ici, au Morne Pichevin, où on lui construirait une chapelle. Comme ça on n'aurait plus à subir les acrimonies de l'abbé Ernest... » suggéra Man Richard, l'épouse du contremaître-docker.

Philomène réfléchissait intensément, cherchant à dominer le trouble qui s'était emparé d'elle à l'annonce de la découverte de La Madone. Le trouble et surtout la rage. Contre Monseigneur, contre Honorien Mélion de Saint-Aurel, contre le docteur Bertrand Mauville, contre Dame Josépha Victoire, contre tous ces hypocrites et ces mystificateurs qui avaient charroyé la négraille dans une aventure à la fois grotesque et ruineuse. Elle se dressa de toute sa stature superbe de câpresse féerique et déclara :

« Le nègre a été ruiné, oui ! N'oublions pas ça, mes amis. Ruiné ! Alors moi aussi, je suis d'accord avec Manoutchy. Ce soir, on ira au dépôt de Mélion de Saint-Aurel et si la vérité doit péter, eh ben elle pétera ! Tant pis pour ceux qui ont joué avec la foi des Martiniquais ! »

Puis elle se retira dans son arrière-cour et entra en conversation avec Dieu comme le lui avait enseigné le chef des Missionnaires du Retour, l'abbé Le Gloarnec. Elle ferma les yeux à demi, se concentra sur un point lumineux placé à hauteur de son front et tenta d'échapper à son enveloppe corporelle. Des aboiements de chien et des criailleries d'enfants rendaient l'exercice particulièrement malaisé mais peu à peu, elle sentit ses doigts, puis ses mains, enfin l'ensemble de son corps se vider de toute agitation tandis qu'une paix suprême descendait en elle, l'irradiant par vagues tantôt doucereuses tantôt violentes. Bientôt elle ressentit la culmination du sentiment de la foi : le sentiment que sa vie ne tenait plus qu'à cette petite lueur vacillante qui réchauffait le centre de sa personne totalement roidie. Alors Dieu le père lui apparut et lui dit :

« Le Royaume des Cieux est à ta portée et à celle de la négraille qui peuple le Morne Pichevin. Vous avez été abusés par des créatures impies qui n'ont songe que d'or et d'argent mais justice vous sera rendue au jour proche de l'Apocalypse. Va et ne laisse pas ternir le nom de la Vierge Marie à cause d'une poignée d'hommes au visage d'ange mais au cœur démoniaque ! »

Le soir de ce jour-là, Fils-du-Diable, Rigobert, Manoutchy, Richard, le contremaître docker, Carmélise et même Man Cinna, la boutiquière qui traînait avec une souffrance infinie son éléphantiasis, se pressèrent à la devanture de la case de la péripatéticienne. Ils avaient hâte de voir la statue de leurs propres yeux afin de pouvoir témoigner, à l'égal de La Grattelle, de la duplicité des puissants de ce monde. Rigobert marmonnait :

« *Dénié fwa yo kouyonnen neg !* (C'est la dernière fois qu'on couillonne les nègres !)

— C'est toi qui le dis, mon vieux, fit Carmélise. Les nègres sont plus couillons que leurs deux pieds, oui. »

Philomène ne se pressait aucunement. Elle s'était lavée à l'aide d'une bassine d'eau chaude parfumée avec des feuilles de corossolier et avait passé de l'huile de carapate dans ses cheveux de câpresse qui lui tombaient sur les épaules. Pour la première fois depuis des mois, elle s'était drapée dans sa robefourreau couleur de firmament, pailletée de minuscules brillants et fendue sur le côté. De temps à autre Rigobert jetait un œil par sa fenêtre et lui lançait :

« Ho papa-papa ! Tu es la belleté même, Philomène. Avec qui tu as rendez-vous ? Avec le pape ? »

Chacun à tour de rôle venait l'admirer et lâchait un compliment sonore sur sa personne. Dictionneur arriva à l'instant même où Philomène sortait de sa case et son Littré lui tomba des mains tellement il fut frappé d'admiration. Le gros livre fut taché par la boue de la ruelle et mouillé par endroits mais cela ne parut point affecter le jeune grand-grec.

« Tu... tu es Perséphone ressuscitée... finit-il par déclarer.

— Persé... quoi ? demandèrent plusieurs personnes.

— Perséphone : nom grec de la déesse que les Latins nomment Proserpine.

— Tu n'as rien dit là, mon bougre, fit Rigobert.

— Proserpine : terme du polythéisme. Fille de Cérès, femme de Pluton et reine des enfers, continua Dictionneur.

— Je suis Philomène du Morne Pichevin tout simplement. »

La voix de la péripatéticienne pétrifia tout un chacun. Elle avait perdu ces accents rauques que l'abus de bière « Lorraine » aggravait. Elle serpentait dans l'air du soir, langoureuse et argentine, diffusant une sérénité sans pareille. L'excitation qui s'était emparée des nègres du Morne Pichevin depuis les révélations de La Grattelle s'estompa peu à peu. On lui emboîta le pas en silence dans les quarante-quatre marches, sans s'étonner qu'elle empruntât le plus long chemin pour parvenir aux Entrepôts de Saint-Aurel. En fait, elle voulait s'assurer que sa nièce Adelise avait repris son travail de serveuse aux « Marguerite des marins » et quand elle ne l'y vit point, une soudaine inquiétude lui ennuagea le regard qu'elle chassa aussitôt d'un « Petite capistrelle, va ! » apparemment désinvolte. La route de La Transat était plutôt déserte ce soir-là.

Quelques ombres furtives de marins européens à la recherche de chair fraîche les croisèrent à l'entrée du port. Une cohorte de chiens errants se disputaient la dépouille de quelque animal qu'ils ne parvinrent pas à identifier, à hauteur du cinéma « Le Parnasse ». La Grattelle les espérait, triomphant, à l'en-bas d'un poteau électrique. Sa découverte l'avait métamorphosé. Il n'était plus la créature insignifiante et obséquieuse qui allait et venait de janvier à décembre dans le dépôt de marchandises du Grand Blanc de Saint-Aurel. Il n'était même plus La Grattelle, le bougre couvert d'eczémas à qui on hésitait à tendre la main et sur le passage duquel on crachait.

« On m'appelle Aurélien Letourneur », déclara-t-il à la petite troupe qui s'arrêta bouche bée.

Le boy les fit entrer dans le vaste bâtiment en bois et se dirigea sans le secours d'aucune lampe vers un coin sombre où s'empilaient des caisses de savon de Marseille et de tuiles de Toulouse. C'est en tout cas les noms que déchiffra Dictionneur lorsqu'il fit craquer son briquet.

« *Etenn sa, konpè, isiya pé brilé kon an med, wi !* » (Éteins-moi ça, compère, cet endroit peut brûler en cinq-sept, oui !) fit le garçon en se précipitant sur lui.

Ils arrivèrent au pied d'un amoncellement de prélarts et de bâches qu'utilisaient d'ordinaire les taxis-pays pour recouvrir les paniers de légumes posés sur leurs toits. Aurélien Letourneur s'arrêta devant une petite pile et, la désignant du doigt, murmura, comme effrayé :

« C'est là… elle est là… je ne mens pas, non… »

Personne n'osait remuer ne serait-ce qu'un seul poil d'yeux. On n'entendait même plus la respiration toujours un peu haletante de Fils-du-Diable. Tous comptaient sur Philomène à présent. N'était-ce pas elle qui en se déguisant en carmélite et en prophétisant des choses terribles, les avait convaincus de s'embarquer dans le pèlerinage de la Vierge du Grand Retour ? N'était-ce pas elle qui fréquentait les gens du grand monde comme Monseigneur l'évêque ou le docteur Bertrand Mauville ? Philomène eut un petit rire étrange qui fit frissonner ses suivants.

« Enlève la bâche ! » ordonna-t-elle à Aurélien Letourneur.

L'homme ne bougea pas. Il n'était plus un chien que l'on pouvait commander à coups de pied.

« Tu as deux bras, fais-le toi-même ! » lâcha-t-il sur le même ton.

Un rayon de lune traversa la toiture du bâtiment et se faufila à travers le plancher du premier étage, éclairant vivement la pile de bâches.

« Fais-le, Philomène ! » l'y encouragea Carmélise.

Alors la péripatéticienne se signa, marmonna une courte prière et entreprit de soulever d'un geste lent le lourd prélart vert. Le bras levé de la statue apparut indiquant toujours le chiffre deux, l'autre, replié, portant l'Enfant-Jésus, puis ses flancs d'un blanc éclatant, enfin sa tête couronnée. Fils-du-Diable-en-Personne s'agenouilla et, examinant les pieds de la statue, certifia qu'il s'agissait bien d'elle.

« Elle a les pieds usés à force qu'on les a touchés », fit-il, songeur.

Philomène s'écarta de la Vierge du Grand Retour qu'elle continuait à fixer, hypnotisée. Le rayon de lune perdit de son intensité et spontanément, ils se rapprochèrent les uns des autres, entourant la péripatéticienne qui récitait l'Ave Maria.

« On la prend ! tonna Rigobert, soudain revigoré.

— Non, on la casse en mille morceaux ! rétorqua André Manoutchy. Cette statue de plâtre est une insulte à la divinité.

« — Moi, je la revendrais bien à Monseigneur l'évêque », intervint Fils-du-Diable-en-Personne qui s'était approché de la statue et tentait de la redresser à grand-peine.

Alors Philomène tomba dans une colère sans nom et sans raison. Elle traita Rigobert, son vieil ami de toujours, de nègre viveur et mécréant, salit l'honneur des Indiens en s'adressant à Manoutchy, accusa Fils-du-Diable-en-Personne d'être bien le rejeton de son présumé père. Elle s'en prit même à Carmélise et à Man Cinna qui n'avaient pourtant pas ouvert la bouche. Elle menaça Richard de dénoncer ses trafics de contremaître-docker au commissariat de Fort-de-France. Bref, elle fulmina tant et tellement que le pauvre garçon des Établissements de Saint-Aurel perdit sa superbe d'Aurélien Letourneur pour retomber dans la médiocrité de La Grattelle et s'enfuit en se cognant aux caisses de marchandises.

« Personne ne touchera à la Vierge du Grand Retour ! décréta Philomène, presque hagarde. Vous n'avez pas le droit de poser vos mains pécheresses sur elle, bande de nègres dépourvus de foi ! Je m'occuperai d'elle à moi toute seule et j'interdis à quiconque de répéter ce qu'il a vu ce soir. Vous vous connaissez, madame Cinna ? Vous connaissez votre langue blablateuse ? Eh ben si vous faites ça, attention que votre deuxième jambe ne s'enfle pas à nouveau ! Quant à toi Carmélise, si tu chuchotes une miette de cette histoire à l'un de tes amants, sois sûre et certaine que tu n'enfanteras jamais plus ! »

Et Philomène de tancer chacun d'eux et de les menacer des foudres du Ciel, cela avec une éloquence et une conviction telles qu'ils n'osèrent émettre la moindre protestation. Puis, elle bailla le signal du départ en concluant :

« Personne n'a rien vu ! Notre Dame du Grand Retour a bien retraversé l'Atlantique jeudi dernier. »

Fils-du-Diable-en-Personne, qui était resté à l'arrière, débraguetta son pantalon et pissa longuement sur la statue à l'insu des autres.

« Espèce de bourrelle, voilà ce que tu mérites, foutre ! » éructa-t-il entre ses dents.

Doctrine du Chamisme sur la religion

L'Europe (et sa fille, l'Amérique anglo-saxonne) n'a inventé aucune des grandes religions du monde. Aucun prophète ni envoyé de Dieu Tout-puissant n'a jamais foulé le sol de ce continent livré à l'emprise de Satan. Ni le Judaïsme ni le Christianisme ni l'Islam ni le Boudhisme ni le Shintoïsme ni l'Hindouisme ni le Vaudou n'ont vu le jour sur les territoires qui s'étendent entre la Volga et le Finistère. Moïse n'est pas né sur les bords de la Seine, ni Jésus sur ceux de la Tamise ni Mahomet sur ceux du Tibre ni Bouddha sur ceux du Rhin.

L'homme européen n'a jamais su établir le moindre contact avec Dieu et c'est pourquoi il a développé à un si haut point le culte de la Raison et de la Science. Il a fini par vouloir prendre la place de Dieu, par se croire Dieu lui-même. Et c'est pourquoi il a envahi l'univers entier, imposant sa loi par le fer et le sang, profanant les temples, détournant le cours des fleuves, dynamitant les montagnes sacrées. Son règne, prévu par toutes les prophéties, a duré quatre siècles et est en train de s'achever. Satan désormais ne régnera plus sur le monde.

Mais cet ange maléfique est doué d'une ruse formidable. Il a su se draper dans les atours de la piété en accaparant la religion intermédiaire, celle du

347

peuple chrétien de Palestine, en installant au Vatican des usurpateurs qui prétendent diriger la conscience des véritables croyants. Aucune langue européenne n'a jamais transmis aucun message divin comme l'ont fait l'araméen, l'hébreu, l'arabe ou le sanskrit. Alors Satan a fait de la langue des barbares romains celle de l'Église dite catholique. Langue implacable, dure, rationnelle, peu formée donc à l'expression de la nécessaire soumission à Dieu. Langue certes belle de la beauté maléfique de Satan mais impropre, impure, impudique. Langue païenne par excellence dont l'alphabet lui-même, dans sa simplicité, sa logique et son prosaïsme, ne peut transporter l'opacité de la Parole de Dieu. Langue des philosophes, des rhéteurs, des sophistes, des athées, héritière de celle des Grecs, zélateurs d'une multitude de divinités baroques.

Satan a donc régné quatre siècles durant, massacrant les Juifs, les Nègres, les Tsiganes, les Indiens d'Amérique, les Aborigènes d'Australie. Le règne de Satan s'est ouvert en l'an 1492 lorsqu'il n'a pas craint de franchir la Mer des Ténèbres que Dieu avait interdite à la navigation humaine. Il se terminera par une apocalypse atomique lorsque tous les peuples opprimés de l'Univers, secourus par Dieu, redresseront la tête et s'opposeront à la continuation du règne de l'Ange Maléfique.

L'homme européen ne sait pas prier. Il est incapable de concentrer son esprit matérialiste sur le mystère du divin. Ses gestes de piété ne sont que feintise et carnaval. Ses démonstrations de foi des bamboches obscènes où les faux prêtres rivalisent de tiares dorées, de soutanes et de chasubles en toile fine, de crosses en métal précieux, de bagues serties de diamants.

Le pèlerinage de La Madone du Grand Retour est l'une des dernières preuves offertes par Dieu de l'ignominie de l'Ange Maléfique aux yeux bleus. Ceux qui suivront ce cortège et qui vénéreront cette statue de plâtre seront considérés comme idolâtres dans le royaume de Dieu. Ceux qui se dépouilleront de leurs biens pour enrichir les mystificateurs seront châtiés de la plus terrible manière. Mais ceux qui se seront dessillé les yeux à temps seront pardonnés et Dieu leur accordera grâce et pardon à condition qu'ils fassent acte de contrition pendant neuf générations.

L'Europe n'a inventé aucune grande religion. Aucun prophète ni aucun messie n'a jamais foulé le sol de ce continent. Aucune langue européenne n'a jamais transmis aucun message divin. L'Europe n'a donc aucun droit de gouverner le monde car le temps de Satan touche à sa fin.

Satan a les yeux bleus. Son regard est perçant mais vide. Son cœur est vaste mais creux. Sa foi est démonstrative mais hypocrite.

Ô nègres, mes frères, écoutez la Parole de Cham, l'ultime prophète ! Les fins dernières m'ont été révélées et ceux qui comprendront le déroulé de mes mots seront sauvés. Ceux qui l'accepteront iront tout droit au Paradis pour l'éternité à venir.

RACE NOIRE
Devise
Union-Humanité-Liberté
DOGME DE CHAM
Déclaration faite à la Magistrature Française par Edmond-Évrard Cham, autodidacte, interné par la France du 18 mars au 10 août 1943 pour propagande séditieuse antinationale de Liberté humaine et aux interventions prononcées, étant délégué du Dogme de Cham à l'Assemblée Générale et la Confédération Mondiale le 27 avril 1948.

DÉCLARATION SOLENNELLE AUX NATIONS UNIES, 27 avril 1948, anniversaire du Centenaire de l'Abolition de l'Esclavage de la race noire sur les territoires de la souveraineté française, étant une violation flagrante du Droit et du devoir de la liberté de procréation humaine.

La race a son Créateur, elle compte plusieurs centaines de millions d'habitants dans le monde, doit avoir ses monnaies et son drapeau incarnés de son idéal national pour sa représentation mondiale. La devise de la race noire est : UNION-HUMANITÉ-LIBERTÉ et sera organisée en Doctrine RÉPUBLIQUE — ROYAUTÉ — MONARCHIE — LAÏQUE — SOCIALE — RELIGIEUSE — POLITIQUE — INDESCRIPTIBLE — DÉMOCRATIQUE et INDIVISIBLE DANS LE MONDE.

L'hymne patriotique et national de la race noire est l'hymne patriotique de la liberté du Dogme de Cham. Le drapeau du Consortium de Cham est celui qui incarne l'idéal de la race noire et sa représentation mondiale.

EDMOND-ÉVRARD CHAM
Autodidacte de naissance humaine, Polygame
Fondateur du Dogme de Cham
(Martinique-AMÉRIQUE-AFRIQUE)

La Madone reste avec nous !

*Henri Marie François de Sales Varin
de la Brunelière par
la grâce de Dieu et l'Autorité du Saint-Siège
Apostolique
Évêque de Saint-Pierre et de Fort-de-France
Au clergé et aux fidèles de notre diocèse
Salut et Bénédiction en Notre Seigneur
Jésus-Christ !*

Mes chers diocésains,

Nous avons tous vu avec peine Notre Dame de Boulogne s'éloigner dans la baie de Fort-de-France après l'inoubliable cérémonie de la nuit du 6 au 7 mai.

En attendant l'embarquement de Notre Dame à bord du courrier qui devait la ramener en France comme il avait été convenu, nous avons eu la pensée de solliciter de la Direction du Grand Retour la permission de garder une statue dont le passage avait déterminé tant de prières et obtenu tant de grâces.

Une première démarche aboutit à un refus qui semblait sans espoir ; à une seconde tentative, la Direction du Grand Retour mit à son acceptation une condition pratiquement irréalisable ; enfin, une troi-

sième démarche obtint le résultat désiré : *NOUS GARDERONS DÉFINITIVEMENT NOTRE DAME DU GRAND RETOUR.*

En l'honneur de notre Reine, dont la statue a été déposée en la chapelle de notre évêché, nous bâtirons, sous le vocable de Notre Dame du Grand Retour, une église qui recevra la statue et mettra les secours de la religion à la portée des habitants de la Jossaud, vaste quartier de Rivière-Pilote, habité par une nombreuse population qui est éloignée de tout centre religieux.

Si les enfants de la Jossaud ont des écoles à leur portée, il n'en est pas de même pour l'église et l'enseignement du catéchisme.

Le projet que nous voudrions réaliser est d'ailleurs bien ancien, car l'un de mes prédécesseurs, Mgr Carméné, avait déjà reconnu la nécessité d'une église en cette région.

À notre époque, envisager une telle entreprise est, humainement parlant, une imprudence mais il s'agit d'honorer notre Mère du Ciel, tout en donnant à de nombreuses âmes de nouveaux moyens de salut ; aussi, nous en avons la conviction, la Providence inspirera à nos chers diocésains la générosité qui nous permettra d'édifier après Bellevue une nouvelle maison de Dieu, un nouveau sanctuaire en l'honneur de Celle que nous avons tant priée, tant acclamée, et qui restera toujours *CHEZ NOUS.*

Bien que les volets de la salle de recueillement de l'archevêché fussent tirés, Mgr Varin de la Brunelière ne parvenait pas à se concentrer sur son bréviaire. Mille pensées parasites occupaient son esprit depuis que l'abbé Le Gloarnec, le plus ardent des Missionnaires du Retour, avait exigé que la totalité des sommes d'argent et des objets de valeur recueillis pendant le pèlerinage fussent affectés à la construction d'une nouvelle église. Il voulait que le passage de la Vierge du Grand Retour fût gravé dans la pierre pour l'éternité d'autant qu'il avait été fortement impressionné par la foi des nègres. Au début, il avait pensé se retrouver dans quelque brousse africaine et il avait mis du temps à se remettre du choc des couleurs et des odeurs violentes du pays. Mais peu à peu, il avait appris à reconnaître ce subtil mélange de fantaisie nègre et de cartésianisme européen, mâtiné de sérénité hindoue, qu'était l'homme créole, quelle que fût sa complexion. Chacun jouait tantôt au nègre tantôt au Blanc tantôt à l'Indien quand cela l'arrangeait, cela avec une maestria déroutante, au grand dam des natifs de l'Ancien Monde peu habitués à cette versatilité identitaire. Le Gloarnec soupçonnait Mgr Varin d'être devenu plus créole que les Créoles après trente ans de résidence en Martinique.

« Nous avons rassemblé de quoi construire deux églises », avait martelé le Missionnaire lors de la réunion du Comité du Grand Retour qui avait suivi la fin du pèlerinage.

L'évêque ne savait par quel bout le prendre tellement cet homme-là vivait sur des charbons ardents. Pouvait-il seulement comprendre qu'ici, on était aux colonies et que rien ne pouvait se dérouler tout à fait comme en France ? La famille Mélion de Saint-Aurel s'était dévouée corps et âme à la bonne marche du pèlerinage et tout naturellement, elle devrait recevoir sa juste récompense. C'est Honorien Mélion de Saint-Aurel qui avait payé le passage de la statue sur le paquebot « Colombie ». Lui qui avait offert les centaines de guirlandes électriques et d'arches fleuries qui avaient décoré Fort-de-France. Lui qui avait mis un camion-dix-roues à la disposition du cortège en permanence, cela pendant trois mois, après que celui offert par Salin du

Bercy se fut révélé un authentique tacot. Lui qui avait embauché les nègres-gros-sirop qui étaient chargés de vider le canot de ses offrandes, de les enfourner dans des sacs en guano, de les embarquer à bord du camion et chaque soir, quel que soit l'endroit de l'île où se trouvait le pèlerinage, de les ramener en ville jusqu'aux Entrepôts de Saint-Aurel. Lui et ses pairs les Blancs créoles de l'intérieur du pays, qui s'étaient chargés d'auberger gratuitement les responsables du Retour. N'avait-il pas, lui, l'abbé Le Gloarnec, été nourri-blanchi-logé durant la traversée des trente-huit paroisses de l'île ? Tout cela avait un prix qu'il fallait bien payer aux Mélion de Saint-Aurel.

« Ils n'ont fait que leur devoir de chrétiens ! avait asséné Le Gloarnec, montant sur ses grands chevaux. D'ailleurs, j'ai rencontré plus d'amitié envers Dieu chez les gens de couleur que chez les Blancs martiniquais. »

Mgr Varin entrebâilla le rideau du volet qui s'ouvrait sur la rade. Un cargo rouge et noir crachotait une épaisse fumée comme s'il avait quelque difficulté à s'extirper de la baie des Flamands. Une envie de départ, vite refoulée, s'empara de lui. Une main timide tapota à la porte. C'était Élise, sa servante, qui lui portait comme chaque vendredi le dernier numéro de *Justice*, le journal des communistes. Il ne l'ouvrit pas aussitôt, pressentant encore une mauvaise nouvelle.

« Monsieur Mélion a téléphoné. Il vient vous voir tout à l'heure, oui, murmura la vieille femme.

— Mais je n'ai pas rendez-vous avec lui !

— Il a dit que c'est urgent tout bonnement, Monseigneur... »

L'évêque chassa Élise d'un geste brusque et s'agenouilla avec peine sur son banc à prières. Il ferma les yeux et fit le vide en lui-même. Aucune prière ne parvenant à effacer son émoi, il décida de parler directement à Dieu comme il l'avait fait en maintes occasions difficiles dans le passé.

« Seigneur, ton fils te demande pardon. Nous n'avions pas prévu que le passage de La Madone prendrait semblable tournure… Nous n'avions voulu que revivifier la foi chrétienne mais l'idolâtrie, si naturelle aux nègres, a pris le dessus. Inexorablement… pourtant, dès le premier jour, j'avais mis les fidèles en garde : ceci n'est qu'une statue, un symbole, n'avais-je eu cesse de répéter ce jour-là. J'avais même précisé qu'il ne fallait point attendre de miracles car la sorcellerie et le paganisme étaient bien trop présents dans la tête des Martiniquais. Hélas ! Hélas, rien n'y a fait. Ils ont transformé la statue en créature de chair et de sang, ils l'ont dévotionnée jusqu'à la déraison, ils se sont dépouillés de tous leurs biens à son profit alors que nous ne demandions qu'une obole, une toute petite obole… il n'a donc pas été possible de juguler cette marée d'idolâtrie qui, j'en suis conscient, a dû parfois desservir la cause de l'Église. Seigneur, je vous demande de me pardonner. J'ai agi en toute bonne foi et pour l'amour de vous… »

Mgr Varin posa sa tête sur le reposoir, les mains agrippées à son rebord, et se mit à pleurer doucement. Il se mortifia ainsi deux heures durant en dépit des douleurs atroces qu'infligeaient les rhumatismes à ses jambes. Il ne se rendit pas compte que quelqu'un avait ouvert de manière subreptice la porte de la salle de recueillement et avait pénétré à l'intérieur. Le rire de la personne, un rire féminin plein d'acrimonie et de gouaille, le fit sursauter.

« Philomène ! Que faites-vous là ? »

Mgr Varin la découvrait pour la première fois sans sa robe de carmélite et sa belleté le frappa. Il n'avait prêté qu'une oreille distraite aux récriminations de Dame Josépha qui s'offusquait qu'une péripatéticienne pût être associée au pèlerinage de la Vierge du Grand Retour. Vêtue de sa robe-fourreau bleu ciel et de ses escarpins rouges, les lèvres fardées et les ongles peints, Philomène, la vendeuse de croupière, se trouvait maintenant face à lui, arborant son vrai visage dans lequel il ne lut aucune considération pour lui. Il l'invita à s'asseoir et déclara :

« J'attends la visite de monsieur de Saint-Aurel d'un moment à l'autre. Que puis-je pour vous ?

— Hon ! Quant à celui-là, j'aimerais bien lui dire deux mots. Une bâche, c'est tout ce que La Madone mérite, hein ?

— Que voulez-vous dire, chère paroissienne ?

— Rien d'autre que ceci : votre statue, nous l'avons retrouvée sous une bâche sale dans les entrepôts de votre monsieur de Saint-Aurel. »

Mgr Varin faillit s'évanouir et s'appuya à une table basse où avait été posée une lampe à huile. Il regarda, incrédule, la péripatéticienne, ne sachant quoi dire.

« Ce... ce n'est pas la... la même statue, bafouilla-t-il. Nous en avions prévu deux au cas où la première se briserait. Nous savions que le pèlerinage serait éprouvant pour les porteurs du dais et...

— C'est la même statue. Je saurais la reconnaître entre mille et puis elle a les pieds tout usés.

— Usés dites-vous ? » reprit l'évêque qui cherchait désespérément une voie de sortie.

Philomène n'ajouta plus rien. Elle se contentait de fixer l'ecclésiastique dans le mitan des yeux, accentuant la confusion de ce dernier. Elle croisa très haut les jambes, dévoilant leur galbe, ce qui contribua à le troubler encore davantage. Il avait lutté toute sa vie contre l'attrait de la femme qu'il considérait un peu comme une créature satanique et voilà qu'à la fin de sa vie, cette ribaude venait réveiller en lui de vieilles douleurs endormies. Il s'approcha d'elle les mains levées, à hauteur de son visage, mais Philomène l'arrêta tout net.

« Ne vous méprenez pas sur mon compte ! Je suis venue vous informer que d'ici à demain tout Fort-de-France connaîtra votre supercherie et le surlendemain, la Martinique entière, fit-elle, toujours souriante et aguichante.

— Je... je ne suis pas au courant... le canot de la Vierge se sera égaré en mer et... quelque pêcheur l'aura ramené à terre...

— Tu ne mentiras point, monsieur l'évêque ! Comment, on a oublié les dix commandements à ce que je vois. Ha-Ha-Ha ! »

Vaincu, Mgr Varin s'assit aux côtés de Philomène et se prit la tête entre les mains. Trois heures de l'après-midi sonnèrent à l'horloge. Mélion de Saint-Aurel ne tarderait pas à faire son apparition. Comment lui expliquerait-il et le refus de Le Gloarnec de lui céder la moitié du butin récolté lors du périple de La Madone et la découverte de la statue de cette dernière par les nègres du Morne Pichevin ? Il avait pourtant été convenu que de Saint-Aurel la ferait détruire. Deux catastrophes d'un seul coup, c'en était trop pour son cœur fatigué. Beaucoup trop. Il aurait voulu mourir à l'instant même, là, devant cette péripatéticienne, quelles que soient les conséquences qu'une telle mésaventure eût pu provoquer. Ah, la rumeur populaire s'en baillerait à cœur joie ! Elle pour qui rien n'était intouchable et qui se faisait un vilain plaisir à broder les événements, à les ornementer de rajouts inexpuisibles, le plus souvent égrillards, à les multiplier à l'infini sans jamais pour autant cesser de connaître l'exacte vérité. Il savait pertinemment que Radio-bois-patate répandrait la nouvelle de son décès entre les bras d'une putaine en pleine consommation charnelle.

« Je vous écoute... » dit Philomène, goguenarde.

L'ecclésiastique, pris d'une subite inspiration, se leva et lui fit signe de le suivre dans une petite pièce voisine de la salle de recueillement. Il s'arrêta devant une armoire en bois massif protégée par un grillage qu'il ouvrit à l'aide d'un trousseau de clefs dissimulé dans un coffret. Puis se tournant vers la femme, il prit un ton de confidence :

« Chère Philomène, je comprends et partage votre irritation...

— Ma colère, vous voulez dire !

— Oui, c'est cela, votre colère... vous êtes une âme pieuse, j'ai pu le vérifier en plusieurs occasions, et j'aimerais beaucoup que votre âme soit sauvée. Vous savez, notre séjour terrestre est bien court. Nous ne faisons que passer...

— Pour ceux qui croupissent dans la misère, il est sacrément long ! »

Mgr Varin ne put s'empêcher de sourire. Le sens de la repartie chez cette femme du bas peuple l'impressionnait et l'émouvait tout à la fois. Aucun doute : elle transpirait la sympathie et sa colère était sincère. Sincère et somme toute justifiée. Repoussant le grillage, il enfonça une clef dans la serrure de la porte en bois de l'armoire mais avant de la tourner, il demanda à Philomène :

« J'ai quelque chose à vous offrir mais... j'ignore si cela vous plaira.

— De l'argent ? Ça ne m'intéresse pas, Monseigneur.

— Il ne s'agit pas de cela. L'argent n'est que l'instrument des vils plaisirs de ce bas-monde. Ce dont je vous parle concerne l'au-delà c'est-à-dire le salut de votre âme. »

Philomène eut un petit rire et se recoiffa les cheveux qui tombaient en lourdes grappes crépues sur ses épaules. Elle en avait assez de ces curés hâbleurs, de ces beaux réciteurs de l'Évangile qui avaient promis au nègre monts et merveilles dans l'unique but de le dépouiller de ses maigres richesses. Hormis l'abbé Le Gloarnec et ses Missionnaires qui possédaient une authentique foi, tous les autres n'étaient que des roublards, des compère Lapin ou alors des simples d'esprit qui étaient venus se réfugier dans le cocon de l'Église parce qu'ils avaient eu peur d'affronter la dureté du monde. Aux yeux de ces derniers, n'était-ce pas déjà l'antichambre de l'enfer ? Tout leur était débauche, vice, vagabondagerie et consorts.

« J'ai là de quoi sauver votre âme, Philomène, reprit l'évêque en ôtant d'un tiroir un rouleau de feuilles de papier grand format dont les tranches étaient dorées.

— Monseigneur ?

— Oui...

— Vous permettez que je vous raconte une petite histoire qui s'est déroulée pendant la tournée de la Vierge ? »

L'ecclésiastique, de plus en plus interloqué, caressa sa barbichette. Il devait maintenant se faire à l'idée que Mélion de Saint-Aurel buterait d'un instant à l'autre sur Philomène et il redoutait à l'avance les étincelles qui ne manqueraient pas de se produire. En voilà deux âmes fort dissemblables, songea-t-il, mais trempées dans de l'acier !

« Nous venions d'atteindre le bourg des Anses d'Arlets, continua la femme. La statue avait été déposée dans l'église et les fidèles de l'endroit se pressaient autour d'elle. C'est alors que j'ai remarqué Fils-du-Diable-en-Personne agenouillé sur un banc, tête baissée, visiblement en train de prier. Ha-Ha-

Ha ! Vous savez qui c'est ? Le bougre qui fait régner la terreur au quartier Terres-Sainvilles. Il a suivi La Madone partout à travers le pays, oui... Eh ben, pas de doute, monsieur était en train de méditer un mauvais coup comme à son habitude. On était tous fourbus comme de vieux chiens et on n'avait qu'une idée en tête : trouver un endroit où se débarbouiller et la case d'une personne charitable pour reposer nos os. Or, lui, Fils-du-Diable, il priait ! C'était pas normal. Donc je me suis serrée derrière un pilier de l'église et j'ai attendu la fermeture. J'avais raison ! Quand le bedeau a demandé aux fidèles qui entouraient la statue de sortir, monsieur a plongé sous son banc. Ça n'a pas dû être facile-facile vu qu'il fait près de deux mètres de haut. Ha-Ha-Ha ! »

On cogna à la porte ce qui fit l'évêque sursauter. Sa servante, de sa voix haut perchée, s'écria :

« Monsieur le béké est là, Monseigneur !

— Demandez-lui d'attendre, s'il vous plaît. Je suis en train de confesser quelqu'un. Conduisez-le dans le petit salon à l'étage et servez-lui une boisson. »

Les lèvres de Varin de la Brunelière tremblaient légèrement et il faisait de vains efforts pour que Philomène ne s'en aperçût pas.

« C'est quoi votre machin pour sauver mon âme ? demanda-t-elle d'un ton abrupt.

— Con... continuez votre histoire... j'ai... j'ai tout mon temps. Ce monsieur attendra.

— C'est Mélion, hein ? Ne mentez pas, vous feriez un péché inutile. Il vient réclamer sa part du gâteau, n'est-ce pas ? »

En trois mois de fréquentation assidue des Missionnaires du Retour, le langage de Philomène avait changé. Il s'était affiné et même son accent n'avait guère plus qu'une faible teinture créole. Varin songea à l'iniquité du monde. Cette créature, placée dans un tout autre milieu que le Morne Pichevin et ses cases hideuses, serait devenue une femme de lettres, une grande actrice, peut-être l'égérie de quelque grand homme. En tout cas, elle avait beaucoup plus d'esprit que la plupart des femmes békées qu'il était amené à confesser le samedi matin à l'église de Balata.

« J'aimerais entendre la fin de votre histoire, insista-t-il d'une voix douce et presque complice. Asseyons-nous, Philomène.

— Eh ben, c'est pas difficile à comprendre, Monseigneur. Dès que Fils-du-Diable s'est cru seul, le bougre s'est précipité sur le canot de La Madone et s'est mis à voler les pièces de monnaie et les bijoux que les fidèles venaient d'y jeter. Il remplissait les poches de sa chemise, de son pantalon et même un petit sac qu'il avait dissimulé sous son bras. Alors, je suis sortie de derrière le pilier et je me suis approchée de lui. Il a sursauté. Ha-Ha-Ha ! Il a tout laissé tomber par terre et s'est mis à genoux, les yeux fermés. Il m'implorait : Sainte Vierge Marie, mère de Dieu, pardonne-moi ! Aie pitié de ma personne ! Je ne suis qu'un pauvre nègre qu'on a lâché dans la rue à l'âge de six ans. Aucun père, aucune mère ne m'a élevé et je n'ai pas de parent sur terre. J'ai dû me battre toute ma vie pour ne pas être écrasé, j'ai dû piller et voler, c'est vrai, mais, comprends-moi, Très Sainte Vierge, j'étais obligé de faire ça, oui. Aie pitié de moi !... Ha-Ha-Ha ! »

Mgr Varin ne put cette fois-ci s'empêcher d'éclater de rire. Des hoquets secouaient sa bedondaine que retenait avec peine une grosse ceinture un peu incongrue par-dessus sa soutane blanche. Il cabrait sa chaise et secouait la tête, des larmes d'hilarité aux yeux. Philomène, par contagion et aussi parce que l'image désopilante du redoutable fier-à-bras agenouillé et pleurnichant comme un bambin lui revenait à l'esprit, s'esclaffa elle aussi. Ils n'entendirent pas Mélion de Saint-Aurel pénétrer dans la pièce. Ce dernier était tout bonnement ahuri. Un évêque et une putaine en train de se bailler une belle ventrée de rires dans la salle de réunion de l'évêché, n'était-ce pas là un spectacle pour le moins stupéfiant ? Il toussa pour signaler sa présence. Philomène le vit la première et le fusilla du regard.

« On est venu réclamer sa part du trésor ! » lança-t-elle, mi-moqueuse mi-hargneuse.

L'évêque s'empressa de proposer un siège à son hôte. Il ne savait plus où se mettre, le pauvre. De temps à autre, il essuyait d'un revers de manche les larmes qui continuaient à embuer ses yeux. Le silence du béké était signe d'une colère démentielle chez lui. Il avait appris à connaître l'homme en trois mois d'intense fréquentation. Mélion était un être vain et facilement irritable. Vain parce qu'il se cherchait de prétendus quartiers de noblesse en Vendée et se réclamait d'un comte dont Varin de la Brunelière, noble depuis dix générations et grand connaisseur des blasons, n'avait jamais entendu parler. En fait, l'évêque était persuadé que Mélion, tout comme la plupart des Grands Blancs martiniquais, ne possédait pas une seule goutte de sang bleu dans les veines et qu'il devait descendre tout simplement d'un de ces aventuriers qui étaient partis tenter leur chance aux colonies à la fin du dix-septième siècle. Coléreux parce qu'il était prompt à calotter ou à botter les fesses des nègres sur sa plantation ou à convoquer en duel les politiciens et les journalistes mulâtres qui refusaient d'être ses féaux.

« Philomène me... me racontait une bonne blague, fit l'évêque.

— Je m'en serais douté ! rétorqua le planteur qui avait le plus grand mal à se contenir.

— Continuez, Philomène, votre histoire intéressera certainement monsieur Mélion de Saint-Aurel... »

Alors là, le béké explosa. Il tapa du poing sur la table, hurla qu'il n'avait pas de temps à perdre avec des pédérastes de curés et que l'odeur des nègres et surtout des négresses commençait à l'importuner sérieusement. Il se frappa les bottes à l'aide de la petite cravache dont il ne se séparait jamais, même quand il descendait en ville.

« Je pars en France définitivement le mois prochain, brailla-t-il. J'ai besoin de mettre toutes mes affaires en ordre. Ma propriété de Grande Savane est en vente et déjà plusieurs personnes se sont montrées désireuses d'en faire l'acquisition. Il me faut savoir ici et maintenant de combien je serai remboursé pour tous les frais que j'ai engagés à l'occasion du pèlerinage. Ici et maintenant, vous m'entendez ! Vous et vos Missionnaires du Retour commencez à trop tergiverser à mon goût. Je veux soixante-dix pour cent de tout ce qui a été récolté.

— Ce... ce n'était pas notre accord préalable et...

— Peu importe ! Nous étions, c'est vrai, convenus de cinquante-cinquante mais quand j'ai examiné le montant de mes dépenses, j'ai dû me rendre à l'évidence. Hé oui, toutes les dépenses du pèlerinage ont pesé sur moi et moi seul. Soi-disant qu'Henri Salin du Bercy prêterait un camion, hein ? On n'a eu qu'une carcasse qui tombait en panne tous les deux kilomètres ! C'est mon camion-dix-roues que j'ai dû mettre à votre disposition et pendant ce temps-là, mon magasin ne pouvait plus faire aucune livraison dans les communes. L'essence, c'est moi qui l'ai payée et vous savez à quel prix elle est de nos jours. C'est moi qui ai embauché un chauffeur et quatre débardeurs pour ramasser les offrandes. C'est encore moi...

— Pardon, votre honneur, intervint Philomène en se levant de la table. Mille excuses de devoir vous arrêter mais il y a un hic.

— Un quoi ?

— Un... un petit ennui... » traduisit l'évêque qui, pressentant la catastrophe, se faisait tout petit sur son siège.

Mélion examina Philomène comme s'il s'était agi de quelque animal sauvage. Un rictus de dégoût se dessina sur ses lèvres qui étaient recouvertes d'une bave jaunâtre. Il fit mine de lever sa cravache pour la frapper mais il fut arrêté par l'attitude de la négresse féerique, qui croisa les bras et ne recula point. Elle lui opposait sa belleté, simplement sa belleté. Cette aura qui avait fait tourner la tête à Amédée Mauville pendant le temps de l'Amiral Robert et qui avait pouvoir d'ensorceler n'importe quel homme, noir ou blanc, laïc ou religieux. Mélion demeura le bras tendu, sa cravache pendouillant, dérisoire, à hauteur de son nez.

« Il y a un hic, monsieur de Saint-Aurel, continua Philomène. Figurez-vous que nous avons retrouvé la statue, votre statue devrais-je dire, sous une bâche dans votre entrepôt de Sainte-Thérèse. Enfin quand je dis nous, c'est plutôt votre garçon à tout faire. Comment s'appelle-t-il déjà ? La Grattelle, c'est ça ! »

Le béké tenta de formuler quelque chose qui se perdit dans un gargouillis. Il était devenu soudain rouge, plus rouge qu'un coq de combat en train d'être acculé dans un coin de l'arène, et le bleu de ses yeux éclatait encore plus au mitan de son visage.

« Tu... tu veux combien d'argent ? finit-il par lâcher.

— L'argent ! L'argent ! Vous n'avez que ce mot-là à la bouche, vous les Blancs-pays. Moi, je n'ai pas suivi La Madone pour de l'argent. J'ai cru en elle et sachez que les centaines et les milliers de nègres qui ont accompli le pèlerinage ne désiraient qu'un petit brin de chance, un soulagement dans l'existence misérable que vous les obligez à mener. »

L'évêque déplia ses papiers à tranche dorée et déclara :

« Non, j'ai mieux pour Philomène... j'étais justement en train de lui proposer une indulgence. Tenez, approchez-vous, chère dame, vous savez lire, je suppose... Ces documents sont des actes par lesquels Dieu consent à absoudre de leurs péchés terrestres certaines personnes. Celles-ci iront tout droit au paradis, sans passer par le purgatoire. Lisez, je vous prie : Indulgence accordée le 9 janvier 1937 à madame Juliette Duplan de Montaubert... indulgence accordée à monsieur Henri Salin du Bercy le 12 avril 1945... indulgence accordée à monsieur Évariste Saint-André... c'est un mulâtre, celui-là. Vous voyez, il n'y a pas que les Blancs créoles à en profiter. »

L'évêque expliqua qu'en temps normal il fallait faire un don très important à l'Église pour en bénéficier. Comme de lui léguer une maison ou des terres ou encore des actions dans quelque entreprise commerciale.

« À vous, Philomène, je vous baille une indulgence gratuite... en remerciement pour tout ce que vous avez accompli au cours du pèlerinage de la Vierge du Grand Retour. »

Troublée, la péripatéticienne ne sut quoi répondre. Elle remarqua que Mélion était suspendu à ses lèvres. Il avait perdu de sa superbe et s'était rassis. Alors elle songea à sa nièce Adelise et décida de l'attaquer.

« Vous avez mis enceinte quelqu'un qui m'est très cher et elle a fait deux fausses couches, monsieur

Mélion… si vous êtes aussi chrétien que vous le prétendez pourquoi ne vous êtes-vous pas occupé d'elle, hein ?

— Je l'ai fait !

— Ah bon ? Et de quelle façon ? D'ailleurs, depuis le départ de la Vierge, Adelise est introuvable.

— Je l'ai envoyée là-bas… je lui ai trouvé une place dans un hôpital. À Paris… fille de salle. Elle gagnera presque autant qu'une institutrice d'ici.

— Un hôpital de grand renom, précisa l'évêque. Il s'appelle La Pitié-Salpêtrière…

— Mais elle ne m'a rien dit ? s'exclama Philomène. En plus, elle a laissé toutes ses affaires chez moi.

— Ne vous inquiétez pas pour ça ! Elle aura voulu vous faire une surprise. Je lui ai acheté un trousseau complètement neuf. Vous savez, là-bas, c'est pas le même climat qu'ici. Il faut des vêtements chauds… » mentit Mélion de Saint-Aurel.

C'était au tour de Philomène d'être éberluée. Elle était d'autant plus portée à croire le béké que sa nièce était devenue étrange depuis sa seconde fausse couche. Elle ne parlait plus, ne mangeait presque pas et avançait dans le cortège de la Vierge tel un automate. Malgré tous ses efforts, le réconfort que Philomène tentait de lui apporter, la joie de vivre qu'elle tentait d'insuffler à Adelise, celle-ci se tenait coite, la figure maussade et décharnée à cause de la fatigue.

« Tenez, voici votre indulgence. Vous pouvez lire. Au fait votre nom de famille, c'est quoi ? fit l'évêque qui tortillait son stylo entre ses doigts. Bon, ce n'est pas grave. Après tout, il n'a pas besoin de figurer dessus car Dieu ne reconnaît que le prénom. C'est d'ailleurs lui qu'il vous donne au baptême… Ah non, désolé ! Vous ne pouvez pas emporter l'indulgence, chère Philomène. Ce document doit être précieusement gardé dans les archives de notre Sainte Église afin d'être transmis à Rome en temps voulu. »

Puis, jovial, il incita de nouveau la femme à finir son histoire. Mélion prit Philomène par le bras :

« Bien entendu, vous ne ferez pas état de la découverte de la statue...

— Cela ruinerait tous nos efforts d'évangélisation, ajouta l'évêque.

— On ne peut pas cacher la nouvelle. Plusieurs personnes l'ont vue.

— Pas de problème ! Je viens de recevoir une lettre du chef de l'Église de France qui m'informe que la Martinique peut garder la Vierge du Grand Retour. Il a fallu que monsieur Henri Salin du Bercy fasse jouer toutes ses connaissances à Paris pour que nous puissions parvenir à un résultat aussi extraordinaire.

— Elle est donc... partie et... revenue...

— Tout à fait ! » fit Mélion en lui tapotant l'épaule d'un geste qui se voulait amical.

Philomène acheva son histoire. Lorsque Fils-du-Diable-en-Personne ouvrit les yeux et découvrit qu'il n'était pas prosterné aux pieds de l'incarnation de la Sainte Vierge mais de sa vieille amie du Morne Pichevin, il se montra extrêmement confus. Voleur dans la rue, passe encore, mais voleur en pleine église, ça valait un châtiment capital !

« Alors vous savez ce qu'il m'a baillé comme excuse, dit Philomène, de nouveau gaie. Le bougre m'a déclaré que prendre l'argent offert par des mécréants n'était pas un péché. D'ailleurs, a-t-il ajouté, la Vierge elle-même n'accepte-t-elle pas cette offrande ? Ha-Ha-Ha ! »...

*Liste des offrandes et des dons offerts
à la Vierge du Grand Retour au cours
de son périple en terre martiniquaise*

• Pièces de monnaie : trois cent cinquante-six mille vingt-sept francs en pièces de cinq sous, de vingt sous et de cinq francs. Nombreuses pièces étrangères impossibles à comptabiliser : des pesos, des cents, des couronnes, des pfennigs.

• Billets de banque : trois millions cent douze mille sept cent soixante-quinze francs en billets des Antilles-Guyane ; vingt-sept mille six cent vingt-deux francs métropolitains ; soixante dollars américains, trente-trois pesos mexicains, douze bolivars vénézuéliens, cinq livres sterling, trois florins hollandais.

• Argenterie : soixante-six bracelets et colliers en argent pur, douze en imitation argent. Cinquante-deux verres en cristal, trois candélabres, deux statuettes gréco-romaines.

• Or : trente-sept colliers dits « colliers-forçats » en or de Cayenne, trente-trois « colliers-choux » et dix-neuf bracelets et colliers en or, six en imitation or. Seize anneaux créoles et neuf boucles d'oreilles. Quatre-vingts pièces de monnaie en or de diverses nationalités. Vingt-trois dents en or en bon état, quatre en mauvais état.

• Pierres précieuses : neuf émeraudes montées sur des bagues en or, trois rubis, six améthystes montées sur un collier, trois camées en jade, un coupe-papier en obsidienne, sept saphirs et un diamant brut de six carats.

• Objets précieux divers : trois montres à gousset en or de fabrication américaine, dix-neuf bagues de mariage, huit Croix de Guerre, deux longues-vues ciselées, vingt-sept chapelets en bois de rose, dix coffrets à bijoux en merisier.

• Objets divers sans valeur : neuf recueils des « Sept prières », quarante-trois corsages brodés, seize reproductions de « L'Angélus » de Millet, deux exemplaires neufs des « Misérables » de Victor Hugo.

• Objets étranges : cent vingt-deux lettres à La Madone réclamant des grâces qui ont dû être détruites mais dont nous reproduisons fidèlement trois exemplaires :

• Lettre déposée lors du passage en la paroisse de Basse-Pointe :

« Madame La Vierge,
Je sais que ta bonté est sans limites. Mon nom est Mathieu Salem et mon âge a dépassé depuis longtemps les cent ans. Je t'ai toujours vénérée. Pardonne ses péchés au pauvre hérétique que je suis ! Je te demande deux grâces, deux petites grâces : vivre jusqu'à deux cents ans comme Abraham et retrouver la trace de l'Habitation Belles-Feuilles où j'ai passé ma jeunesse. Je sais que c'est beaucoup, alors si tu ne peux pas satisfaire mes deux deman-

des, jette un œil bienveillant sur l'une d'elles au moins. Je t'en supplie à genoux, Madone toute-puissante.

Monsieur Mathieu dit Salem »

• Lettre déposée lors du passage de la Vierge à Marigot :

« Vierge blanche,

Je connais pas li et puis écri. Mon corps, il est démangé tout partout par la lèpre. Ma bouche est plichée, mes doigts sont croquevillés et je peux pas nourrir mon ventre. Mes pieds sont tordus, si j'essaye marcher, je tombe à terre tout suitement. Je crie toute la sainte jounée, je pleure gros pleurer. Aide-moi ! Ton fils veut voir la lumière. Il vit dans la ténèbre. Merci Madone ! Merci !

Jilien Sauvère »

• Lettre déposée en la paroisse du Vauclin :

« Vierge du Grand Retour,

Gloire à toi ! Honneur et respect sur ton front ! Hosanna ! Tu as traversé les mers pour nous apporter la parole divine. C'est donc que tu as compris en quelle servitude vivent les nègres depuis des siècles. Nous sommes la douzième tribu perdue d'Israël. Nous avons droit à réparation. Je te demande de pouvoir hériter des deux maisons et de la propriété plantée en cannes de ma tante Hortense. Elle n'a plus de descendance mais elle refuse à m'accompagner chez le notaire. Elle préfère mourir avec ses biens comme si elle pouvait les emporter dans sa tombe. Fais vite car elle ne se lève plus depuis six mois. Elle a quatre-vingt-six ans dépassés et deux fois déjà le prêtre est venu lui porter l'extrême-onction.

Judes Morentin, greffier auprès du juge de paix »

• Objets maléfiques : cent soixante-deux talismans faits de toile noire sur lesquels ont été inscrits des signes cabalistiques ou démoniaques, seize culottes de femme comportant des épingles à nourrice, douze bouteilles contenant des liquides non identifiés, des paquets d'herbes sèches attachées avec du fil doré, des bouts de ficelle tressée en forme de sainte croix.

Liste établie à l'archevêché de Fort-de-France, île de la Martinique, ce 17 juin 1948 par l'abbé Paul Le Gloarnec, Missionnaire du Grand Retour.

L'APOCALYPSE

On vit ensuite un autre Ange, puissant, descendre du ciel enveloppé d'une nuée, un arc-en-ciel au-dessus de la tête, le visage comme le soleil et les jambes comme des colonnes de feu. Il tenait en sa main un petit livre ouvert. Il posa le pied droit sur la Mer des Caraïbes, le gauche sur le Morne Pichevin et il poussa une puissante clameur pareille au rugissement du lion. Après quoi, les sept tonnerres firent retentir leurs voix sur les sept crêtes de l'En-Ville : le Morne Abélard, le Morne du Calvaire, le Morne de Redoute, le Morne de Trénelle, le Morne de Godissard, le Morne de l'Ermitage, le Morne Vannier et le Morne Pichevin.

Quand les sept tonnerres eurent parlé, Dictionneur allait écrire mais il entendit du ciel une voix lui dire : « Tiens secrètes les paroles des sept tonnerres et ne les écris pas. » Alors l'Ange qu'il avait vu, debout sur la mer et la terre, leva la main droite au ciel et jura par Celui qui vit dans les siècles des siècles, qui créa le ciel et tout ce qu'il contient, la terre et tout ce qu'elle contient, la mer et tout ce qu'elle contient : « Plus de délai ! Mais aux jours où l'on entendra le septième Ange, quand il sonnera de la trompette, alors sera consommé le mystère de Dieu,

selon la bonne nouvelle qu'il en a donnée à ses ser-
viteurs les prophètes. »

Le soir du départ de La Madone, Dictionneur
n'avait pas regagné la villa de Dame Josépha Victoire, à Petit-Paradis. Posant son Littré sous sa nuque, il s'était endormi à même le trottoir de la rue
François-Arago, dans l'encoignure d'un magasin de
Syrien. Pourtant, après des semaines de pérégrina-
tions à travers le pays dans des conditions d'incon-
fort extrêmes, il eût été naturel qu'il aspirât à
retrouver le lit à baldaquin et moustiquaire de son
amante ainsi que le moelleux de ses draps. La
douce chaleur de son corps si ferme en dépit de la
cinquantaine approchante. Et puis, une fois débar-
rassés de la fatigue, ils iraient danser la biguine
piquée au « Select-Tango » ou alors le boléro au
« Manoir ». C'était en tout cas la promesse que lui
avait renouvelée l'institutrice à chacune des étapes
du pèlerinage. Mais du jour où le jeune homme se
mit à prêcher la parole de Cham, un froid s'installa
entre eux qui alla grandissant.

« C'est la Négritude qui te tourne la tête ! lui
avait-elle lancé à Trois-Ilets. Le docteur Mauville
m'a expliqué cette doctrine scélérate. Vous voulez
mettre le Nègre en haut et le Blanc en bas. C'est ça,
hein, avoue-le ? »

Dictionneur s'était contenté de sourire. Avant de
rencontrer Cham, il avait maintes fois entendu le
mulâtre vitupérer contre la Négritude sans bien
comprendre de quoi il retournait. Dans son Littré,
un tel mot n'existait même pas ! Josépha avait donc
entrepris de le harceler. Elle déclarait que s'il fallait
sauver la race — et il le fallait, oui ! — ce ne pouvait être qu'en se soumettant à la Vierge du Grand
Retour mais aussi en se mélangeant autant que

376

faire se pouvait à la race supérieure. Peu à peu, la noirceur qui affligeait la peau du nègre diminuerait, virerait d'abord au marron foncé, puis au marron clair, puis au rouge foncé, puis au rougeâtre, puis au jaune jusqu'à devenir plus immaculée que l'hermine. Hermine ! Le jeune homme avait repris ce mot au vol, goguenard, et en avait claironné la définition exprès pour agacer son amante tantôt sur l'air de « Cadet Rousselle » tantôt sur celui de « La Marseillaise » et l'institutrice avait fini par s'écarter de lui. Par ne plus prendre sa hauteur et, final de compte, par l'ignorer tout à faitement.

À trois jours de la fin du pèlerinage et donc du retour à Fort-de-France, Josépha ne le regardait même pas. Elle n'échangeait plus avec lui ces clins d'œil complices qui avaient jusque-là raffermi leur passion. Alors qu'à chaque étape, une fois la statue déposée dans l'église du lieu, la messe dite et les pèlerins hébergés chez l'habitant, elle se débrouillait pour retrouver Dictionneur à l'abri des regards curieux et se livrait à lui dans les postures les plus acrobatiques, qui dans quelque hangar à outils qui au coin d'une ruelle sombre qui à même l'herbe humide d'une savane isolée, désormais Josépha ne faisait plus cas de lui. Elle se tenait dans les jupes de Mgr Varin ou chuchotait avec le docteur Mauville jusqu'à tard dans la nuit (il est vrai qu'elle avait obtenu un congé exceptionnel de l'Académie grâce à leur influence conjuguée) et il était impossible à Dictionneur de l'approcher ou de lui faire tenir un quelconque message. La veille du jour où le Grand Retour devait s'achever, elle s'approcha de lui et lui lança au visage, son regard toujours dans le vague :

« Je ne veux plus de vous. Vautrez-vous dans votre nègrerie puisque c'est la voie que vous avez choisie ! »

Adelise, qui avait assisté à la scène, proposa à Dictionneur de s'installer au Morne Pichevin. Il y avait là des cases abandonnées, soit que leurs propriétaires fussent décédés soient qu'ils croupissent à la geôle pour un bon bout de temps, cases qu'il suffirait de ravauder et de débarrasser des halliers qui avaient poussé à leur entour pour les rendre habitables. Le jeune homme se souvint que, quatre mois plus tôt, quelqu'un lui avait fait exactement la même offre : la première fois que Rigobert et lui s'étaient rencontrés alors qu'il s'efforçait, non sans maladresse, à s'exercer au métier de crieur pour le compte du Syrien Wadi-Abdallah.

« Viens chez nous ! insista Adelise. Ta place, elle est au mitan de la négraille. Mais ton gros livre, laisse-le derrière toi, s'il te plaît ! Ha-Ha-Ha ! On n'en a pas besoin du tout-du tout-du tout. Il ne contient pas les mots qu'on utilise tous les jours... »

Le regard d'Adelise avait la tendreté de la soie. Chaque battement de ses paupières lui était comme une caresse. Cela il l'avait ressenti bien avant qu'elle ne lui fît cette proposition quand, par jeu, à l'étape du Vert-Pré, il l'avait presque enlevée pour l'emmener dans un bal-paillote. Tout le monde savait la jeune femme chimérique et c'est avec stupéfaction qu'on l'avait vue se parer d'une robe créole moirée, empruntée à une habitante de l'endroit, et monter avec Dictionneur à bord d'un taxi-pays. Man Cinna avait rigolé :

« Hé, Philomène, ta nièce part faire la vie, oui ! Tu ne la babilles pas, ma commère ?

— Laissez-la goûter un brin d'amour, tonnerre de Dieu ! Ne court-elle pas La Madone depuis un bon paquet de semaines tout enceinte qu'elle est, hein ? »

Mais Adelise n'était point partie ni faire la vie ni faire la bombe ni faire la bacchanale ni faire la vagabondagerie. Son gros ventre l'en aurait d'ailleurs empêchée. À ce moment-là, elle espérait toujours la venue de son second jumeau qu'elle ne perdrait que quelques jours plus tard. Elle avait eu bien du mal à se caser dans le taxi-pays entre Dictionneur qui, lui aussi, avait trouvé une bonne âme pour lui prêter un costume d'alpaga tout ce qu'il y avait de prestancieux et s'était fait couper les cheveux, et une grosse dondon ruisselante d'une sueur peu naturelle puisque la brune du soir était tombée depuis longtemps.

« Chauffeur, fais attention à cette capistrelle ! s'était écriée cette dernière. Je ne veux pas qu'elle accouche sur moi, non. Elle a déjà de la flume autour de la bouche. »

La route était cahoteuse et à chaque bringuebalement du véhicule, les lèvres d'Adelise se serraient. Elle dut se les mordiller pour ne pas éclater en sanglots. Dictionneur lui prit la main, puis, après une brève hésitation, passa l'autre autour de son cou, la pressant avec douceur contre lui. Ce geste insolite raviva quelque lueur dans les yeux de la jeune femme qui s'efforça de sourire. La grosse dondon considéra le couple avec ébahissement avant de s'esclaffer, entraînant tous les autres passagers dans un torrent d'hilarité.

« Ha-Ha-Ha ! Ouaille, Seigneur-La Vierge Marie-saint Joseph, voilà qu'à présent, ils font l'amour-France. Merci mon Dieu de m'avoir laissée vivre assez longtemps pour voir un tel spectacle. Deux nègres qui jouent une pièce de cinéma. Oh papa ! »

L'une des mains de Dictionneur s'était posée sur le ventre de la câpresse, à hauteur de son nombril. Une chaleur souveraine s'en dégageait qui avait réussi à vaincre l'épaisseur de la robe et irradiait le plat de la main du jeune homme. Il éprouva une sensation d'étourdition et éblouissement à la fois.

Cette chaleur s'insinua en lui, envahissant sa poitrine, ses bras, son cou et lui enflamma les pommes de la figure qui, pour une fois, étaient rasées avec soin. Puis sous ses doigts, il sentit peu à peu chamader la vie. L'enfant bougeait ! Il manifestait sans doute sa joie à la présence de cette main paternelle et amoureuse. Adelise posa la tête au creux de l'épaule de Dictionneur et ferma les yeux. La négresse jacassière se mit à s'esbaudir :

« Ouaille, papa voilà qu'ils vont s'embrasser sur la bouche ! Ha-Ha-Ha ! Jusqu'à présent, je n'avais vu pareille macaquerie que dans les journaux d'amour. »

Et de s'éventer avec un roman-photo qu'elle avait placé sur ses genoux au moment du départ et feuilleté de temps à autre en grognassant des commentaires en créole. Par bonheur, le taxi-pays déboucha sur le petit plateau où se dressait la paillote « Tropicana » devant laquelle se pressait une foule de gens sur leur trente et un, foule qui se battait presque pour acheter les tickets d'entrée. Une vive frayeur s'empara de Dictionneur. Jamais Adelise ne pourrait pénétrer dans l'enceinte du dancing sans se faire bousculer, voire piétiner et, à supposer qu'elle y parvînt, la fournaise qui devait régner au-dedans ne manquerait pas de l'asphyxier. Dictionneur pensa au bébé, à ce négrillon qui tardait à venir et en qui tous les pèlerins du Retour voyaient un nouveau messie. Allait-il, lui, Dictionneur, être celui qui empêcherait la prophétie de Cham de s'accomplir ? Il s'en voulait maintenant d'avoir invité Adelise à ce bal-paillote. C'était une idée bizarre, plus que bizarre farfelue. La définition de ce dernier mot s'inscrivit d'instinct sur ses lèvres. « Farfelu : se dit de... » mais sa phrase se perdit dans une sorte de gargouillis car ce mot-là ne figurait point dans le Littré. De semblables absences n'avaient pas manqué de l'étonner lorsqu'une dizaine d'années plus tôt il s'était mis à apprendre par cœur son Dictionnaire.

« J'ai pas entendu... fit Adelise en avançant avec peine vers le guichet du "Tropicana".

— Rien... c'est rien... »

Une musique violente s'échappait dans l'air, comme comprimée par les feuilles de tôle ondulée de ce qui n'était qu'un immense baraquement où n'avaient été prévues que des ouvertures étriquées, cela pour décourager d'éventuels resquilleurs. Une rumba cubaine endiablée faisait se trémousser au-dehors ceux qui jouaient des coudes pour acheter leur ticket. Des bribes de chanter espagnol — « *Mi amor, te quiero tanto !* » — étaient reprises par des dizaines de voix d'hommes, fort excités à la pensée que, ce soir-là, ils dénicheraient enfin la cavalière de leur vie.

Protégeant Adelise, le jeune homme avançait pas à pas, visiblement emberluqué, sous le regard incrédule des bambocheurs. Ces derniers se mirent à lancer des propos salaces à l'endroit du couple, à tancer le formidable toupet d'Adelise qui n'avait pas, à les entendre, le moindre respect pour son gros ventre. Un chabin saoul, le visage tiqueté comme le plumage d'un coq d'Inde, la pressa de lui accorder la première danse. Un nègre-noir, habillé en sac de farine-France, lui fit la révérence et, d'un ton siroteux, lui lança :

« Si je ne risquais d'encourir le déplaisir de votre digne accompagnateur, ô charmeresse, je vous aurais convié à vous remuer les hanches avec moi au son d'une petite mazurka-collé-serré, oui. »

Pendant que la badaudaille applaudissait au bel français du bougre, Dictionneur fit volte-face et entraîna Adelise au hasard des chemins. Il n'y avait pas de réelle obscurité mais la lune avait peine à se dégager d'un frémillement de nuages qui semblaient jouer à la poursuite. Le jeune homme avançait, les yeux rivés au ciel, un bras autour de la taille d'Adelise laquelle avait maintenant une démarche plus aisée.

« Ade… Adelise, chère…

— Parle, mon nègre. Je t'écoute, oui.

— C'est qui celui… celui qui a mis cet enfant dans ton ventre ? »

La câpresse ne répondit pas. Elle se dégagea lentement mais fermement de lui et, insoucieuse des traîtrises du chemin mal empierré, le dépassa de dix bons mètres. Bientôt elle accéléra le pas et ne fut plus qu'un minuscule éclat moiré, celui de sa robe, dans le lointain.

« Ne t'approche pas, Dictionneur, cria-t-elle. C'est moi la Diablesse, oui. Ha-Ha-Ha ! »

Un amour irrépressible s'empara du jeune homme, le bouleversant au plus profond de son être, âme et chair mêlées. Il hurla à son tour :

« Le père de ton enfant, c'est qui, très chère ? C'est qui ?

— Papa de Gaulle ! Oui, papa de Gaulle ! »

Et là, Dictionneur se réveilla en sursaut de son rêve. Épuisé d'avoir prophétisé à l'arrière du cortège de La Madone, où le contraignaient à se tenir les Missionnaires du Retour, cela tout au long de la quinzaine de kilomètres qui séparait la paroisse de Trinité de celle du Vert-Pré, épuisé d'avoir ressassé la même phrase — « Rejoignez la religion de Cham, mes frères ! Cette Vierge blanche n'est que fausseté et menterie » — il s'était affaissé à l'en-bas d'une case-à-manioc, à quelques mètres seulement de la chapelle où avait commencé une messe en l'honneur de Notre Dame du Grand Retour.

À compter de ce jour-là, il n'avait plus considéré Adelise du même œil et quand elle lui fit la proposition d'habiter désormais au Morne Pichevin, lorsque le pèlerinage serait clôturé, il n'hésita pas une seconde. Seul le refus qu'elle opposait à la présence de son Littré l'empêchait d'acquiescer ouvertement. Ce livre-là, il l'aimait aussi. Il aimait chacun de ses mots, chacune de ses définitions. Même Cham n'avait pas réussi à le faire s'en débarrasser, comme si ce dictionnaire était doué d'un pouvoir inattaquable, indestructible même. D'un pouvoir qui confinait au sortilège. Il avait eu plusieurs fois la tentation de le jeter aux orties, de le déchirer en mille morceaux, de le brûler vif et à l'étape d'Ajoupa-Bouillon, il avait même creusé un trou où il l'avait enterré. Le lendemain, après avoir suivi le cortège jusqu'à la commune suivante de Basse-Pointe, il n'avait pu s'empêcher de rebrousser chemin pour le récupérer. Pourtant, l'injonction de Cham continuait de lui marteler l'esprit :

« Fabrique un dictionnaire qui soit pour nous autres ! Celui-là, c'est la chose des Blancs qui ont damné notre race. »

Il avait bien tenté de commencer cette lourde tâche, sur un cahier d'écolier quadrillé, acheté dans une boutique du Marigot. Il y avait griffonné au crayon noir des mots tels que « pipiri-chantant » (aube) ou « badiolè » (vantard) mais il avait le sentiment que l'orthographe en était si malhabile, l'explication qu'il en donnait si peu assurée qu'il en avait conclu, la mort dans l'âme, que c'était là un projet très au-dessus de ses forces. Il se souvenait aussi que Fils-du-Diable-en-Personne l'avait dérisionné en le mettant au défi de trouver dans le Littré, non pas des mots créoles, ce qui était normal puisqu'il s'agissait d'un dictionnaire français, mais les mots de notre français d'ici-là, du français martiniquais. Le bandit des Terres-Sainvilles, tout analphabète qu'il fût, avait eu une intuition imparable :

ni « bougresse » ni « capon » ni « baliverneur » ni
« cannir » ni « bancroche » n'y figuraient. Cette découverte avait passablement troublé Dictionneur.

Réitérant sa proposition quelques jours plus tard,
Adelise avait même promis de lui faire un fils.

« D'accord ! D'accord, je m'installe au Morne Pichevin, Adelise, finit-il par lâcher dans un souffle.

— Bravo ! Mais, tu m'as bien compris, mon
vieux, ton gros livre là, on n'en veut pas.

— D'accord, oui... »

Cette fois, Dictionneur prit la ferme résolution de
se débarrasser du Littré. Le soir même du Retour
de la Vierge à Fort-de-France, il acheta une corde-
mahault au grand marché, y attacha une grosse
roche et se rendit au Pont Gueydon. La ville entière
se pressait à la cathédrale où Mgr Varin de la Brunelière faisait une messe solennelle d'adieu. Pas une
seule cahute de la rive droite du canal Levassor
n'était éclairée. Sur l'autre rive, seule l'enseigne du
« Select-Tango » clignotait faiblement. Mais la formidable clairété provoquée par des milliers d'ampoules et de guirlandes électriques qui décoraient le
centre-ville emparadisait les quartiers les plus éloi-
gnés. Il grimpa à l'en-haut de la courbure du Pont
Gueydon et considéra l'eau du canal dont il devinait
la fétidité. Plus question de couarder. Sa décision
était bel et bien prise. Il allait voltiger là ce livre
diabolique qui avait enchaîné sa vie depuis qu'il
l'avait volé à la bibliothèque Schœlcher dix ans et
quelque auparavant. Il le prit, le caressa une ultime
fois, ne put s'empêcher d'y poser interminablement
ses lèvres, puis comme s'il avait hâte d'en finir, le
ligota à la roche. Pour plus de précautions, il fit
plusieurs nœuds et, s'assurant de la solidité de la
corde-mahault, souleva très haut le paquet et s'ap-
prêta à le lancer dans le canal. Son bras droit, ô
inexplicable, demeura bloqué en l'air. De loin lui

parvenait le chant du Grand Retour déclamé par des milliers de voix exaltées :

> « *Chez nous, soyez Reine*
> *Nous sommes à vous ;*
> *Régnez en souveraine*
> *Chez nous, chez nous*
> *Soyez La Madone.* »

Il s'agrippa à la rambarde du Pont Gueydon et déposa le Littré et la roche à ses pieds.

« *Patat chat !* (Sacrebleu !) maugréa-t-il en songeant qu'aucune des prophéties de Cham ne s'était accomplie et qu'Adelise elle-même avait accouché d'un deuxième bébé mort-né.

Puis il défit un à un les nœuds, sauf le tout dernier. Saisissant le bout de la corde, il passa celle-ci autour de son cou une fois, deux fois, trois fois, quatre fois, jusqu'à ce que le paquet se hisse à hauteur de son visage et là, il amarra un nœud-coulant. Sa pomme d'Adam tressaillit et il sentit sa gorge s'assécher brusquement. Enjambant la rambarde, il eut un ultime regard pour l'En-Ville, qui étincelait de tous ses feux, avant de se jeter à l'eau tête première.

À l'instant même où il affronta le vide, une créature de rêve accourait le long de la rive gauche du canal, en lui faisant des signes désespérés. La négresse chinoise aux yeux bleus criait quelque chose qu'il ne pouvait entendre mais qu'il déchiffra en une miette de seconde :

« Ne fais pas ça ! Je t'attends depuis... »

Le cadavre de Roland Frémontier, alias Dictionneur, fut retrouvé à l'embouchure du canal Levassor entre le moment du départ de La Madone pour la France et celui de son retour inopiné et définitif à la Martinique. Le service des indigents de la mairie de Fort-de-France s'occupa de tout puisque, apparemment, le jeune homme n'avait aucune relation familiale. Seule Adelise, avertie par Lapeau-Légumes, le fossoyeur du cimetière des pauvres, qui était un client assidu du cabaret « Aux Marguerites des marins », avait suivi le cercueil en bois de caisse. Elle avait payé un enterrement de troisième classe qui fut expédié en cinq-sept par l'abbé de l'église des Terres-Sainvilles. La câpresse n'avait pas jugé bon d'annoncer la triste nouvelle à sa tante Philomène ni aux autres habitants du Morne Pichevin. Elle s'était rendue au quartier Petit-Paradis, chez Dame Josépha Victoire, mais cette dernière lui avait claqué la porte au nez en déclarant qu'elle ne connaissait ni en bien ni en mal « ce nègre de bas étage surnommé Dictionneur ». Dans la cour ombragée de flamboyants de sa villa, un très bel homme européen, vêtu d'un uniforme d'officier de marine, faisait la sieste dans un transat, sa casquette recouvrant le haut de son visage.

Quand Adelise regagna le Morne Pichevin, tout le monde y était fort excité par la découverte de la statue en plâtre de la Vierge du Grand Retour, dissimulée sous une simple bâche, dans un recoin des Entrepôts Mélion de Saint-Aurel. Elle feignit de se joindre à Philomène, à Rigobert et aux autres, de partager leur irritation mais elle avait pris une décision lorsqu'elle avait vu le cercueil de Dictionneur disparaître peu à peu sous les pelletées de terre de Lapeau-Légumes : celle d'accepter l'offre d'un emploi de fille de salle à Paris que lui avait faite Honorien de Saint-Aurel.

« Je ne supporterai pas de vous savoir si loin de moi, avait confié le maître de l'Habitation Grande Savane à la jeune femme. Là-bas, ils vous donneront une formation et un travail correct. Et puis, nous pourrons nous voir de temps à autre. Je vous ai acheté un billet sur le Latécoère, vous n'avez pas peur de voler en hydravion, j'espère... Réfléchissez, vous serez fort bien payée. L'hôpital où l'on a accepté de vous prendre à l'essai est l'un des plus importants de France... »

Selon une tout autre version de l'histoire, colportée par Radio-bois-patate, Dictionneur ne mit pas fin à ses jours car le corps qui avait été retrouvé à l'embouchure du canal Levassor n'avait pas pu être identifié avec certitude par la maréchaussée. Il avait même assisté au simulacre de départ de la Vierge et à son retour en terre martiniquaise. Ce n'est que bien longtemps après qu'on s'aperçut de sa disparition. À Manoutchy, l'Indien-couli, et à lui seul, il avait révélé, en lui faisant cadeau de son Littré, qu'il partait vivre pour toujours au pays de Toussaint Louverture, pays où il rédigerait un livre pour révéler toute la vérité sur cet incroyable couillonnement des nègres que fut le pèlerinage du Grand Retour.

Moi, votre frère et votre compagnon dans l'épreuve, la royauté et la constance en Cham, le vénéré prophète de la race noire, je me trouvais à la lisière de la plaine du Lamentin à cause de la Parole de Dieu et du témoignage de Cham. Je tombai en extase le jour du Seigneur, et j'entendis derrière moi une voix clamer comme une trompette :

« Ce que tu vois, écris-le dans un livre pour l'envoyer aux sept temples du Chamisme : à Gondeau, à Savane Romanette, à Morne Courbaril, à Barrière-Lacroix, à Macédoine, à l'Anse Belleville et à Canton Suisse. »

Je me retournai pour regarder la voix qui me parlait ; et m'étant retourné, je vis sept candélabres d'or et, au beau mitan des candélabres, comme un Fils de notre race avant qu'elle ne soit déchue.

Sa tête avait des cheveux couleur de ciel du matin, ses yeux étaient une flamme ardente, sa voix rugissait comme celle des grandes eaux. Dans sa main droite, il y avait sept étoiles et de sa bouche jaillissait un coutelas acéré à double tranchant. À sa vue, je tombai à ses pieds, comme mort ; mais il posa sur moi sa main droite en disant :

« Ne crains pas, je suis le Premier et le Dernier, le Vivant. Écris donc ce que tu as vu ; le présent et ce qui doit arriver plus tard. »

Le docteur Bertrand Mauville lisait et relisait l'article du *Parisien* dans la solitude de son cabinet. Le journal lui était parvenu par le Latécoère de la semaine précédente mais, contrairement à son habitude, il ne s'était pas précipité dessus. Depuis le pèlerinage de La Madone, il n'avait guère eu le temps de s'informer des nouvelles de France. Sans même défaire le bandeau qui l'enserrait, il l'avait négligemment posé à côté d'une statuette représentant le « Penseur » de Rodin, achetée lors de ses études à Bordeaux, dans l'entre-deux-guerres. Bien qu'elle fût taillée dans du faux marbre, elle possédait pour Bertrand une valeur sentimentale, celle de sa jeunesse à jamais enfuie, et surtout, elle symbolisait à ses yeux la toute-puissance de la civilisation européenne. Entre deux patients, il lui arrivait de lui caresser la tête d'un geste machinal ou de la tapoter à l'aide de son stylo.

Le journal datait de 1947 mais ce retard de plusieurs mois était chose courante, les abonnés martiniquais étant fort peu nombreux. En couverture, la photo du Guyanais Gaston Monnerville étalait un large sourire éclairé par des lunettes aux verres à double foyer. Ce dernier venait d'être élu président du Conseil de la République et *Le Parisien* reproduisait les extraits d'un discours qu'il avait prononcé dix ans auparavant alors qu'il n'était que sous-secrétaire d'État aux colonies. Un sentiment de fierté mêlé d'envie tenailla Bertrand Mauville. Un mulâtre à la tête de la France ! Cela aurait pu être lui s'il n'avait pas été en proie à tant d'atermoiements chaque fois que ses amis du Cercle Martiniquais le pressaient de se présenter à un poste électif. Il avait souvent prétexté qu'il ne possédait aucun don d'orateur, ce qui était la vérité mais n'était pas, loin de là, une excuse suffisante. Velléitaire ! Il était un velléitaire. Au début, il l'avait pris comme une insulte lorsque l'un de ses confrères lui avait lancé ce mot au visage mais aujourd'hui, il devait se rendre à l'évidence. Il aurait pu fort bien accomplir tout le trajet qui menait du simple strapontin de conseiller municipal de Fort-de-France jusqu'à la présidence du Conseil de la République. Il lui aurait suffi d'un peu plus de courage et d'abnégation.

« Ce qui fait que la France a toujours été à la tête des Nations, avait proclamé Gaston Monnerville, c'est que jamais elle n'a voulu distinguer entre les hommes selon leur race, selon leur couleur, selon leur profession mais seulement selon leurs mérites, selon leurs vertus, et selon le rôle qu'ils peuvent remplir dans le concert social. Tant que la France comprendra qu'elle est, au plein sens du mot, une communauté d'hommes de races différentes, mais d'aspirations communes, elle restera grande, elle restera elle-même. »

Bertrand Mauville replia le journal d'un geste nerveux. Farfouillant dans la pile d'enveloppes qui encombrait son bureau, il en ouvrit une, plus large que les autres, qui arborait le tampon de l'archevêché de la Martinique. On lui annonçait le virement bancaire d'une somme — qu'il jugea ridicule au regard des efforts qu'il avait déployés depuis des mois — pour « ses bons et loyaux services d'éminent chrétien » en tant que médecin officiel du pèlerinage du Grand Retour. Il reconnaissait à présent qu'il s'était fait rouler à la fois par Mgr Varin et par Honorien de Saint-Aurel. Le coup de simuler le départ en grande pompe de la Vierge, puis, trois semaines après, d'annoncer qu'elle restait définitivement dans l'île, était vraiment génial. Des rumeurs avaient bien couru selon lesquelles la statue aurait été découverte par hasard dans les entrepôts du Grand Blanc mais Bertrand n'en croyait pas un mot. Tout cela avait été arrangé, prévu dans les moindres détails dès le départ ! Église et Caste békée, main dans la main, avaient manigancé cette vaste supercherie du Retour, après les revers qu'elles avaient subis pendant la guerre, juste pour reprendre le dessus sur les nègres et les mulâtres. Et il fallait reconnaître qu'ils avaient joué la comédie à merveille, les bougres !

Il repensa à son frère Amédée que la mort avait emporté si jeune. Tout cela à cause de cette Philomène dont il s'était amouraché quelque temps après l'arrivée de l'Amiral Robert. Un beau jour, il avait disparu de son domicile. Simplement. Sans laisser le moindre indice. Lui, l'époux si attentionné, si fier de son épouse blanche créole bien qu'elle appartînt à une branche déchue de la caste, il avait déserté le lycée Schœlcher où il enseignait le latin et, accessoirement, la littérature française. Bertrand se souvenait d'avoir tremblé lorsque Radio-bois-patate avait fait courir le bruit que son frère, ayant rejoint les rangs des antipatriotes, s'apprêtait à entrer en dissidence pour rallier sans doute les Forces Françaises Libres à l'île de la Dominique. Si la chose s'était avérée, il aurait dû, lui, Bertrand, faire son deuil du poste de vice-président des Volontaires de la Révolution Nationale qu'il lorgnait depuis que le goût des défilés martiaux, des flonflons et des uniformes impeccables s'était emparé de lui. Il avait le sentiment de participer à la guerre ou plutôt d'être sur le pied de guerre et ainsi de servir les idéaux définis par le vénérable maréchal Pétain. Il fut d'ailleurs l'un des notables les plus enthousiastes, avec le journaliste Romule Casoar, à approuver la célébration de la fête de Jeanne d'Arc alors que ses plus proches compagnons, nostalgiques à souhait, eussent préféré qu'on honorât Joséphine Bonaparte, native de céans et impératrice des Français. Ce fut d'ailleurs à l'occasion de l'allocution qu'il prononça lors de la première célébration que l'Amiral Robert le remarqua et s'entretint avec lui de longues minutes tandis qu'on servait le champagne. Le chef des Forces Françaises de l'Atlantique-Nord s'enquit de son identité et de son métier puis, lui tapotant l'épaule d'un geste ostensiblement protecteur, lui souffla :

« La patrie aura de plus en plus besoin d'hommes de votre trempe, cher monsieur. Je vous encourage à persévérer dans cette voie. »

Pressentant qu'Amédée n'avait pas eu le temps de passer aux côtés des gaullistes, Bertrand Mauville fit fouiller les Terres-Sainvilles par un bougre échineux qui lui propretait parfois sa Primaquatre Renault. Celui-ci, Fils-du-Diable-en-Personne, revint bredouille. Il mit ses compères Bec-en-Or et Waterloo dans l'affaire mais il n'y avait, semblait-il, rien à faire : Amédée Mauville était introuvable. Et puis, ô miracle, cette cliente, cette sémillante Philomène, vêtue d'une extravagante robe-fourreau à paillettes bleues, qui lui avoua tout de go que le professeur de latin était tombé en amour pour elle ! Bertrand était demeuré le bec coué un bon paquet de temps et, avant qu'il ne lui pose aucune question, la péripatéticienne lui dévida tout le fil de l'histoire. Comment Amédée ne vivait plus que par elle et pour elle, comment il ne mangeait pas, se lavait à la va-vite, lisait ou alors passait des heures à noircir une liasse de papiers vierges.

« *I enmen mwen pasé enmen fet !* » (Il m'aime d'un amour démesuré !) conclut-elle en prenant congé du docteur.

Des pensées contradictoires se bousculèrent dans la tête de Bertrand Mauville. Il envisagea une brusque perte de raison chez son frère, un chagrin secret ou alors quelque maléfice. Son frère ne disait-il pas souvent, sur un ton mi-plaisant mi-effrayé, qu'un simple paquet posé sur le pas de votre porte et que vous piliez le matin en sortant avait le pouvoir de faire dérailler net votre vie ? Amédée, contrairement à lui, avait toujours cru aux simagrées des vieux nègres-soubarous, à cause de son éducation littéraire sans doute. Bertrand supputa alors entre diverses solutions comme d'aller le chercher par la force à l'aide de la Milice ou de soudoyer son amante mais, à cette époque-là, il se sentait déjà las, très las. S'il fallait qu'il se préoccupe des frasques d'Amédée, quel temps consacrerait-il à sa propre carrière ? En final de compte, au scandale de la trahison patriotique qu'aurait entraînée son enrôlement dans le camp des gaullistes, Bertrand préférait mille fois qu'il continuât à se vautrer dans la débauche. Quand on lui demandait des nouvelles d'Amédée, il haussait les épaules avant de lâcher d'un ton neutre :

« Monsieur s'est mis à adorer les négresses de basse engeance, que voulez-vous que j'y fasse ? »

Mais, par la force des choses, sa relation avec Philomène devint plus étroite. À chacune de ses visites (elle souffrait d'un fibrome), il la pressait de questions auxquelles elle ne répondait que par des sentences créoles à double sens ou carrément énigmatiques. Bertrand l'encouragea à venir le voir au moins une fois par semaine, le vendredi après-midi, moment où il avait en général peu de patients. Il avait voulu à tout prix comprendre ce que son frère, élevé dans les humanités classiques, pouvait bien trouver à cette câpresse au point de concubiner avec elle dans une case sordide du quartier le plus malfamé de Fort-de-France. Certes, Bertrand reconnaissait la splendeur des formes de Philomène et n'eût point dédaigné une courte étreinte avec elle s'il en avait eu l'occasion mais de là à supporter sa présence nuit et jour, cela dépassait l'entendement. Ce qui l'intriguait le plus, c'était de savoir comment son cadet pouvait parler sans arrêt créole alors que, dans la famille Mauville, l'utilisation de cet idiome s'était toujours résumée à quelques phrases toutes faites et à des plaisanteries plus ou moins lestes.

« Si nous réclamons l'assimilation à la nation française depuis la fin du dix-neuvième siècle, songeait-il, c'est bien pour civiliser des gens comme cette putaine, or voilà qu'Amédée retourne volontairement en arrière ! »

À la longue Bertrand avait conçu une irrépressible horreur pour tout ce qui touchait de près ou de loin aux choses du sexe et avait cessé d'examiner sérieusement ses patients féminins. Aussi son premier décret en tant que responsable du Service de la Moralité Publique en juin 1942, fonction à laquelle l'Amiral Robert l'avait intronisé en personne, fut d'interdire — « d'abolir » disait le texte — les noms des fruits et légumes aux consonances licencieuses en créole. Désormais, il ne fallait plus afficher sur les marchés, les noms de la banane, de la patate douce, du giraumon, du coco et d'autres variétés qui n'avaient pas la chance comme la christophine de posséder une racine divine. La banane devint « fruit allongé », le coco « fruit rond », la patate « fruit rouge » et le giraumon « fruit rebondi ». L'Amiral Robert félicita vivement le docteur Bertrand Mauville pour ce remarquable approfondissement de la pensée et de l'action du maréchal Pétain.

On sonna plusieurs fois à la porte du cabinet ce qui l'arracha à ces remémorations moroses. Il ne voulait ausculter aucun malade aujourd'hui. De quoi allait être faite sa vie désormais ? Ce pèlerinage stupide lui avait ôté le goût des choses les plus simples. Il se demanda, pour la première fois, s'il croyait en Dieu et découvrit avec stupéfaction qu'il n'en était rien. Il avait beau s'immerger dans le tréfonds de son cœur, il ne ressentait pas la moindre vibration ni la moindre étincelle de foi. Il s'était donc menti à lui-même pendant toutes ces années. Velléitaire, lâche et maintenant menteur, voilà ce qu'il était à la fin des fins ! Il ouvrit le tiroir du bas de son bureau et s'empara du pistolet que lui avait offert le lieutenant de vaisseau Bayle, rédacteur en chef du « Bulletin Officiel », au temps de l'Amiral Robert. Sa décision était prise. Il posa le canon de l'arme sur sa tempe et se raidit légèrement. L'image de ses enfants, turbulents et heureux, défila dans son esprit, lui arrachant une sorte de hoquet, mais aucune larme ne perla à ses yeux. Il prit son carnet d'ordonnances, en arracha une feuille et écrivit, en s'appliquant : « Je lègue ma maison de campagne de Trois-Rivières à mon fils... » Pris d'une soudaine impulsion, il ratura ces quelques mots et traça en lettres capitales : « PARDONNEZ-MOI. JE VOUS AIME. » Serrant les dents, il appuya sur la détente. Une fois. Rien. Un clic dérisoire. Deux fois, quatre fois. Clic ! Clic ! L'arme n'était pas chargée, il aurait dû s'en douter. Est-ce qu'elle était d'ailleurs en état de marche ?

« Docteur ! Docteur, ouvrez ! s'écria une voix angoissée dans la salle d'attente. On vous a amené quelqu'un qui vient de faire une congestion, oui. »

Envahi par une sensation d'immense répulsion envers lui-même Bertrand Mauville entrebâilla la porte de son bureau et dit d'une voix qui se voulait claire et assurée :

« Je suis à vous dans une petite minute... »

Puis Philomène vit un Ange descendre du ciel, ayant en main la clef de l'Abîme ainsi qu'une énorme chaîne. Elle maîtrisa le Dragon, l'antique Serpent fer-de-lance qui hantait les savanes et les ravines — c'est le Diable, Satan — et l'enchaîna pour mille années. Elle le voltigea dans l'Abîme, tira sur lui les verrous, apposa les scellés, afin qu'il cessât de fourvoyer les nations nègres jusqu'à l'achèvement de mille années.

Le Latécoère se mit à vrombir et les tremblements de la carlingue émotionnèrent si fort Cynthie Mélion de Saint-Aurel qu'elle se jeta dans les bras de son mari en poussant un petit cri. Les passagers mâles sourirent. Le planteur Reynaud de Chervillier, dont c'était le cinquième voyage, commença à raconter une blague égrillarde pour détendre l'atmosphère. Quelques jours avant le départ de La Madone, une mulâtresse de la bonne bourgeoisie du François avait demandé à le voir sous le sceau du secret. Elle avait entendu parler de la découverte d'un médicament qui favorisait la bandaison et ne savait comment se le procurer. Son époux, un arrogant politicien mulâtre de tendance radical-socialiste, avait quelques problèmes qui l'empêchaient d'accomplir ses obligations conjugales et se vengeait en dénonçant sur les tréteaux électoraux ce qu'il appelait « le féodalisme béké ». Ayant appris que Reynaud se rendait à Bordeaux, elle venait lui demander de pardonner à son mari et d'avoir la gentillesse de lui ramener ledit médicament.

« Je vois la suite », fit Hervé Huyghes-Desroches, négociant en vins et spiritueux du Bord de Mer.

Malgré la terreur qui la tétanisait sur son siège, Cynthie fronça les sourcils tout en serrant les mains de son époux. Ce dernier rigolait, lui aussi, à belles dents. L'hydravion glissa avec un bruit terrible sur l'eau agitée de la baie des Flamands, tangua comme un bateau, quasiment sur le point de chavirer au moment du décollage.

« Ne me dis pas qu'il s'agit de ce coco de Donival ! reprit Cheynaud, tout excité. Qu'est-ce qu'il peut nous emmerder au Conseil Général, celui-là ! Il est toujours prêt à nous supprimer une subvention ou à nous accuser de concussion ou de détournements de fonds publics mais je suis sûr qu'il s'en met plein les poches.

— Tout juste ! Eh ben, sa digne épouse ne semble pas partager la détestation dans laquelle ce bon monsieur nous tient. Quand elle est venue me trouver, tout de suite elle m'a annoncé qu'elle était la fille naturelle de notre cher Henri Salin du Bercy. Vous le saviez, vous ?

— Ah ! Le vieux coquin ! s'exclama Mélion de Saint-Aurel. On n'aura jamais fini d'en apprendre sur son compte. »

Le Latécoère rasa les flots pendant quelques brèves minutes qui parurent une éternité à Cynthie. À présent, elle se sentait légèrement rassurée et osa même jeter un œil par le hublot. Le quadrilatère de la place de La Savane et le dôme chinois de la bibliothèque Schœlcher lui apparurent dans une netteté éclatante en dépit du crépuscule qui tombait à une vitesse vertigineuse en ce samedi 31 juillet de l'an 1948. Soudain, un trou d'air projeta l'hydravion vers le sol, arrachant des cris à la plupart des passagers. Cynthie crut sa dernière heure venue et balbutia une prière de supplication à La Madone. Son plus jeune fils, Richard-Marie, ne semblait pas ému le moins du monde. Il gigotait sur son siège en braillant :

« On va tomber ! On va tomber ! »

Son père dut lui flanquer une calotte pour le faire arrêter. Lui non plus ne paraissait guère rassuré bien qu'il s'acharnât à faire bonne figure devant sa femme. Le Latécoère se redressa et vola plus calmement.

« Tenez ! Voilà les Pitons du Carbet, madame de Saint-Aurel », fit Huyghes-Desroches.

Cynthie rouvrit avec peine les yeux. Les formes coniques du massif montagneux se découpaient sur le ciel rouge-orangé de la fin du jour, splendides et énigmatiques. Une nostalgie profonde s'empara de la jeune femme. Pour la première fois, elle ressentait la Martinique comme son vrai pays. Jusque-là, elle avait toujours vécu comme en exil, princesse déportée aux colonies par les hasards de l'histoire qui, un jour prochain, regagnerait les riantes prairies de la doulce France. Elle avait fini par partager les obsessions de son mari, l'aidant même dans ses recherches généalogiques effrénées et forcément brouillonnes. À entendre Honorien Mélion de Saint-Aurel, ses ancêtres provenaient de la moyenne noblesse vendéenne et si leur nom avait disparu de l'état civil, c'était parce que les révolutions qui avaient secoué la France et surtout le massacre des Chouans avaient dispersé la famille aux quatre coins du globe.

« On a des cousins au Québec et en Louisiane »,
proclamait-il souvent, se promettant de faire des recherches dans ces contrées-là également, recherches qu'il remettait sans cesse au lendemain à
cause de ses multiples occupations.

Bientôt la Martinique disparut à la vue des passagers du Latécoère. Ou alors l'hydravion volait maintenant trop haut pour qu'on puisse apercevoir le
moindre arpent de terre. L'épouse de Huyghes-
Desroches ôta une boisson d'un sac qu'elle tenait
entre ses jambes et distribua des gobelets.

« Du jus d'orange amère ! s'exclama Reynaud de
Chervillier. Très peu pour moi, chère dame ! Je ne
bois que notre bon vieux rhum et encore uniquement du Neisson ! Ha-Ha-Ha ! Je laisse le Courville
aux nègres. »

Et le hobereau, à l'embonpoint impressionnant,
d'ôter une bouteille carrée de la poche de sa veste
d'alpaga et de boire au goulot une rasade à assommer un bœuf.

« À vot' santé, messieurs-dames ! Qu'on fasse bon
voyage et surtout que La Madone nous protège !

— On sera quand à Bordeaux ? s'enquit une passagère de couleur, affublée de lunettes extravagan-
tes, qui occupait le siège qui se trouvait juste
derrière lui.

— Ah ! Madame Burneau, comment allez-vous ?
Et votre fils, comment il va ? Il doit être en dernière
année de médecine à présent ?

— Il fait son internat...

— Bravo-bravo ! La Martinique aura besoin de
plus en plus de brillants cerveaux tels que lui. Bordeaux ? On y sera dans... laissez-moi calculer...
dans seize heures. Demain matin, quoi ! Vers midi-
midi et demi s'il n'y a pas trop de vents contraires.
On est partis d'Amérique en juillet, on arrivera en

398

Europe en août ! C'est pas formidable ça, la technique ! »

Malheur à eux ! car c'est dans la voie de Caïn qu'ils sont allés, c'est dans l'égarement de Balaam qu'ils se sont jetés pour de l'or et de l'argent. Ils font bonne chère sans vergogne, ils se repaissent : nuées sans eau que les vents emportent, arbres de fin de saison, sans fruits, deux fois morts, déracinés, houle sauvage de la mer écumant sa propre honte, astres errants auxquels les ténèbres épaisses sont gardées pour l'éternité. C'est aussi pour eux qu'a prophétisé en ces termes Cham, le descendant de Kimbo Massawa : « Voici : le Seigneur est venu avec ses saintes myriades, afin d'exercer le jugement contre tous et de confondre tous les impies pour toutes les œuvres d'impiété qu'ils ont commises, pour toutes les paroles dures qu'ont proférées contre lui les pécheurs impies. »

Le Latécoère reprit ses tremblements et ses brusques soubresauts mais les passagers s'habituaient peu à peu à l'étroite carlingue, au froid glacial qui avait remplacé la touffeur des premières heures de vol. Certains s'étaient assoupis, d'autres regardaient les nuages d'un air hébété. Cynthie songeait à la plantation de Grande Savane qu'elle ne reverrait sans doute plus. À la magnificence des champs de canne à Noël lorsqu'ils dressaient vers le ciel leurs flèches opalines en une sorte d'hymne païen. Le souvenir de Da Sissine la dérida. Jusqu'au tout dernier moment la vieille nounou avait cru qu'Honorien de Saint-Aurel l'emmènerait avec lui. Elle avait cassé ses économies, presque trente ans de gages, et s'était acheté une garde-robe entièrement neuve. Des robes aux couleurs criardes, des chapeaux ridicules, des chaussettes en laine « parce qu'en hiver, là-bas, il fait frette », des mallettes pleines à craquer qui eussent pu servir pour vingt personnes. À aucun moment, Honorien ne la dissuada. Au contraire, il l'encourageait à dépenser son argent en lui annonçant tous les jours le nom d'un vêtement ou de souliers bizarres qu'il était, à l'entendre, indispensable de porter en France si l'on voulait passer pour quelqu'un de civilisé. Honorine tisonnait les garçons de la plantation, tempêtait quand ils n'avaient pas trouvé ses « escarpins » ou sa « blouse en flanelle ». Cynthie, qui pourtant abhorrait la vieille femme, avait été tentée cent fois de lui révéler la vérité mais elle craignait bien trop son mari pour s'y résoudre. Une telle cruauté la laissait tout bonnement pantoise. Honorien avait été définitif dès qu'il eut pris la décision de vendre ses biens et de quitter pour toujours la Martinique :

« On retourne à la civilisation, c'est pas pour s'embarrasser d'une négresse analphabète qui a plus de quatre-vingts ans ! D'ailleurs, son cœur ne supporterait pas la traversée de l'Atlantique. »

La nuit enveloppait désormais le Latécoère. Une nuit épaisse, impressionnante, qui fit baisser le ton à Reynaud de Chervillier lui-même, tout vieux briscard qu'il se voulait. Il continua son histoire salace à mi-voix pour ses voisins immédiats, Honorien et Huyghes-Desroches, croyant Cynthie assoupie.

« Donc, je vous disais… cette madame Donival est venue me voir en catimini. Elle pleurnichait, la pauvre. Fallait voir ça ! Bon, j'ai eu pitié d'elle. Ha-Ha-Ha ! Je l'ai matée sur un sac de sucre dans mon dépôt et j'ai tripoté ses grosses fesses jaunâtres de chabine-kalazaza. Figurez-vous, messieurs, et là, je ne vous mens pas, elle ne portait pas de culotte !

— Pas possible ! fit Huyghes-Desroches, le visage congestionné.

— Je le jure sur la tête de ma mère ! Aaah, messieurs, elle a une de ces croupières ! Un machin ferme, rebondi qui se trémoussait sous ma main. Je l'ai coquée, je l'ai coquée, je l'ai coquée. La garce a hélé tous les saints du Ciel, elle m'a demandé pardon mais quand je suis sorti, elle m'a demandé de la prendre par-devant.

— *Fout ou chansé !* » (T'as sacrément de la chance !) fit Huyghes-Desroches qui se tortillait d'excitation sur son siège.

Cynthie, qui avait tout entendu, se redressa. Cherchant dans l'obscurité ses deux enfants, elle leur caressa les cheveux et fit mine de se rendormir. Seize ans les séparaient de leur frère aîné, Michel, qui avait refusé tout net de partir. Ils avaient toujours eu des difficultés avec lui. Il était sans doute demeuré trop longtemps fils unique. Cynthie l'avait conçu à dix-sept ans, l'année même de ses épousailles avec son cousin Honorien qui, lui, avait le double de son âge. Michel n'avait d'ailleurs pas apporté son concours au pèlerinage de la Vierge du Grand Retour qu'il dénonçait comme une macaquerie et avait exigé sa part d'héritage afin de s'établir en Colombie, pays où il était parti en vacances un mois plus tôt.

« Dans nos familles, faut toujours qu'il y ait un rebelle, avait philosophé Honorien. C'est comme ça depuis trois siècles. Sans doute notre sang bleu qui remonte à la surface... comtes et vicomtes ont toujours été frondeurs. »

Cynthie se rappela l'air de dégoût de son fils aîné le jour où il découvrit, assemblées dans l'entrepôt des Établissements de Saint-Aurel, les caisses où s'entassaient les billets de banque, les bijoux, l'argenterie et autres objets de valeur que les zélateurs nègres de La Madone avaient déversés dans sa nef. Le garçon de son père était en train de les clouer tandis que ce dernier les numérotait avec un pot de peinture rouge, l'air très satisfait.

« On a au bas mot trente millions là ! lança-t-il en direction de Michel qui le toisa et cracha sur le sol avant de tourner les talons.

— Communiste va ! » grogna Honorien de Saint-Aurel en se saisissant de cordes pour attacher les caisses.

L'embarquement de celles-ci à bord du Latécoère avait provoqué une vive altercation entre le commandant de bord et le planteur. Le premier ne voulait embarquer que quatre caisses alors que le second exigeait que douze d'entre elles le fussent. Les deux dernières contenaient les effets personnels de la famille de Saint-Aurel et elles voyageraient dans les cales du paquebot « Antilles » qui reliait Fort-de-France au Havre une fois par mois. Final de compte, Honorien avait dû soudoyer le commandant pour qu'il accepte de passer outre à ce qu'il considérait de prime abord comme un danger pour la stabilité de l'hydravion. Le Blanc-pays avait supervisé lui-même la mise en soute de son trésor, sous l'œil ahuri des deux hommes d'équipage préposés à cet effet. Il leur avait en effet parlé comme s'ils étaient des nègres, ses nègres de l'Habitation Grande Savane ou le boy de son entrepôt de Fort-de-France, chose qu'ils n'avaient appréciée que modérément.

Alors l'un des sept Anges aux sept coupes s'en vint dire à Philomène :

Viens que je te montre le jugement de la Prostituée fameuse, assise au bord de la Ravine Bouillé ; c'est avec elle qu'ont forniqué les maîtres des grandes plantations de canne à sucre et les habitants du Morne Pichevin, de la Cour Fruit-à-Pain, de La Tran-

sat et de Kerlys se sont saoulés du vin de sa prostitution. Il me transporta au pied des quarante-quatre marches, en esprit. Et je vis une femme assise sur une Bête écarlate couverte de titres blasphématoires et portant sept têtes et dix cornes. La femme, vêtue de pourpre et d'écarlate, étincelait de colliers-choux, d'anneaux-dahlias, de bagues serties de pierres précieuses ; elle tenait à la main une coupe en or, remplie d'abominations et des souillures de sa prostitution. Sur son front, un nom était inscrit — un mystère ! — « Babylone-Martinique, la mère des prostituées et des abominations de la terre ». Et sous mes yeux la femme se saoulait du sang des saints et du sang des martyrs de Jésus.

Après deux heures de vol, les tremblements et les secouades recommencèrent à affecter le Latécoère de plus belle. Cette fois-ci, on devait survoler le plein Atlantique, déclara Reynaud de Chervillier d'un ton qui se voulait rassurant mais dans lequel Cynthie devina comme une lueur d'anxiété. Un porc, voilà ce qu'il était ! Elle avait dû supporter dès le décollage maintes histoires crues dans lesquelles le bougre se mettait en scène, toujours en position de héros, avec des femmes de couleur de médiocre vertu qu'il renversait n'importe où et braquemardait dans n'importe quelle position. Cela fit Cynthie resonger à cette étrange femme vêtue en carmélite qu'elle avait vue prendre une part active, à l'égal de son mari, à l'accueil de la Vierge du Grand Retour. Honorien n'avait jamais voulu lui révéler son nom, haussant les épaules quand elle l'interrogeait. Cynthie avait fini par apprendre qu'elle n'était autre que la tante de cette capistrelle d'Adelise dont Honorien s'était amouraché bien qu'il s'en défendît. Un beau jour, Cynthie avait trouvé la câpresse aux cuisines en train de repasser, sous l'œil réprobateur de Da Sissine, avec une ardeur suspecte. Son mari lui ayant interdit de s'occuper du personnel et de son embauche, elle imagina longtemps qu'il s'agissait d'une petite parente à la nounou jusqu'à ce qu'elle surprenne Honorien, dans son bureau de Fort-de-France, en conversation intime avec Adelise. Cette dernière n'avait rien à faire aux Établissements de Saint-Aurel puisqu'elle besognait sur la plantation, à Grande Savane, fort loin donc de la capitale. Honorien s'en était sorti en disant que la jeune fille habitait le Morne Pichevin, un quartier voisin, et qu'il voulait la réprimander à cause de ses fréquents retards. Mais le garçon de l'entrepôt lui avait révélé que son mari passait des heures entières dans une pièce désaffectée, contiguë à son bureau, en compagnie d'Adelise. D'ailleurs, dès que Cynthie apprit que la câpresse était enceinte, elle soupçonna aussitôt Honorien. Celui-ci étant redoutablement habile, elle n'avait pas réussi à le confondre ni à le prendre sur le fait. Au fond, Cynthie n'était pas mécontente d'abandonner la Martinique car elle étouffait dans la grande maison où son mari aussi bien que ses enfants, ses serviteurs et les rares visiteurs la considéraient comme un vase précieux, ou pis une potiche. Elle devait s'habiller pour Honorien, se coiffer pour lui, se pomponner pour lui tandis qu'il passait le plus clair de ses moments de liberté dans les bras de cette jeunotte. Peut-être qu'en France, il changerait du tout au tout, qu'il abandonnerait les manières de rustaud et de paillard de ses pairs, se prit-elle à rêver.

Un signe grandiose apparut au ciel : une Femme !
Le soleil l'enveloppe, la lune est sous ses pieds et

*douze étoiles couronnent sa chevelure crépue de câ-
presse : elle est enceinte et crie dans les douleurs et le
travail de l'enfantement. Puis un second signe apparut au ciel : un énorme Cheval-à-trois-pattes rouge
feu, à sept têtes et dix cornes, chaque tête surmontée
d'une épingle tremblante. Sa queue balaie le tiers des
étoiles du ciel et les précipite sur la terre. En arrêt devant la Femme en travail, le Cheval-à-trois-pattes
s'apprête à dévorer son enfant aussitôt né. Or la
femme met au monde un enfant mâle, celui qui doit
mener la nation des nègres et celle des Indiens-coulis
avec un sceptre de fer, mais, hélas, celui-ci tombe
aussitôt dans le néant. La Femme s'enfuit dans une
crique déserte du sud du pays où elle cache la folie
qui s'est emparée d'elle pendant mille deux cent
soixante jours.*

« Tu n'as pas encore pris sommeil ? lui fit Honorien.

— J'essaie...

— Cynthie, tu vois, j'ai finalement changé d'idée.
On ne retournera pas en Vendée. À quoi bon quitter
un fin fond de campagne contre un autre fin fond de
campagne ? Et puis, les hivers sont rudes là-
bas... on aura du mal à s'y habituer...

— Oui...

— Eh ben, je pense qu'on s'installera plutôt à
Paris. Les enfants y trouveront de bonnes écoles et
nous, on aura toutes les distractions voulues. Le
théâtre, l'opéra, le cinéma, tout ce qui nous a manqué en Martinique. Qu'en dis-tu ? »

Le Latécoère piqua du nez, ce qui réveilla bruta-
lement les trente-neuf passagers. Ils entendaient le
grésillement de la radio et la voix nasillarde de celui
qui la manipulait. À travers une vitre, on distinguait
assez bien les manœuvres de l'équipage. Le com-

mandant semblait crispé sur son tableau de bord. Il réussit à arrêter la chute de l'hydravion au prix de tourner-virer dignes d'une toupie.

« Y a quelque chose qui va pas du tout... murmura Huyghes-Desroches.

— T'en fais pas, mon gars, fit Cheynaud. C'est un hydravion le Latécoère ! Dans le pire des cas, il amerrira...

— Au mitan de l'Atlantique ?

— Et alors ? On a des canots de sauvetage en caoutchouc sous nos sièges. Il suffira de les gonfler. Tu sais, de nos jours, l'Atlantique est devenu pire qu'une avenue. Les bateaux le traversent dans tous les sens. On sera ramassés en moins de deux. Ha-Ha-Ha ! »

Cheynaud s'efforçait de plaisanter mais son visage s'était figé. Un rictus déformait ses traits qu'il tentait de chasser en se passant un mouchoir sur la figure sans arrêt. Il transpirait alors que tout le monde grelottait. Enfournant ses mains dans les poches de son pantalon, il faisait un effort presque surhumain pour chasser la panique. Il retira de l'une d'elles quelques carnets de papier froissé et, étonné de son oubli, se souvint de l'affiche apposée à l'entrée du hall d'embarquement :

« IL EST RAPPELÉ À TOUS LES PASSAGERS QUITTANT LA MARTINIQUE POUR UNE DURÉE SUPÉRIEURE À 1 MOIS QU'ILS DOIVENT REMETTRE AU MOMENT DE L'EMBARQUEMENT, AUX GENDARMES CHARGÉS DU CONTRÔLE, LEUR CARTE DE RAVITAILLEMENT AINSI QUE LA CARTE DE TEXTILE ET LA CARTE DE PAIN. »

Un bruit sec, venu de l'avant de l'appareil, le commotionna presque. Honorien se leva de son siège et tenta de regarder par le hublot mais la nuit était si dense qu'on n'apercevait que de rares ombres nuageuses de couleur argentée.

« Il y a le feu dans un moteur… » fit-il d'une voix altérée en se rasseyant.

Il prit l'un de ses fils sur ses genoux et serra l'autre contre lui. Huyghes-Desroches cognait contre la vitre qui séparait les passagers de l'équipage en bramant :

« Qu'est-ce qu'il y a, bon sang ? Répondez, tonnerre du sort !

— Ils t'entendent pas… dit Cheynaud qui avait retrouvé un calme étrange. Ils peuvent pas t'entendre… »

La bourgeoise de couleur, qui se trouvait juste derrière lui, se mit à prier à haute voix, entraînant tout le monde à sa suite. Elle invoqua La Madone du Grand Retour, implora sa grâce, la supplia d'épargner leurs vies innocentes et surtout ces enfants qui n'avaient pas vécu. Une autre passagère fut prise d'hystérie et se mit à chanter, marchant de long en large dans l'étroit couloir qui séparait les deux rangées de sièges :

> « *Chez nous, soyez Reine,*
> *Nous sommes à vous ;*
> *Régnez en souveraine*
> *Chez nous, chez nous.* »

Sa voix était puissante et belle, comme surgie d'un au-delà d'elle-même.

Alors le soleil devint noir comme une étoffe de crin et la lune devint tout entière comme du sang, et les astres du ciel s'abattirent sur la terre comme les mangues avortées que projette un manguier tordu par le cyclone, et le ciel disparut comme un livre qu'on roule, et les monts et les îles s'arrachèrent de leur

place, et les rois de la terre, et les hauts personnages,
les grands planteurs et les seigneurs du négoce, les
grands capitaines et leurs épouses, tout ce monde-là
éprouva le feu de l'Apocalypse.

Des larmes zigzaguaient sur les joues tremblotan-
tes de Cynthie de Saint-Aurel qui avait renversé la
tête en arrière et fermé les yeux. Elle se sentait incapable de prononcer la moindre prière. Quatre
mois de bondieuseries et de fausses démonstrations
de foi pendant le séjour de la Vierge du Grand
Retour en Martinique l'avaient dégoûtée à jamais
de la religion. Elle continuait à croire en Dieu mais
ne voulait plus entendre parler ni de prêtres, ni de
confession, ni de messe.

« Tu iras tout droit au paradis, toi ! » lança-t-elle
à un Honorien interloqué que la peur clouait sur
son siège.

Maintenant, les passagers distinguaient clairement de hautes flammes jaunes qui déchiraient la
nuit tout autour de l'appareil en perdition. Honorien regarda sa montre et, se rendant compte de
l'absurdité de son geste, rabaissa vivement sa main
sur le front de son enfant.

« Ça fait trois heures que l'on vole, fit Cynthie, féroce. Trois petites heures, monsieur de Saint-
Aurel ! Dommage que tu n'aies pas emmené ta petite câpresse d'Adelise avec toi. Dans quelques minutes, vous vous seriez retrouvés bras dessus bras
dessous à la droite du Seigneur. Pas vrai ? »

Philomène et Adelise avaient, en effet, rêvé de
s'embarquer à bord de ce vol-là. La première
parce qu'elle avait fait le vœu de retourner sur les
pas d'étudiant de son amant Amédée Mauville, dé-
cédé pendant la deuxième guerre mondiale à l'île de
la Dominique. Un Missionnaire du Retour lui avait

parlé de la Sorbonne et elle comptait s'y rendre ferme et tenter de retrouver d'anciennes connaissances à Amédée, des camarades de promotion ou alors des gens qui lui avaient loué une chambre au cours de ses six années d'études. Philomène avait considéré ce voyage comme un droit après tout le mal qu'elle s'était donné pour que la tournée de la Vierge du Grand Retour soit une réussite. Un droit et une récompense ! Mgr Varin était lui-même de cet avis, ainsi que le docteur Bertrand Mauville qui lui avait même baillé le nom de la rue du Quartier latin où son frère avait vécu le plus longtemps. Philomène avait préparé son trousseau, quoique en gaspillant beaucoup moins d'argent que Da Sissine, car elle comptait revenir le mois d'après.

« *Nou fini bat !* (On est foutus !) lâcha Cheynaud dans un souffle.

— Mais non ! fit Cynthie. La Madone nous sauvera, hommes de peu de foi que vous êtes ! Avec toutes les richesses qu'elle nous a aidés à ramasser, ce n'est pas le moment de disparaître. »

Le maître de Grande Savane était abasourdi par l'insolence soudaine de son épouse qui avait toujours été un modèle de réserve et d'effacement à l'instar de toute Blanche créole qui se respectait. Jamais elle ne se serait permis une telle effronterie quand ils se trouvaient à la Martinique ! Elle savait bien qu'elle aurait risqué de recevoir un jeu de calottes sur ses fines joues de porcelaine. Honorien serra les dents et referma les yeux. Ses deux enfants dormaient, paisibles, l'un sur ses genoux, l'autre la tête posée sur ceux de sa mère. La panique avait pourtant gagné l'ensemble des passagers tandis que l'hydravion se cabrait de plus en plus et qu'à présent les flammes léchaient les bords de la carlingue. Un seul homme demeurait impassible derrière ses lunettes à monture métallique : Henri Vizioz, un universitaire métropolitain, qui faisait les beaux jours de l'École de Droit de la Martinique. Il tenait contre sa poitrine une serviette noire dans laquelle il venait de ranger les pages qu'il avait écrites dès l'envol de l'hydravion. À aucun moment, il n'avait paru s'intéresser aux conversations qui s'étaient échangées à ses côtés. Et maintenant, à l'approche de la fin, il semblait parfaitement serein. Cynthie le regarda dans les yeux et sourit.

« Vous n'avez pas peur à ce que je vois... fit-elle, stupéfiant à nouveau son mari qui n'aurait jamais imaginé que sa digne épouse pût s'adresser ainsi à un inconnu.

— *Alea jacta...* » répondit le juriste sans se départir de son équanimité.

Ces mots à peine prononcés, une formidable explosion brisa l'hydravion en trois morceaux. Cynthie fut séparée de son mari et de l'un de ses enfants. Reynaud de Chervillier et Huyghes-Desroches poussèrent des hurlements de nouveau-nés tandis que des pans de chanter du Retour accompagnaient la chute de l'oiseau de fer aux ailes démantibulées :

> « *Chez nous, soyez Reine,*
> *Nous sommes à vous ;*
> *Régnez en souveraine*
> *Chez nous, chez nous.*
> *Soyez La Madone*
> *Qu'on prie à genoux,*
> *Qui sourit et pardonne*
> *Chez nous, chez nous.* »

Le soleil devint noir comme un sac de crin, la lune devint comme du sang et les étoiles du ciel tombèrent sur la terre comme lorsqu'un manguier secoué par un cyclone laisse tomber ses fruits.

Le ciel se replia tel un livre que l'on roule.

Avril 1992-Mars 1996
Habitation Union, Le Vauclin.

ANCIEN TESTAMENT

La Genèse 15
L'Exode 39
Le Lévitique 62
Les Nombres 79
Homélie prophétique de Philomène 94
Le Deutéronome 97
L'Ecclésiaste 116
Le Cantique des Cantiques 129
Les Proverbes 140
Lettre de Mgr Henri 142

NOUVEAU TESTAMENT

L'Évangile selon sainte Philomène 153
L'Évangile selon le prophète Cham 211
Abrégé des miracles accomplis par la Vierge du
    Grand Retour au 32e jour de son périple ... 238
Doctrine du Chamisme sur la polygamie 251

ÉPÎTRES AU PEUPLE CRÉOLE

Épître de Mathieu Salem 289
Épître d'Adelise 304
Le Grand Départ 310

Ultime méditation de Philomène   326

Le témoin   331

Doctrine du Chamisme sur la religion   347

La Madone reste avec nous !   351

Liste des offrandes et des dons offerts à la
     Vierge du Grand Retour au cours de son
     périple en terre martiniquaise   368

L'APOCALYPSE

Le châtiment de Babylone   375

DU MÊME AUTEUR

Aux Éditions Gallimard

ÉLOGE DE LA CRÉOLITÉ, avec Patrick Chamoiseau et Jean Bernabé, 1989, *essai.*

ÉLOGE DE LA CRÉOLITÉ/IN PRAISE OF CREOLE-NESS, 1993. Édition bilingue.

RAVINES DU DEVANT-JOUR, *récit,* 1993. *Prix Casa de las americas* 1993 (Folio n° 2706).

UN VOLEUR DANS LE VILLAGE *récit. Traduction de l'anglais du texte de James Berry* Page Blanche, 1993. Prix de l'International Books for Young People 1993.

LES MAÎTRES DE LA PAROLE CRÉOLE, *contes,* 1995. Textes recueillis par Marcel Lebielle. Photographies de David Damoison.

LETTRES CRÉOLES. Tracées antillaises et continentales de la littérature. Haïti, Guadeloupe, Martinique, Guyane 1635-1975, avec Patrick Chamoiseau. Nouvelle édition, 1999 (Folio essais n° 352).

LE CAHIER DE ROMANCES, *mémoire,* 2000 (Folio n° 4342).

Voir aussi Ouvrage collectif : ÉCRIRE « LA PAROLE DE NUIT ». La nouvelle littérature antillaise, *nouvelles, poèmes, réflexions poétiques,* 1994. *Édition de Ralph Ludwig.* Première édition (Folio essais n° 239).

Aux Éditions du Mercure de France

LE MEURTRE DU SAMEDI-GLORIA, *roman,* 1997. Prix RFO (Folio n° 3269).

L'ARCHET DU COLONEL, *roman,* 1998 (Folio n° 3597).

BRIN D'AMOUR, *roman,* 2001 (Folio n° 3812).

NUÉE ARDENTE, *roman,* 2002 (Folio n° 4065).

LA PANSE DU CHACAL, *roman,* 2004 (Folio n° 4210).

ADÈLE ET LA PACOTILLEUSE, *roman,* 2005 (Folio n° 4492).

Chez d'autres éditeurs

En langue créole :

JIK DÈYÈ BONDYÉ, *nouvelles*, Grif An Tf, 1979.

JOU BARÉ, *poèmes*, Grif An Tè, 1981.

BITAKO-A, *roman*, 1985, GEREC ; traduit en français par J.-P. Arsaye, « Chimères d'En-Ville », Ramsay, 1977.

KÔD YAMM, *roman*, K.D.P., 1986 ; traduit en français par G. L'Étang, « Le Gouverneur des dés », Stock, 1995.

MARISOSÉ, *roman*, Presses Universitaires créoles, 1987 ; traduit en français par l'auteur, « Mamzelle Libellule », Le Serpent à Plumes, 1995.

En langue française :

LE NÈGRE ET L'AMIRAL, *roman*, Grasset, 1988. Prix Antigone.

EAU DE CAFÉ, *roman*, Grasset, 1991. Prix Novembre.

LETTRES CRÉOLES : TRACÉES ANTILLAISES ET CONTINENTALES DE LA LITTÉRATURE, avec Patrick Chamoiseau, *essai*, Grasset, 1991.

AIMÉ CÉSAIRE. Une traversée paradoxale du siècle, *essai*, Stock, 1993.

L'ALLÉE DES SOUPIRS, *roman*, Grasset, 1994. Prix Carbet de la Caraïbe.

COMMANDEUR DU SUCRE, *récit*, Écriture, 1994.

BASSIN DES OURAGANS, *récit*, Les Mille et Une Nuits, 1994.

LA SAVANE DES PÉTRIFICATIONS, *récit*, Les Mille et Une Nuits, 1994.

CONTES CRÉOLES DES AMÉRIQUES, Stock, 1995.

LA VIERGE DU GRAND RETOUR, *roman*, Grasset, 1996 (Folio n° 4602).

LA BAIGNOIRE DE JOSÉPHINE, *récit*, Les Mille et Une Nuits, 1997.

RÉGISSEUR DU RHUM, *récit*, Écriture, 1999.

LA DERNIÈRE JAVA DE MAMA JOSEPHA, *récit*, Les Mille et Une Nuits, 1999.

LA VERSION CRÉOLE, Ibis Rouge, 2001.

MORNE-PICHEVIN, Bibliophane, 2002.

LA DISSIDENCE, Écriture, 2002.

LE BARBARE ENCHANTÉ, Écriture, 2003.

LA LESSIVE DU DIABLE, Le Serpent à Plumes, 2003.

LE GRAND LIVRE DES PROVERBES CRÉOLES : TI PAWOL, Presses du Châtelet, 2004.

Traductions

AVENTURES SUR LA PLANÈTE KNOS d'Evans Jones, *récit traduit de l'anglais*, Éditions Dapper, 1997.

Travaux universitaires

DICTIONNAIRE DES TITIM ET SIRANDANES. Devinettes et jeux de mots du monde créole, *ethnolinguistique*, Ibis Rouge, 1998.

KRÉYÔL PALÉ, KRÉYÔL MATJÉ... Analyse des significations attachées aux aspects littéraires, linguistiques et socio-historiques de l'écrit créolophone de 1750 à 1995 aux Petites Antilles, en Guyane et en Haïti, *thèse de doctorat ès-lettres*, Éditions du Septentrion, 1998.

Composition Nord Compo
Impression Maury
à Malesherbes, le 11 septembre 2007
Dépôt légal : septembre 2007
Numéro d'imprimeur : 131501

ISBN 978-2-07-034399-7/Imprimé en France.

148588